JOANA MARCÚS

Los ecos de Jude

Montena

Primera edición: abril de 2026

Impreso en Colombia / *Printed in Colombia*

ISBN: 979-8-89098-629-0

Para las hermanas mayores.

Las que nacieron siéndolo,
las que aprendieron por el camino
y las que siempre han necesitado una.

Parte uno

Los ecos de los primeros días

1

La familia no se elige

Esta es la historia de Jude.

Como en todas las historias, para entenderla debemos conocer primero a quienes la rodean. Y, aunque hablar de otra persona no es lo ideal para conocer a la protagonista de tu siguiente historia, el caso de Jude es especial.

Y es que Jude nunca se creyó capaz de encabezar una historia. De vivir nada reseñable, nada que pudiera despertar el interés de nadie. Quizá su problema fue que se asumió quién era mucho antes de que ella misma pudiera descubrirlo. Que nunca se le dio la oportunidad de conocerse más allá de lo que se esperaba de ella. Que creció rodeada de personalidades tan fuertes que, en comparación, ella jamás pudo ponerse de puntillas y romper el techo de su propia jaula.

Hablaremos de ella. De cómo creció, se enamoró y le rompieron el corazón. De quién le dijeron que era, de quién descubrió que podía ser.

Pero no te quiero abrumar con los detalles, así que busca un lugar cómodo donde sentarte, hazte con una bebida caliente y acepta este guiño de ojo que acabo de ofrecerte.

Ahora sí. Empecemos por el principio.

Penelope Louise Portman siempre supo que era especial. Sabía que tenía ese toque mágico que tanta gente se pasa la vida entera buscando. Mucho antes de hacerse famosa, ya sabía que iba a ser de esas personas que no se olvidan. No era de las que se marchaban del mundo con una cuenta pendiente. Y no iba a pasar por la vida de puntillas. Si había nacido para ser vista, la verían como a ella le diera la gana. Sin vergüenza. Sin esconderse. Siendo ella misma, le pesara a quien le pesara.

Hija única de una familia acomodada, Penny sentía que su vida no tenía suficientes dificultades. Siempre le había gustado escuchar los dramas de las personas que la rodeaban y no podía soportar no tener uno propio. Tenía que ser la protagonista para lo bueno y también para lo malo. Decidió empezar a trabajar en el Melody Lane, el que en su momento fue el único bar karaoke de su ciudad. Su madre se opuso, motivo por el cual persiguió su propósito con más ganas. Su padre prefirió quedarse al margen de aquella ecuación.

Penny tenía ideas para avivar el local y atraer tanto a turistas como a locales. En aquellos tiempos, la ciudad de Serene Bay, Serena a secas para sus habitantes, era poco más que un lugar más del mapa. Uno sin identidad. Hasta que las fiestas temáticas del Melody empezaron a recorrer las calles, a saltar de boca en boca. Los carteles del local se veían en cada rincón de la ciudad. Los rumores de una preciosa camarera de melena castaña y ojos oscuros llenaban las cabezas de los habitantes. Y estos se sentían un poco decepcionados al encontrarse a una chica con mal humor y poca paciencia.

Fue ese carácter mezclado con sus ojos tristes, ese don para llamar la atención, lo que un buen día hizo que un productor cruzara las puertas del Melody. A esas alturas, Penny se había consagrado como la cantante oficial de Serena. Utilizaba el karaoke a menudo para entretener a los clientes, y la habían apodado Penny Lane porque las canciones de los Beatles eran su especialidad. El productor vio algo especial en ella. Se decía que, cuando cantaba, era capaz de acallar el ruido en las cabezas más ocupadas. Que era imposible olvidarla.

Penny se escapó de casa por molestar a su madre y volvió con un contrato bajo el brazo que, con los años, la convertiría en una leyenda.

Recorrió carreteras, voló en avión por primera vez en su vida, cantó delante de mucha más gente de la que jamás habría soñado conocer… y se enamoró. Muchas veces. Cada una más dramática que la anterior. ¿Su excusa? Bueno, sobre algo tenía que escribir canciones.

¿Qué existe en el mundo más universal que el amor? Mírate a ti, que estás leyendo esta historia.

No obstante, todo lo que sube termina cayendo. Nadie esperaba que Penny Lane lo hiciera en picado.

Lo que sucedió con Penny Lane siempre fue un misterio. Y es que, por mucho que fuera una leyenda, nadie la conocía de verdad. Podría haber sido aficionada a los trenes en su tiempo libre, dedicarse a pintar mandalas, a cocinar para sus seres queridos... Penny siempre hacía especial esfuerzo en mantener una imagen de estrella clásica, de esas que parecen casi inhumanas. Siempre fue inalcanzable. Y ascendió sin miedo a chocar contra el techo.

Hasta que todo terminó.

Podría contarte rumores. También podría echarle la culpa a Jude. Es lo que hace todo el mundo.

Sin embargo, la verdadera historia está en manos de Penny Lane. La que, pese a todo lo que consiguió, pronto fue olvidada. La que pensó que se comería el mundo y terminó apartada en el rincón de los juguetes rotos.

Fue un 24 de junio del año 2000. Penny, que en ese momento apenas rozaba los veinticinco años, casi le provocó un infarto de miocardio a su padre. El parto fue tan rápido —al contrario del que suelen experimentar las madres primerizas— que no fue consciente de sus contracciones hasta que Jude decidió que quería echarle su primer vistazo al mundo. Penny cayó de rodillas sobre la moqueta morada que tanto había odiado a lo largo de su vida. Su padre, desesperado, intentó arrastrarla hacia el coche, su querido Manolito, pero pronto entendió que su nieta no iba a esperar más tiempo.

Curiosamente, a Penny no le resultó tan doloroso como pensó que sería al enterarse de su embarazo. Su cuerpo reaccionó a la pequeña Jude como si la hubiera esperado toda su vida. Como si siempre hubiera formado parte de ella.

Todavía de rodillas en el suelo, sin saber cómo, Penny dio a luz a una niña que no lloró al ver el mundo por primera vez.

Jude llegó al mundo de la misma forma que lo viviría: sin querer molestar a nadie.

Y Penny, desde el primer momento, aborreció a aquella niña extraña y silenciosa. Aquellos ojos oscuros y caídos, iguales a los suyos, que la seguían. Aquella sonrisa que esbozaba cada vez que la veía. Aquel pelo castaño que un día sería exactamente igual al suyo.

Jude no había heredado nada de su padre; todo en ella gritaba el nombre de su madre.

Penny odiaba que todo el mundo le dijera que debería alegrarse de tener a una niña que fuera su viva imagen. Que tenía mucha suerte de que la cría fuera tan tranquila. Que no lloraba ni se quejaba por estar con desconocidos. Sin embargo, ella se sentía como si su propia hija intentara dejarla en evidencia. ¿Por qué no lloraba cuando tenía hambre?, ¿por qué no cogía rabietas como todos los niños que había visto a lo largo de su vida?, ¿por qué siempre parecía mirarla como si no le gustara tenerla cerca?

Pese a los avances de la sociedad y la cabida de la salud mental en la conversación coloquial, nadie estaba preparado para hablar de la depresión posparto. Y Penny, desgraciadamente, jamás fue capaz de ponerle nombre a esa desidia que sentía al ver a la niña. A ese rechazo que le producía que le preguntaran por ella. A que toda su vida y su cuerpo se hubieran visto cambiados.

Ya no era Penny Lane, la cantante. Ahora era Penny, la madre.

Y cómo lo detestaba.

Desde el primer día, supo que esa bebé y ella no tenían nada que ver. Y los años no hicieron que aquella relación mejorara.

Jude se crio entre camerinos, focos y escenarios. Su familia era el equipo de su madre, que eran los que se encargaban de vigilarla cuando Penny Lane estaba ocupada. Llegó al extremo de llamar «papá» a un chico de sonido al que despidieron poco después. Era tan pequeña que se olvidaría de él con los años. De hecho, con el tiempo, iría olvidando muchas de las cosas buenas que le habían sucedido, como si una nube negra se las fuera tragando a cada paso que daba.

A los cuatro años, Penny entró en su camerino y la vio sentada en su silla. Jude era muy pequeña, pero supo enseguida que aquella mirada no era buena. Que no era la forma en que una madre mira a su hija. Y, cuando la subió al coche, supo que iba a tardar mucho en volver a verla. Por primera vez, Jude ascendió la cuesta de Carriers Lane y se detuvo en la última casa sin número ni farola. La que estaba pegada a la colina. Penny la había mandado a vivir con su abuelo en aquella casa de moqueta morada.

Estaba sentada en ella, jugando con unas bolas de hilo, cuando unos meses después le contaron que iba a tener una hermana. Y que iba a llamarse Lucy. A raíz de aquel segundo embarazo, Penny se mudó con ellos.

Con cinco añitos, Jude no entendía todo lo que sucedía a su alrededor. Por ejemplo, que su madre no pudiera salir de casa sin seguridad. O que el abuelo no dejara que Jude hablara con la gente que se acercaba a Penny para pedirle una foto. La niña tampoco entendió, hasta años más tarde, por qué la gente querría una foto con ella o con su madre. O por qué, cada vez que se caía o hacía una tontería en un escenario, una marea de desconocidos se apresuraba a socorrerla. Por lo poco que sabía, los niños solían llevarse regañinas al hacer tonterías. Ella, jamás. Siempre fue intocable. Y eso que Penny apenas la miraba.

Porque lo que Jude siempre entendió, y arrastró durante toda su vida, era que su propia madre era incapaz de quererla.

Quizá no habría dolido tanto de no haber sido porque sí quiso con locura a su hermana pequeña.

Lucy fue un bebé insoportable: no dejaba de llorar, le salían sarpullidos por cualquier tontería, odiaba que cualquiera que no fuera su madre la cogiera en brazos, apenas comía, no le gustaban sus juguetes, golpeaba a Jude... A ver, la golpeaba con juguetes de goma. Lo que le molestaba a Jude era la humillación pública, no el dolor del rebote.

Jude no se sentía orgullosa de sus propios sentimientos, pero siempre tuvo la esperanza de que aquello hiciera que su madre se decantara por ella. La niña que no molestaba. La que cuidaba de su hermana casi a diario. Sin embargo, parecía que a Penny le gustaba que Lucy dependiera de ella. Que la necesitara.

A los diez años, Jude era capaz de cuidar de su hermana de cinco sin problemas. Sabía llamar a urgencias si sucedía algo, poner una lavadora, cambiar un pañal o preparar un biberón. Podía cocinar para diez comensales —y conservarlo después para que durara una semana—, ir a comprar y robar alguna que otra cosilla sin que la pillaran. Sabía diferenciar a quién hablarle y a quién no por la calle —su favorito era un adolescente raro llamado Nino de su misma colina—, arrancar el coche Manolito para su abuelo —aunque tenía prohibido contárselo a otros adultos—, diferenciar casi todas las notas de piano que tocaba su madre —pronto vendieron ese piano—, cantar muchas otras —jamás delante de Penny— y limpiar toda una casa en menos de tres horas.

Con los años, fue perfeccionando todas esas habilidades. Su mayor esperanza era que su hermana la sustituyera en algunas de sus tareas, pero aquello nunca sucedió. De hecho, cuanto más crecía, más responsabilidades tenía Jude. El crecimiento de Lucy sucedió a la vez que la salud de su abuelo empeoraba y, sobre todo, la fama de Penny desaparecía.

Lo cierto es que Jude nunca la recordaría en la cumbre de su carrera. Cuando ella nació, ya había empezado a caer. Siempre fue una sombra de lo que había sido.

Para cuando Jude cumplió dieciséis años, y cuando empezó esta historia, Penny ya no era más que un recuerdo colectivo. Una imagen que su generación guardaba en su memoria. Un tarareo distraído cuando una de sus canciones empezaba a sonar. Pese a que la gente la reconocía, ya no necesitaba seguridad ni le daban pases rápidos en los locales públicos. Ya no era la misma Penny Lane que había sido durante la década anterior.

Jude fue testigo de cómo el micrófono iba viéndose sustituido por una botella. Nunca supo decir si su madre era alcohólica porque, honestamente, pocas veces podía diferenciar si había bebido o no. Penny casi no hablaba con nadie. Apenas salía de casa. Si estaba borracha, lo estaba para sí misma. Su mirada se perdía por los alrededores, su cigarrillo quemaba cortinas y tapetes al despistarse, sus platos quedaban llenos…

Nuestra protagonista también fue testigo de cómo, con los años, Lucy evolucionaba a una chica bastante independiente. Le gustaba contar con la opinión de su madre para elegir sus modelitos, los colores para teñirse el pelo, la forma que dibujaría en sus uñas… Le encantaba ir al centro comercial con Quinn, su mejor amiga de toda la vida, y luego volver con su madre con toda la información que iba recopilando. Era su manera de mantenerla al día de lo que sucedía en Serena. Y, en cierta forma, Jude veía que Penny vivía a través de ella. Le gustaba escucharla. Le gustaba imaginarse todas aquellas cosas que le contaba. Y, aunque nunca llegó a ser una gran figura maternal para ninguna de las dos, por lo menos Lucy se lo pasaba bien con ella.

No era el caso de Jude.

Con los años, la relación que ella compartía con su madre se deterioró hasta pender de un hilo. Como una flor marchita que nadie recuerda regar. Como un libro mojado que, aunque consigas secar, jamás vuelve a tener la misma forma.

Jude dedicó años y energía intentando entenderla, descubriendo cuáles eran los pasos adecuados para no alterarla, intentando ser como Lucy para ver si alguna parte de aquel amor maternal conseguía hacer un huequecito para ella.

Nunca sucedió.

A los dieciséis años, Jude asumió lo que ningún hijo quiere asumir: que su madre nunca la querría de la misma forma que a su hermana.

Aunque le dolía hasta niveles que jamás podría expresar, llegó a preferirlo así. Tras tantos años, no sabría qué hacer con una madre que la quisiera. Se había acostumbrado a vivir sin ese amor. Se había acostumbrado, de alguna forma, a ser la figura responsable de aquella casa. Y contaba con el cariño de su abuelo, que, aunque iba en silla de ruedas, la ayudaba en todo lo que podía.

Él sí que la quería, a su manera un poco cascarrabias. Y aquello le parecía más que suficiente. O eso se decía a sí misma, consciente de que nunca podría aspirar a más.

Y aquí empieza esta historia.

Te guiño otra vez el ojo, querida ratilla lectora, porque no sabes dónde te estás metiendo.

Parte dos

Los ecos del invierno

2

El lanzamiento del corazón en llamas

Ahora que conoces a Jude, deberías saber quién es Isaac.

La parte buena —y mala— de Serena era que todo el mundo se conocía. Quizá Jude no era la persona más sociable del mundo, pero todos sabían que era la hija de Penny Lane. Y lo detestaba. Odiaba que, en cada conversación, el nombre de su madre apareciera como un puñetero rezo. Como si ella fuera una simple extensión del éxito de su madre. Como si fuera culpa suya que ya no lo tuviera.

Porque sí, decían que su existencia daba mala suerte. Era algo así como una leyenda de Serena. Todo el mundo la evitaba, aunque algunos eran más discretos que otros. No ayudaba que Jude, por sí sola, tampoco fuera muy afortunada. Si entraban en un laboratorio, iba a ser la persona que hiciera explotar un cristal. En Gimnasia, la que se caería de boca sobre la colchoneta. En clase, la que soltaría el cuaderno en medio del silencio opresivo de un examen. La que haría el ridículo, vamos.

Su instituto no estaba regido por las típicas normas de populares y marginados, como había visto en los libros y las películas que más le gustaban. Más bien, la gente había crecido en sus grupos de amigos ya formados y no les interesaba salir de ahí. Algunos hacían planes divertidos, otros deseaban formar parte de ellos. Ella se consideraba parte del segundo grupo, porque nunca había terminado de encontrar su lugar.

Porque, por si ser la torpe de la mala suerte e hija de una estrella caída en desgracia no fuera suficiente..., también era la empollona que cursaba un año más del que le correspondía. Sacaba tan buenas notas que ni siquiera podía compartir clases con sus compañeros de generación, sino que en la mayoría de las asignaturas estaba con alumnos mayores que ella. Alumnos que ya tenían sus grupos formados y, por tanto, no la incluían en nada.

Tampoco se sentía muy desolada al respecto, pues siempre tuvo claro que tan solo le interesaba uno de esos grupos. Estaba formado por unas diez u once personas, dependiendo del día. Podría describirte cada miembro, pero solo necesito que te quedes con tres nombres: Josh, Milly e Isaac.

Fíjate que he dejado el mejor para el final, ¿eh? Truquitos, truquitos.

Josh era el hijo de Gordon Phelps, el dueño de la mitad de Serena y la principal causa de la afluencia de turismo de los últimos años. Se había pasado diez años construyendo hoteles, atracciones turísticas y empezando campañas para ser alcalde. También había privatizado una parte de la playa pública y se había hecho con el control del Melody Lane. Y, entre sus muchas propiedades, también era el dueño de la casa del abuelo y a quien le pagaban el alquiler cada mes.

Josh también era el hermano mayor de Quinn, la mejor amiga de Lucy. Tenían una relación un poco rara, pero era mucho más sana que la que compartían Jude y Lucy.

Sé que te estoy soltando mucha información de golpe, pero confía en mí: *todo es importante.*

Josh siempre fue conocido por sus ataques de ira, por discutir con los profesores y por pecar de soberbia a cada paso que daba. Sin embargo, era de esas personas a las que se les perdonaba todo. Pese a su actitud, su cara —era bonita, no te voy a engañar— te hacía sentir bien en su presencia. Josh se paseaba por el mundo como si fuera suyo. Y siempre era el que soltaba el comentario gracioso en clase, el que hacía que incluso el profesor tuviera que ocultar una sonrisa divertida. Vestía de una forma bastante casual, como si apenas le prestara atención al espejo, pero tenía a medio instituto embobado. Nunca pareció consciente de ello. Como si aquello fuera un efecto secundario al que ya se había acostumbrado.

Jude no lo soportaba.

¿Quién podía ser tan querido sin ni siquiera intentarlo? Era injusto. Ella, que lo intentaba, nunca conseguía nada.

Uf, cómo lo odiaba.

Luego estaba Milly. Ella sí era el prototipo de animadora que seguramente te viene a la cabeza cuando piensas en una. Solo que era tan torpe e insegura como Jude. Era la capitana del equipo de voleibol de la ciudad, aunque nadie sabía muy bien por qué, pues era bastante mala. Aun así, se consideraba la abeja reina de su grupo de amigas. Con ese pelo rubio que se alisaba cada día, esa línea negra que se dibujaba cada mañana en el ojo y esas camisetas que su madre le traía de sus viajes de trabajo…, era la viva imagen de la moda de Serena. O al menos la que seguían las chicas de su clase.

Jude tampoco la soportaba. Aunque, siendo honestos, no soportaba a casi nadie.

Y finalmente estaba Isaac.

Oh, Isaac…

Él formaba parte del grupo, aunque siempre estuvo a años luz de todos ellos. En lugar de entablar conversación, se pasaba el rato dibujando o escuchando música. Incluso cuando compartían mesa en la cafetería, Isaac apenas les prestaba atención. Prefería pasarse el rato en su propio mundo, centrado en aquello que más le gustaba. El hecho de ser el mejor amigo de Josh le daba un pase VIP para entrar en ese grupo, aunque nadie se explicaba muy bien qué pintaba con ellos.

Jude no lo odiaba.

Ya le gustaría haberlo odiado… La de dolores de cabeza que se habría ahorrado.

Aunque jamás lo admitiría, siempre había sentido un pequeño interés estúpido y distante hacia él.

¿Habían hablado alguna vez? No. Dudaba que supiera siquiera que ella existía, pero en su cabeza ya se habían casado de cuarenta formas distintas, habían ido a todas las fiestas de la mano y habían vivido en miles de realidades paralelas.

En todas sus fantasías, un día Isaac levantaba la cabeza y la veía. Y aquello era suficiente para que se enamorara perdidamente de Jude.

Oh, qué bonito era vivir en las fantasías.

Jude jamás pensó que se cumplirían.

Fue un miércoles cualquiera. Estaban en el laboratorio, que a su vez se encontraba en un edificio anexo al resto del instituto. En pleno diciembre, el frío había caído sobre Serena sin piedad y todos vestían abrigos y bufandas. Fue el año en que se averió la calefacción, así que sus manitas temblaban mientras intentaban apuntar lo que les decía el profesor Kessler. Jude llevaba una bufanda morada que había pertenecido a su abuela, pero que ya empezaba a deshilarse. Se la ajustó, respiró hondo y se colocó los guantes de látex.

Aquel día les tocaba analizar las cavidades de un corazón. Para ello, disponían de un corazón de cerdo y de varias pajitas de colores que debían colocar en dicho órgano. La idea era hacerlo en parejas. Una persona colocaba las pajitas, y la otra apuntaba el color con la vena o arteria correspondiente.

¿El problema? A Jude le había tocado compartir proyecto con Milly Palmer. ¿Por qué sus apellidos tenían que ir uno detrás del otro en orden alfabético?

Jude y Milly no se llevaban bien. Milly pensaba que Jude era rarita, y Jude pensaba que Milly era gilipollas.

Una mezcla explosiva.

Otro detalle que deberías saber es que en clase había un alumno nuevo. Robert —mejor Robbie— era el primer alumno nuevo que había tenido su instituto en los últimos veinte años. Era extranjero y, aunque hablaba su mismo idioma, todo el mundo lo trataba como a un paria. Los lugares pequeños no aceptan a la gente que se sale de su norma con la misma facilidad que las ciudades grandes.

Al ser nuevo, Robbie tuvo que colocarse con una pareja. Y la pobre alma inocente las eligió a ellas.

Se suponía que Milly y él iban a escribir los colores y los nombres, pero solo lo hacía Robbie. Jude, por su parte, era la única alumna que colocaba sus pajitas sin un solo gesto de asco. Ni siquiera se dio cuenta de que la sangre seca se había acumulado en sus guantes de látex. Milly contenía arcadas con dramatismo.

—¿Puedes alejar esa cosa de mí? —exigió varias veces.

Jude contempló el corazón durante unos instantes. Luego se lo acercó.

—¿Qué cosa? ¿Esta?

—¡BASTA! ¡No me lo acerques!

—¿Qué te da tanto asco?

—¡El corazón!

—Todos tenemos uno. Bueno, tú no tienes alma, pero seguro que tienes corazón.

—¿Has sacado ese chiste de uno de tus foros de pringada? Vete a escuchar Green Day y cállate.

Jude la ignoró y clavó otra pajita como si fuera a conquistar el corazón de cerdo. Robbie, con la palidez de quien no soporta ver sangre, apuntó el nombre de la arteria.

—Oye —le dijo Jude entonces—, no lo hagas todo tú solo. La inútil también tiene que ayudar.

—Ayudo —comentó Milly—. Cada segundo que pasa sin que vomite por verte la cara es ayuda.

—Oh, ¿qué haríamos sin ti?

—Está bien —aseguró Robbie, que no quería problemas—, puedo hacerlo yo solo.

Milly sonrió con triunfo y se apoyó en el respaldo de su silla. Si le cambiaran el gorro de lana por un cóctel, cualquiera diría que estaba tomando el sol. Lucía una sonrisa muy característica, de esas que solo esbozas cuando estás a punto de decir una crueldad.

—Oye, Robin.

Él carraspeó tímidamente.

—Es Robert. O Robbie.

—Eso, eso. ¿Quieres que te ponga al día?

Jude le lanzó una mirada de advertencia. Robbie quizá era demasiado novato para entender que un consejo de Milly solía estar envenenado, pero ella lo sabía de sobra.

—No molestes al nuevo —advirtió.

Milly le hizo un gesto despectivo.

—Jude, aquí presente, ¡es famosa!

—¿Por qué no te callas un rato? —sugirió la aludida.

Ella la ignoró.

—¿No te suena una tal Penny Lane?

—Oh… —Robbie lo consideró unos instantes—. ¡Oh, claro! ¡De eso me sonabas!

El pobre Robbie lo dijo con toda su buena intención, pero Jude le lanzó tal mirada que él enrojeció. Milly, por su parte, entrelazó los dedos como el villano de una peli de Austin Powers.

—¡Claro! —exclamó, toda alegría—. Es que son superparecidas, ¿a que sí?

—¡La verdad es que sí!

Jude estaba tan ocupada clavándole pajitas al corazón que no se dio cuenta de que, en la mesa de atrás, Josh e Isaac habían dejado de trabajar para escucharlas mejor.

—¿Sabías que Penny Lane es de Serena? —prosiguió Milly con su sonrisita—. De hecho, es la madre de nuestra querida Jude. ¡Y ella también canta!

—Yo no canto —aclaró Jude de mal humor.

—Y tu madre tampoco, me pregunto cómo se haría famosa.

Jude le clavó otra pajita al corazón.

—Cállate —siseó.

—Robbie, ¡podrías pedirle a la madre de Jude que te haga un *tour* por su casa! He oído que tiene una especie de museo de los horrores de su carrera. Seguro que eres la primera persona en veinte años que se lo pide.

El pobre chico pasaba la mirada de la una a la otra.

—Em…

De pronto, Josh se inclinó sobre su mesa para acercarse a la de ellos.

—Milly —pidió—, ¿puedes callarte cinco minutos seguidos? Hay gente que intenta trabajar.

La aludida pareció muy divertida con la intervención. A Jude, en cambio, le pareció humillante que todo el mundo las estuviera oyendo.

Especialmente Isaac, que sabía que estaba justo detrás de ella. Y al que ya no oía garabatear.

Empezó a notar que se le calentaban las mejillas. Milly, al darse cuenta, sonrió todavía más. Parecía el Joker.

—¿Te estoy avergonzando, Judy?

—Milly, cállate.

—Pídemelo de rodillas. Como hizo tu madre para conseguir una carrera.

Apenas había pronunciado la última palabra cuando su voz se transformó en un grito de horror. Y es que Jude, en un intervalo de tiempo que impresionaría a cualquier ojeador de béisbol, echó el brazo hacia atrás y lanzó el corazón de cerdo con todas sus fuerzas.

Contra la cara de Milly, por supuesto.

Todo transcurrió a cámara lenta. Robbie observó la trayectoria con la boca abierta; Josh, con los ojos desorbitados, e Isaac, con una ceja arqueada. Milly, por su parte —y por inercia—, consiguió atrapar el corazón tras el rebote que dio contra su mejilla. La mancha de sangre reseca se quedó sobre su piel y, al verla entre sus dedos, tardó unos segundos de más en reaccionar.

Y entonces el caos arrasó con toda la clase.

Milly gritó con todas sus fuerzas. Por el tono, cualquiera diría que le habían lanzado una bomba y no un corazón de cerdo. El horror hizo que lanzara el músculo a cualquier lado, que resultó ser Josh. Y este, espantado, le dio una palmada que lo hizo volar todavía más lejos. Cayó en la mesa de unas chicas que, del susto, se sumaron a los gritos y lo lanzaron a otro lado.

Así, el corazón empezó a rebotar por toda la clase.

El profesor Kessler, un pobre hombre que estaba a punto de pedir la jubilación anticipada, suspiró y se preguntó por qué tenía que aguantar esas cosas.

La clase estaba sumida en un pánico generalizado y un poco desproporcionado. Los alumnos gritaban y corrían de un lado a otro. Intentaban escapar como si los persiguiera el kraken. Las bufandas volaban. Los corazones de otras mesas, también. Y Jude lo observó todo con los brazos cruzados y el ceño fruncido. El horror. El enfado del profesor. El pánico de Milly, que sollozaba con toda la fuerza de sus pulmones.

Y todo aquello, contra todo pronóstico, se vio interrumpido por un lento pero intencionado aplauso.

Fue como hacer sonar una trompeta en medio de un funeral. Todo el mundo, cada uno en una posición peor que la anterior, se volvió hacia el lugar de donde venía el sonido. El silencio inundó todo el laboratorio. Tan solo fue interrumpido por el aplauso de Isaac Rivera, que tenía la cadera apoyada en su mesa y no dejaba de sonreír y aplaudir lentamente.

Jude se volvió, confusa. Durante unos instantes no entendió por qué la miraba a ella. Por qué estaba aplaudiendo. Por qué sonreía. Isaac *sonreía*. Tras todos esos años, jamás lo había visto sonriendo. Y no solo eso, sino que parecía estar al borde de la carcajada.

Y era solamente para ella.

Todo habría sido mágico si no hubiese sido por el grito del profesor Kessler.

—¡JUDE PORTMAN! —bramó, rojo de furia—. ¡Al despacho! ¡¡¡Ahora mismo!!!

Por lo menos Milly se llevó la misma bronca que ella.

¿Diez minutos de regaño con la directora a cambio de ver llorar a Milly? Había valido la pena cada segundo.

El problema surgió cuando, de pronto, a la directora no se le ocurrió otra cosa que descolgar el teléfono para llamar a los padres de Milly. Y, por si toda la conversación sobre su madre no hubiera sido lo suficientemente humillante, miró a Jude a los ojos y le dijo:

—Mejor no me molesto en llamar a tu madre, ¿no?

Jude se tragó el orgullo, que le había formado una bola muy incómoda en la garganta.

—Puede llamar a mi abuelo.

—Sí, lo imaginaba.

Milly sonrió en medio de las lágrimas falsas. Jude, por su parte, agachó la cabeza como si la humillación le pesara sobre la nuca.

Los padres de Milly llegaron al cabo de unos instantes como la viñeta que eran: la madre, desesperada por impartir justicia por su pobre hija; el padre, mirando el móvil y recalcando que tenía que volver al trabajo. Se dedicaba a enseñarle casas a gente rica del norte de la ciudad, así que a Jude tampoco le dio mucha lástima. Que se jodiera.

Su abuelo llegó al cabo de unos minutos más. Jude se tapó disimuladamente la cara, previendo la bronca que le esperaba.

—¡¿Se puede saber qué ha pasado ahora?! —bramó él sin saludar ni nada—. ¡Más os vale que alguien se haya muerto!

También atropelló al padre de Milly con la silla de ruedas. Si el abuelo se dio cuenta, lo disimuló bastante bien. Incluso cuando el hombre dio un brinco y se le cayó el móvil al suelo.

El abuelo era un hombre… particular. Tenía mala leche. Había ido empeorando con los años, desde el ictus. Había tenido que aprender a hablar otra vez y, aunque algunas palabras todavía se le atascaban y se frustraba, lo cierto es que se hacía entender. Además, él nunca había necesitado palabras para comunicarse. Le gustaba decir que su idioma era el de la rebeldía. Un ídolo.

Se detuvo junto a Jude y le lanzó una mirada que habría congelado el infierno. Ella enrojeció.

Era curioso, eso de sentirse intimidada por un hombrecito delgado, que iba en silla de ruedas y tan envuelto en mantas y bufandas que prácticamente solo enseñaba sus ojitos cubiertos por unas gafas de medialuna. En algún momento de su vida, alguien le había comprado un *ushanka* rojo y lo llevaba a todos lados. Jude una vez comentó que parecía un Papá Noel y el abuelo le lanzó un cojín a la cara. No volvió a comentarlo.

El caso es que su abuelo estaba tan rojo como el *ushanka*. Además, estaba enfadado porque había ido en bus y odiaba compartir espacio con otros seres humanos. Encima, lo había hecho para hablar con unos pijos de la zona norte. Todo mal.

Jude respiró hondo. Esos diez minutos iban a ser los más largos de su vida.

—¿Y bien? —insistió el hombrecito—. ¿Se puede saber qué ha pasado que es *taaan* urgente?

La directora Baker abrió la boca para responder, pero la madre de Milly se adelantó con dramatismo.

—¿Cómo no va a saberlo? —espetó—. ¡¿Es que no ve a mi hija?!

El abuelo le lanzó una mirada de soslayo.

—La veo y comprendo que llore usted cada vez que piense en ella, pero no entiendo qué tiene que ver conmigo.

La mujer empezó a ponerse roja de la rabia. Menos mal que la directora Baker intervino:

—Me temo que Amelia y Jude han tenido… *otro* conflicto. En esta ocasión, en el laboratorio de ciencias.

—Ha sido culpa suya —explicó Milly con desprecio.

Jude sonrió con ironía. Dejó de hacerlo cuando el abuelo le asestó un manotazo.

—¿Y qué? —bramó él—. Son adolescentes y se pelean. Oh, qué gran novedad. Que abran las enciclopedias de sociología, necesitamos una nueva entrada.

—Señor Portman —murmuró la directora con ese tono que usaba para hablar con niños pequeños o adultos locos—, me temo que es la sexta vez que debo llamarlos en un solo semestre. Esto ha dejado de ser un conflicto puntual y se ha convertido en un problema. No podemos seguir así.

—Estoy de acuerdo —saltó la madre de Milly—. ¡No puede permitir que mi niña siga compartiendo clase con esa delincuente juvenil!

Ofendida, Jude enarcó las cejas.

—En esta ocasión —volvió a intentarlo la directora—, Jude ha lanzado un corazón contra Amelia y eso ha hecho…

—¡La ha atacado con un órgano que podría haber tenido más de cuarenta enfermedades contagiosas! —insistió la mujer con desesperación—. ¡Agresión!, ¡llámelo por su nombre!

—Y me ha entrado sangre en un ojo —lloriqueó Milly.

Su madre se llevó una mano al pecho. La actuación habría humillado a la mismísima Meryl Streep.

—¡¡¡Podría haberse quedado ciega!!!

—Mejor —murmuró el abuelo—, así se ahorraría ver este cuadro.

—¿Cuadro? —repitió la mujer ofendidísima—. ¡¿Cómo se atreve?!

—¿Cómo quiere que lo llame exactamente?

—¡Intento de asesinato!

—Si mi nieta quisiera matarla, ya estaría muerta.

Aquello desencadenó una oleada de reclamos, discusiones y gritos. La madre de Milly señalaba a Jude y el abuelo imitaba su voz de forma bastante graciosa. Milly lloraba para darle peso al argumento de su madre. El padre, por otro lado, se frotaba los ojos. Y la directora Baker los observaba con los dedos entrelazados y preguntándose por qué había aceptado ese trabajo.

—A ver —intervino esta última—, me temo que las peleas no empiezan sin la participación de dos personas. El compañero de mesa ha dejado claro que Amelia ha empezado el conflicto.

Jude parpadeó sorprendida. No esperaba que Robbie, siendo el nuevo, se atreviera a posicionarse a su favor. Le salía mucho más rentable hacerle la pelota a Milly.

Y la rubia saltó enseguida:

—¡No he provocado a nadie! Solo le he dicho al nuevo que Jude es hija de Penny Lane. ¿Qué tiene eso de malo?, ¿eh?

Jude se tensó en su silla. Especialmente cuando su abuelo se volvió hacia ella. Le lanzó una de sus miradas de advertencia, una de esas que aseguraban que ese tema no había concluido y que ya lo hablarían en casa.

—No tiene nada de malo —aseguró la madre de Milly acariciándole el hombro—. Si ella se avergüenza de su madre, no es culpa de mi niña.

En esa ocasión, Jude intervino para adelantarse a su abuelo. Como hablara el hombrecito, iba a masacrar a medio despacho.

—Milly sabía perfectamente lo que hacía —aclaró Jude—. Si no quería un corazonazo en la cara, debería haberse callado cuando se lo he pedido.

—¿Y quién eres tú? —saltó Milly—. ¿La alcaldesa de la clase?

—La que te lanzará otro corazón si sigues molestánd…

—¡Ya está bien!

Aquello lo dijo el padre de Milly, que empezaba a sentirse un poco desesperado. Se había plantado entre ambas parejas en un triste intento de separar los bandos. E hizo bien, porque Jude estaba a punto de lanzarle un lapicero a su hija. Y esta vez habría apuntado al ojo.

—Ya está bien —repitió—. Está claro que las chicas nunca van a ser amigas, pero eso no quiere decir que tengan que pasarse el día discutiendo. ¿No podemos cambiarlas de clase?

Tanto Jude como Milly asintieron fervientemente.

—Me temo que esa no es una opción —respondió la directora con calma—. Este centro tiene una política muy clara sobre la marginalización de su alumnado y moviendo a una de ellas solo aumentaríamos el conflicto entre otros alumnos que no desean compartir espacio. La solución está en que ambas aprendan a convivir juntas. Que entiendan que no siempre puede gustarnos la persona que tenemos al lado, pero eso no justifica agresiones o ataques personales.

Remarcó aquellas dos cosas mirándolas fijamente a ambas. Tanto Milly como Jude apartaron la mirada.

—He decidido llamarlos —prosiguió la directora, ahora para los adultos— porque quiero que estén al corriente de cuál es la situación actual de ambas chicas. Y advertirles de que no volveremos a tolerar una escena de este calibre.

—¿Nos está amenazando? —saltó la madre de Milly.

El abuelo puso los ojos en blanco.

—Te está diciendo que le pongas un bozal a tu hija.

—¡¿Cómo se atrev…?!

—Lo que quiero decir —intervino la directora con su suavidad habitual— es que esta es la última advertencia. Si volvemos a vivir algo así, no me quedará más remedio que tomar medidas drásticas. La junta de profesores ha propuesto una suspensión disciplinaria de una semana. —Antes de que los padres de Milly saltaran sobre el escritorio para agarrarla del cuello, la pobre mujer levantó las manos y acalló las protestas—. Sin embargo, he decidido reducirlo a una advertencia. Eso no quiere decir que no vaya a haber consecuencias, claro. Van a ser compañeras de laboratorio hasta final de curso. Y ambas deberán cumplir un castigo de un mes…

—¡¿Un mes?! —repitió Milly con los ojos desorbitados.

—… en la sala de castigos después de clases. Una hora cada día durante un mes. Podrán hacer sus deberes, ponerse al día con sus apuntes…

—¡No es justo! ¡Yo no he hecho nada!

—Me temo que la decisión está tomada, Amelia. Y es una advertencia para que ambas analicéis mejor vuestros actos. No solo se trata de comportaros, sino también de velar por vuestro futuro. Con las notas que tienes, Jude… No lo arruines por mal comportamiento. Y tú tampoco, Amelia. Gracias a todos por venir y espero que esta reunión sirva como reflexión.

Los padres de Milly se quedaron en un rincón del pasillo, amonestándola entre susurros furiosos. Cuando Jude pasó junto a ellos, la mujer rodeó a su hija con un brazo como si acabara de pasar el anticristo. Solo le faltaba sacar un crucifijo. Jude suspiró y siguió caminando junto a su abuelo.

El hombre no dijo nada hasta que llegaron a la puerta del instituto. Jude lo ayudó a bajar la rampa y a detenerse junto a la parada del autobús, que se encontraba justo al lado de la entrada. No fue hasta entonces que el abuelo la analizó con la mirada.

—¿Un corazón?, ¿en serio?

—Era lo que tenía a mano.

—Sabes perfectamente que no me refería a eso. ¿Cómo se te ocurre, Jude?

Ella quiso decirle que se lo merecía y que no se arrepentía, pero no se atrevió. Podía soportar muchos desprecios, pero haber decepcionado a su abuelo era horrible.

—Lo siento —murmuró.

—Y más que lo vas a sentir, porque vas a cumplir con ese castigo.

—Ya…

—Y espera que se lo cuente a tu madre.

—Si a Penny le importara, estaría aquí.

Otra mirada de advertencia. Jude mantuvo la vista clavada en el suelo.

—Es «mamá» —aclaró el hombre—, no «Penny».

—Sigue sin estar aquí.

—No seas dura con tu madre.

De nuevo, silencio. El bus ya había doblado la esquina. Jude lo agradeció en silencio.

—Ya hablaremos en casa —aseguró su abuelo—. Ni se te ocurra llegar tarde.

—Que sí, abuelo…

—Y ven aquí.

En esa ocasión, sonreía. Su abuelo rara vez ofrecía gestos cariñosos, pero sus ojillos podrían considerarse alegres tras las gafas de medialuna. Especialmente cuando extendió una mano hacia ella. Jude chocó su puño suavemente con el suyo. Después giró la mano para darle con los nudillos y finalmente las apretaron de forma breve y decidida.

—Pórtate bien —le dijo él—. Aunque, si te cargas a la llorona, tampoco me quejaré.

Para cuando se subió al bus entre maldiciones e insultos para que la gente se quitara de en medio, Jude ascendió las escaleras del instituto con una pequeña sonrisa.

3

El chico del pupitre de enfrente

Jude nunca lo admitiría, pero la sonrisa de Isaac permaneció en su cabeza durante mucho más tiempo del que debería.

¿Hizo algo al respecto? Pues no, pero pensó mucho en ello.

Tal y como sospechaba, Penny no entendió el incidente del laboratorio, o no quiso entenderlo, así que no tuvo más bronca que la de su abuelo. Y el castigo correspondiente después de clases, que tampoco le parecía un gran precio a pagar a cambio de haberle arruinado la mañana a Milly.

Cumplió su primera semana de castigo sin ninguna protesta. De hecho, le resultó reconfortante tener una excusa para hacer los deberes tranquila. En casa de Penny era complicado concentrarse. Así que Jude cumplía con su condena, desde el otro extremo del aula que Milly, y volvía a casa una hora más tarde, sin ningún remordimiento y encantada por el tiempo libre.

Ocho días después del incidente, entró en clase de Literatura con sus libros bajo el brazo. Esa mañana Lucy se había quedado dormida y habían perdido el bus. Es decir, que habían corrido para no llegar tarde. Consiguió entrar en el instituto con un margen de medio minuto, la cara roja y la respiración atascada en la garganta.

La profesora acababa de llegar. Todavía colocaba sus cosas. Silenciosa como una ninja, Jude pasó por detrás de ella y contempló las mesas libres.

Sus opciones de compañero de pupitre eran:

–Milly (ja, ni de coña).

–El chico que se tiraba pedos porque tenía intolerancia a la lactosa pero desayunaba leche con cereales cada puñetero día (no, gracias).

–La amiga número seis de Milly (ni de coña otra vez).

–Robbie, el nuevo. El chico que la había defendido delante de la directora.

Lo tuvo claro. Y, por si hubiera alguna duda, Robbie hizo un tímido gesto de saludo.

Jude se acercó antes de que la profesora se diera la vuelta. Estaba tan apurada que apenas se fijó en Isaac, que estaba sentado justo delante de ella y la había seguido con la mirada.

Todavía un poco ahogada por el maratón que se había metido entre pecho y espalda, Jude se dejó caer en el asiento y empezó a quitarse capas de ropa. Robbie la observaba con los ojos muy abiertos.

—¿Estás bien? —preguntó.

—Acabo de correr quince minutos seguidos. Y sin desayunar.

—Ah, bueno, no es para tant… —Al ver su cara, Robbie cambió el discurso—. Qué… bufanda tan bonita. Y tan morada. En plan berenjena.

Jude suspiró y se quitó la bufanda. Estaba acalorada. La lanzó sobre la mesa sin pensarlo demasiado, pero su mirada permaneció en la prenda. Especialmente cuando vio que alguien la tomaba entre sus dedos.

Durante unos instantes, Jude no entendió qué estaba pasando. Su mirada ascendió por el largo de su bufanda, que de pronto le parecía horrorosa —sí que le recordaba a una berenjena—, y por las manos morenas que jugueteaban con ella…, hasta llegar al dueño del jersey negro que toqueteaba una de las bolitas de lana morada.

Jude dejó de desabrocharse la chaqueta, todavía con las manos en la cremallera. No sabía qué hacer. Isaac contempló sus propios dedos jugando con la bolita y luego elevó la mirada. Al ver a su compañera tan pasmada, esbozó lo que parecía una sombra de sonrisa. Ella notó que su cara, ya de por sí roja, se volvía todavía más llamativa. La sonrisa de Isaac aumentó. Ella parpadeó. Él hizo un gesto de asentimiento un poco vago, como si quisiera saludarla. Y entonces dejó la bufanda en la mesa con suavidad y se volvió hacia la profesora, que había empezado la clase.

Si Jude hubiera tenido un diario en el que apuntar sus cosas, esa habría sido la entrada más marcada de su vida.

A partir de ese día, Isaac sería lo único que recordaría de sus clases de Literatura. Y es que, en cada lección, él le hacía un breve gesto de reconocimiento. Una mirada de reojo, una caricia sobre alguna de las prendas que ella lanzaba de cualquier manera sobre su mesa, un gesto de aprobación a alguna de sus intervenciones... Y Jude, que debería haber empezado a acostumbrarse, sentía que a cada ocasión se ponía más nerviosa.

Pese a que su enamoramiento infantil llevaba mucho tiempo en marcha, Isaac empezó a llenar sus pensamientos como nunca antes. Mientras hacía la cena, acompañaba a su abuelo al médico o vaciaba los ceniceros de Penny, pensaba en él. Qué romántica ella. Pero pensaba en él, que era algo que jamás le había sucedido.

Se preguntaba si sería posible...

No, era imposible.

Pero ¿y si...?

No, no, no. ¿Cómo iba a fijarse en ella?

A ver, la miraba mucho...

¡¿Y si estaba todo en su cabeza?!

¡¿Y si le gustaba?!

¡¿Y si estaba haciendo el ridículo?!

¡¡¡¿¿¿Y si no???!!!

¿Y si perdía tanto el tiempo pensando en las posibilidades que nunca llegaba a hacer nada? Esto no lo pensó Jude, pero te lo digo yo.

El caso es que no podía pensar en otra cosa. Tenerlo delante no ayudaba, porque Jude podía observarlo tanto como quisiera sin que él se diera cuenta: cuando se inclinaba sobre la mesa; cuando los músculos de sus brazos se flexionaban bajo el jersey porque apuntaba o dibujaba alguna cosa que nunca alcanzaba a ver; cuando se apoyaba en las patas traseras de su silla con un brazo sujetándose en el respaldo; cuando se volvía para mirar por la ventana y ella podía analizar su perfil distraído; cuando ignoraba a los demás pero se volvía para escuchar las intervenciones de Jude; cuando Josh, sentado a su lado, le susurraba algo y él le ofrecía un asentimiento y poco más; cuando miraba su móvil por debajo de la mesa; cuando le daba vueltas a su lápiz favorito a toda velocidad sin ni siquiera mirarlo. Le gustaban sus ojos oscuros. Su pelo siempre desordenado. Sus labios fruncidos por la concentración. El lunar que tenía en el dorso de la mano. Sus dedos largos —¿desde cuándo le importaban los dedos?—. Sus pestañas, que eran más bonitas que las de ella. Le gustaba su nariz también. Y la arruguita que se le formaba en la comisura de la boca las pocas veces que esbozaba una pequeña sonrisa.

A ver..., ¡tampoco es que se fijara tanto en él!

Solo... un poquito. Lo justo y necesario.

Pero era culpa de Isaac, por haberle hecho caso cuando podría haber seguido ignorándola. ¡Eso le pasaba por darle alas a una persona que vivía el noventa por ciento de su vida dentro de su propia cabeza!

Sin embargo, nunca hablaban. Quizá no valía la pena pensar en él.

Porque Jude no iba a ser la primera en hacerlo, ¿eh? Bastante tenía con no explotar por el simple gesto que le hacía cada día al sentarse. ¿Cómo iba a hablarle? Además, dudaba que él tuviera intenciones de hacerlo. Porque ni siquiera lo había intent...

—Hola.

Jude dejó de apuntar en su libreta. De hecho, dejó de respirar.

Se suponía que ese día la profesora les había dado diez minutos para hacer un comentario de texto, pero todo el mundo se dedicaba a hablar. Quizá por eso dudó entre ilusionarse y levantar la cabeza, o asumir que Isaac no le estaba hablando a ella.

Porque era *imposible* que le estuviera hablando a ella.

Jude lanzó una mirada preventiva hacia Robbie. En los últimos días se habían unido un poquito y, aunque no charlaban demasiado, pasaban bastante tiempo juntos. Y, al ver que su compañero había levantado la mirada y rozaba la catatonia, Jude asumió que, efectivamente, Isaac se estaba dirigiendo a ella.

Finalmente, levantó la cabeza.

Y sí, la estaba mirando a ella. Se había sentado de lado, con el brazo pasado por encima de su propia silla para apoyarlo en la mesa de Jude.

Uno de sus dedos repiqueteaba un ritmo desconocido sobre la superficie de madera. Ella pudo sentir cada vibración bajo los brazos, que todavía no había sido capaz de mover. Isaac volvía a lucir esa sonrisa no del todo formada que esbozaba cada vez que la veía, como si tuviera que contener las ganas de reírse, pero a la vez no se diera cuenta del gesto. La arruguita había salido a saludarla.

Ese día Isaac se había puesto una sudadera de una banda de música que llevaba años sin sacar nada nuevo. Todavía tenía el pelo oscuro un poco húmedo por la nieve, lo que la llevó a pensar que no se había molestado en ponerse la capucha.

Mientras ella pensaba en todo eso, Isaac había hablado y Jude todavía no tenía ninguna respuesta. De hecho, no se dio cuenta hasta que Robbie le clavó una patada ruidosa por debajo de la mesa. Sobresaltada por el sonido, dio un brinco y se pegó al respaldo de su silla, lo más lejos posible de Isaac.

—Hola —dijo, como si nunca antes hubiera saludado a nadie.

La fuente de todos sus nervios, que iban multiplicándose a cada segundo, se mantuvo en silencio unos instantes. Seguía repiqueteando un ritmo sobre el pupitre.

—¿Sigues castigada?

—¿Eh?

—Después de clases —aclaró.

En realidad, Jude lo había entendido. Lo único que no comprendía era el porqué de la pregunta. O el porqué de interesarse en su vida, cuando era la más aburrida de la historia.

Jude asintió.

—Sí.

—¿Y qué tal?

—¿Me estás preguntando qué tal el castigo?

—Sí.

—¿Por qué?

—Voy a hacer un artículo protesta y necesito un testigo.

La pobre chica estaba tan paralizada que no entendió la broma. Robbie sonrió con la mirada clavada en su cuaderno.

Aquella conversación había atraído también la atención de Josh. Dejó de apuntar un momento e intercambió una mirada entre Jude e Isaac, pero ninguno de los dos se dio cuenta, pues estaban ocupados mirándose el uno al otro.

Isaac, al ver que ella no comprendía la broma, sonrió y se inclinó sobre la mesa que los separaba. Esta vez apoyándose con ambos brazos. Jude se echó un poco más hacia atrás. No entendía sus propias reacciones, pero le habían empezado a sudar las manos.

—Bien —dijo ella finalmente—. Aburrido, pero bien.

Él asintió como si estuviera esperando esa respuesta.

—Puedo hacerlo más entretenido, si quieres.

De nuevo, ella no entendió lo que quería decir. Y, con todos los nervios acumulados, le sorprendió lo segura que sonó su respuesta.

—Vale.

Jamás habría adivinado lo que pasaría a continuación.

Isaac, todavía apoyado en su mesa, volvió la cabeza hacia la profesora Marsh. La mujer estaba analizando unos papeles con gesto crítico, pero levantó la cabeza en cuanto él gritó:

—¡Oye!

Toda la clase se quedó en silencio y se volvió hacia Isaac, que, con su gesto aburrido de siempre, mantuvo la mirada clavada en la profesora.

Ella enarcó una ceja.

—¿Te parece que esa es manera de…?

—Tengo una duda, profesora.

—Sorpréndeme.

—¿Cuánto cobra por mandarnos deberes y no hacer absolutamente nada durante media clase?

Jude contuvo la respiración. Robbie abrió mucho los ojos. Josh miró a su amigo como si se hubiera vuelto completamente loco.

Pero ninguna mirada era como la de la profesora Marsh, que tardó un intervalo ridículamente largo en asumir lo que acababa de oír. Al entenderlo, se levantó tan deprisa que su silla osciló tras ella.

—¡Tienes tres segundos para disculp…!

—Oh, puede quedárselos. Pero gracias por su tiempo.

La mujer, furiosa, lo señaló con un dedo acusador.

—¿Quieres ser el gracioso del aula, Isaac? —espetó—. Pues ya te reirás después de clase, ¡porque te vas a quedar dos semanas en la sala de castigos!

La profesora ocupó su asiento y murmuró algo relacionado con alumnos maleducados. El resto de la clase se contenía para no reírse o comentar nada del encontronazo.

Isaac se volvió para mirar a Jude. Sonrió de forma misteriosa, casi como si acabara de guiñarle un ojo, y repiqueteó el dedo una última vez sobre la mesa. Tras eso, se sentó bien y volvió a centrarse en su dibujo.

Jude no dejó de pensar en él durante todo el día. Especialmente a la hora de la comida, cuando se cruzaron de cerca, pero Isaac apenas le prestó atención.

Qué contradicción de chico.

Como cada día, ella fue directamente a su mesa porque se había preparado la comida en casa. También se la había preparado a Lucy, que estaba sentada al otro lado de la cafetería con su grupo de amigas, entre las que se encontraba Quinn, su mejor amiga. La contempló unos instantes, distraída, hasta que tuvo la sensación de que ella también estaba siendo observada.

De forma casi inconsciente, su mirada fue a parar sobre Josh. Se dirigía a su mesa y no perdió la oportunidad de observar a Jude de forma intencionada. Como si estuviera analizándola en busca de algo interesante y no pudiera encontrarlo, el asqueroso.

En ese momento, Jude todavía no sabía lo importante que terminaría siendo Josh en su historia. El antes y el después que supondría para ambos que sus caminos decidieran cruzarse.

Años más tarde, recordaría esos mismos ojos azules, esos que al principio habían hecho que se sintiera fuera de lugar, y no sería capaz de pensar en ellos sin que le entraran ganas de llorar. Recordaría esa misma sudadera gris, la que llevaba puesta aquella mañana en la cafetería, porque sería la misma que llevaría ese último día. Envuelta en llamas. Las manchas de sangre y ceniza. Y sus propias lágrimas, saladas cuando resbalaron hasta sus labios agrietados.

Jude le devolvió la mirada, más confusa que intimidada. Josh torció el gesto con desagrado y fue a su mesa sin volver a prestarle atención.

—¿Puedo sentarme aquí?

La voz de Robbie hizo que ella volviera a centrarse. Le ofreció una pequeña sonrisa y apartó la bandeja para que cupiera. Como casi cada día, ambos comieron acompañándose de algún que otro comentario, pero poco más.

Antes de presentar a la tercera integrante de la mesa, debería aclararte un detalle de la vida de Jude: para ella, el instituto fue insignificante.

Nunca se sintió parte de ningún grupo ni vivió nada que sintiera que fuera a cambiarle la vida. Jamás podría recordar un momento que destacara entre los demás, más allá de alguno con ese grupo reducido con el que se relacionaba. Tampoco hizo amistades para toda la vida. Ni descubrió nada de sí misma que no conociera ya. Pasó por esa época sin pena ni gloria, como se había sentido en la mayoría de los aspectos de su vida.

Años más tarde, entendería por primera vez que sus propias inseguridades le habían impedido relacionarse con los demás. Buscar su lugar en el mundo y luchar por asentarse en él. En ese momento, sin embargo, solo sentía que no era lo suficientemente interesante como para integrarse en ningún grupo.

Si tan solo hubiera sabido que todo el mundo se sentía así…

El caso es que, en medio de toda aquella bruma, un día apareció Nia. Era de la parte norte de la ciudad —la rica, sí— y vivía en la calle de Josh Phelps. Juraba constantemente que habían sido amigos durante unos años, pero él no parecía recordarla. Nia tenía historias parecidas con todos los hijos de familias ricas de la ciudad, pero estaba tan sola que había tenido que conformarse con ser amiga de Jude.

Por lo menos así se sentía Jude. Nia tan solo se relacionaba con ella cuando no tenía alternativa. Jude era su amiga de banquillo, la que se conformaba con ser la segunda opción porque no tenía tanto valor como para ser la primera. A veces Jude se decía a sí misma que estaba bien, que no le importaba. En otras ocasiones le dolía un poco más. Pero la triste realidad era que prefería ser una amiga de banquillo y conformarse con las migajas que estar completamente sola. Porque, aunque pasaba mucho tiempo en soledad, le tenía un miedo horrible al abandono.

Además, su amistad no siempre había sido así. Hubo un tiempo en el que le encantaba estar con Nia. Qué pena…

Ese día, su amiga se sentó delante de ella dando un golpe sobre la mesa con la bandeja. El pobre Robbie dio un respingo.

—¿Se puede saber qué le has hecho a Milly? —le preguntó Nia a Jude—. ¡No me han dejado sentarme a su mesa!

Jude lanzó una mirada a dicha mesa. Isaac escuchaba música y miraba por la ventana, Josh hablaba con Milly y los demás participaban en la conversación.

—Nada que no se mereciera —concluyó.

—Hola —intervino Robbie entonces—, soy Robbie. Creo que no nos conocemos.

Nia le lanzó una mirada irritada y, como si no hubiera oído nada, volvió a centrarse en Jude.

—¿Le lanzaste un corazón?

—Ah, así que ya te han llegado los rumores…

—¡Pues claro que me han llegado! ¿De qué quieres que hable aquí la gente, Jude?, ¿del tiempo? ¡Si nunca pasa nada!

—Pues espero un agradecimiento colectivo por el cotilleo.

— ¡No tiene gracia! —se exasperó Nia—. ¿Por qué tengo que pagar yo por tus cagadas?

—¡Ya se les olvidará! Ni que le hubiera lanzado un cuchillo…

—A veces siento que te dan igual mis sentimientos.

—¿Y qué quieres que haga?

—Disculparte.

Jude contuvo una risotada.

—Será una broma.

—No lo es —aseguró Nia muy seria—. Por tu culpa, no quieren invitarme a la fiesta de Navidad.

—*Nunca* te han invitado a ninguna fiesta.

—¡Iban a empezar ahora!

—¿Eso te dijo tu buena amiga Milly?

Nia levantó un dedo acusador.

—Que tú le tengas manía no quiere decir que yo no pueda ser su amiga.

—Por favor… ¡La única amiga que tiene Milly es ella misma!

—¡Por eso tienes que disculparte!

—No.

Nia la contempló unos instantes con impotencia, como si midiera si valía la pena insistir. Al final, recogió su bandeja de nuevo y miró a Robbie.

—¿Quieres un consejo? No esperes un mínimo esfuerzo de su parte.

Jude fingió que aquello no le había dolido y removió su yogur de frutas. Mantuvo la vista clavada en él para no ver a Nia alejarse de ellos.

El silencio se extendió unos instantes. Hasta que Robbie carraspeó con incomodidad.

—Bueno… —murmuró—, tu vida no es nada aburrida.

—¿Ya te arrepientes de juntarte conmigo? Puedes seguir a Nia, si quieres.

—No te ofendas, pero tampoco es que tenga muchas más opciones que tú.

—Vaya, gracias.

Robbie enrojeció.

—Ha sonado un poco peor de lo que quería. Perdón.

Jude dejó de remover su yogur durante un instante.

—Tienes que dejar de disculparte por cualquier cosa —concluyó.

—¿Eh?

—Te disculpas demasiado, Robbie.

—Ah…, perdón.

Jude enarcó una ceja. Él enrojeció todavía más.

—Perd… Quiero decir…

—En el laboratorio lo haces constantemente. Sobre todo con Milly —insistió ella al recordarlo—. No tienes que disculparte con alguien que claramente se está burlando de ti. Sin ofender.

Él suspiró y removió su almuerzo recién comprado sin mucho ánimo.

—No, no… Tienes razón. Mi padre también me lo dice.

Hubo una pausa un poco incómoda en la que ninguno de los dos comió y aun así ambos se centraron en su plato de comida.

—¿Y quién era esa? —preguntó Robbie entonces.

—Una… Bueno… Es Nia.

—¿Una amiga?

—Supongo.

Robbie asintió como si lo entendiera, aunque ni la misma Jude lo hacía.

—Quizá yo no debería disculparme tanto —murmuró él— y quizá tú deberías saber si la gente que te rodea es tu amiga o no.

Por motivos que desconocía, Jude esbozó una pequeña sonrisa divertida. Al darle un codazo, vio que Robbie tampoco podía contener la suya.

Vaya dos.

4

El chico del submarino amarillo

Jude no tuvo muy claro si Isaac había decidido desaparecer, y tampoco tuvo muy claro por qué estaba tan pendiente de su entrada triunfal en la sala de castigos. El caso es que no apareció. Y ella, como cada día desde que estaba castigada, volvió a casa en bicicleta.

Lo de ir en bici por una carretera nevada no era precisamente su momento favorito del día. Pero se conformó con esconder la nariz bajo la bufanda y pedalear con ganas para entrar en calor.

En un día soleado, tardaba quince minutos en llegar a casa. Con el clima nevado tardó veinticinco. Se le hicieron eternos. Especialmente su calle, Carriers Lane, que era una cuesta hacia arriba que podría haber tumbado a Usain Bolt. Jude tenía un máster en subirla sin bajarse de la bici, así que empujó los pedales con fuerza y consiguió aparcarla junto al viejo Ford Fiesta rojo de su abuelo, que tenía más años que él… y debía llevar sin arrancar desde antes de que naciera ella. Tras echarle un vistazo al moribundo Manolito, entró en casa.

Como cada día, se encontró al abuelo sentado en su silla de ruedas con una manta encima y el mando de la televisión en la mano. Gruñó un saludo, a lo que Jude se acercó a darle un beso en la mejilla. Luego cogió el plato de comida que había dejado en la mesita.

—¿Estaba bueno? —le preguntó.

El abuelo se encogió de hombros.

—Le faltaba sal.

—El médico dijo que había que controlar la sal.

—¡Va en serio!

—¿Por qué no te vas a ver porno con Quinn y me dejas tranquila?

—¡Que va en serio! —insistió su hermana—. ¡Está sentado en la acera!

Más por inercia que por creerse que tenía una visita, Jude dejó su bufanda con cuidado sobre el colchón y se estiró. Una vez que consiguió asomarse por la ventana, repasó la acera con la mirada. Era de noche y su calle no tenía farolas, así que tuvo que agudizar la vista.

Y entonces lo vio.

—¿Qué coño…?

—Te has vuelto una malhablada —dijo Lucy con diversión—. ¿Le digo que entre?

—¡¡¡NO!!!

Apresurada, Jude se puso las botas y el gorro. Ni siquiera se detuvo para recoger la bufanda a medio coser. Estaba ocupada teniendo un ataque de histeria.

Bajó las escaleras tan deprisa que casi pasó por alto a Lucy y Quinn, que la observaban desde la puerta de la habitación. Jude aprovechó para detenerse.

—¿«Un chico»? —repitió—. ¡Podríais haberme dicho que era tu hermano!

Quinn sonrió con malicia. Lucy también.

—¿Por qué viene a verte Joshua? —preguntó la última.

—Igual ha venido a buscar a su hermana.

—¿A mí? —Quinn resopló—. Lo dudo.

La verdad es que Jude también lo dudaba, pues en todos esos años jamás había ido a buscarla.

No, había ido a verla a ella.

Que su abuelo y Penny estuvieran en el umbral del salón tampoco la asombró demasiado. Eran los más cotillas de la casa.

—¿Quién es ese? —gruñó el abuelo.

—¡Nadie!

—¡Mi hermano! —gritó Quinn por ahí atrás.

Penny la miraba fijamente. Tomó una calada del cigarrillo.

—¿Ahora vienen hombres a mi casa? —preguntó mientras el humo escapaba de sus fosas nasales.

Jude osciló un momento, sin saber cómo responder, y terminó por salir de casa con el abrigo en la mano. Lo tenía tan apretado que se le olvidó ponérselo y simplemente lo llevó colgado como si fuera un bolso.

Efectivamente, Josh Phelps estaba sentado en su acera. Era mucho más impactante que ver a Quinn, pues su hermana llevaba tantos años yendo que ya formaba parte del ecosistema de Carriers Lane. Josh, en cambio… Su coche estaba aparcado junto a él. Ver un cochazo como ese en un barrio como el suyo era como ver a un profesor fuera de clase, no pertenecía a ese entorno. De hecho, Jude tuvo un pasajero y ligero sentimiento de miedo. ¿Y si le robaban las llantas? A Manolito se las robaron, una vez. Y eso que el pobre Manolito era una chatarra. Imagínate con un SUV…

Como nunca había hablado con él, Jude no supo qué hacer. Tampoco tenía muy claro que estuviera ahí por ella. Hasta ese momento no se le había ocurrido la posibilidad de hacer el ridículo por presuponerlo y que él viniera tan solo a buscar a su hermana por primera vez en años.

Sin embargo, cuando se acercó a él, supo que estaba ahí para hablar con ella.

—Ah, Jude… —dijo Josh, como si se sorprendiera al verla en su propia casa—. Hola.

—Hola.

Silencio incómodo.

El chico se había incorporado. Llevaba un abrigo de marca y jugaba con las llaves del coche. Jude lanzó una mirada dubitativa cuesta abajo. Seguía sin sentirse del todo cómoda con el hecho de que estuviera ahí, tan expuesto.

—No hay farolas —comentó él de forma un poco incómoda.

—Sí que las hay, pero la gente roba las bombillas. Ya no se molestan en cambiarlas.

—Ah.

Ella se balanceó sobre las puntas de los pies. Era tan consciente de que todos los miembros de su familia estaban asomados a la ventana que tuvo que contener el impulso de volverse y regañarlos.

Por suerte, Josh no se dio cuenta. Y por fin empezó a hablar:

—Sé que esto es un poco raro. La verdad es que quería venir a buscar a Quinn, pero también a hablar contigo.

—¿De qué?

Josh enarcó una ceja.

—¿De qué va a ser?

Ah, claro. Como si tuviera otro tema que hablar con alguien tan insignificante como ella.

—Pues habla —concluyó ella.

—¿No me vas a invitar a pasar?

—No te conozco.

—Vamos a la misma clase desde hace diez años. Nuestras hermanas son mejores amigas. Mi padre es vuestro casero.

—Me gusta el aire frío —cambió ella de argumento.

En realidad, no quería que Josh viera el desastre que era su casa. O su familia. Bastante mal estaba viendo la calle... Imagínate cómo vería su moqueta morada. O su pintura de pared amarillenta o sus cortinas con agujeros.

Él le lanzó una mirada un poco confusa, casi ofendida, pero al final asintió y se acercó unos cuantos pasos a ella. Se encontraron en medio de la pequeñísima rotonda que conformaba el final de la cuesta de Carriers Lane. La única casa ahí era la suya y raramente subía nadie a verlos. Aun así, Jude tuvo la sensación de que ese día iba a subir alguien y a atropellarlos. Con su suerte, no le extrañaría.

No olvidemos que era el token de mala suerte de Serena.

Josh respiró hondo y por fin habló sin rodeos:

—¿Qué hay entre tú e Isaac?

—¿Perdona?

—¿Me puedes explicar el numerito de hoy? —insistió él—. Porque ambos sabemos que ha sido una ridiculez.

—¿Por qué no le pides explicaciones a tu amigo, Joshua?

—Josh —corrigió él con un deje de irritación—. Porque él no habla con nadie. Bueno, no de esas cosas. Tú eres más fácil de presionar.

—No asumas que me conoces.

Jude nunca tuvo muy claro por qué se había puesto tan a la defensiva y tan deprisa. Josh también pareció un poco sorprendido.

—¿Por qué te pones así? —preguntó de mala gana.

—Porque te has presentado en mi casa, de noche, para hablarme por primera vez en tu vida. Y resulta que es para reclamarme algo que no he hecho yo.

—¿Preferirías que me presentara a pedirte una cita? —ironizó Josh—. Siento romperte el corazón.

—Oh, por favor… ¿Por qué todos los idiotas os creéis que todas las chicas nos morimos de ganas de salir con vosotros?

—¡Has sacado tú el tema!

—¡Lo has sacado tú solo!

—¡Basta! —saltó Josh de repente—. ¿Qué te traes con Isaac? ¿De qué os conocéis?

—De haber ido a clase juntos durante diez años —recapituló Jude contando con los dedos—, la hermana de su mejor amigo es la mejor amiga de mi hermana, el padre de su mejor amigo es el caser…

—¿Puedes tomarte en serio la conversación?

—¿Puedes decirme qué quieres saber? Y esta vez sé honesto.

—No quiero *saber* nada —aclaró Josh—. Lo que quiero es que lo dejes en paz.

Jude alzó las cejas.

—¿Eres su guardaespaldas?

—Soy su mejor amigo. Y sé quién eres y de dónde sales. Isaac no es como yo, ¿sabes? A veces…, se fija en la gente más…, em…, vulnerable. Le gusta sentir que está haciendo algo bueno por el mundo.

—Así que solo podría fijarse en mí para mejorar su karma.

—Yo no he dicho eso.

—¿Entonces?

—A ver, es que no eres… Eres…

En cuanto Josh se quedó sin palabras y apartó la mirada, Jude supo exactamente a qué se refería.

Lo curioso de la gente que intentaba llamarla fea, poco atractiva o cualquier derivado que amortiguara el golpe era que todos se creían que lo estaba oyendo por primera vez. Que acababan de descubrir algo totalmente nuevo. Que Jude no se despertaba cada día, se miraba en el espejo y era consciente de cuál era su reflejo.

Pero Jude sabía perfectamente lo que era ser la menos atractiva de la familia. Tenía la mala suerte de haber crecido junto a un icono de la belleza. Ya cuando era una niña y empezó a desarrollarse, la gente le hizo saber que jamás estaría a la altura de Penny. A veces ni siquiera utilizaban palabras. Tan solo miraban a Penny con una expresión que cambiaba drásticamente cuando, acto seguido, la veían a ella.

Se sabía todas las frases de memoria.

«Tu madre es una de las mujeres más bellas que he visto en mi vida. Y tú…, bueno, ¡ya crecerás!».

«Os parecéis, ¿eh? Solo que tú eres más… alcanzable».

«Deberías alegrarte de no ser como ella, la belleza es una maldición».

«Qué bonita eras de pequeña… Y…, em…, lo sigues siendo…, ¿eh?».

«Se nota que tu hermana va a heredar la belleza de tu madre. ¡Quizá tú te pareces más a tu padre!».

Lo peor no era tener que aguantar sus sonrisas al decirlo, sino las miradas cargadas de lástima. Como si fuera la bestia del cuento, rodeada de bellas. Esa pausa en la que buscaban las palabras correctas para soltar el golpe. Ese suspiro de lástima. Ese silencio incómodo. Nunca se lo decían directamente —«Jude, qué fea eres comparada con tu madre»—, pero aquello lo hacía todavía peor. Una cosa era que alguien se enfadara y te soltara una barbaridad. Cuando no eran capaces de decirlo directamente, significaba que lo pensaban de verdad. Que de corazón la veían como a la bestia del cuento. Y sentían pena de ella, claro. Pobrecita, creciendo entre bellezones talentosos. ¿Qué le quedaba por hacer que no hubiera hecho ya Penny? Pobre, pobre…

Jude había llegado a una especie de tregua consigo misma. Consistía en decirse que le daba igual tener los ojos tan tristones o las mejillas hinchadas o la barriguita curvada o las manos y los pies grandes o la nariz puntiaguda o el pelo medio ondulado que siempre parecía sucio por mucho que se lo lavara. Se decía a sí misma que no pasaba nada, que aprendería a vivir con ello.

Aun así, solía ponerse ropa ancha para no ver los detalles de su cuerpo. Y solía usar colores apagados para que fueran invisibles también para los demás. Odiaba relacionarse con personas que considerara atractivas porque, honestamente, ¿qué querrían de alguien como ella? De vez en cuando, sentía un subidón de autoestima en el que intentaba maquillarse o ponerse ropa ajustada, se miraba en el espejo… y se gustaba, sí. Hasta cierto punto. Y entonces veía a su hermana o a Penny. Y, aunque ellas no dijeran nada, Jude se arrancaba la ropa y se sentía ridícula. Como un payaso que pretende ser acróbata.

Inconscientemente, había esperado mucho tiempo a que alguien la viera. Que viera más allá de sus defectos, que la conociera, que quisiera saber más de ella. Que jamás conociera a su familia, porque entonces Jude dejaría de gustarle. La vería como una chica más, del montón. Lo que era. Pero quería a alguien que supiera quererla por ello, aunque no fuera perfecta.

Tardaría muchos años en darse cuenta de que aquel tipo de aprobación solo podía dársela ella misma.

Por mucho que supiera todo aquello y estuviera acostumbrada a aguantarlo, verlo en la mirada de Josh hizo que se volviera un poco más pequeñita.

Pero Jude no bajaba la voz al sentirse intimidada, sino que la subía y se ponía a la defensiva.

—¿No soy *qué*? —preguntó con una ceja levantada.

Josh suspiró.

—Ya sabes a qué me refiero.

—Me *encantaría* oírtelo decir.

Por un momento, pareció que Josh iba a hacerlo solo para joderla. Y entonces se avergonzó por sus propios pensamientos y apartó la mirada.

—Mira —murmuró—, solo intento proteger a mi amigo.

—Tu amigo es mayorcito.

—Sí, pero qué casualidad que haya empezado a hacer tonterías desde que os echáis miraditas en clase.

—No te debo ninguna explicación, Josh.

A ver…, tampoco la había. Jude no había hecho absolutamente nada. Básicamente, Isaac se había despertado altruista y había decidido alegrarle la mañana a una de las raritas.

Josh echó la cabeza atrás como si hubiera recibido un golpe.

—¿Por qué te pones así?

—Porque has venido a mi casa a decirme que qué quiero de tu amigo cuando claramente no estoy a su altura.

Él inspiró profundamente. Lucía una sonrisa que podría considerarse irónica, como si estuviera conteniéndose para no reírse de Jude.

—Déjalo —dijo Josh—. Solo intentaba ayudar.

—Se te nota.

—¿Alguna vez te has planteado por qué no tienes amigos en clase, Jude? —ladró él de repente—. Igual es porque eres incapaz de mantener una conversación sin lanzarle algo a Milly o sin insultarme a mí.

—Si quisiera insultarte, ya estarías llorando.

Josh la miró fijamente durante unos segundos. El brillo de sus ojos era extraño, como si estuviera teniendo un debate interno del que no sabía cómo salir. Al final, dio un paso atrás y abrió la puerta de su coche.

—Da igual —concluyó—. Si es lo que quieres, quédate sola y no aceptes la ayuda de nadie.

—Por ahora me ha ido genial.

—Y deja en paz a Isaac.

—¿O qué?

Josh se detuvo y giró la cabeza para mirarla.

—¿Qué? —preguntó.

—¿O qué? —insistió ella—. ¿Qué pasa si no dejo en paz a tu amigo?

Como siempre, Jude habló antes de analizar lo que vendría a continuación. Nunca había mantenido una conversación larga con Isaac, apenas lo conocía y, hasta donde sabía ella, quizá no volverían a hablarse. Pero había algo satisfactorio en el hecho de poder vacilar a alguien como Josh, que siempre tenía lo que quería, que nunca había tenido que luchar por conseguir nada.

Pareció que él iba a responder, pero terminó por subirse al coche. Jude se quedó de pie en medio de la calle. No se molestó en moverse cuando él rodeó la rotonda, y a ella, para salir de su pequeño rincón de la ciudad.

Antes de alejarse, le lanzó una última mirada que ella no supo cómo interpretar.

5

La oficina de recursos inhumanos

¿Alguna vez te has preguntado por qué, después de discutir con alguien, sientes que ves a esa persona mucho más a menudo?

Porque a Jude le pasó.

Después de la incómoda conversación que había mantenido con Josh, tuvo la sensación de que se lo encontraba mucho más que antes.

Durante la mañana siguiente, sus miradas se cruzaron en varias ocasiones. Miradas reguleras, claro; él fruncía el ceño y ella entrecerraba los ojos. Aquello iba seguido de un portazo a la taquilla, un sonidito de superioridad o una sonrisa llena de ironía. El origen de aquellos gestos iba variando entre ambos, dependiendo de quién lo hiciera antes y ganara la batalla silenciosa.

Jude no era una persona muy abierta a contar sus problemas, pero sintió que aquello era digno de contarse. Así que eso hizo un día en la cafetería.

—¿Cómo? —preguntó Nia, que parpadeaba como si le hubiera cortocircuitado el cerebro.

—Ya —murmuró Jude mientras removía su ensalada—. Fue raro.

—Más que raro… —empezó Robbie con mala cara—, maleducado. No debería presentarse así en tu casa.

—¡Eso digo yo!

—¡De eso nada! —saltó Nia entonces—. ¡Es Josh! ¡Deberías decirle que sí a cualquier cosa que te pida!

Jude enarcó una ceja.

—¿Y si me pide un riñón?

—¡Para algo tienes dos!

Jude decidió no responder. En su lugar, echó una ojeada disimulada a la mesa donde tanto el objeto de conversación como Isaac almorzaban. Como casi siempre, Josh hablaba con todo el mundo y era el centro de atención. Isaac, en cambio, parecía sumido en sus propios pensamientos. Y los demás iban variando entre conversaciones privadas, risotadas falsas a los chistes de Josh o cavilar sobre sus propios problemas.

—No sé —insistió Robbie—, sigo pensando que fue un poco raro.

Nia ya no los escuchaba, tenía la mirada clavada en la mesa del fondo. Jude se preguntó qué estaba maquinando y volvió a centrarse en Robbie.

—Es que todos los Phelps son raros —opinó Jude entre dientes.

—¿Los conoces? —preguntó Robbie.

—Su padre es nuestro casero. No sé cuántas veces ha discutido con mi abuelo…

—Quizá Josh estaba practicando para cuando lo ascienda a explotador.

Jude miró a su compañero, pasmada por la broma. El propio Robbie había enrojecido al oírse a sí mismo.

—¡Robbie! —saltó Jude escandalizada.

—¡P-perdón…! No sé de dónde ha salido eso…

—¡De un maravilloso lugar llamado maldad! Ven aquí, pequeño saltamontes. Qué orgullosa estoy de ti.

Mientras le daba unas cuantas palmaditas en el hombro, Jude aprovechó para ver qué hacía Nia. Seguía pendiente de la mesa del fondo.

Seguramente, si Isaac se hubiera fijado en ella, Josh estaría más satisfecho. Era mucho más normativa en todos los aspectos que Jude. Y eso debía de pensar también Nia, porque Jude sospechaba que aquello era lo que la tenía tan molesta.

—Tampoco entiendo por qué Isaac haría lo del castigo —dijo ella de repente, lo que confirmó las sospechas de Jude—. Quiero decir…, no te conoce.

—Igual quiere conocerla —comentó Robbie.

—Calla, que tú no sabes. —Tras esa frase célebre, Nia miró a su amiga—. ¿Os conocéis de antes?

—No.

—¿Has hecho algo para gustarle?

—¡Ni siquiera sé si le gusto!

—Entonces ¿por qué haría algo así contigo?

—¡Y yo qué sé!

—¿Y por qué va Josh Phelps a tu casa?

—Pero… ¡que no lo sé!

Nia siguió observándola como si se le estuviera escapando un detalle muy importante. Parecía molesta consigo misma.

—Pues no lo entiendo —insistió—. Quiero decir…, Isaac no es el más guapo del grupo, pero seguro que podría tener a quien quisiera. Y Josh es genial. Es como…, no sé…, el equivalente a Dios en el instituto. ¿Por qué tú?

«¿Y no tú?».

Jude nunca pronunció las palabras en voz alta, pero le ardieron en la garganta. Nia tenía muchas cosas buenas, pero también malas. Una de las peores era hundir a Jude sistemáticamente en la miseria. Ni siquiera le dedicaba insultos directos o ataques agresivos, pero Jude solía sentirse peor después de hablar con ella.

Pronto, nuestra protagonista se inventó cualquier excusa para largarse de la mesa, arrepentida ya de haber contado lo sucedido la tarde anterior. Cosas que solo sufres cuando eres una cotilla. Nia apenas prestó atención, pero Robbie la siguió con la mirada. La lástima en sus ojos hizo que Jude se sintiera todavía peor.

Se detuvo en la basura para vaciar lo poco que le quedaba de comida en la bandeja. Lo hizo con la cabeza llena de otros asuntos que no tenían nada que ver con lo que hacía.

Quizá por eso se le pasó por alto que Isaac se había detenido a su lado.

Una persona normal habría fingido que tenía que vaciar su propia bandeja o algo así. Habría buscado una excusa para detenerse ahí sin que fuera tan evidente que quería hablar con ella. Isaac, sin embargo, se detuvo con las manos en los bolsillos y esa sombra de sonrisita que siempre parecía lucir cuando se acercaba a Jude.

—¿Mal día? —preguntó él.

Jude dio un brinco un poco exagerado. De hecho, se le cayó la bandeja en el cubo de la basura. Tuvo la inmensa suerte de que no sonara muy fuerte, pero de todas formas se sintió avergonzada. La mala suerte atacaba otra vez, sin piedad.

Durante unos instantes, Jude se limitó a contemplar su bandeja en la bolsa de la basura y sus manos manchadas del aliño de la ensalada. No reaccionó hasta que apareció la mano de Isaac ante ella con un puñado de servilletas que acababa de rescatar de la barra.

—Creo que debería empezar a anunciar mis entradas —comentó él divertido.

Jude ni siquiera recogió la bandeja, pues bastante dignidad había perdido ya en tres segundos. Tampoco quiso aceptar la ayuda del chico. Cuando estaba junto a él, se ponía tan nerviosa que hacía incluso más tonterías de lo normal.

Jude pasó de sus servilletas y fue a por otro puñado. Todavía no lo había mirado, pero notó que él la seguía con los ojos.

—Sí —admitió ella de mala gana—, quizá deberías pisar más fuerte para que pueda oírt…

Jude se quedó a media frase. Y es que Isaac se había plantado en el instituto con un jersey del tono más amarillo inventado desde el nacimiento de la luz solar. Lo contempló unos segundos con la boca abierta a media frase. Él parpadeaba como si aquella reacción fuera anormal.

—¿Qué? —preguntó Isaac finalmente.

—Vas… amarillo.

—Sí.

—*Muy* amarillo.

—Hoy me he despertado amarillo.

—¿Eh?

—Como un Beatle. —Movió los hombros de una forma extraña, como si intentara evocar una melodía, pero tuviera el peor sentido del ritmo de la historia—. El submarino. *We all live in a yellow submarine, yellow submarine...*

—Em...

—... *yellow submarine...*

—Lo pillo.

—*Weee aaall liiive in a...*

—Que sí, ha quedado claro.

—Hoy me siento como el de la canción.

—¿Como el... submarino?

En lugar de responder, él parpadeó unas cuantas veces. Jude también.

Parecía que intentaban comunicarse por código morse.

Ella ladeó la cabeza con extrañeza. Él imitó el gesto.

Así ligan los gatos. Y también Isaac y Jude, por lo visto.

—¿Sabes qué es un Beatle? —preguntó él al final—. Porque es un dato importante para entender la broma.

—La he entendido.

—¿Segura?

—Segura.

—¿Y por qué no te ríes?

—Porque no tiene gracia.

Ella torció la cabeza hacia el otro lado. Él imitó el gesto de nuevo. Ella endureció el rostro. Él levantó una ceja.

—Pero —insistió Isaac— ¿sabes que un Beatle es un componente de los...?

—¡Sé quiénes son los Beatles! —saltó Jude de repente—. Los cabeza tazones de los ochenta.

—Ja. Cabeza tazones. Eres graciosa.

—Sí, una cosa loca...

—Y en realidad fueron los sesenta.

—No sabes más de ellos que yo —atacó Jude—. Toda mi puñetera familia tiene nombres de canciones de los Beatles.

Hubo una pausa. Isaac dejó las servilletas que ella había ignorado en el montón, junto a las otras. Lo hizo con la suavidad de quien posaría una corona sobre un cojín de terciopelo. Después la miró de nuevo con los ojos entrecerrados.

—¿«Hey Jude»? —cuestionó.

—No. —Jude sonrió irónica—. Es por «Yesterday».

—«Yesterday» es buena.

—Siento que estoy perdiendo neuronas a medida que avanza esta conversación.

—¿Por qué? —De pronto, Isaac se inclinó como si fuera a contarle un secreto—. *Heeey Jude, don't be...*

El dedo de Jude se disparó hacia él para señalarlo con toda su furia.

—Ni. Se. Te. Ocurra —amenazó marcando todas las sílabas.

Oh, lo que le faltaba.

Antes de que pudiera seguir cantando, Jude fue directa hacia la salida. Supo que él la estaba siguiendo antes incluso de volverse hacia atrás. En cuanto sus miradas se cruzaron, ella enrojeció y resopló como si aquello le molestara, pues Isaac parecía la persona más feliz de la historia y esbozó la pequeña sonrisa de siempre.

—¿No te gusta tu himno? —preguntó Isaac yendo tras ella.

—¿Vas a seguirme mucho rato?

—A mí me parece una buena canción —siguió él tan tranquilo—. De las mejores que existen.

—A mí me pone nerviosa.

—¿Te pone nerviosa ser la protagonista?

Jude resopló por segunda vez consecutiva. Le sudaban las manos. ¿Por qué se ponía tan agresiva con Isaac? ¿Serían los nervios? No se entendía ni a sí misma, con lo feliz que era cada vez que la miraba...

Lo cierto es que Jude no se creía que la estuviera siguiendo. Para ella, era como una fantasía hecha realidad. Alguna vez se lo había imaginado así, de pasada. En su imaginación, Isaac caminaba de su mano y le decía que era la persona más especial que había conocido en su vida, pero, quitando ese detalle..., ¡estaban en la misma situación!

Jude se detuvo ante su taquilla. La número 43. La misma que había tenido siempre. Sabía que la de Isaac era la 33, que estaba un aula más allá. No llegaría a los diez pasos. Y la de Isaac se abría en dirección contraria a la de ella, así que podía verle el perfil mientras dejaba sus cosas.

No es que lo hubiera hecho..., tan solo tenía el conocimiento de que era posible.

No miraba a la gente cuando ellos no se daban cuenta. Y menos a Isaac.

Para nada. En absoluto.

Mientras Jude se descolgaba la mochila de un hombro para sacar unos cuantos libros, se percató de que había dejado de oír a Isaac. Tuvo un breve momento de desilusión en el que se permitió comprobar que no estaba. Cuál fue su sorpresa al ver que se había apoyado en la taquilla de al lado. Tenía las manos metidas en los bolsillos de su sudadera amarilla. Y sus labios dibujaban una pequeña sonrisita que se formó al ver que ella le devolvía la mirada. Apurada, Jude se centró en sus libros otra vez. Por algún motivo estúpido, le temblaban las manos.

Ya había terminado de guardar sus cosas cuando volvió todo el cuerpo hacia él..., menos la mirada. La mantenía en su taquilla. Se sentía estúpidamente incapaz de devolvérsela.

—¿Te puedo ayudar en algo más? —preguntó a la defensiva.

De nuevo, sus nervios se traducían en agresividad. Pero no del mismo tipo que había mostrado con Josh la noche anterior. Con Isaac..., esos nervios eran más bien histéricos. Como una oleada de electricidad que no sabía de dónde le llegaba, pero que le descargaba voltios por todo el cuerpo sin previo aviso.

Él se tomó un tiempo para reflexionar. Entonces, se separó de la taquilla y se agachó para quedar a la misma altura que Jude. Apenas un instante después, había encontrado su mirada. Ella se la devolvió, todavía más nerviosa.

—Hola —sonrió Isaac. Esta vez, de verdad.

Jude fue incapaz de parpadear.

—... Hola.

—¿De qué color te sientes tú?

Por absurda que fuera la pregunta, y pese a lo enfadada que se había mostrado, Jude se encogió de hombros. De pronto, se sentía muy tímida. El hecho de que ese chico estuviera inclinado de esa manera para mirarla le pareció lo más íntimo que había experimentado en su vida. Sin darse cuenta, se tiró del bajo de su jersey y empezó a juguetear con él.

—No sé —admitió—. ¿Marrón? Uno neutral.

—El marrón no es neutral. Y tú tampoco, Jude.

—Ya, bueno…

—Tú eres… rojo. Sí, rojo. Un color explosivo.

De pronto, y para su absoluto asombro, ella notó que tenía que aguantarse las ganas de sonreír.

—¿Explosivo? —repitió con cierta diversión.

Isaac sonrió de medio lado.

—Sí. El rojo no pasa desapercibido.

—No sé si eso es un halago. O si entiendo tu teoría de colores.

Isaac se irguió de nuevo. Ahora que volvía a estar recto, a Jude le pareció mucho más alto que antes. Y eso que ella también lo era.

Por primera vez, no tuvo ganas de apartar la mirada. Y eso que seguía jugando con su jersey como si la vida le fuera en ello. E Isaac seguía mirándola con su expresión neutral de siempre.

Al menos, hasta que entrecerró los ojos.

—Vale —dijo entonces—. ¿Qué te gusta?

—¿De qué?

—Cualquier cosa. ¿Olores, música, pelis…?

—No sé… ¿Música?

—¿Pues qué canción te sientes hoy?

—No sé si me siento de una manera en concreto.

—Todo el mundo se siente de una manera en concreto.

—No todo el mundo. Además…, se me dan mejor las emociones malas.

—¿Tipo?

—Yo qué sé.

Jude apartó la mirada, pero por primera vez no fue por nervios, sino que de verdad estaba pensando en una respuesta. Tras unos instantes, volvió a centrarse en él. Isaac seguía mirándola como si no hubiera absolutamente nadie más en el pasillo. De forma inconsciente, ella también se olvidó de todo su entorno.

—Cuando me enfado, sé que estoy enfadada —dijo al final sin saber por qué estaba siendo tan sincera—. Cuando estoy triste, también. Todo lo demás…, es como si estuviera dormida. Como si no supiera cómo sentirme fuera de eso.

Isaac sopesó su respuesta sin dejar de mirarla. Pudieron pasar diez segundos o diez horas, Jude jamás lo supo, hasta que él ladeó la cabeza con curiosidad.

—¿Y qué canción es esa?

Para su propia sorpresa, Jude tuvo una respuesta. Quizá no era la que más se acercaba a lo que sentía, pero fue la que se le vino a la cabeza.

—«Need 2» de Pinegrove.

Isaac asintió una sola vez. Pareció que analizaba su respuesta. Tras unos segundos, pasó junto a Jude. Mientras se marchaba, cerró la taquilla que ella había dejado abierta.

Jude lo siguió con la mirada. Se fue tan rápido como había llegado. Sacudió la cabeza sin entender nada, pero tuvo que admitir que aquello tenía un punto divertido.

Quizá Jude esperaba que, ahora que Isaac formaba parte del grupo de la sala de recursos inhumanos —el nombre cariñoso que le tenía todo el instituto a la sala de castigos—, aquello sería más divertido. No obstante, él se pasó toda la hora escribiendo y escondiendo los auriculares que se había puesto bajo la sudadera. La profesora que los vigilaba —la bibliotecaria, que odiaba aquel trabajo extra— ni siquiera se dio cuenta de que los llevaba puestos.

Lo único reseñable de aquella hora fue que, en un momento dado, Jude se volvió hacia Milly y vio que esta la estaba mirando. En lugar de apartar la mirada como una persona normal, Milly le sacó el dedo corazón y esbozó una sonrisa dulce.

Jude volvió a casa en bicicleta, como cada día. Recorrió la carretera principal de Serena, que unía la zona norte con la zona sur, y atravesó una parte del río que separaba esos mismos barrios. Le gustaba la zona del río, pues discurría por un área sin carretera que solo usaban los viandantes y los ciclistas, y terminaba recorriendo una parte de las vías del tren que salía de Serena y los conectaba con el mundo real. Jude se encontró con poca gente. Quizá era por la nieve, que aquella noche había vuelto a caer con fuerza. Ella pedaleaba a toda velocidad para no sentir el frío. Se había subido la bufanda morada hasta casi los ojos y, aun así, apenas sentía la nariz.

Empezó a ver señales de vida nada más llegar a su cuesta en Carriers Lane. Algunos vecinos estaban fuera de sus casas, aprovechando las últimas horas de luz para sacar la nieve de sus caminos de entrada. Algunos la saludaron con la cabeza, otros con un poco más de cariño. Otros ni la miraron. Al menos, hasta que llegó a la caravana en la que vivía Nino.

Nino era un chico que nadie conocía del todo, pero que mínimo había hablado una vez con todo el mundo. Debido a su ropa llena de agujeros, la cabeza despeinada y el porro que siempre parecía tener entre los labios…, era un poco difícil tomárselo en serio. Vivía en una caravana con su abuela, que tenía muy mala leche y solo salía de casa para darle una colleja y humillarlo públicamente. Nino decía que se dedicaba a mil cosas —a veces, la mentira se enredaba porque se inventaba dos trabajos distintos en un mismo día—, aunque lo cierto es que hacía pocas cosas legales. Por cinco dólares, era capaz de ir a romperle el parabrisas a quien quisieras. Y siempre tenía alguna sustancia con la que traficar por el precio correcto.

Pese a todo ello, nunca se portó mal con Jude. De hecho, era de los pocos que la trataban como un ser individual y no como una extensión de la mala suerte. Y con un respeto que rara vez había sentido en nadie más del pueblo. Quizá se debía a que habían sido vecinos durante muchos años.

Jude detuvo la bicicleta ante él, casi al final de la cuesta. Tuvo que sujetarse con fuerza para que las ruedas no resbalaran.

—¿No tienes frío, Nino?

El chico estaba estirado sobre una sillita plegable. Llevaba puestas unas sandalias con calcetines que tenía medio hundidas en la nieve. Llevaba un jersey blanco fino, unas gafas de sol y un porro medio consumido en la mano. Al oír a Jude, pareció despertar de una larga siesta. Empezó a lanzar miradas a su alrededor.

—¡¿Eh?! —preguntó—. ¿Qué hora es?

—Las cuatro y veinte.

—¿De la mañana?

Jude señaló el cielo iluminado. Nino frunció el ceño como si no lo entendiera.

—Es de día —aclaró ella—. Las cuatro y veinte de la tarde.

—Ah, sí, sí… ¿Ya has vuelto de clase?

Ella iba a contestarle con ironía, pero decidió no presionarlo más.

—Sí —murmuró—. ¿Qué tal todo, Nino?

—Bien. Soy feliz. Como siempre. Me siento mejor cuando te veo. Como un rayo de sol en medio de un día nublado.

—Claro, claro.

—¿Quieres comprar…?

—No.

—Qué aburrida eres, florecilla. Ahora que te juntas con los pijos de la zona norte…

Así que la visita de Josh ya había recorrido toda la calle.

—No me junto con nadie —aclaró ella—. Vino a traición.

—¿Quieres que le…?

—No.

—A ti te haría descuento —aseguró él solemne.

Jude suspiró.

—Gracias, pero no. Ya nos veremos, Nino.

—Buena suerte al llegar a casa, florecilla.

Jude se había bajado de la bici para terminar el recorrido a pie, pero se detuvo al escucharlo.

—¿Suerte por qué? —preguntó.

—Se oyen gritos desde hace una hora. A mí me huele a movida.

Oh, lo que le faltaba.

Jude se apresuró a terminar de subir la cuesta. Dejó la bicicleta de cualquier manera junto a Manolito y fue directa a la puerta. Ni siquiera se quitó el abrigo ni se limpió los zapatos para no llenarlo todo de nieve. Efectivamente, oyó los gritos desde el portal. Y todavía más en el salón.

Lucy y el abuelo estaban en extremos opuestos de la pequeña estancia, mientras que Penny se mantenía en la isla con la mandíbula apoyada en un puño. Observaba la discusión aburrida, como si llevaran un rato dándole vueltas a una tontería y todavía no hubieran llegado a una conclusión.

—¿Qué os pasa? —preguntó Jude.

Lucy se volvió enseguida aliviada.

—¡Menos mal! —gritó—. Jude, dile que la señora Marsh es una cabrona.

—¿Eh?

—¡La de Literatura!

Ella intercambió una breve mirada con su abuelo. Parecía furioso.

Sinceramente, ¿tú querrías posicionarte con tu hermana cuando acabas de comerte una bronca por meterte en un lío?

Jude tampoco.

—Han castigado a tu hermana —aclaró el abuelo.

—¿Qué? —preguntó Jude dirigiéndose a su hermana—. ¿Qué has hecho?

—¡¡¡Que no he hecho nada!!!

—Ha faltado a clase tres días seguidos —dijo el abuelo.

Jude parpadeó unas cuantas veces antes de dirigirse a su hermana pequeña. Lucy había enrojecido un poco.

—No han sido tres días —aclaró en un tono más conciliador—. Es que… ¡Quinn no quería ir a clase porque ha discutido con una amiga! Y está supersupertriste, y pensamos que…

—¿Has faltado tres días? —preguntó Jude lentamente.

Lucy inspiró con fuerza, como si se preparara para una discusión.

—¡Las cosas no siempre son tan simples! —aseguró—. Es que… ¡tú siempre haces que suenen peor de lo que son!

—¿Has faltado tres días? —insistió su hermana mayor.

—Ajá…

—¿Todos estos días te has quedado fuera del instituto? ¡Si hemos ido juntas!

—¡No! He entrado, pero…

Cabreada, Jude dejó la mochila en el suelo de un duro golpe. Lucy se puso a la defensiva con el sonido.

—¿Qué? —preguntó la pequeña de mala gana—. ¿Me vas a regañar?

—¿«Regañar»? —repitió Jude—. ¡Se te debería caer la cara de vergüenza! ¡Te mereces el castigo que te hayan puesto!

—Oh, ya empieza…

—¡Empiezo y termino!

Airada, Jude aceptó el parte escolar que le ofrecía su abuelo. El hombrecito parecía muy orgulloso de su enfado. De hecho, se quedó al lado de Jude con los brazos cruzados y fue asintiendo a cada cosa que decía su nieta mayor. Lucy se sintió todavía más atacada y también se cruzó de brazos.

—¡No es para tanto! —insistió.

Jude la ignoró, pues estaba leyendo la nota de la profesora.

—¡¿Tres días enteros, Lucy?!

—¡Fui a dos horas del martes!

—Joder, Lucy… ¡Joder!

—¡No empieces!

—Pero ¿cómo puedes ser tan irresponsable?

—¡Es que Quinn…!

—¡Me da igual Quinn! —le gritó Jude—. ¡Como si viene el puñetero presidente a la puerta de casa! ¡Me da igual!

—¡¡¡No es para tanto!!!

—¡Tienes una responsabilidad!, *¡una!*

—Pero ¡Quinn…!

—Si Quinn se tirara por un puente —intervino el abuelo con un dedo acusador—, ¿tú también lo harías?

Lucy puso los ojos en blanco de forma exagerada.

—¡Me necesitaba!

—¡Me da igual! —saltó Jude—. Yo *necesito* que vayas a tus clases, Lucy. ¿No puedes consolarla después? ¡Os pasáis el puñetero día juntas!

—¡No te metas en nuestra amistad solo porque tú no tengas amigos!

—Oh, Dios, qué dolor. —Jude se llevó una mano al pecho—. ¡Igual eres tú la que no sabe tener amigas, que pareces su chica de los recados!

—¡Si Quinn me necesita, voy a estar con ella!

—Sí, porque seguro que ella también se arriesgaría a que su padre le eche la bronca por consolarte a ti.

—¡Es... distinto!

—¡Ya lo creo que es distinto! —Jude la señaló con la nota de papel—. Ya tienes un parte, Lucy. ¿Entiendes lo que quiere decir eso? Vas a cumplir con todas las horas de castigo que te han puesto...

—¡No lo puedes decir en serio!

—Y ni se te ocurra saltarte una sola clase más. Te lo digo en serio: ¡ni se te ocurra!

—¿O qué? —saltó Lucy—. ¿Qué vas a hacer, Jude? ¿Castigarme?

—¡Si hace falta, sí!

—¡No eres mi madre! ¡No eres nada mío!

—¡Soy tu hermana y...! ¡Vuelve aquí!

Pero ya había salido pitando por el pequeño pasillo de su casa. Jude la siguió, todavía hondeando el papel como bandera. Pilló a su hermana justo cuando iba a cerrar la puerta de su dormitorio y consiguió detenerla con la palma de la mano, pero, como todavía sostenía el papel, este se arrugó entre la superficie de madera y su puño cerrado. Especialmente, cuando tuvo que ayudarse con la otra mano, porque las hermanas habían empezado a forcejear.

—¡Déjame en paz! —exigió Lucy a gritos.

—¡No hasta que me digas que mañana irás a hablar con la directora y a disculparte!

—¡Y una mierd...!

—¡Habla bien!

—¡¡¡No eres mi madre!!!

Jude empujó la puerta con más fuerza. Su hermana pequeña dio un traspié y se alejó lo suficiente como para que la mayor pudiera entrar en su habitación. Se quedaron la una frente a la otra, y Jude la señaló con el papel.

—¡Mañana irás a hablar con la directora! —ordenó—. Le pedirás disculpas, le explicarás lo que sea que hayas hecho estos días ¡y cumplirás con el castigo!

Lucy no respondió. Tenía los ojos brillantes por las lágrimas de rabia. A Jude le dio igual.

—¿Me has entendido? —repitió—. ¡Lo harás! ¡Y se acabó lo de saltarte clases! ¡Dime que lo has entendido!

—¡Claro que lo he entendido! —espetó Lucy de pronto—. ¿Te crees que soy tonta?

Jude agitó el papel arrugado con ironía.

—¿Qué quieres que piense?

Aquello fue la gota que colmó el vaso. Furiosa, Lucy intentó quitárselo de la mano. Jude luchó por mantenerlo y trató de enganchar su brazo para recuperar el papel. Lucy la empujó con fuerza, a lo que Jude respondió con lo mismo. Tironearon por todos lados, olvidadas ya del papel. Y entonces Lucy se separó y la empujó con fuerza. Jude se tropezó hacia delante, pero consiguió equilibrarse. La había sacado de la habitación. Se dio la vuelta a tiempo para ver que Lucy cerraba de un portazo.

—¡Te odio! —le gritó la pequeña, ya encerrada en su mazmorra.

—¡Me la suda!

—¡Y a mí más!

—¡Más te vale que mañana hagas todo lo que te he dicho!

Lucy gritó un insulto que Jude prefirió no entender, pues ya se estaba alejando por el pasillo. Su abuelo la esperaba en el salón, todavía indignado. Penny se había encendido otro cigarrillo.

—¿Y tú? —saltó Jude al ver a su madre—. ¿No piensas decir nada?

La aludida la miró como si acabara de darse cuenta de que estaba ahí.

—¿Qué quieres que haga? —preguntó en su tono lánguido y aburrido de siempre.

Jude se sintió todavía más frustrada.

—Nada —espetó—. No hagas nada. Es tu especialidad.

6

El tren de los olvidados

Lucy no le habló durante toda la mañana siguiente, pero Jude decidió ignorar ese hecho. ¿Para qué discutir otra vez? Ya le había dicho todo lo que tenía que decirle. Además, no tenía energía para insistir en el tema.

Antes de salir de casa para subirse al autobús, Jude y su abuelo intercambiaron una mirada.

—¿Crees que volverá a escaparse? —preguntó ella.

El hombrecito se encogió de hombros.

—Si lo hace, es su problema. Será la que se trague el castigo.

—Ya, pero…

—Jude —la interrumpió él—, ya sabe que lo que hizo estuvo mal, no puedes sentirte responsable de lo que haga con esa información.

—Ya, pero… ¿y si la expulsan?

De nuevo, su abuelo se encogió de hombros.

—Lo veremos cuando pase. Si es que pasa.

Jude suspiró y miró a Penny. Había salido al patio trasero y fumaba sin prestarles atención. Su rostro debió de reflejar la rabia que le daba que no interviniera, porque su abuelo atrajo su atención de nuevo.

—No seas dura con tu madre —le pidió, como siempre.

Y Jude, también como siempre, lo ignoró y salió de casa.

Le perdió la pista a Lucy nada más subirse al autobús, ni siquiera la vio cuando llegaron al instituto. Lo único que Jude alcanzó a ver fue que Quinn la esperaba en las escaleras. Y que le lanzó una mirada poco amistosa que a Jude se la peló completamente. Lo que le faltaba, preocuparse de la opinión de otra niñata de once años. Como si ella, a los dieciséis, fuera mucho mayor.

Su primera clase de aquel día era Biología, así que no dejó el abrigo y la bufanda en la taquilla, sino que fue a enfrentarse a Milly tan abrigada como pudo. Seguían condenadas a ser compañeras de laboratorio hasta el fin de los tiempos. Era insoportable. Y el pobre Robbie estaba metido en medio del marrón. Parecía tan feliz como ellas.

Por lo menos, el proyecto no tenía nada que ver con corazones. En ese caso, llevaban varias semanas en proceso de cristalizar un puñado de sal y ver de qué color y material le salía a cada pareja, o trío en su caso. A Jude no podía darle más igual, pero se esforzó para que les quedara un buen proyecto. Quizá así la directora se relajaría un poco.

Estaba añadiendo un líquido en el tubo de ensayo, Robbie apuntándolo y Milly limándose las uñas cuando de pronto Jude notó que alguien le lanzaba una bolita de papel a la espalda. Se volvió sorprendida hacia la derecha. Nia había hecho pareja con un chico de la clase. Mientras él se acercaba el tubo de ensayo a la nariz, por motivos desconocidos, Nia intentaba ver qué hacía Jude.

—¿Qué tengo que poner ahora? —preguntó en el susurro menos susurro de la historia.

Jude se encogió de hombros.

—No sé. ¿En qué fase de la cristalización estás?

—¿Eh?

—¿El material es sólido?

—¿Eh?

Jude suspiró.

—¿La *sal* tiene forma de *sal*?

—Ah, sí. Oye, ¿por qué no vienes y me echas una mano?

—Porque tengo que terminar el mío.

—Solo es un momento.

—Tengo que terminar el mío, Nia.

Su amiga entrecerró los ojos, volvió a observar lo que hacía y trató de copiarlo. Jude no se quedó pendiente de si lo conseguía. Lo cierto es que aprovechó la distracción para mirar disimuladamente hacia atrás. Isaac y Josh eran pareja, claro. El primero estaba completamente centrado en su vaso de muestras, pero Josh la pilló con las manos en la masa. Ella entrecerró los ojos. Josh lo hizo todavía peor. Y Jude volvió a centrarse en lo suyo.

Estaba en ello cuando Milly se rio entre dientes.

—¿Qué? —preguntó Jude sin mirarla.

—Nada, nada.

—No hay agua para nadar.

—Joooder, qué graciosa, la niña…

—¿Vais a discutir otra vez? —preguntó Robbie con cierta desesperación—. Las discusiones me revuelven el estómago y luego tengo que ir corriendo al baño.

Milly arrugó la nariz hasta que se le vieron todos los dientes superiores.

—Qué asco.

—Ya. —Robbie asintió derrotado.

Jude le quitó la hoja de papel para apuntar lo que había hecho. Él no se quejó, pues sabía que su compañera prefería trabajar sola. Lo de delegar nunca se le había dado demasiado bien.

—Me reía —comentó Milly— porque…

—Ah —murmuró Jude—, que nos vas a deleitar con una explicación.

—¿Qué clase de *ídola* sería si dejara a mis fans con las ganas?

—¿Los fans son esas vocecillas dentro de tu cabecita? ¿Las que te dicen que seas una idiota?

—Me dicen que tu ropa parece sacada de un cuadro de posguerra, pero ese es otro tema.

Robbie se revolvió con incomodidad.

—Ay, el estómago…

Ambas lo ignoraron.

—Solo digo —añadió Milly señalándola con la lima de uñas— que no deberías dejar que nadie te hable como te ha hablado esa.

—¿Esa? —repitió Jude deteniéndose por fin—. ¿Te refieres a Nia?

—Como se llame. La que intenta sentarse con nosotros cada dos por tres.

—¿Y a ti qué te importa lo que haga o deje de hacer Nia?

—No me importa, pero me gusta regalar mi sabiduría.

—Ah, qué alegría.

—Nadie que te hable así es tu amiga.

—¿Es que tú me hablas bien?

—No —admitió Milly sin remordimientos—, pero tú y yo no somos amigas. Ella se supone que lo es.

—No te metas en mi vida, Milly.

—Ay, Judy, si aprendieras a escuchar… ¡Seguro que no tendrías tantos problemas!

—No los tengo.

Sin embargo, fue incapaz de volver a centrarse en el proyecto.

—A ver —le dijo a Milly—, ¿por qué dices eso?

La rubia había fingido centrarse otra vez en sus uñas, pero levantó la cabeza con una sonrisa petulante y encantadora.

—*A ver* —Milly imitó su tono de voz para esas dos palabras—, ¿quién de nosotras dos es más experta en relaciones sociales?

—¿Te digo lo que pienso o lo que quieres oír?

—Yo. Y, como experta que soy, te aseguro que he tenido muuuchas amigas. Buenas, malas, regulares, traicioneras… Yo misma he sido todas esas cosas. Y he hablado de muchas maneras con todas ellas.

—¿Esto va a tener una conclusión, Milly?

—Sí.

Milly señaló a Nia con su lima de uñas.

—Ese tono de voz es el que *siempre* he usado para las chicas que me daban absolutamente igual. Las que me daban rabia. Las que solo tenía alrededor para no estar sola, pero que en el fondo me la sudaban lo más grande. En cuanto se canse de ti, va a tardar medio minuto en buscarse una excusa y darte la patada.

—Pues qué alegría me das…

—Ah, que no me crees. —Milly volvió a acomodarse en su silla y a limarse las uñas—. Esa chica te tiene una envidia que no puede con ella.

Jude contuvo una risotada irónica. Como si tuviera algo que envidiar...

—Gracias por el consejo, Milly.

—Soy tan simpática que no te lo cobraré. Pero a mí no me vengas a llorar cuando pase de ti, ¿eh?

Jude no le dio demasiada importancia a esa conversación. Principalmente porque Milly dejó de hablar y volvió a centrarse en sus uñas.

Ni siquiera levantó la cabeza cuando Isaac rodeó su mesa de laboratorio para plantarse junto a Jude.

Como cada vez que se acercaba a ella, Jude sintió que sus movimientos se volvían ligeramente más torpes.

—¿Qué tal el experimento? —preguntó él con curiosidad.

—Podría ir mejor —aseguró Jude con ese tono de rabia nerviosa que adoptaba en su presencia—. Es la primera vez que te oigo llegar.

Durante un momento, él permaneció en silencio. Jude mantuvo la mirada clavada en su libreta y fingió que apuntaba algo, aunque apenas registraba lo que estaba haciendo. Sabía que la estaba mirando. Ella apretó el boli para que no se le notara el temblor nervioso.

—He pisado más fuerte —dijo él finalmente.

—Sabia decisión.

Isaac, de nuevo, se mantuvo en silencio. Entonces volvió a su lugar. Jude no levantó la mirada hasta que notó que se alejaba y vio que él estaba sonriendo de esa forma tan extraña que lo caracterizaba. Lo siguió con la mirada. Sin darse cuenta, ella también había sonreído un poquito.

Dejó de hacerlo cuando oyó que Josh carraspeaba con fuerza. Jude se volvió enseguida hacia su experimento, pero oyó la conversación que sucedía tras ella.

—¿Qué? —preguntó Isaac.

Todavía sonaba como si sonriera.

—Nada —aseguró Josh de mala gana—. Nada en absoluto.

—Pues díselo a tu cara.

—¿Podemos centrarnos en el experimento?

No volvieron a hablar en toda la clase. O por lo menos Jude no los oyó de nuevo.

El aula de recursos inhumanos estaba tan silenciosa como de costumbre. Jude fue la última en llegar, pues se había atrasado por ayudar a Robbie con un ejercicio a última hora. Agradeció ver que Lucy estaba presente. Tanto ella como Quinn se habían sentado justo detrás de Isaac, que garabateaba en su cuaderno sin prestarle mucha atención a nadie. Milly estaba al fondo de la clase. Se había quedado dormida sobre un puño. Jude deseó internamente que le resbalara la cabeza y se diera un golpetazo contra la mesa.

La bibliotecaria contempló a Jude con aburrimiento.

—¿Piensas sentarte en algún momento, Portman?

—Sí, sí, perdón…

Lucy, su amiga e Isaac levantaron la cabeza ante el sonido de su voz. Las dos primeras pusieron peor cara que el último.

Jude intentó sentarse junto a su hermana, pero ellas recogieron sus cosas y fueron directas al fondo de la clase. Jude las observó con impotencia y decidió no decir nada. Se sentó en el lugar que habían dejado vacío.

Isaac estaba apoyado en el respaldo de su silla. Había visto toda la escenita dramática y ahora lucía una ceja levantada.

—¿Problemas de hermana mayor?

Jude abrió la boca para responder, pero se vio interrumpida por el carraspeo sonoro de la bibliotecaria. Isaac puso los ojos en blanco y volvió a centrarse en su dibujo.

La hora transcurrió más lenta de lo habitual porque Lucy y Quinn no dejaban de hablar y las regañaron varias veces. Jude temía que terminaran por imponerles un castigo todavía peor que el que tenían, pero la bibliotecaria decidió que ese día no quería guerras absurdas.

Un rato más tarde, mientras todo el mundo escapaba del aula, Jude se apresuró a recoger sus cosas para alcanzar a Lucy en la salida. Lo consiguió en las escaleras del instituto. Todavía iba con Quinn.

—¡Lu! —gritó e hizo que ambas se detuvieran—. ¿Dónde vas?

Lucy y Quinn intercambiaron una mirada molesta.

—¿A ti qué más te da? —preguntó esta última.

—No hablaba contigo —aclaró Jude sin miramientos—. Tenemos que volver a casa.

—¿Dónde te crees que voy? —espetó Lucy.

—¿Y no vamos juntas?

—Arréglatelas tú sola.

Y terminaron de bajar los escalones. Jude oyó sus risitas mientras se alejaban por la acera. Ella, en cambio, se quedó plantada al final de las escaleras como una idiota.

Odiaba sentirse humillada por alguien que tenía cinco años menos que ella…

Como ahora pisaba fuerte, oyó que Isaac se detenía a su lado.

—Está insoportable —murmuró ella, aunque no sabía muy bien por qué se lo contaba.

—Mejor que lo esté a los once que a los treinta.

—Para cuando ella tenga treinta, yo ya me habré ido muy lejos de aquí.

—¿A otra ciudad?

—O al otro barrio si las vías del tren quieren.

Isaac se rio entre dientes. Menos mal que alguien entendía sus chistes autodestructivos.

Ninguno de los dos hizo ningún comentario más, ni siquiera se invitaron a acompañarse. Tan solo empezaron a andar en dirección a casa de Jude rodeados de nieve y silencio. Como habían llegado en bus, no había bicicleta que Jude pudiera usar para volver. Tendrían que caminar un rato.

Ya habían cruzado la parte del río y el puente cuando fue consciente de que seguía andando junto a Isaac. Bueno…, *detrás* de él. El chico caminaba ante ella con la mochila oscilando sobre uno de sus hombros. Una de las asas estaba rota y no parecía importarle demasiado.

Ese día no debía sentirse muy colorido, porque llevaba puesto un abrigo azul marino. Jude quiso preguntarle por el color, pero al final se decantó por no romper el silencio que ambos habían creado.

Una vez en las vías del tren, Isaac empezó a moverse sobre los rieles. Lo hacía con un equilibrio sorprendente, saltando de vez en cuando al riel opuesto. Sus zapatillas viejas no tocaron la nieve en ningún momento. Jude, tras él, optó por poner los pies sobre las vigas de madera. La nieve crujía bajo sus botas marrones.

—¿Dónde vives? —se oyó preguntar a sí misma.

Isaac siguió alternando lados de rieles como si no la hubiera oído. La mochila rebotaba sobre su hombro.

—¿Vas a llamar al timbre y luego salir corriendo? —preguntó él.

—Preguntaba por la zona, no por una dirección exacta, malpensado.

Él no dijo nada, pero ella sospechó que estaba sonriendo de esa forma extraña y característica que tenía.

—Ah —dijo Isaac entonces—, lo que quieres saber es si estoy al norte o al sur del río.

—Ajá.

—Norte.

—Claro.

Volvió la cabeza para mirarla sin dejar de caminar sobre el riel. Jude sintió una punzada de preocupación, pero intentó disimularla.

—¿Qué? —preguntó Isaac—. ¿Eres de las que juzga dónde ha nacido cada uno?

—Más bien cómo ha crecido.

—¿Crees que los del sur sois mejores que los del norte?

—Ni mejores ni peores. Pero tenéis las cosas más fáciles.

—Lo dices con mucha seguridad.

—¿Es mentira? —preguntó Jude con una ceja levantada—. ¿Me vas a decir que tengo las mismas oportunidades que Josh?

—Mi madre suele decir que la vida es como una partida de póquer: aunque parezca que alguno lo tiene más fácil, quizá solo se esté tirando un farol.

Jude torció el gesto con desagrado.

—No todo el mundo se puede permitir los faroles.

—¿Yo sí?

Jude se encogió de hombros.

El chico la analizó unos segundos. Después, emitió un sonido que se quedó a medio camino entre resoplar y reírse. Jude pensó que le contestaría, pero Isaac saltó al otro lado de las vías y empezó a ascender la pendiente de nieve que los alejaba de ellas.

Sin pensarlo, ella lo siguió.

Menos mal que no resultó ser un asesino en serie.

Jude sintió que sus botas se hundían en la nieve mientras intentaba ascender tras él, pero Isaac tenía las piernas más largas y llegó mucho antes al final de la pendiente. Le ofreció una mano para ayudarla, pero Jude era demasiado orgullosa y prefirió tardar unos segundos de más. Después, volvió a seguirlo entre los pinos que coronaban la colina. Isaac no parecía tener un destino muy claro, pero terminó por detenerse en unas rocas que se encontraban al otro extremo de la colina. Quitó la nieve con el antebrazo del abrigo dejando hueco para los dos. Después, se sentó con las piernas colgando. Jude hizo lo propio y se sentó junto a él, aunque se aseguró de dejar un palmo de distancia entre sus piernas. Y en no hacer el ridículo mientras daba un saltito para escalar la roca, que estaba helada.

Oh, iba a pillar una cistitis porque era incapaz de ligar como una persona normal. Qué horror.

Desde ahí, la vista no era muy bonita, se veía un poquito del mar que alguna vez había visitado con su abuelo de pequeña. La nieve iba derritiéndose a medida que se acercaba al agua. La estación de tren, que tenía más años que ellos dos juntos, se veía con mucha más claridad. Incluso podían divisar las hormiguitas que eran los pasajeros que pronto cruzarían el límite de Serena. Jude siguió la dirección de las vías con la mirada, pero terminaban perdiéndose entre las montañas.

—Mi madre es cartera y mi padre es cocinero en la hamburguesería —dijo Isaac entonces sin mirarla—. Nunca nos ha faltado de nada, pero te aseguro que no tengo más oportunidades que tú.

Jude se sintió momentáneamente avergonzada. Le lanzó una ojeada de soslayo, pero él se mantenía centrado en las vías. Si es que las estaba viendo, porque no parecía que les prestara demasiada atención.

—Una excepción no rompe la regla —dijo ella a la defensiva.

Isaac esbozó media sonrisa y por fin la miró.

—Exclamó la hija de la cantante famosa.

Como siempre que mencionaban a su madre, ella se tensó.

—No es lo mismo —aseguró—. Hace años que no cobra nada por sus canciones.

—Pues siguen escuchándose por todos lados.

—Ya, pues no cobra nada. Si lo hiciera, te aseguro que no seguiríamos en Carriers Lane.

Un tenso silencio los envolvió. Jude ya no se sentía incómoda por su madre, sino por haber juzgado a Isaac tan rápido. De hecho, se percató de que nunca le había hecho una sola pregunta sobre su vida. Nunca había mostrado interés en él. Verbalmente por lo menos; en otros sentidos, se sabía de memoria cada lunar que tenía.

—¿Cómo se llaman tus padres? —preguntó.

—Roselia y Ray. Bueno, es Raymundo, pero lo detesta.

—¿Y tu madre se llama Roselia? —Isaac asintió—. Es un nombre muy bonito.

Él había bajado la mirada hacia su regazo. Sopesó su respuesta y entonces esbozó una pequeña sonrisa.

—A mí me gusta Jude.

Automáticamente, le tocó a ella volverse y contemplar trenes. O lo que fuera. Porque se había dado cuenta de lo cerca que estaban.

Quizá no lo estaban tanto, pero se había sentido tan intimidada que ahora su corazón latía a más velocidad de lo habitual. Carraspeó e intentó dejar de oírlo con tanta fuerza.

—A todo el mundo le gusta Jude —admitió en voz baja—, menos a mí.

—Escuché la canción.

—¿«Hey Jude»?

Isaac se rio entre dientes.

—También —admitió—. Pero me refería a la que me dijiste. «Need 2». Me gustó.

—Ah.

Jude deseó tener una respuesta mejor que ofrecerle, pero se había quedado en blanco.

Si tenía que ser totalmente honesta…, era la primera vez que estaba a solas con un chico. Nunca había tenido tiempo libre como para cedérselo a cosas tan banales como aquellas. Tampoco estaba muy segura de si lo que hacía con Isaac era banal, pero… sus nervios eran un buen indicativo de que había algo en el ambiente. Algo que ella no terminaba de entender y por eso se ponía tan nerviosa. Tampoco entendía qué hacían ahí, a solas. ¿Iba a besarla? Intentó descartar esa posibilidad antes de hacerse ilusiones. O de vomitar por los nervios. Ambos casos le parecían terribles.

—Aunque «Hey Jude» me gusta más —añadió Isaac con diversión.

—¿Cuántas veces vamos a hablar de esa canción?

—Es que es buena.

—Pues yo no la soporto.

—Así que la has escuchado.

—¿Quién *no* la ha escuchado? —protestó ella—. Es casi un himno.

—Entonces puedes decir que te llamaron como a un himno.

Jude suspiró. Durante un instante, pensó en no decirle la verdad. Una parte de ella seguía siendo lo suficientemente estúpida como para pensar que él no sabía perfectamente la imagen que tenía todo el pueblo de su familia. O de ella misma.

—No me parece una mala canción —explicó al final—, pero me la han puesto tantas veces para burlarse de mí que no la soporto.

—¿Por qué se burlan de ti?

Jude imitó el sonido de burla que él mismo había hecho unos minutos atrás. También le devolvió la mirada. Isaac parecía genuinamente sorprendido.

—¿Qué? —preguntó él.

—No te hagas el idiota.

—Soy idiota en muchos aspectos, pero ahora mismo no sé por qué.

—Déjalo.

—¿Cómo quieres que te entienda si no me lo explicas?

—¿Y por qué querrías entenderme? —saltó Jude de repente y se incorporó sin saber muy bien por qué. De pronto, se sentía muy frustrada con el mundo—. Mira, hay gente que tiene el don de no hacer nada y gustarle a los demás. Después está la gente que, sin hacer nada, le cae mal a todo el mundo. Mi madre tenía el segundo don y no consiguió superarlo por famosa que fuera, por eso ahora no tiene nada. Y Serena no se olvida de esas cosas.

—¿Y qué hizo tan malo como para que ahora todo el mundo la odie?

Jude se había alejado unos cuantos pasos. Se encogió de hombros.

—No lo sé —admitió finalmente—. Sé que empezaron a acusarla de algo, que su mal carácter lo empeoró todo… Y que todo fue a peor. Nunca he querido investigar más. ¿Por qué? ¿También quieres escribir un artículo protesta?

Oyó que Isaac se reía entre dientes. Pensó que insistiría en el tema, pero terminó por ponerse de pie y detenerse junto a ella.

—Más bien intento entenderte —dijo lanzándole una mirada de soslayo—, aunque ninguno de los dos sepa por qué.

Jude apartó la mirada y, cuando se aseguró de que él no la estaba viendo, permitió que se le escapara una pequeña sonrisa.

7

El chico equivocado

Como siempre que había un conflicto en casa, el abuelo decidió llamar a la única hamburguesería de la ciudad y pedir la cena. Era su pequeña manera de consolar a Jude y ahorrarle el trabajo de cocinar, aunque fuera ella misma la que tenía que subirse a la bicicleta e ir a buscarla.

Normalmente, Jude esperaba fuera del local hasta que calculaba que ya tendrían su cena. Aquella fue la primera vez que se sentó disimuladamente tras la barra. Después de la conversación que había mantenido esa tarde con Isaac, tenía curiosidad por ver a su padre. Y lo vio. Se parecían bastante y el hombre tenía aspecto de ser bastante divertido. Hizo volar una de las hamburguesas desde la parrilla hacia el pan, y uno sus compañeros se rio con el gesto.

Jude desearía haber podido centrarse mejor en el padre de Isaac, porque se habría ahorrado ver lo que sucedía a su derecha. Miró a unos hombres que susurraban entre sí. No se molestaron en apartar la vista. O en bajar la voz. Hablaban de mala suerte. Incluso llegaron a apartarse un poco de ella, como si fuera una apestada.

Avergonzada, Jude se bajó del taburete. Acababa de recordar por qué nunca entraba a los locales de Serena. Por qué debería haber esperado fuer…

—Aquí tienes.

Sorprendida, Jude elevó la mirada. La chica de los pedidos, la que siempre le entregaba la cena, estaba atendiendo a otros clientes. El encargado de darle el pedido fue el padre de Isaac.

Durante unos instantes, se miraron el uno al otro sin que ninguno se moviera. Por la sonrisa del hombre, Jude sospechó que aquello no era casualidad.

—Em… —Ella dudó demasiado como para que aquello pareciera casual—. Gracias.

—¿Qué tal las clases, Jude?

A ver, en Serena todo el mundo se conocía, no era raro que alguien le hablara con esa familiaridad. Lo único llamativo era que aquella era la primera conversación que mantenía con ese hombre. Y qué casualidad que fuera justo después de pasarse la tarde con su hijo. Jude se permitió ilusionarse con la posibilidad de que les hubiera hablado de ella, aunque tampoco tenía muy claro por qué lo haría.

—Bien —respondió Jude con más timidez de la que esperaba.

Por algún motivo, quería caerle bien. Qué tontería.

Ray volvió a sonreír y le dio una palmadita cariñosa en la mano.

—Saluda a tu madre de mi parte —pidió—. Las bebidas van de mi cuenta.

En otra ocasión, Jude se habría enfadado por ese acto. Como si fuera una limosna o algo así. Sin embargo, estaba tan nerviosa que terminó por asentir rápidamente y musitar un agradecimiento. Ray se rio y ella se apresuró a salir de la hamburguesería. Los dos hombres de la barra todavía hablaban de ella.

Ya en casa, como cada noche, todo el mundo se reunió alrededor de la mesa del comedor. El abuelo ya estaba sentado en el sofá, que en realidad era una cama articulada cubierta de cojines y en la que dormía. Jude lo ayudaba a sentarse en ella cada noche y ya no lo bajaba hasta la mañana siguiente. A no ser que tuviera que usar el baño, claro. Era tan cabezota que a veces iba solo sin pedirle ayuda a nadie y alguna vez habían tenido pequeños accidentes relacionados con ello.

Penny siempre se sentaba a su lado, Lucy se quedaba en el sillón balancín y Jude acercaba una silla de la cocina. Después, encendían la televisión y veían uno de los *realities* de Penny. O uno de los documentales del abuelo. Eso ya dependía de la noche. Esa concretamente fue de documentales. Era uno sobre morsas al que Jude apenas le prestó atención.

Mientras le daba el segundo mordisco a la hamburguesa, miró de reojo a Penny.

—Ray te manda saludos.

Su madre tardó unos instantes en reaccionar, como siempre.

Llevaba puesta su bata, también como siempre, aunque ese día se había arreglado el pelo y se había maquillado. A veces hacía esas cosas, aunque no tuviera que salir.

—Ah —dijo Penny finalmente—. Bien.

—Ray es un buen hombre —opinó su abuelo.

Jude intentó disimular su interés.

—¿Lo conoces mucho, abuelo?

—No tanto como tu madre —admitió—. Trabajaron juntos durante unos años.

En el Melody Lane, supuso Jude. Quizá por eso Penny volvió a clavar la mirada en la televisión e hizo como si no los oyera.

Lucy intercambió miradas entre todos sin entender nada.

—¿Quién es Ray? —preguntó con curiosidad.

—El padre de Isaac —dijo Jude.

—Ah, ¿ese con el que sales ahora?

Jude casi se atragantó con la hamburguesa.

—No salgo con él.

—¿No? —Su hermana pareció extrañada—. Si se pasa el día mirándote.

—No tanto.

Una parte de Jude no quería que su familia supiera demasiado sobre la existencia de Isaac, como si pudieran arruinárselo. Aunque Penny tampoco tenía aspecto de estar escuchándolas. El único que la miró con sospecha fue el abuelo.

Sin embargo, nunca pudo preguntar al respecto. Jude fue más rápida.

—Se ha estropeado la lavadora —dijo apresuradamente—. Necesito dinero para el fontanero.

—¿Cuánto? —preguntó el abuelo tan tenso como siempre que hablaban de dinero.

—Eso dependerá del fontanero, pero dudo que sea poco.

—Este mes no puedo dártelo, Jude. Ya sabes que…

—Deberías empezar a trabajar.

La voz de Penny hizo que todo el mundo se callara.

Jude miró a su madre. Puede que su presencia la intimidara, pero la mujer rara vez intervenía si no le preguntabas algo directamente. Por eso, cuando lo hacía, Jude sabía que se avecinaban malas noticias.

Penny se volvió para mirarla fijamente. Lucía esa misma expresión insoportablemente apática de siempre. Jude no aguantaba verla.

—¿Yo? —preguntó confundida.

—¿Quién quieres que sea? —preguntó Penny.

—¿Quieres que trabaje por las tardes después de clases? No voy a tener tiempo libre.

Penny se encogió vagamente de hombros.

—Podrías dejar el instituto.

Jude parpadeó incrédula. Estaba tan pasmada que, por primera vez en mucho tiempo, no tuvo una respuesta agresiva que ofrecer.

—Jude no va a dejar el instituto —sentenció su abuelo de golpe.

—¿Por qué no? A mí nunca me sirvió de nada. Y necesitamos dinero.

—Podrías trabajar tú —atacó Jude.

—Ya lo hice —aseguró Penny—. Y mucho más duro de lo que tú trabajarás en tu vida.

De nuevo, Jude se quedó sin respuesta. Y, aunque Lucy no solía intervenir en esa clase de discusión, ese día aprovechó el enfado que sentía hacia su hermana para meter cizaña.

—Tampoco es que el instituto te sirva de nada —opinó con cierto desdén.

Jude frunció el ceño.

—¿Y por qué no lo dejas tú, Lucy?

—Porque no tengo edad para trabajar.

—¿Y yo sí?

—En un año y medio cumplirás los dieciocho, ¿qué más da?

—Jude no va a dejar sus estudios —intervino el abuelo, más enfadado que la primera vez que lo había dicho—. Y punto.

Irritada, Penny levantó una ceja.

—Necesitamos el dinero, papá.

—Pues encontraremos otra manera, como siempre hemos hecho.

—Solo digo que podríamos empezar a pensar en el futuro.

—¿Y si el futuro de Jude está en la universidad?

—¿Universidad? —repitió Penny tras soltar un bufido de diversión—. ¿Estudiando qué?

La pobre Jude se sintió como si acabara de llamarla estúpida. Como si no tuviera las mejores notas de su clase. Como si no fuera perfectamente capaz de entrar en una universidad y aprobar una carrera. De trabajar en lo que ella quisiera.

Y los enfados de Jude, más parecidos a los de su madre de lo que le gustaría, solían terminar en conversaciones impulsivas que nadie quería tener.

—¿Y qué hay del dinero de tu música?

Lo preguntó en un tono bajo, casi como si tuviera miedo de pronunciar aquellas palabras. Y, en cuanto su madre la miró fijamente, recordó por qué nunca hablaban de ese tema.

—¿Qué has dicho? —siseó Penny.

Jude conocía ese tono, el de callarse cuanto antes.

—Solo digo que…, si ganáramos, aunque fuera un uno por ciento de lo que sigue haciendo tu música…

—No hables de lo que no sabes.

—¿Y por qué no lo sé? —preguntó Jude con una valentía que no sabía de dónde salía—. ¿Por qué vivimos en el culo de la ciudad con una lavadora que no funciona y un alquiler que apenas podemos pagar con la pensión del abuelo? ¡Podríamos estar forrados!

Su madre se había inclinado hacia delante y la miraba tan fijamente que no parpadeaba.

—Jude —advirtió en voz baja.

—¡Solo digo que podríamos aspirar a más! —insistió ella con desesperación—. ¡Y podríamos vivir un poco mejor! ¡Si perdiste los derechos o algo así, igual podríamos encontrar un abogado que…!

—¡Basta!

Penny llevaba tanto tiempo en su desidia perenne que, cuando por fin reaccionó, Jude se echó para atrás. Del susto se le había caído la hamburguesa en el regazo. Nadie pareció darse cuenta; el abuelo miraba a su hija con precaución y Lucy había agachado la cabeza.

—Basta —repitió Penny en un tono más bajo—. ¿Quieres dinero? Pues ya va siendo hora de que te lo ganes.

—¿Y si se lo pedimos a papá?

La pregunta de Lucy hizo que incluso su hermana, que debía ser la persona que más la conocía en el mundo, la mirara con extrañeza.

—«¿Papá?» —repitió Jude—. ¿Por qué hablas de él como si lo conocieras?

—Es una opción. —Lucy se encogió de hombros—. Y así sabríamos quién es, para variar.

Jude no sabía cómo enfrentarse a los enfados de Penny. Era una habilidad que, pese a los años, jamás llegó a adquirir. Cuando se enfadaba con ella, tendía a encogerse y esperar a que pasara la tormenta. Cuando se enfadaba con Lucy, en cambio…

Dejó firmemente su comida sobre la mesita de café. No se levantó, pero estaba preparada para hacerlo. No tanto para defender a Lucy, pues Penny jamás les había levantado la mano, sino porque una pelea entre ellas dos podía ser desastrosa; eran las dos únicas personas de esa casa que siempre querían tener la razón. Y que no iban a salir de la discusión hasta conseguirla.

Y quizá fue el miedo de que aquello escalara en algo difícil de controlar, pero Jude murmuró:

—Pensaré lo del trabajo.

—No —insistió su abuelo, testarudo como siempre—. No, Jude. Vas a terminar tus estudios. Ya me encargaré de conseguir el dinero de donde sea.

Penny había vuelto a clavar la mirada en el televisor.

Al día siguiente, Jude seguía pensando en la discusión. Como siempre que sucedía algo fuera de su aburrida rutina, pensaría en ello durante días. No dejaría de repetir la escena. Y, aunque ella tuviera cero interés en su padre y su existencia, sí que le causaba curiosidad que ni Penny ni su abuelo quisieran decir nada al respecto.

—¿Me estás escuchando?

Jude parpadeó y se centró de nuevo en Nia.

—Sí —aseguró.

Por suerte, su amiga no la cuestionó y siguió hablando de lo que fuera que hablara.

Pese a la nieve, ese día había salido el sol y todos los alumnos habían decidido salir a aprovechar los pocos rayos que pudieran acariciar su piel. Eso estaba haciendo Jude con su amiga, ambas sentadas en los escalones cubiertos de la entrada. Pese a que traía un sándwich de casa, Jude apenas lo tocó. Tenía el estómago un poco cerrado.

—Y me dijo que no —contó Nia en ese momento—. ¿Te lo puedes creer? Tengo la peor madre del mundo.

—No es tan mala —opinó Jude.

—Porque contigo se hace la simpática, pero siempre me regaña por tonterías cuando estamos solas.

Jude no quiso decirle que, dentro de lo que cabía, su madre se preocupaba por ella. Le pagaba los gastos, la cuidaba y se aseguraba de que estudiara y cumpliera con sus obligaciones. Y lo hacía porque la quería. Quizá no era la persona más comprensiva del mundo, pero no era una mala madre.

Sin embargo, se guardó todo aquel discurso. Sabía que Nia se pondría a la defensiva en cuestión de segundos y no quería otra pelea.

—Puede ser —le concedió.

—¿Qué te pasa hoy? Estás como… muerta en vida.

—Qué bonito decirle eso a tu pobre amiga.

—Ya sabes a qué me refiero —insistió Nia—. ¿Qué pasa? ¿Has discutido con Lucy?

Jude miró a su hermana pequeña, que tenía un grupito hecho junto con Quinn en un rincón del patio. Se estaban lanzando bolas de nieve y riendo a carcajadas.

—No más de lo normal —dijo finalmente—. Ayer tuvimos una cena complicada.

—¿Penny?

Jude asintió.

Nia podía tener muchas cosas malas, pero también tenía muchas otras buenas: no insistía. No indagaba en temas que sabía que la harían sentir incómoda. Además, solía hablar cuando Jude no quería hacerlo, así que le permitía tener un papel mucho más secundario y pasivo que ella agradecía profundamente.

—Ya —murmuró Nia—. Bueno, ¿y qué tal el castigo?

—¿Qué castigo?

Su amiga le dio un codazo, divertida.

—Ese que cumples cada día, idiota. Ya me contaron que el amigo raro de Josh también va al aula de recursos inhumanos.

—Ah, sí...

—¿Te gusta?

—¿Isaac?

—Como se llame. ¿Te gusta?

Sí.

Le *encantaba*.

Le gustaba mucho más de lo que asumiría en ese momento. Y mucho menos de lo que llegaría a quererlo en el futuro.

Sin embargo, Jude nunca se sintió cómoda compartiendo esa información con Nia. Uno de los mayores defectos de su amiga era su incapacidad de dejarle protagonismo a otra persona. Si uno de los chicos que ella consideraba atractivos se fijaba en Jude..., bueno, no lo llevaría bien. Tampoco creía que fuera a hacer algo al respecto, pero Jude no se sentía cómoda brindándole esa información.

—Es un... amigo —consiguió articular.

—¿Amigo? —repitió Nia tras soltar una risita—. Venga ya. ¿No te gusta?

—No —mintió descaradamente.

—¿Ni un poco?

Jude empezó a desesperarse por cambiar de tema.

—No lo sé. ¿Por qué estamos hablando de esto?

—Ayer tuve una cita con Josh.

Seguramente su amiga esperaba una gran reacción. Lo anunció como si acabara de ganar una elección presidencial. Jude, sin embargo, se limitó a contemplarla perpleja.

—Ah.

—¿Eso es todo?

—Es que…, em… No sabía que te gustaba.

—No me gustaba. Pero, oye, si se ha empezado a fijar en nosotras… ¡Tenía que aprovechar la oportunidad! Así que le pregunté y dijo que sí. Luego fuimos a cenar al Melody Lane. Es de su padre, ¿sabes? Cenamos gratis. Estuvo muy rico.

Jude conocía tanto a su amiga que no dudó en preguntar:

—¿Y qué pasó?

Nia, tal y como sospechaba, frunció los labios con desagrado.

—Al principio, nada. Iba todo genial. Luego me preguntó que dónde estabas tú, que se pensaba que la cita era con las dos. Luego me dijo que no pensó que fuera una cita o algo así. No lo sé. Tonterías suyas. Y no dejaba de preguntarme que si conocía a tu madre, que si me habías hablado de Isaac… ¿Te lo puedes creer? ¡Me tienes ahí, contigo, y te pasas el rato hablando de mi amiga!

Lo cierto es que Jude se imaginaba perfectamente la escena. O al menos se imaginaba la cara que habría puesto Nia al no ser el centro de atención. Oh, Josh no sabía lo que había hecho…

—¿Y por qué te preguntaba tanto sobre mí? —preguntó confundida.

—Pues como no lo sepas tú…

—La única vez que hablé con él fue delante de mi casa.

—Pues parece que se ha quedado obsesionado el idiota. Yo creo que te odia. O quizá le gustas, no sé. Qué pena que a ti te guste el rarito, ¿no?

Nia hizo aquella última observación mirándola fijamente. Jude se sintió como si acabaran de conectarla a un polígrafo. Tensa, tragó saliva.

Podría decirle la verdad, pero conocía a Nia. Tenía una extraña predilección por perseguir a los poquísimos chicos que interactuaban con Jude. Si le decía que le gustaba Isaac… No, no quería imaginárselos juntos. Se negaba.

Así que mintió. O, mejor dicho, maquilló un poco la verdad.

No sabía que su siguiente frase sería el momento al que volvería una y otra vez durante los siguientes años. No sabía que se arrepentiría de cada puñetera palabra.

No sabía que sería el principio del fin.

—Josh... es guapo.

A ver, no era mentira... La única parte engañosa era la intención de la frase. La había dejado caer como si Josh le gustara, y nada más lejos de la realidad. Pero era una forma de alejar a Nia del chico que le interesaba de verdad.

Porque, si Nia se empeñaba en Isaac..., este se iba a olvidar de que existía Jude. No habría competencia posible. Y solo pensar en ello la hundía en la miseria.

Nia, a todo eso, miró a su amiga con perplejidad.

—¿Guapo?

—Ajá...

—Pero... ¡pensé que no te caía bien por lo de tu casa! ¿O crees que lo hizo porque está celoso?

No. Jude lo dudaba, por no decir que lo descartaba completamente. Pero estaba tan desesperada por desviar su atención que se encogió de hombros.

—Em..., no lo sé.

—Entonces ¿te gusta su amigo o no?

De nuevo, se encogió de hombros. Era incapaz de admitir en voz alta lo mucho que le gustaba Isaac. Le parecía mucho más sencillo engañarse a sí misma que asumir la realidad.

Nia soltó una carcajada tan sonora que medio patio se volvió para mirarlas.

—¡Te gusta Josh y lo pones celoso con su amigo! —exclamó contentísima—. ¡Eres una perra!

—¡Oye!

—Así que por eso pasas tanto tiempo con el rarito...

—Bueno, no sé...

—¡Sabía que te gustaba alguien! —Nia se incorporó de golpe—. Deberíamos decirle algo a Josh.

—¿Eh?

—¡Vamos!

—Nia, ¡espera!

Ya era demasiado tarde. Su amiga había salido disparada en dirección opuesta a la entrada del instituto.

Isaac y Josh estaban sentados junto a la zona donde habrían estado aparcadas las motos si no hubiera sido por la nieve. En el respaldo del banco de madera, concretamente. Josh comía de una bolsa de patatas, mientras que Isaac se mantenía distraído con los codos apoyados en las rodillas. Debían comentar algo divertido, porque Josh se reía sin preocuparse de tener la boca llena e Isaac repiqueteaba los dedos sobre sus rodillas.

Ambos dejaron de hablar en cuanto Nia se detuvo delante de ellos. Jude apareció junto a ella, un poco agitada por el maratón que se acababa de echar a la espalda.

Por lo menos Isaac pareció contento de verlas. Miró a Jude con más alegría que sorpresa, mientras que Josh frunció el ceño con desagrado.

—¿Qué? —preguntó el último.

Por su tono, cualquiera pensaría que habían aparecido con un cuchillo en la mano.

Jude echó una ojeada a su amiga, que era bastante más valiente que ella y no se sentía intimidada por la mala cara de nadie.

—Solo queríamos saludar —dijo Nia tan tranquila—. No sabía que fuera ilegal.

—¿Saludar a quién? —quiso saber Josh.

Isaac sacudió la cabeza y se apartó un poco para crear un nuevo hueco en el banco. Jude supo, instintivamente, que se lo estaba ofreciendo a ella. Prefirió quedarse de pie, conteniendo la respiración por lo que fuera que tenía pensado Nia.

Ella colocó los brazos en jarras.

—¿Alguna vez te han dicho que eres un borde?

—Soy simpático con mis amigos.

—Y nosotras somos tus *futuras* amigas. De hecho, ayer quedaste conmigo. ¿Te acuerdas?

—Nah.

—Serás imbécil.

—Sí, sí… ¿Por qué no te vas con tu asistenta a hacer algo útil?

Jude enrojeció de vergüenza pura y dura. Isaac se volvió hacia su amigo. Por primera vez, parecía irritado.

Afortunadamente, Nia intervino antes que ellos dos:

—Pues nada, es una pena… A Jude le apetecía conoceros mejor.

La pobre Jude iba a morirse de un momento a otro.

Esperaba por lo menos que fuera deprisa para no ver las caras que pondrían ellos. Un infarto le valía. Rápido e indoloro. Se acabó pasar la vergüenza que estaba pasando.

Desgraciadamente, no murió. Y le tocó ver esas caras.

Tanto Isaac como Josh se volvieron para mirarla. El primero lo hizo con curiosidad, el segundo seguía estando a la defensiva.

—¿Conocernos? —repitió Josh—. ¿A nosotros?

—Bueno, debería especificar. —Nia se llevó un dedo al mentón, como si lo pensara mejor—. *Conocerte*. A ti.

Los tres volvieron a mirar a Jude, que sintió que su cara se volvía de color carmín.

Oh, qué día más malo para estar viva.

Mientras que Josh arrugaba la nariz, Isaac borró su sonrisa. No parecía enfadado, pero sí confuso. Miró a Jude como si intentara descifrar un enigma. Ella no supo cómo reaccionar. Y eso que era evidente que todo el mundo esperaba que dijera algo.

—Em… —empezó Jude torpemente, aunque solo podía pensar en arrastrar a Nia dentro del instituto—. Yo no… Yo…

Su amiga levantó las manos en el aire como si se rindiera.

—Pero no pasa nada —añadió con dramatismo—. Si prefieres ser un borde, habrá que entenderlo…

Josh intercambió una mirada entre ellas que terminó clavada en Jude. Ella dio un paso atrás de forma instintiva.

—Bueno —dijo en modo pánico—, Nia, creo que ya los hemos molestado bastante.

—Pero quería…

—¡Vamos!

Intentó que sonara a orden, pero pareció más bien una súplica. Jude cogió a su amiga del brazo y trató de tirar de ella hacia atrás, pero Nia se empeñó en quedarse un segundo de más. Años más tarde, Jude se preguntaría si, de haber tirado con más fuerza, habría evitado el desastre.

Porque fue durante ese preciso segundo que Josh ladeó la cabeza y dijo:

—Íbamos a salir el viernes por la noche —comentó, aunque seguía sonando un poco a la defensiva—. Podríais venir.

Nia sonrió con triunfo y se soltó del agarre de Jude.

—¿Salir por dónde?

—¿Qué más da?

Pese a la respuesta inicial, Josh siguió hablando:

—Siempre vamos al Melody Lane. Es de mi padre y nos venden alcohol sin preguntar cuántos años tenemos.

La sonrisa de Nia se amplió. Jude ya no sabía si le horrorizaba más el plan o el hecho de que fuera a ser en el Melody Lane.

—Ahí estaremos —dijo su amiga.

Por fin empezó a alejarse de ellos. Jude se quedó un milisegundo de más. Intentó encontrar la mirada de Isaac, pero él la había clavado en cualquier otro lugar. Su semblante era indescifrable.

La mirada que sí encontró fue la de Josh. Seguía tan desagradable como siempre, como la que le echas a alguien que intenta jugártela. No obstante, Jude sintió que él empezaba a tener curiosidad. Y, antes de que pudiera identificar hacia qué exactamente, siguió a su amiga.

Al día siguiente, a la hora del almuerzo, Jude dejó su bandeja en la mesa con mucha más fuerza de la necesaria. Robbie dio un brinco y se tragó más ensalada de la que pretendía. Mientras él rozaba la muerte con su tos, Nia miró a su amiga con toda la inocencia que poseía.

—¿Pasa algo?

—¿Se puede saber qué fue lo de ayer?

—Has tardado un día entero en ser capaz de echármelo en cara, ¿eh?

—¡No te pedí que fueras a decirles nada! —musitó Jude, que ni siquiera se había sentado.

—¡No hacía falta que lo hicieras! —contraatacó Nia—. ¡Te estaba haciendo un favor!

Jude respiró hondo para no enfadarse. Había un límite de peleas que estaba dispuesta a enfrentar en tan pocos días.

—¿Qué me he perdido? —preguntó Robbie, aunque nadie le hizo caso.

—Sé que intentabas ayudarme —aseguró Jude—, pero no quiero ir con ellos a ningún lado.

—¿Por qué no? —insistió Nia—. Si tanto te gusta Josh, deberías ser la primera interesada en salir con ellos.

Robbie por fin empezó a entender de lo que estaban hablando. Observó a Jude confundido, pero no dijo nada.

—Ya —prosiguió ella—, pero no quería…

Nia frunció los labios irritada.

—¿Quieres que cancele los planes? ¿Es eso?

—Bueno, no, pero…

—¿Les tengo que decir que lo hemos pensado mejor?

—¡Les da igual que vayamos o no! —aseguró Jude con frustración—. Apenas nos conocen.

—Pero a mí me apetece.

—¿Y no puedes ir tú?

—¿Sola?

Jude se pasó las manos por la cara, frustrada.

—No quiero ir al Melody —dijo finalmente.

Nia le sostuvo la mirada durante unos instantes que a ambas le parecieron eternos.

—¿Qué es lo peor que te puede pasar? —preguntó Nia entonces—. Nunca has estado, seguramente no te conozca nadie.

—Pero sí a Penny.

—¿Y qué? ¿Siempre tenemos que ir a sitios que tu madre nunca haya pisado?

Jude se sintió egoísta. E incómoda. Se sentía como si estuviera haciendo algo terrible. Más que nada, porque Isaac apenas la había mirado en el castigo del día anterior, justo después de haber hablado con ellas.

Y quizá aquello no debería tenerla tan tensa, pero no conseguía quitarse la sensación de malestar.

—No lo sé —admitió.

—Entonces ¿qué hacemos?

Jude pensó en la de excusas que tendría que ponerle a su familia para poder salir de noche. O en la forma de escaparse. Miró a su hermana pequeña, que estaba con sus amigas en el otro extremo de la cafetería. Miró también a Isaac, que ese día no hablaba con Josh. Y a este último, que intercambiaba risotadas con Milly.

Jude quería quedarse en casa. Unos años atrás, habría dado lo que fuera por ver el legendario Melody Lane. ¿Ahora? No quería tener nada que ver.

Pero… tampoco iban a invitarla a más planes como aquel.

Se trataba de la primera vez en su vida que iba a salir con un grupo de amigos. Si es que podía considerarlos amigos, claro. Además, Nia seguía irritada porque supuestamente le había arruinado la amistad con Milly con lo del corazón volador. No quería que se enfadara con ella. No quería quedarse sola.

Oh, no, no podía quedarse sola. La mera idea hacía que se le agolpara la respiración en la garganta.

—Está bien —dijo Jude finalmente—. Está bien… Iremos.

No sonrió. De hecho, seguía inquieta.

Robbie se inclinó sobre la mesa.

—¿Adónde iréis? —preguntó.

—Al Melody Lane, con Isaac y Josh —informó Nia con su alegría poco contagiosa—. A ver si Jude consigue liarse con alguno.

La aludida se rio con ironía. Y entonces se le ocurrió una idea.

—Robbie, ¿por qué no te vienes?

—¿Yo? —preguntó él con sorpresa.

—¿Él? —preguntó Nia con horror.

Jude ignoró las caras que le hacía su amiga por detrás de Robbie y le ofreció una sonrisa al chico.

—¿Por qué no? A veces hablas con Isaac en clase. Sé que os lleváis bien.

—Ya, pero… ¿ellos querrían que fuera?

Nia negó fervientemente con la cabeza detrás de él. Jude se encogió de hombros.

—*Yo* quiero que vayas. ¿Hasta qué punto importa lo que quieran ellos?

Ante esa pregunta, Robbie, que seguía siendo el chico nuevo y seguramente no había hecho planes desde que había llegado a Serena, sonrió con ilusión.

8

La noche del Melody Lane

Al final Jude optó por escaparse de casa.

No lo leas con esa cara, sé que tú también lo has pensado mil veces.

Además, dicho así suena un poco dramático... La realidad es que esperó a que todo el mundo se durmiera y luego bajó los escalones de su altillo sin hacer ruido.

Tanto Penny como Lucy estaban en sus respectivos dormitorios. El problema sería el abuelo, que dormía en el salón y podía oírla.

Jude se encerró en el cuarto de baño sin hacer ruido. Penny tenía maquillaje que usaba de vez en cuando. Jude no se había maquillado muchas veces en su vida, cuando lo hacía era solo para ver cómo quedaba, así que solo se atrevió a ponerse máscara de pestañas y pintalabios. Lo demás le parecían cremas de colores e instrumentos de tortura.

Había intentado arreglarse. Sin embargo, su fondo de armario le parecía horrible. Se pasó un buen rato repasando toda su ropa por si de milagro aparecía un top o unos pantalones que la hicieran sentir más cómoda con su cuerpo. No sucedió. Al final, tuvo que conformarse con unos pantalones negros y una blusa blanca que le habían regalado unas Navidades. Nunca antes la había usado y los botones que le cubrían el pecho se apretaban peligrosamente contra su piel. Esperaba que no salieran disparados... Lo que le faltaba ya, dejar a alguien ciego porque le había explotado una blusa contra las tetas. Vaya capítulo para sus memorias.

Se miró una última vez al espejo. El reflejo le pareció horrible, pero pasable. Y fue consciente de que no iba a verse mejor por mucho que se mirara, así que apagó la luz y abrió la puerta.

Al ver a su abuelo ante ella, casi le dio un infarto.

Aterrada, dio un paso hacia atrás. El hombrecito la esperaba en su silla de ruedas, arropado por su perpetuo pijama de cuadritos escoceses y sus gafas de medialuna. Lo último era para juzgarla en alta calidad.

—¿Se puede saber qué haces? —susurró él suspicaz.

—Em... Yo...

—Em... *Tú*... ¿Adónde vas?

Jude suspiró.

—Quería salir con unos amigos.

—¿Adónde?

—Al... Melody Lane.

Nunca le había mentido a su abuelo y aquel no iba a ser el primer día, pero tampoco le entusiasmó demasiado contarle la verdad.

El hombre la analizó con cautela. No parecía especialmente enfadado, pero Jude se sintió mal de todas formas.

—Perdón —murmuró ella—. Sabía que Penny no iba a dejar que saliera tan tarde, así que...

—Así que querías salir sin decir nada, ¿eh? ¿Y si te hubiera pasado algo? ¿Cómo sabríamos dónde buscarte?

Jude agachó la cabeza avergonzada.

—Lo siento.

—¿Tantas ganas tienes de salir? Nunca te ha apetecido.

—Hoy me apetece. Yo... Lo siento, abuelo. Debería haberte avisado.

Pensó que había llegado el momento de quitarse el maquillaje y ponerse el pijama, pero su abuelo la sorprendió al apartar la silla de ruedas. Jude, sin embargo, no se movió.

—¿Qué haces? —preguntó confusa.

—Venga, vete con tus amigos.

Jude parpadeó varias veces seguidas.

—¿Eh?

—Vete con tus amigos —repitió el hombre—. Tienes dieciséis años, tienes que salir por ahí y hacer alguna tontería. Alguna, ¿eh? No te pases.

—P-pero…

—Y llévate esto. Invito yo a alguna de las tonterías.

Jude aceptó el billete de veinte dólares que le ofreció. Sin estar muy segura todavía de lo que estaba pasando, lo metió en el bolsillo de sus vaqueros.

—¿Estás seguro? —preguntó.

—No dejes que me lo piense demasiado.

Rápidamente, ella salió del baño. Ya iba por la mitad del pasillo cuando oyó el característico silbido de la silla de ruedas. Al volverse, vio que el abuelo le ofrecía el puño. Jude lo chocó suavemente con el suyo. Después giró la mano para darle con los nudillos y finalmente las apretaron de forma breve.

—Pórtate bien —advirtió él, aunque lucía una sonrisita malvada.

Jude se la devolvió y salió felizmente de casa.

Robbie y Nia la esperaban fuera. Ambos parecían un poco incómodos con el hecho de encontrarse en esa parte de Serena, pero forzaron la sonrisa al verla llegar.

—¡Mira lo guapa que se ha puesto! —exclamó Nia.

Ella también se había arreglado; se había trenzado la melena rubia con mechas oscuras, pintado los labios… Pese al frío, lucía un top que enseñaba el ombligo y un abrigo abierto encima.

Robbie simplemente se había puesto una camisa blanca y su abrigo oscuro, pero Jude sospechaba que había estado un buen rato eligiendo su atuendo delante del espejo, así que le sonrió.

—Vosotros también —dijo—. Me encanta tu camisa, Robbie.

Él sonrió con tanto orgullo que Jude contuvo las ganas de reírse.

Los tres iban en bicicleta, así que pedalearon cuesta abajo y fueron directos al puente que dividía las dos partes de Serena entre carreras y tonterías.

Siendo completamente honesta…, Jude se lo estaba pasando mejor de lo que pensaba. Al ser tan tarde, apenas había coches. Pedaleaban por la carretera y hacían el tonto sin preocupaciones. Robbie intentaba ir recto y sin molestar, mientras que Nia se cruzaba por delante y por detrás de él para molestarlo. Ellos discutían y Jude reía e intentaba esquivarlos.

—¡¿Puedes parar de una vez?! —chilló Robbie, a punto de caerse de morros contra el suelo.

Nia rio y empezó a molestar a Jude. La última recordó vagamente todos los años que se habían pasado yendo en bicicleta a todos lados. Aquellas excursiones a la playa, donde se compraban un helado y paseaban por la orilla. Lo mucho que quemaba el sol. El olor a sal, a mar, a protector solar. Las broncas que se llevaba al volver a casa mucho después de que anocheciera tan solo porque habían querido quedarse para ver la puesta de sol.

—¿Crees que Robbie se ha arreglado para ligar con alguien? —preguntó Nia entonces.

El pobre chico enrojeció de la cabeza a los pies, mientras que Jude se limitó a reírse.

—Quizá ligará sin querer —opinó la última.

—¿Crees que sería sin querer? —insistió Nia—. Quizá tiene un lobo dentro y no lo sabíamos. ¿Te sientes lobo, Robbie?

El aludido suspiró.

—¿Por qué siento que os estáis burlando de mí?

Jude por fin se apiadó de su alma y frenó un poco para pedalear a su lado.

—Quizá es que Nia quiere ligar contigo —le dijo con una sonrisa cómplice.

Robbie tardó unos segundos en entender lo que insinuaba. Entonces imitó su sonrisita.

—¿En serio?

—Pero ¿qué ladráis? —protestó Nia.

—¿Crees que está enamorada de ti? —insistió Jude, centrada en él.

—Un poco, quizá.

—Te echa miraditas en clase.

—Y ha querido venir a buscarme a mí en primer lugar.

—¡Porque estabas más cerca! —protestó Nia por delante de ellos.

—Quizá no deberíamos hablar desde tan cerca —opinó Jude con inocencia—. ¿Y si se pone celosa?

—De hecho, empieza a parecer cabreada.

—Robbie, dale un besito para que se tranquilice.

Ante esa posibilidad, Nia soltó un chillido y pedaleó con todas sus fuerzas para acelerar. Mientras se alejaba, las risas de los otros dos hicieron eco a lo largo del puente.

A medida que fueron subiendo la carretera principal de Serena, Jude empezó a ser consciente de que iba a pisar el Melody Lane por primera vez en su vida. Lo había visto en fotos, en artículos de prensa sobre su madre… Había oído hablar tanto de ese lugar que a veces sentía que había nacido en él, y eso que jamás había cruzado el umbral de la puerta. Vería los asientos rojos tan característicos de los ochenta y el viejo sistema de karaoke que habían mantenido desde entonces. El mural de fotos en la pared de todas las personas famosas que lo habían pisado.

Un cosquilleo incómodo se apoderó de su estómago. Se sentía un poco traidora; Penny no querría que estuviera ahí. Sin embargo, no conseguía sentirse mal. Tan solo emocionada.

Llegaron a medianoche. Al ser un viernes, el aparcamiento estaba lleno de coches de todo tipo. Norte y sur se concentraban en aquel lugar sin juzgarse los unos a los otros. Cada vez que abrían la puerta del bar, Jude podía oír el rumor de los clientes que reían y cantaban a todo volumen. Aparcaron las bicicletas junto a la entrada sin que nadie les prestara atención. A pesar de ello, Jude se sentía un poco fuera de lugar. Y muy pequeña. Le daba la sensación de que todo el mundo era mucho mayor y experimentado que ella, que nunca habían sentido esos nervios tan característicos de la primera noche fuera de casa.

—¿Entramos? —preguntó Nia.

Robbie asintió como si fuera a pisar un matadero. Jude contuvo una risotada igual de nerviosa.

Lo primero que notó en el Melody Lane fue el olor. A cuero viejo, a humo de tabaco, a alcohol. A humanidad también, porque ahí dentro no hacía tanto frío como fuera. De hecho, Jude se quitó el abrigo porque se notaba acalorada. La masa de gente se concentraba principalmente junto al viejo escenario que coronaba la sala rectangular. Un grupo de amigas se lucía con una canción de Elvis. No lo hacían especialmente bien, pero estaban tan animadas que todo el mundo les hacía los coros. Jude elevó la mirada hacia los cuarenta focos que se repartían por los altos techos y las vigas de madera envejecida por los años. Tuvo que bajar la mirada al chocarse con una chica que se rio y siguió su camino junto con sus amigos. Antes de seguir, sin embargo, todos le lanzaron una mirada llena de curiosidad.

El resto de los clientes se mezclaban entre las mesas bajas cercanas al escenario y las altas más cercanas a la inmensa barra que cruzaba todo el final de la sala. Debía haber por lo menos cinco personas sirviendo copas a toda velocidad. Los camareros sudaban, pero parecía que se lo pasaban bien. Igual que sus clientes de la noche.

Jude tuvo que apartarse de nuevo para que no la empujaran.

—¿Intentamos comprar una cerveza? —sugirió Nia.

—¿No deberíamos encontrar primero a Josh? —preguntó Robbie.

—Nah. Pon cara de mayor de edad. ¿Vamos, Jude?

Mientras Robbie vivía su quinto ataque de pánico consecutivo y se dejaba arrastrar por Nia, Jude sacudió la cabeza.

—Buscaré alguna mesa libre.

Sus amigos se alejaron entre la multitud, una con determinación y el otro en modo pánico. Jude sonrió y se volvió hacia la pared que le había llamado la atención.

Por suerte, esa zona del bar estaba un poco más alejada del escenario y, por lo tanto, la gente se había apartado de ella. Jude pudo acercarse al mural de fotos sin que nadie la molestara. O la interrumpiera. Seguramente los demás veían esas imágenes cada noche y ya no les prestaban atención.

Para Jude era la primera vez.

Se detuvo ante ellas. El mural era tan alto que tuvo que echar la cabeza hacia atrás para verlo mejor. Y, ante esa inmensa cantidad de fotografías de personas famosas, de gente importante, se sintió más pequeña que nunca. Vio sus sonrisas. Empezaban en blanco y negro, en años que ni ella sabría determinar, y terminaban en fotos mucho más recientes. Jude no los conocía a todos, pero sí que recordó algunos rostros. Eran personas tan famosas que jamás se habría imaginado que pisarían un lugar como Serena, pero lo hicieron.

Y lo hicieron por su madre.

Fue el primer rostro que identificó. La sonrisa de Penny Lane plagaba todo el mural como si tuviera un foco solamente para ella. Aparecía con famosos, con compañeros de trabajo, más arreglada, más informal, fumando, bebiendo, riendo... Sin embargo, Jude se fijó especialmente en la fotografía que tenía a la altura del rostro. Parecía la más antigua en la que aparecía Penny. Se encontraba en el centro del escenario, que seguía siendo exactamente como en la fotografía, y sostenía el micrófono del karaoke. Debía de estar cantando, pero parecía avergonzada. Miedosa incluso. Tenía un brazo cruzado sobre la cintura y mantenía el micrófono muy cerca de su boca. Sus ojos, grandes y tristones, analizaban al público que levantaba los brazos y vitoreaba por ella. Jude casi podía oír sus gritos, podía sentir su alegría. Penny llevaba puesto el mismo uniforme rojo y negro que llevaban los camareros del Melody Lane. De hecho, tenía su libreta fuertemente apretada en la mano. Y, pese a su miedo palpable, esbozaba una pequeña sonrisa.

Jude leyó la inscripción dorada que había bajo la fotografía: «La primera noche que Penny Lane acalló al mundo con su voz».

Jude observó a su madre. O más bien a esa muchacha que había sido.

A veces se nos olvida que las madres también han sido muchachas.

Ya no parecía la misma. Lo que parecía era... Bueno..., se parecía mucho a Jude. De pronto, fue consciente de por qué todo el mundo se lo decía. Eran dos copias exactas. Parecían la misma persona. Al menos, cuando Penny tenía esa actitud tímida que iría perdiendo por el camino de la fama. Jude nunca había pensado en lo mucho que habían salido del mismo molde.

De pronto, miró a su alrededor. Se sentía observada. Y es que varios grupos habían abandonado sus conversaciones para mirarla. No lo hacían con desprecio ni aprecio, simplemente la observaban con una mezcla extraña que iba desde la curiosidad hasta la perplejidad.

Jude dio un paso hacia atrás. Toda la magia que había sentido hacía un momento acababa de romperse en mil pedazos. Y se sentía como si uno de aquellos fragmentos le hubiera atravesado el estómago. Quizá visitar aquel lugar no había sido una buena idea. Quizá debería…

—Os parecéis mucho.

La voz de Isaac, por una vez, no la asustó. De hecho, sintió alivio por no seguir aguantando aquellas miradas ella sola.

Isaac mantenía la mirada clavada en las imágenes. Lucía una expresión serena y tranquila, como si no se hubiera dado cuenta de que medio local los miraba.

—¿A Penny? —preguntó ella—. Sí…, alguna vez me lo han dicho.

Isaac sonrió de medio lado.

—También dicen que doy mala suerte —añadió ella de pronto sin saber por qué.

Vale, quizá no debería hablar de esas cosas con el único chico que alguna vez le había gustado.

No obstante, él se limitó a encogerse vagamente de hombros.

—Hablar es gratis.

—Gran conclusión.

—¿Prefieres que te diga que no me toques porque das mala suerte?

—Tú ríete, pero quizá sea verdad.

Jude mantuvo la mirada clavada en las imágenes de su madre incluso después de notar una mano sobre el hombro. Isaac le acarició la línea del omóplato con el pulgar, ascendió lentamente y terminó rodeándole la nuca con la mano entera. Estaba extrañamente cálida. O quizá era el contraste con la piel fría de Jude, que sintió un escalofrío.

Durante unos instantes, ninguno de los dos se miró. Por el rabillo del ojo, Jude vio que él estaba sonriendo.

—Elijo arriesgarme —concluyó Isaac.

Oh, cómo desearía Jude poder vivir en sus recuerdos. Se habría quedado en aquel para siempre. Y habría eliminado el murmullo de susurros que los rodeaba. El mismo que hizo que se apartara disimuladamente, y un poco avergonzada, de Isaac. Notó que él la seguía con la mirada, pero los demás habían llegado. Jude no se atrevía a mostrarse tan vulnerable con tanta gente delante.

Sus amigos se habían encontrado también con Josh y habían ocupado la mesa más cercana al mural. Era alta, así que Nia tuvo que dar un saltito para sentarse en uno de los taburetes. Su risa tonta al casi caerse de culo fue lo que hizo que Jude finalmente se diera la vuelta.

Tanto ella como Isaac fueron a ocupar los asientos sobrantes sin necesidad de intercambiar palabra. Jude terminó en medio de Robbie y él, mientras que Isaac tenía a Nia al otro lado. Ella todavía se reía por la casi caída.

Y, por supuesto, Milly también estaba presente. Junto a otros dos chicos que Jude no conocía, pero que tampoco le importaron demasiado.

—Agh —murmuró Milly al verla al otro lado de la mesa—. ¿Qué hace esta aquí?

—Agh —repitió Jude con el mismo tono de asco.

Robbie, como siempre que presentía un conflicto, se llevó las manos al estómago.

—No empecemos —pidió Nia, aunque solo miraba a Jude.

—¡Ha empezado ella! —saltó su amiga.

—¡Has empezado tú apareciendo! —atajó Milly a su vez—. ¿Desde cuándo sales de la cueva esa de tu madre?

Jude iba a responder, pero terminó por agarrar la jarra de cerveza y acercársela a la boca.

Fue el trago más asqueroso que había tomado en su vida, pero intentó disimularlo. Por suerte, el único que le prestó atención fue Isaac, que contuvo una sonrisa.

—¿Es la primera vez que pruebas una cerveza? —le preguntó él en voz baja para que nadie más los oyera.

—Es la primera vez que bebo alcohol.

—¿Y qué tal la experiencia?

—Horrorosa.

Isaac se rio entre dientes y, sin mediar palabra, intercambió la jarra de Jude con su vaso. Jude olisqueó el contenido y no le pareció tan sospechoso como su cerveza. Al darle un sorbo, se dio cuenta de que era un refresco normal y corriente. Oh, qué alivio.

—¿No te importa? —preguntó ella señalando su vaso.

Isaac se encogió de hombros.

Al otro lado de la mesa, Nia había empezado una conversación con Milly. Jude era incapaz de imaginarse qué tema de conversación podría unir a dos personas tan distintas. Tampoco terminaba de entender por qué Nia siempre se empeñaba en hacerse amiga de ese tipo de gente. Luego, recordó que ella misma estaba sentada a su mesa y dejó de juzgarla con tanta arbitrariedad.

—¿Y tú quién eres? —preguntó Josh entonces.

Todo el mundo se volvió hacia Robbie, que enrojeció de la cabeza a los pies y dejó de beber.

—Em…, Robbie.

—El nuevo —tradujo Jude.

Pese a las caras raras que todo el mundo había puesto ante su nombre, al oír esa última aportación asintieron.

—Ah, sí. —Milly lo señaló—. Vamos a clase juntos, ¿no?

Robbie apretó los labios para contener un suspiro.

—Hace varias semanas que trabajamos juntos en el laboratorio.

—Aaah, puede ser, sí.

—Milly tiene memoria selectiva —explicó Jude.

Robbie esbozó una pequeña sonrisa que borró en cuanto vio que Milly lo miraba fijamente.

—¿Y por qué te has mudado a Serena, Ryan? —insistió Josh.

Hablaba como si tuviera las llaves de la ciudad, como si la permanencia de Robbie en aquel lugar dependiera de su aprobación. Jude le lanzó una mirada de desagrado.

A veces, Jude decidía que alguien no le caía bien con mucha rapidez. Lo hacía sin darse cuenta, incluso sin motivo. Le molestaban muchas cosas. Una vez establecido un juicio, era muy difícil recuperarse de él y empezar de cero.

Y no le gustó Josh. O por lo menos no le gustó que hablara con tanta altanería.

—Se lo asignaron a mis padres —explicó Robbie tímidamente—. Son militares. Y… me llamo Robbie.

Milly hizo un gesto de rechazo, mientras que Josh enarcó una ceja con interés.

—¿Los dos?

—Se conocieron en la academia. Mi madre es coronel y mi padre terminó por desviarse y ser policía. Es sargento.

—¿Y tú qué eres? —preguntó Milly.

Robbie enrojeció aún más.

—Pues… su hijo.

—O sea, que no eres nada importante.

—Nadie es importante con dieciséis años —dijo Jude entre dientes.

Milly le lanzó una mirada de desprecio. Por suerte, Isaac habló antes de que ninguna de ellas pudiera seguir discutiendo.

—¿Y por qué los destinaron a Serena? —preguntó.

—Bueno…, era el único sitio donde había un puesto disponible para los dos. No quieren separarse. Además, les gustó el ambiente y hay instituto, así que estamos cubiertos los tres.

—A mí me gustaría ser policía.

Jude lanzó una mirada llena de curiosidad hacia Isaac, que acababa de decir eso. Josh también pareció sorprendido.

—¿Tú? —repitió a punto de reírse.

—Yo.

—Pero si es más divertido romper la ley que protegerla.

Todos los amigos de Josh se rieron ante la broma. Isaac no ofreció una risa educada. Se limitó a mirar a su amigo mientras le daba un trago a la cerveza que había intercambiado con Jude.

Ella tuvo curiosidad por esa elección de futuro. Sin embargo, no le preguntó delante de todo el mundo. Tuvo la extraña pero certera sensación de que no era algo que él quisiera compartir con tanta gente. Y menos si era el tipo de grupo que se ríe sistemáticamente de todo lo que te hace ilusión.

—Sí —intervino Nia, que siempre le daba la razón a la mayoría—. Ser policía es un poco aburrido. Es como elegir entre jefe o camarero y quedarte con la peor parte.

—Exacto —aportó Josh—. Además, ¿has visto las pruebas que hay que pasar para ser poli? Te quedarías en la primera.

—Practico a menudo —dijo Isaac.

—Deberías bajarte de esa nube en la que vives.

Los demás volvieron a reírse. De nuevo, Isaac no dijo absolutamente nada.

Sin embargo, Jude sí que se molestó.

Siempre le sucedía lo mismo, no soportaba las injusticias. Era más fuerte que ella. Esa sensación de rabia, de impotencia, de empatía cuando veía que alguien era empujado al centro del círculo para que todo el mundo pudiera señalarlo. Pero le dolía especialmente cuando se reían de cosas que a esa persona le gustaban. No se le ocurría mayor desprecio que burlarse de algo que hacía feliz a otra persona. Coger esa ilusión y usarla como arma. Siempre había tenido que soportarlo. Quizá por eso le provocaba tanto rechazo.

Ella dejó el refresco sobre la mesa. Josh enarcó las cejas.

—¿Qué? —le preguntó con cierta diversión.

—Nada —dijo Jude, toda ella pasivo-agresiva.

—Está claro que tienes *algo* que decir.

—Está más claro que tú tienes *demasiado* que decir. Acabo de llegar y ya me tienes mareada.

El silencio reinó en la mesa durante unos segundos. Isaac se volvió disimuladamente para lanzarle una mirada a Jude. Intentaba no reírse con todas sus fuerzas. Los demás intercambiaban miradas sin decir absolutamente nada.

Josh se apoyó en el respaldo de su silla. Más que ofendido, seguía ofreciendo esa sonrisa burlona que siempre parecía tener.

—¿Qué pasa? —le preguntó a Jude—. ¿No te gustan mis sabias aportaciones?

—¿Taaanto se me nota?

—Por lo menos yo tengo algo que aportar. ¿Qué haces tú exactamente?

—Ver cómo dices una tontería tras otra. Es un trabajo muy duro. Peor que el de un minero.

Robbie se llevó las manos al estómago. Nia le lanzaba señales a Jude para que se callara. Milly e Isaac eran los únicos que, dentro de lo que cabía, parecían estar a punto de reírse. De hecho, la primera se había inclinado sobre la mesa con una gran sonrisa e intercambiaba miradas entre ellos como si aquello fuera un partido de tenis. Y como si se muriera de ganas de que alguien se lanzara un vaso a la cabeza.

—Si tanto te molesta —dijo Josh—, puedes irte a otra mesa.

—¿Y por qué me tendría que ir yo?

—Porque eres la que sobra.

—La que te sobra a ti. A mí me sobras más tú.

—¿Quieres que les preguntemos a los demás qué opinan?

—Qué caballero.

—Probablemente sea lo más bonito que te han dicho en tu vida.

—Sí. Cuidado, que me enamoro.

—Espero que no.

—¿En serio eres tan creído como para pensar que lo digo en serio?

—No sé. Eres tú la que se pasa el rato provocándome.

—Porque me caes fatal.

Josh tuvo la indecencia de parecer ofendido.

—¿Por qué te caigo fatal? —cuestionó.

Jude entrecerró los ojos.

—Porque te ríes de tus amigos, para empezar.

—¡Eso no es verdad!

—¡Te acabas de reír de Isaac!

—¡Solo quería que mantuviera los pies en la tierra!

—Tú sí que flotas por el universo…

—¿Vas a estar así toda la noche? —preguntó irritado.

—No sé. Depende de lo mucho que hables.

—Pues te queda para rato.

—Desgraciadamente, lo suponía.

—¿«Desgraciadamente»?

—*Desgraciadamente*, me tocará oír cómo te ríes de los demás por su forma física cuando es mil veces mejor que la tuya.

Josh echó la cabeza hacia atrás como si hubiera recibido la bofetada más dramática de su vida. Jude sonrió con malicia. No había forma más rápida de molestar a un chico como Josh que cuestionar su forma física.

—¿Qué tienes *tú* —Josh pronunció esa última palabra como si fuera un insulto— que decir de *mi* físico?

—Nada. Es muy normativo. Pero te permites hablar mucho cuando seguramente no correrías más rápido que nadie de esta mesa.

Josh enarcó una ceja y se inclinó lentamente hacia Jude.

—Te aseguro que a ti podría superarte con creces.

Jude sonrió y se inclinó hacia él.

—¿Quieres intentarlo?

Unos minutos más tarde, estaban de pie en la entrada del Melody Lane. Algunos borrachos se volvieron para mirarlos con curiosidad. Los que más atención les prestaban, sin embargo, eran sus amigos.

Jude clavó el talón en el suelo como si fuera una corredora profesional. Josh, a su lado, se mantenía con las manos en los bolsillos como si aquello fuera tan fácil como para darle unos segundos de ventaja.

Sin embargo, Jude era la que se llevaba todos los reproches.

—Ni se te ocurra ganar —advirtió Nia.

—Por favor —pidió Isaac a su lado, encantado de la vida—, ni se te ocurra perder.

Robbie solo suspiraba y se preguntaba que por qué tenían que competir por tonterías.

—Vale —dijo Milly entonces, tan feliz—. Tenéis que bajar la cuesta, tocar el puente y volver.

—¿Y cómo sabréis que hemos llegado al puente antes de volver? —preguntó Josh.

Jude resopló con burla.

—Eso solo lo preguntaría alguien que tiene ganas de hacer trampas.

—Es que iré tan por delante de ti que no podré comprobar si lo haces.

—¡Basta! —sentenció Milly señalándolos—. Nada de empujones, mordiscos o patadas, que sea una carrera limpia. ¿Preparados?

Josh levantó un dedo para añadir algo más, pero Milly lo ignoró y gritó:

—¡A CORRER!

Mientras él hacía el tonto por detrás, Jude salió a toda velocidad.

Iba a ganar aquella carrera. Ya era algo personal.

Oyó los vítores de sus amigos y de algunos borrachos, pero no se volvió para que la animaran. Había empezado a correr cuesta abajo por un lado de la carretera. Su mayor preocupación era no resbalarse con la poca nieve que quedaba sobre el asfalto, así que intentó mantener una velocidad prudente. El aire frío le golpeaba el cuello y el rostro, ya que no había querido ponerse el abrigo. La oscuridad que tan solo interrumpían las pocas farolas que iluminaban la calle cada pocos metros le ponían las cosas complicadas. Aun así, Jude siguió corriendo cuesta abajo.

No fue hasta la mitad de la cuesta que oyó a Josh tras ella. Sus pasos eran apresurados y pesados, cada vez sonaban más cercanos. Se permitió volverse un momento para comprobarlo. Estaba a pocos metros de ella. Josh le mandó un beso y empezó a reírse. Jude frunció el ceño e intentó aumentar la velocidad.

Estuvo a punto de caerse. A puntito.

La tontería de volverse hizo que su pie se resbalara en la nieve. Durante un breve pero terrorífico instante, Jude sintió que volaba. Y entonces consiguió apoyarse con una mano en el suelo. Oyó la risotada de Josh al pasar junto a ella.

—¡Dale un abrazo al suelo de mi parte!

—Idiota…

Quizá no la oyó, pero sí que sintió la bola de nieve que Jude le estampó en la cabeza.

No era la persona más habilidosa de la historia, pero tenía una puntería envidiable.

El chico dejó de correr un momento para mirarla con toda su indignación. Todavía tenía restos de nieve en el pelo y en la capucha de la sudadera.

—Pero ¿qué coño? —exclamó—. ¡Eso es trampa!

Mientras lo gritaba, ella pasó corriendo a toda velocidad por su lado.

—¡Hasta luego, pringado!

Oyó que maldecía y ella se rio con malicia. Había conseguido sacarle un poco de ventaja. Una ventaja que empezó a decrecer a los pocos segundos, a medida que se acercaban al puente. Jude iba a tocar la primera baldosa y ascender otra vez. Sabía que podía ganarle. Quizá no era muy rápida, pero pedaleaba cuesta arriba casi todos los días. Tenía las piernas fuertes y lo sabía.

Tal como sospechaba, Josh consiguió alcanzarla en el puente. Mientras ella tocaba el puente, él tocó la misma baldosa y se chocó a propósito con su cuerpo. Jude dio un traspié y le gritó un insulto cualquiera. Josh le enseñó el dedo corazón por encima del hombro y empezó a correr cuesta arriba. La segunda bola de nieve que le dio en la cabeza —otra vez, gran puntería— no hizo que se detuviera.

Pero, efectivamente, la cuesta empezó a cansarlo.

Jude consiguió alcanzarlo a la mitad de la oscura colina. Se notaba cansada y podía oír el corazón en los tímpanos, resonando como un tambor. No obstante, Josh estaba peor; empezaba a correr encorvado, con los puños apretados y las mejillas encendidas a fuego vivo. Jude ralentizó el ritmo para correr a su velocidad y se permitió reírse.

—¿Cansado? —le preguntó.

Josh le lanzó una mirada que habría helado el infierno, pero fue incapaz de contestar. Ella se rio entre dientes.

—Puedes admitir que he ganado y subir andando.

—Pre... fie... ro... —musitó él entre bocanadas de aire— mo... rir... me...

—Pues muérete, ¡yo encantada!

El moribundo elevó la mano para sacarle el dedo corazón... y entonces se cayó de bruces al suelo.

Si no fuera por el tremendo golpe, Jude quizá se habría reído a carcajadas.

Ella también se detuvo. Josh había resbalado con la nieve y se había caído de cara contra el asfalto. El sonido fue escalofriante. De forma automática, Jude se lanzó sobre él y lo sujetó por los hombros para verle la cara. Como se hubiera dado en la nariz...

Por suerte, Josh tan solo se golpeó el hombro y la rodilla. Y el ego, claro. Se apartó de Jude de mala gana y no quiso aceptar su mano para ponerse de pie.

—¿Estás bien? —preguntó ella.

—Cállate.

El asfalto le había roto la tela de la rodilla y ahora se veía la marca roja de la sangre. No debía de ser más que un rasguño, pero Jude estaba segura de que le había dolido. Igual que estaba segura de que él jamás lo admitiría.

Josh hizo un mínimo gesto de dolor. Pareció que iba a llevarse una mano a la rodilla, pero se irguió rápidamente al recordar que Jude lo estaba mirando.

—¿Qué? —ladró.

Ella levantó una ceja.

—¿Te duele mucho?

—Absolutamente nada.

—No tienes que hacerte el machito duro, ¿eh? A mí también me dolería.

—Pues enhorabuena, pero no me duele.

Sin embargo, en cuanto intentó dar un paso, debió sentir un latigazo de dolor, porque trastabilló hacia un lado y Jude se acercó para sujetarlo del brazo. Josh le puso cara de asco, pero no la apartó.

—Deja de hacer el idiota —le pidió Jude.

—Lo dice la experta en serlo.

—¿Quieres que te ayude o que te empuje?

—Quiero que te calles.

Ahí sí que la apartó. O más bien se zafó de su agarre. Acto seguido, empezó a ascender la cuesta por el centro de la carretera. Quería alejarse de ella lo máximo posible. Jude sacudió la cabeza y empezó a caminar a unos metros de distancia.

—Entonces —dijo él— ha sido empate.

—Si eso te hace sentir mejor...

—Iba a ser empate hasta que me has agredido.

—¿Yo? ¡Si te has caído tú solo!

—¡Porque me distraías todo el rato con tus bolas de nieve asesinas!

—¡No me eches la culpa de tu inutilidad! Y quítate de en medio.

—¡Yo también sé ganar jugando sucio!

—Josh, apártate.

—Además, si empezara a lanzarte bolas de...

—¡Apártate!

Él frunció el ceño con desagrado. Y es que el muy idiota no había visto la moto que se acercaba a toda velocidad desde el Melody Lane. Jude pensó que el conductor se apartaría al verlos, pero iba haciendo eses y sin las luces encendidas. Tardó unos segundos de más en deducir que el motorista era tan inútil como Josh, que seguía sin apartarse.

Irritada, y un poco asustada, Jude se lanzó sobre él para apartarlo de la carretera. Josh la sujetó por instinto y dio unos cuantos pasos hacia atrás, pero terminó perdiendo el equilibrio. Jude aterrizó a su lado, apretándole todavía el brazo con todas sus fuerzas. Notó el frío de la nieve y el golpe del asfalto, pero también el alivio de haberlo apartado.

—¿Qué coño? —preguntó Josh de mala gana.

Ambos se volvieron hacia la moto, que se había detenido a su lado. Jude casi empezó a reírse.

—¿Nino? —preguntó ella menos sorprendida de lo que le gustaría.

—¡Jude! —exclamó él con alegría—. ¡Por un momento he pensado que te mataba!

—¡No digas eso con una sonrisa!

Irritado, Josh se incorporó apoyado sobre los codos.

—¿Se puede saber quién te ha dado el carnet de conducir?

—¿Carnet? —repitió Nino confundido.

Josh miró a Jude con incredulidad, a lo que ella tuvo que contener una risotada.

—¿Estás borracho, Nino?

—¿Yo? —El chico se llevó una mano al pecho—. Me ofende profundamente que insinúes cosas raras.

—¿Lo estás?

—Sí, pero ¡vosotros ibais por el medio de la carretera!

—¡Porque estábamos haciendo una carrera!

—¿En plena noche, en una carretera y con toda la nieve? —Nino enarcó una ceja—. ¿Y se supone que el loco soy yo?

Dicho así, incluso ella se sintió un poco ridícula.

Jude se incorporó con torpeza. Pensó en ofrecerle una mano a Josh, pero él seguía con su puñetero orgullo herido. Y Nino seguía contemplándolos con una gran sonrisa, como si aquella fuera la interacción más normal que había tenido en su vida.

—¿Por qué hacíais una carrera? —quiso saber.

—Porque somos idiotas —mascullό Josh de mala gana.

—Y porque él no se creía que yo pudiera ganarle —añadió Jude.

Al instante, Nino echó la cabeza hacia atrás y soltó una carcajada atronadora.

—¿Te creías que podías con Jude? —le preguntó a Josh—. La veo subir la cuesta con la bicicleta cada día, tío. Buena suerte compitiendo con ella.

—Ya me he dado cuenta —gruñó el aludido—. Iba a ganar igualmente.

Jude no quiso discutir.

—Se ha caído —le dijo a Nino.

—Ya lo veo. ¿Necesitáis que os suba al Melody?

—Igual puedes echarle una mano a él.

—Hombre, si puedo elegir entre quién quiero que me abrace cuesta arriba...

—Yo no estoy herida, Nino.

—Pero me hieres con tu indiferencia.

Josh se cruzó de brazos.

—No necesito ayuda —gruñó—. Estoy perfectamente.

—¿Seguro? —preguntó Jude.

—¡Que sí!

—¡No seas orgulloso! —intervino Nino entonces—. Venga, príncipe, deja que te lleve en la carroza.

Lo cierto es que no le dejó mucha elección, pues Nino se bajó de la moto y no estuvo conforme hasta que tuvo a Josh subido a su espalda.

Jude sonrió con diversión al ver cómo se alejaban cuesta arriba, uno con una gran sonrisa y el otro con cara de querer matar a alguien. Después ascendió a pie lo que le quedaba de colina.

9

Las distintas versiones de Jude

A veces, entre clase y clase, Jude se detenía en su taquilla y pasaba el rato leyendo un libro o colocando sus pertenencias. Había pocas cosas que soportara menos que el desorden.

Fue en una de esas ocasiones cuando, de pronto, se le acercaron Lucy, Quinn y Maggie. Margaret era la primera persona que las otras dos habían aceptado en su dúo extraño, pero no se parecía en nada a ellas. Se trataba de una chica de gafas gigantes, pelo rizado —que un día aprendería a estilizar y la convertiría en una diva— y sonrisa tímida.

Estaba feo decirlo, pero Jude siempre deseó que Lucy se juntara un poco más con Maggie y un poco menos con Quinn.

—Oye, Jude —dijo su hermana con una sonrisa misteriosa—, ¿es verdad eso que dicen?

Por lo visto, cuando había un chisme que descubrir, Lucy se olvidaba de que estaba enfadada con ella.

—No sé —murmuró—, ¿qué dicen?

—Que le pegaste a mi hermano y por eso ahora va cojo —respondió Quinn, preocupantemente encantada con la idea—. ¿Es verdad? Dime que es verdad, por favor.

Jude contuvo una sonrisa divertida.

—Se cayó solito.

—Qué pena —opinó Quinn—. Me habrías caído mejor.

—¡Es tu hermano! —exclamó Maggie.

—Por eso.

—Se cayó —insistió Jude—. E intenté ayudarlo porque no había nadie más cerca, pero te aseguro que no lo empujé. Ni le di ninguna paliza.

Las tres intercambiaron una mirada.

—¿Qué hacías con mi hermano? —preguntó Quinn entonces.

—Eso —añadió Lucy—. Primero viene a casa, después lo agredes… Es una historia de amor.

—¡Que no le agredí! ¡Se cayó solo!

—¿Haciendo qué? —insistió su hermana.

Jude cerró la taquilla. Lo último que necesitaba era darles explicaciones a las dos urracas y a su amiga, aunque le caía genial. Las dejó cotilleando a lo suyo y, por suerte, no insistieron.

Desgraciadamente, su siguiente clase era Literatura. Entró en el aula con los libros bajo el brazo y con la seguridad de que iba a ganarse más de una mirada llena de rencor. Lo que no esperaba, sin embargo, fue que al entrar Milly le levantara el libro como si estuviera brindando por ella. Jude no supo ni cómo reaccionar.

Qué raro estaba todo el mundo.

Isaac y Josh, como siempre, ocupaban su lugar. Robbie se mantuvo tras ellos. Obviamente, los tres la miraron nada más cruzar el umbral de la puerta. Isaac lo hizo con los labios apretados para no reírse. Josh, en cambio, entrecerró los ojos con todo su odio.

El viernes por la noche había terminado con una pierna estirada sobre uno de los taburetes del Melody. Uno de los camareros tuvo que limpiarle la herida. Como era lógico, todos los clientes del Melody Lane se acercaron a preguntar qué había pasado. Jude tuvo la decencia de no humillarlo más, pero Nino *no* había nacido para callarse un buen chisme, así que lo contó todo con pelos y señales.

Llegados a cierto punto, llegó a inventarse algunas partes en voz alta para darle un poco más de dramatismo a la historia. Josh intentó negarlo a gritos, pero Isaac y Milly se reían tan fuerte que perdió toda credibilidad.

Además, resultó que con la caída también se había raspado la frente.

No era muy grave, pero la marca era visible porque Josh tenía el pelo rapado. Todavía la tenía roja y un poco hinchada. Todo el mundo debía de haberla mirado más de una vez al hablar con él.

Y, oh…, cómo detestaba a Jude. La pobre pudo sentirlo en cada pasito que daba hacia su pupitre.

Rápidamente, Jude pasó por su lado. Robbie la observó con un poco de lástima. Isaac, que se había vuelto sobre su silla, lo hacía con media sonrisa.

—Buenos días —saludó como si nada.

—Serán para vosotros —gruñó Josh.

Ni siquiera se había vuelto, sino que mantenía los brazos cruzados y la mirada clavada en la pizarra. Jude sintió la tentación de hablar con Isaac y pasar de él, pero fue incapaz de ignorarlo.

—Oye, Josh… —empezó a decir, aunque no supiera cómo continuar—, siento que todo el mundo esté…

—Qué curioso —gruñó él—. Oigo una voz insoportable, pero no entiendo *nada* de lo que dice.

—¿Vas a comportarte como si tuvieras cinco años?

—Qué suerte no poder entenderla, solo dice tonterías.

Jude desistió y dejó los libros sobre la mesa.

—Si os sirve de consuelo —dijo Robbie entonces—, yo me lo pasé muy bien.

Tanto Isaac como Jude le lanzaron una mirada de precaución. No obstante, la peor que recibió fue la de Josh. Este se giró lentamente para mirar a Robbie fijamente y el pobre chico enrojeció de la cabeza a los pies.

—¿Te lo pasaste *bien*, Ryan?

—E-es… Robbie…

A Josh no pareció importarle demasiado, seguía mirándolo con tanta intensidad que el pobre Robbie terminó pegándose al respaldo de su silla.

Mientras ellos seguían con su duelo de miradas, Jude observó a Isaac. Como de costumbre, el chico iba a su propia bola sin prestarle demasiada atención a lo que pasaba a su alrededor. Y, como en casi todas las clases que compartían, había alcanzado la bufanda morada que Jude dejó sobre la mesa y jugueteaba con una de sus bolas. Ella lo observó sin saber qué decir. Por mucho tiempo que pasara, seguía poniéndose nerviosa en su presencia.

—Parece hecha a mano —comentó.

—La hizo mi abuela, creo.

—¿Crees?

Jude se encogió de hombros.

—La encontré por casa y nadie más la quería.

Isaac esbozó una pequeña sonrisa y elevó la mirada hasta encontrar la suya. Jude se puso todavía más nerviosa. Le encantaban sus ojos castaños. Le en-can-ta-ban. Ni siquiera se le ocurrían palabras para describirlos.

—¿Los arreglos ya estaban? —preguntó él.

¿De qué hablaba ahora? Ah, sí, de la bufanda. Jude casi se sentía una caricatura de animalito enamorado. De esos que tienen corazones en lugar de ojos.

Isaac enarcó una ceja y ella se obligó a centrarse otra vez. Él había señalado unos cuantos arreglos de hilos de diferentes colores. Jude ni siquiera necesitó mirar la bufanda para saber dónde estaban.

—Eso lo hice yo —admitió ella con repentina timidez.

Isaac iba a contestar, pero Josh le dio un golpe en el brazo. Tras suspirar y mirar a Jude con expresión de disculpa, se volvió hacia su amigo.

—¿Qué?

—¿Por qué hablas con mi agresora? —preguntó Josh.

—¡Que yo no hice nada! —insistió Jude.

Pese a su queja, el lisiado tiró de su amigo hasta que consiguió que se centrara en la profesora Marsh, que acababa de entrar en el aula. Jude frunció el ceño y se centró en sus libros.

Robbie seguía observando la escena como un apuntador.

—Josh está un poco enfadado contigo —comentó.

—¿Tú crees?

—Diría que sí, porq… Oh, era ironía.

—Muy bien.

—Mi padre dice que la ironía es la forma más baja del ingenio.

—Y la más alta de inteligencia.

La frase flotó entre ambos durante unos segundos. Robbie la miraba como si estuviera loca, al menos más que de costumbre.

—¿Eh? —preguntó él.

—Es una frase de Oscar Wilde. Y termina como te he dicho.

—Pero ¿cómo sabes eso?

—Solamente es una frase tonta…

—No, el otro día también citaste a alguien. Y otro día te supiste una fórmula de memoria en Biología. En serio, ¿qué universidad vas a solicitar? Porque no me gustaría que me valoraran justo después de valorarte a ti.

Jude había empezado a sonreír, pero se detuvo al oír la última parte de aquel pequeño discurso. Robbie debió de notar que su expresión había cambiado, porque parecía preocupado.

—¿Qué pasa?

—No creo que vaya a la universidad, Robbie.

—¿No? Entonces ¿qué quieres hacer?

—Trabajar, supongo. Mi madre necesita el dinero.

El chico se escandalizó como una diva.

—¡Pues que se organice mejor! Es tu madre, ¿no? Debería velar por tu futuro.

—Ya, pero no todas las familias son iguales.

—Eso ya lo veo. ¿Y no puedes…?

—Robbie —pidió Jude.

Él frunció los labios pensativo.

—Lo dejaré —dijo—, por ahora.

Después de clase, Jude tuvo la primera hora de castigo tras el Melody Lane. Ella pensó que, como el viernes anterior, Isaac volvería a ignorarla. De alguna forma, había asumido que ese primer paseo tras la hora de castigo sería el último.

No sabía lo equivocada que estaba.

Recorrieron el pasillo juntos, cada uno con la mochila colgada de un hombro distinto y ambos con la mirada clavada al frente. Jude vio que su hermana y Quinn salían las primeras entre risitas y cuchicheos. Ya no intentaba irse a casa con ellas. Quiso convencerse a sí misma de que era porque no quería presionarlas, pero la realidad era que prefería quedarse con Isaac.

—Un poco, ¿eh? —repitió ella—. Se cayó solo.

—A mí no necesitas convencerme —aseguró Isaac con diversión—. Además, me ayudaste a ganar cinco dólares.

—¿Yo?

—Aposté por ti. Nia tuvo que pagarme.

Jude se sintió un poco ofendida. ¿Su propia amiga no había apostado por ella?

—Ah —murmuró—. Confías poco en tu amigo.

—O confío demasiado en ti.

Ella resopló, como siempre que se ponía nerviosa y no sabía qué hacer.

No fue hasta que salieron del instituto que recordó que había ido a clase en bicicleta. Estaba tan ansiosa por pasar más tiempo con él que sintió la tentación de abandonarla. Quería volver andando con Isaac. No quería excusas. Pero terminó pareciéndole demasiado desesperado incluso a sí misma.

—He venido en bicicleta —comentó como si fuera la mayor tragedia del universo.

Él asintió.

—Ah.

Jude no quería despedirse antes de tiempo, así que fue a por su bicicleta y la desencajó del aparcamiento. Ni siquiera se molestaba en ponerle candado, ¿quién iba a robar una bicicleta que tenía casi veinte años y estaba llena de rasguños?

Como Isaac seguía a su lado, Jude lo miró. Esperaba que le diera alguna señal de lo que estaba pensando.

Hizo algo peor.

Por fortuna, Jude no obedeció a su instinto de empujarlo para que no le robara la bici. Y es que Isaac se había subido a ella con toda la confianza. Se quedó de pie, con las manos en el manillar y la mirada clavada en ella.

—¿A qué esperas?

—¿A que... te bajes de mi bicicleta?

Él sonrió.

—¿Alguna vez has llevado a alguien de paquete?

—¿Eh?

—Sube.

—Oye, que la bici es mía.

—Sube.

Debería haberlo ignorado, pero Jude terminó sentándose en el sillín. No sabía muy bien qué hacer, así que se agarró con ambas manos, justo debajo de su pobre culo, que había pegado al otro extremo del sillín por si acaso. Lo último que necesitaba esa bicicleta desequilibrada era que Isaac se sentara encima de ella y se cayeran por un terraplén.

Pero él no se sentó y, tras mirar a ambos lados de la carretera, empezó a pedalear. Se mantenía de pie sobre los pedales y se movía como si aquello no le estuviera costando un mínimo esfuerzo. Jude intentó disimular su pánico apretando los labios, pero lo cierto es que sus botas marrones apuntaban a todos lados porque no sabía dónde poner los pies. Se conformó con mantenerlos al aire de forma un poco cómica. Él giró la cabeza hacia atrás, le lanzó una mirada y empezó a reírse. Aunque, en lugar de ir más despacio, empezó a pedalear más deprisa.

—E-eeem... —Jude intentó que su voz no sonara aterrada—. ¿Has... hecho esto antes?

—Nah.

—Ah, qué bien.

Isaac se rio y, sin dudarlo ni un segundo, se metió por el camino de piedras que bordeaba el río.

Por Dios, que no se cayeran al río helado... Bastante humillación era ir con las patas estiradas como una estrella de mar. No quería añadir capítulos humillantes a las memorias de su triste vida.

Isaac siguió pedaleando. Se mantenía a una distancia prudente de ella. Pudo ser para no chocarle la cara con el culo o para que su mochila no rebotara contra la cabeza de la pobre Jude. Ella se conformó con pegarse al asiento y no contemplar el paisaje. Era incapaz de ver nada que no fuera la espalda de Isaac. El abrigo azul marino.

—¿Hoy tampoco te sentías amarillo?

—Hoy me sentía ciclista.

—Como me muera haciendo el ridículo de esta manera…

Él se limitó a reírse y a acelerar.

Jude pensó que se cansaría a los diez minutos, pero el chico se mantuvo a buen ritmo hasta que llegaron al inicio de las vías. Entonces fue frenando lentamente para que ella pudiera bajarse primero. Isaac bajó tras ella y levantó la bicicleta para que rodara por encima de los raíles. Ella no protestó, pues sentía las piernas más temblorosas que si se hubiera tirado desde un helicóptero.

—Oye, pues… —Jude se dio cuenta a media frase de que no tenía claro lo que quería decir—. Estás en forma.

Isaac giró la cabeza para mirarla. Parecía orgulloso de haberla impresionado.

—Ahora puedes decirlo sin sorpresa.

—Era un cumplido…, idiota.

—Ya te dije que quiero ser policía. Para eso hay que entrenar.

—Podrías habérselo dicho a Josh —observó Jude—. Así se habría callado la boca.

Isaac no borró su sonrisa del todo, pero sí que apretó los labios.

—Josh es así —concluyó—. No hay que hacerle mucho caso.

—¿De qué sirve tener un amigo así?

Isaac lo consideró unos instantes.

—Seguramente de lo mismo que tener una amiga como Nia.

Tocada y hundida.

Ambos siguieron caminando sin decir nada. Tan solo se oía el crujido de sus botas sobre la nieve y el roce de la goma sobre los raíles. Jude se colocó el pelo tras las orejas unas cuantas veces. El viento era un poco más fuerte de lo habitual, pero más cálido. Con un poco de suerte, la nieve pronto empezaría a fundirse y no tendría que ir al instituto como si estuviera en Siberia.

—Podrías hacerte un gorro —dijo Isaac entonces.

Jude lo miró con extrañeza.

—¿Qué?

—Por el viento —añadió él, aunque no la miraba—. Te gusta coser, ¿no?

—Bueno, tanto como gustar...

Le *encantaba.*

Esa era la palabra.

Quizá no era el proceso en sí, que la relajaba, pero tampoco le fascinaba. Lo que le gustaba era hacerse sus pequeños detalles en la ropa. Una estrella en los pantalones, unas cuantas puntadas de colores en un jersey monótono, arreglar bufandas que de otra manera habrían sido inservibles... Lo hacía también en sus sábanas. En sus cortinas. Algunos detalles le quedaban mejor que otros, pero se sentía igual de orgullosa de todos.

Sin embargo, no era algo que quisiera contarle a Isaac. ¿Qué iba a pensar de ella? Coser, bordar y todo lo derivado de esas agujas era trabajo de gente aburrida. De pringada. Lo que era, vamos. Y no le gustaba la perspectiva de que Isaac se diera cuenta. Seguía sintiendo que él, de alguna forma, todavía no se había enterado de quién era Jude y por eso no la dejaba de lado.

—Un poco —admitió al final. Quería cambiar de tema—. ¿Y tú?

—No sé coser.

—No, no... Me refiero a eso que dibujas todo el día. ¿Qué es?

Isaac sonrió de medio lado, todavía con la mirada clavada al frente.

—Cosas que me gustan.

—¿Dibujas a Josh lisiado?

Para su absoluta sorpresa, él empezó a reírse a carcajadas. Jude no se consideraba particularmente graciosa, así que enrojeció de perplejidad.

—No —admitió Isaac al final.

—Lástima.

—¿Sabes qué he estado escuchando estos días?

—Espero que no sea…

—«Hey Jude».

—… y vaya si lo es.

—¿Sabías que hay varias versiones oficiales de la misma canción?

Teniendo en cuenta que era su nombre y no el de Isaac, Jude debería haber estado más informada del tema. No lo estaba. Casi nunca le prestaba atención a nada relacionado con Penny, y su nombre era una de aquellas cosas.

—Bueno —continuó Isaac—, técnicamente no son versiones, sino tomas distintas. Todavía puedes escuchar la primera y la segunda. Incluso se oye a McCartney maldiciendo en voz baja. La segunda es la mejor.

Una parte de Jude quería cambiar desesperadamente de tema. La otra, en cambio…

—¿Por qué? —preguntó curiosa.

—Es la más natural. La más emocional. En la versión oficial, tuvieron que acortar gran parte de la letra y los coros finales para que a la gente no se le hiciera muy pesada.

—La gente *es* pesada.

—A veces tu optimismo me abruma. —Isaac se cambió de raíl con la bicicleta para caminar más cerca de Jude—. También he estado viendo el significado de la canción.

—Oficialmente va sobre el hijo de Lennon.

—Bueno…, hay opiniones divididas. Algunos dicen que siempre fue para Lennon, para apoyarlo cuando abandonó su vida y decidió marcharse con Yoko Ono. Otros, que McCartney se la escribió al hijo de John Lennon y su exmujer, que se había quedado destrozado por el abandono de su padre. Se llama Julian, así que pegaría con el título, aunque John también. Y luego hay otros que piensan que es una mezcla de todo, incluso con un poco de autobiografía de McCartney.

Jude se mordió el labio inferior y negó con la cabeza.

—¿Qué? —preguntó Isaac, que no se había perdido el gesto.

—No me gusta que la gente pierda el tiempo preguntándoles a los artistas qué quieren decir con sus canciones —admitió en voz baja—. Si lo sabes, pierdes todo el poder de dárselo tú mismo.

Isaac permaneció en silencio unos instantes.

—Está bien —dijo al final—. ¿Y cuál es tu interpretación de «Hey Jude», Jude?

En otra ocasión, aquella broma le habría molestado. Sin embargo, Jude se limitó a sonreír y a encogerse de hombros.

—Siento que todo el mundo se centra en a quién va dirigida la letra, especialmente la parte negativa. «Porque sabes bien que es un idiota que se hace el listo y que hace que su mundo sea un poco más frío». No está hablando del abandono de John Lennon a su familia ni de nadie que se haya portado mal, está hablando de uno mismo. La canción entera va sobre la gente que se pasa la vida entera esperando algo que solo pueden darse a sí mismos. La gente que no pide ayuda, pero que no sabe cómo seguir sin ella. «Coge una canción triste y hazla mejor», «No tengas miedo», «No te cargues el mundo entero sobre los hombros»... Se lo está diciendo a sí mismo. Se está diciendo que ya basta de esperar que alguien te resuelva la vida, cuando eres el único que tiene la capacidad de hacerlo. Es *tu* vida, no la de los demás.

»Y luego, con ese coro larguísimo que tanto odió todo el mundo cuando lanzaron la canción, se lo está recordando a sí mismo. Es como una oración en la que se anima, en la que se recuerda todo lo que acaba de descubrir. Intenta reunir fuerzas para asumirlo y, por primera vez, lanzarse.

Jude no fue consciente de lo mucho que había hablado hasta que ambos llegaron al final de las vías del tren. Se detuvieron en silencio. Isaac la miraba con más curiosidad que sorpresa. De hecho, parecía estar analizando sus palabras con cautela. El viento hacía que el cabello oscuro le acariciara la frente. Jude entrelazó los dedos para contener las ganas de colocárselo.

—Vaya —dijo él entonces—. ¿Y consigue hacerlo?

—¿El qué?

—Al final de la canción —aclaró Isaac, que le prestaba toda su atención—. ¿Al final el protagonista logra cumplir con todo lo que se ha propuesto?

Jude lo pensó.

—No lo sé. Ahí está la gracia, ¿no?

—Nunca pensé que tendrías una interpretación tan extensa de «Hey Jude».

Ella sonrió.

—Nunca me preguntaste.

10

La llegada del calor

Los días se convirtieron en semanas. Pasaron unas fiestas de Navidad de las que Jude recordaría poca cosa. Y semanas en las que la nieve por fin empezó a fundirse y dejó que Serena vibrara con más vida en su día a día. Las calles parecían más llenas, los negocios volvieron a la vida y los hoteles empezaron a acoger a sus primeros turistas despistados. Jude saludaba a sus vecinos mientras ascendía la cuesta de su casa. Nino tenía más cuidado al fumar en su entrada porque ahora su abuela se dedicaba a regar las plantas casi a diario. Y el ambiente era más acogedor. Incluso Jude, que apenas le prestaba atención al tiempo, podía notarlo.

Aquello no significaba que el frío hubiera desaparecido. De hecho, aquel final de enero e inicio de febrero trajo consigo una oleada de frío que obligó por fin a que unos padres pusieran una reclamación por la calefacción del instituto. Resultaron ser los de Milly. Aquello hizo que, durante unos días, se volviera la heroína de la clase.

Pese a todo, nunca llegaron a poner la calefacción a tiempo. Para cuando estuvo arreglada, la nieve ya no cubría las calles.

Jude terminó su castigo un mes exacto después del lanzamiento del corazón. Isaac lo había finalizado una semana antes que ella, pero aun así la esperaba fuera del instituto. A veces se sentaba en las escaleras y otras se ponía a dar vueltas con la bicicleta de Jude hasta que ella aparecía. Entonces, uno de los dos manejaba y el otro se quedaba sentadito e intentando no caerse para ninguno de los lados.

Honestamente, Jude jamás pensó que pudiera llamar a Isaac su amigo. Y es que en eso se había convertido, contra todo pronóstico.

Era su amigo.

—No sé si es el término que usaría para definir vuestra relación —admitió Robbie cuando Jude lo comentó en la cafetería.

La aludida frunció ligeramente el ceño.

—¿Por qué no?

—No sé, es como si…

De pronto, Robbie se dio cuenta de que Nia los miraba fijamente. Después de todo, ella seguía creyendo que a Jude le gustaba Josh.

—Nada —concluyó Robbie—. Que… seguro que es una amistad preciosa.

Y lo era. Jude no podía negarlo.

Intercambiaban frases rápidas entre clases, miradas en el aula y sonrisas en la cafetería. Aquello que al principio la hacía sentir tan nerviosa… se había transformado. Jude seguía poniéndose nerviosa si él se acercaba demasiado o cuando iban juntos en bicicleta, pero ya no era lo mismo. Los nervios se habían transformado en confianza. Y empezaba a conocer mejor a Isaac.

Sabía qué le haría elevar la mirada de su amado cuaderno, qué haría que volviera a centrarse en sus cosas. Sabía qué elegía en la cafetería, igual que sabía que los jueves de tacos se traía comida de casa porque los del instituto le parecían incomestibles. Sabía que le gustaban los colores y que, cuando se sentía un poco desanimado, tenía la manía de ponerse alguno llamativo. Decía que, de esa forma, se hacía gracia a sí mismo cada vez que se veía en un espejo. De la misma forma, le gustaba mucho la música. Había pasado por su obsesión con «Hey Jude», pero también apreciaba otras canciones de bandas que Jude no había escuchado en su vida. A menudo, se las recomendaba en los ratos que pasaban juntos tras los castigos.

Ante aquellas canciones, Jude aparentaba tranquilidad. Sonreía, repetía el nombre de la canción y aseguraba que la escucharía.

Por dentro, en cambio…, no dejaba de pensar en ello. Se lo llevaba a casa como si fuera algo más que una simple tarea, como si fuera su absoluto e ideal deber. Escuchaba aquellas canciones en silencio, en su altillo, con el viejo iPod que le regalaron unas Navidades. Jude esperaba que toda la casa estuviera sumida en silencio, dormida, y entonces se colocaba los auriculares. Sonreía a la oscuridad con los ojos cerrados, intentaba entender las letras a la primera y las sobreanalizaba hasta la extenuación. Como si fuera a descubrir un significado secreto en alguna. Como si Isaac fuera a decirle algo que, de otra manera, sería incapaz de contarle.

Lo mejor era al día siguiente, cuando él la observaba con expectación. Las primeras veces, se vio obligado a preguntar. En las últimas, sin embargo, Jude le contaba directamente lo que le había parecido la canción. Era gracioso verlo así; Isaac solía ser tan serio que, cuando se ilusionaba con una cosa, parecía un niño pequeño al que por fin le han concedido un deseo.

—Entonces ¿te ha gustado? —insistía siempre, sin excepción, como si esperara fuegos artificiales.

—Sí. Mucho.

—¿Quieres que te recomiende otra?

Y así le había hablado de una canción tras otra. Sus significados eran tan variados que, con el tiempo, Jude dejó de buscarles sentido. O relación consigo misma.

Las favoritas de Isaac eran las de Mumford & Sons. Se trataba de un grupo que le chiflaba, pero del que Jude sabía poquísimo. Le llamó la atención que, a pesar de que siempre hablaba de ellos y de que se sabía la vida entera de sus componentes, nunca le recomendara sus canciones.

Las que sí sugirió, y ella analizó en busca de indirectas, fueron:

–«Landslide». Sonaba a una mujer que acababa de divorciarse y tenía que empezar de cero. Dudaba que Isaac se sintiera muy identificado.

–«My Sweet Lord». Iba sobre un hombre en busca de su espiritualidad y tampoco parecía muy Isaac.

–«Wish You Were Here». Era una especie de reclamo a alguien que se había marchado. Si era una indirecta, Jude podría asegurarle con toda su seguridad que no tenía intenciones de irse a ningún lado.

—«Paradise City». El cantante quería irse a vivir a una ciudad ideal. ¿Serena? Ja, lo dudaba.

—«Love Bites». Hablaba de un señor calenturiento que deseaba que su expareja lo pasara mal con su nuevo amor. ¿Por qué iba a dedicársela a Jude, que no la quería ni su madre? Vale, vale… Humor.

Luego estaban las que ella le había recomendado a su vez. Isaac siempre las escuchaba con la ilusión de un niño pequeño, pero *nunca* pillaba las indirectas.

Era una cosa insoportable.

Y eso que ella sí que se las mandaba. Cada vez eran más directas, pero el muy tonto no se daba cuenta de nada.

—«The Downtown Lights». Una canción enterita dedicada a decirle lo mucho que deseaba que estuvieran solos y recorrieran la ciudad que compartían. ¿Podía ser más directa?

—«Fake Plastic Trees». A ver, ¿una canción entera dedicada a criticar el mundo de plástico que los rodeaba y a elogiar el haber conocido por fin a alguien real? Por favor…

—«I Wanna Get Better». «No sabía que estaba sola hasta que vi tu cara». ¡Venga ya! ¡¿HASTA QUÉ PUÑETERO NIVEL DE OBVIEDAD HACÍA FALTA LLEGAR?!

—«Call It What You Want». ¡¡¡VEN-GA YA!!! ¡Era Taylor Swift! ¡¡¡TAYLOR SWIFT!!!

Pese a todos los esfuerzos de Jude, Isaac no entendía por qué le recomendaba aquellas canciones. O no quería entenderlo. Jude empezaba a dudar que alguna vez fuera a hacerlo o que algún día fuera a pasar nada más.

Después de todo, lo más cerca que habían estado en toda su vida había sido al sentarse, alguna que otra vez, en esas rocas de la colina para ver las vías del tren.

¿Por qué seguía pretendiendo que ahí pasaba algo más?

Tan solo hubo un día en que Jude se permitió tener esperanzas otra vez.

Era un día de enero particularmente frío en comparación a los anteriores, pero aquello no les impidió seguir volviendo a casa por el camino más largo. Al no tener ya castigos, habían adaptado sus horarios al final de las clases. Lucy ya no hacía preguntas. De hecho, nadie las hacía. Ni siquiera la mismísima Jude, que ya intentaba mantener el equilibrio sobre los raíles, tal como hacía Isaac. Él hizo como si fuera a empujarla y aquello provocó que Jude saltara en busca de seguridad. Al ver que no iba a empujarla de verdad, Jude deseó que hubiera más nieve para lanzársela a la cabeza.

Subieron la colina, como siempre, y hablaron de todo y de nada. Jude adoraba aquellos momentos en los que, aunque no dijera nada sustancial, alguien la escuchaba. Alguien apreciaba sus consejos. Alguien se abría para ella. Por absurdo que sonara, nunca había vivido una relación como aquella. Se sentía tan desubicada como encantada. Y tenía la constante sensación de que aquello iba a llegar a su fin de un momento a otro, por lo que se aferraba a Isaac como si fuera su único salvavidas.

Nunca se lo diría, claro. No quería parecer desesperada. Y no quería influir en la forma de ser de él, que cada vez estaba más relajado en su presencia.

—¿Cuántos? —preguntó Isaac incorporándose de un salto.

Jude miró el cronómetro que Ray le había regalado a su hijo.

—Dos minutos y doce segundos de plancha. ¡Tu récord personal!

Isaac hizo un pequeño gesto de victoria. Jude le tenía una envidia... Ni siquiera parecía estar sudando o haciendo un mínimo esfuerzo. Ella no era capaz de aguantar ni treinta segundos, como bien comprobó un día que Isaac se lo propuso. El pobre se pasó diez minutos asegurándole que aquello era lo normal para ser la primera vez, pero Jude no se quitó la sensación de humillación de encima.

—Estoy entrenando más —dijo Isaac, devolviéndola a la realidad—. ¿Se me nota?

Por muy tierno, divertido y perfecto que fuera..., había un gesto universal masculino: hacer que una chica le tocara un bíceps. Y aquello ofreció. Jude levantó una ceja.

—No pienso apretujarte el brazo para hincharte el ego.

—No es ego —aseguró él, que ya había retirado su brazo—. Es que quiero entrar en la academia.

—Y ser un poli. En Serena.

Jude había remarcado cada palabra con dramatismo. Él sonrió.

—¿Qué pasa?

—Que es Serena —insistió Jude—. En mi zona de la ciudad no ves un puñetero policía y en la zona de turistas los hay cada veinte metros. ¿En serio quieres pasarte el resto de tu vida protegiendo a turistas rojos del sol que huelen a naftalina?

Isaac se rio a carcajadas, como cada vez que ella soltaba una barbaridad.

—¿Por qué no? Quizá sea más divertido de lo que parece.

—Sí, suena divertidísimo…

—¿A qué viene esa ironía? —preguntó él con diversión—. ¿No me defendiste en el Melody cuando Josh hizo lo mismo?

Jude se llevó una mano dramáticamente al corazón.

—No te defendí —aclaró enseguida—. Defendía mi verdad.

—Que casualmente coincidía con defenderme a mí.

—¡Deja de ser tan creído!

—Si te pasara algo —dijo él entonces—, yo también te defendería hasta callarle la boca a todo el mundo.

Al decir eso, se acercó a ella. Jude permanecía sentada en la piedra más grande, con los pies colgando y las manos en el cronómetro. De pronto, se sintió pequeña. Y es que él había dado un salto para subirse a la roca que había justo debajo de ella. Isaac la obligó a echar la cabeza hacia atrás para mirarlo.

—¿Defenderme? —repitió ella tras una risita aguda—. ¿Qué te hace pensar que no seré yo la que cometa el crimen?

Isaac permaneció de pie ante ella. Con su abrigo verde —quizá ese día se sentía de ese color—, su pelo oscuro, sus ojos castaños, sus manos cubiertas por esos guantes sin dedos que siempre paseaba por el mundo, sus dedos manchados de la tinta de los rotuladores…

Sin embargo, Jude tenía todos aquellos datos porque se los sabía de memoria, no porque lo estuviera mirando. De hecho, se había quedado totalmente eclipsada por sus ojos. Por su media sonrisa, que parecía ligeramente distinta a las que solía poner. Jude sintió la tentación de apartar la vista, pero se detuvo cuando él, sin previo aviso, se inclinó hacia delante. Había colocado las manos a ambos lados de las caderas de Jude. Las piernas de ella ya no se balanceaban. De hecho, todo su cuerpo se había quedado paralizado.

Nunca, por mucho que se hubieran aproximado el uno al otro, había tenido tanta sensación de cercanía con Isaac. Por primera vez, se dio cuenta de que lo estaba oliendo. Ni siquiera sabía que le interesaba el olor de los demás, pero ahora sabía a qué olía Isaac. Era una mezcla entre algún cítrico que en medio del pánico no supo identificar, el incienso que alguna vez le había dicho que su madre usaba en casa y, curiosamente, esos rotuladores que siempre paseaba junto con la libreta.

Eran tres olores que jamás en su vida le habían llamado la atención, pero que de pronto se volvieron sus favoritos.

Jude no dijo nada. Tampoco se apartó. Dejó que Isaac acercara el rostro, ahora estaban a la misma altura. Estaba segura de que ella lucía una expresión de pánico, mientras que Isaac sonreía de esa forma tan misteriosa y característica suya. No parecía más nervioso que un minuto antes.

—Entonces —dijo él— tendré que detenerte.

Jude ya no se acordaba de qué puñetas hablaban.

—Ah —musitó como pudo.

—¿Vas a hacer que te persiga por el pueblo? Porque ya vi cómo terminó Josh.

—¿Eso es que sabes que yo te ganaría?

Isaac se limitó a observarla unos segundos más. Desde tan cerca, Jude podía ver que sus iris castaños tenían algunas manchas más claras. Con la luz del sol, podían parecer dorados. Y que tenía dos lunares muy unidos en la mandíbula. Y que tenía que afeitarse otra vez, porque podía ver el nacimiento de su pelo. Y la arruga que se le formaba en la comisura de la boca cuando sonreía por un solo extremo. Y la forma en que su mirada parecía iluminarse cuando lo hacía.

Vio todas esas cosas…, hasta que Isaac se echó hacia atrás y se encogió de hombros.

—Ya has ganado —bromeó—. ¿Vuelves a cronometrarme?

Tras aquello, él fingió que no había pasado nada. Jude siguió cronometrándolo durante un rato, un poco más desanimada.

¿Por qué se empeñaba en creer que había algo entre ellos? El propio Isaac le echaba un freno cada vez que aquel *algo* se volvía posible.

Cuando volvió a sentarse con ella, Jude se limitaba a contemplar los trenes. Especialmente el que salía de Serena. El que podía sacarla de ahí.

Oh, salir de Serena… Alejarse de Penny. Alejarse de un pueblo entero que le había hecho creer que provocaba mala suerte. Empezar de cero. Poder ser ella misma sin que nadie la juzgara antes. No ser *nadie*. Ser *todo*. Poder ser quien ella quisiera, para bien o para mal.

¿Cómo sería?

A veces Jude se preguntaba qué vida tendría si fuera menos cobarde. Si, en lugar de contemplar las vías del tren, se subiera a uno sin rumbo fijo. Si fuera capaz de cambiar la frívola realidad en la que vivía por el riesgo de una nueva vida.

Pero siempre fue una cobarde. Así que desvió la mirada y se centró en Isaac.

—¿Tú crees en algo?

Ni ella misma entendió el significado de aquella palabra. E Isaac debió sorprenderse, porque empezó a reír.

—Supongo que en algo creo, sí. ¿Y tú?

—A veces…, pero no siempre tengo claro el porqué.

En alguno de esos paseos, Isaac empezó a acompañarla a casa. Nunca cruzaba la valla de la entrada, pero la acompañaba y se turnaban para empujar la bicicleta. Jude se aseguraba de que se marchara antes de que su abuelo, que era el único que le prestaba atención, empezara a atar cabos.

El único que se dio cuenta, contra todo pronóstico, fue Nino.

—Así que ahora tienes un *noviete*.

A Jude no le gustó aquella palabra ni su forma de pronunciarla. Era como si tuvieran cinco años y se dieran la manita en el recreo ante la mirada enternecida de un profesor. Lo que ella sentía por Isaac iba mucho más allá. Ni siquiera creía que hubiera una palabra para describirlo.

Nino, de vez en cuando, se aburría de su abuela y subía al patio de Jude a fumar y a contemplar las vistas de la cima de la colina. No siempre entablaban una conversación. A veces entendían que necesitaban estar en silencio. Por eso a ella le sorprendió tanto que, de pronto, a Nino le apeteciera hablar un sábado por la tarde. Él se encontraba apoyado en la valla del final de la colina, mientras que Jude intentaba limpiar un poco la bicicleta con agua y jabón.

—¿Noviete? —repitió ella con cara de asco.

—El serio ese que siempre viene contigo. ¿Cómo se llama?

—Isaac no es mi *noviete.*

Nino enarcó una ceja con malicia.

—¿Y cómo definirías la relación, Judy?

—No me llames así. Y lo definiría como mi amigo.

—Ya. —Nino tomó una calada de su cigarrillo—. Me encantaría tener más amistades de esas. En fin..., ¿quieres?

Jude levantó la cabeza de la bicicleta. Nino le estaba ofreciendo lo que ella quiso creer que era un cigarrillo normal y corriente.

—No, gracias.

Se había pasado media vida viendo cómo Penny se fumaba una cajetilla de tabaco al día. Veía sus dedos amarillentos. Cómo olía la casa. No quería seguir sus pasos.

De hecho, Nino solía aparecer misteriosamente por el final de la colina cuando Penny se quedaba sin tabaco. Jude siempre había sospechado que se lo compraba a él por un precio especial, pero nunca quiso indagar; si tuviera datos suficientes, un día podría impedir que Nino subiera. Y Jude no estaba preparada para una Penny con síndrome de abstinencia.

Ante el rechazo, Nino se encogió de hombros y siguió fumando.

Se pasaron un rato en silencio, cada uno centrado en su tarea, hasta que un coche apareció en la colina. Oír coches en esa zona no era lo habitual, así que ambos levantaron la mirada a la vez. Aquella clase de vehículos caros eran todavía menos habituales. Jude agradeció silenciosamente que todavía fuera de día.

Para su sorpresa, Quinn se bajó del coche caro y se detuvo junto a la valla de su casa.

—¿Está Lucy? —le preguntó a Jude con la confianza de no tener que saludar.

La aludida asintió y señaló la casa con el trapo.

—Dentro. Creo que Penny la está ayudando con el tinte nuevo.

—¡Genial!

En realidad, Jude no necesitaba limpiar la bicicleta, lo que necesitaba era salir de casa. No soportaba ver que Penny ayudaba a Lucy con su pelo, que sonreía cuando le contaba lo que había hecho en el instituto, cuando le preguntaba por Quinn. Cuando se sabía el nombre de sus amigas, en general. Jude nunca había vivido nada de eso. A veces se preguntaba si el problema era haber nacido demasiado pronto. Si de haber tenido unos cuantos años menos, Penny habría sido de otra forma. Lo era con Lucy. Quizá no era la madre más presente del mundo, pero con su hermana siempre lo había intentado. ¿Por qué con ella no?

Jude sabía que sus celos eran infantiles. De hecho, se odiaba a sí misma por tenerlos. Pero no podía evitarlos. Y, si no podía evitarlos, prefería salir de casa para no verlas.

Para su suerte o desgracia, se olvidó pronto del interior de la casa, pues Josh también salió del coche.

Josh y ella no se llevaban particularmente bien. Lo que sí podía decir Jude con mucho orgullo era que por lo menos ya no discutían cada vez que se veían. Y, aunque él tenía arranques de rencor siempre que le recordaban el haber estado lisiado, parecía que la había perdonado. Y que hacía un esfuerzo por hablar con ella. Quizá se lo había pedido Isaac. Jude no estaba del todo segura. Pero agradecía no tener que estar discutiendo constantemente con él.

Sin embargo, dos semanas atrás, en Gimnasia, Jude notó un cambio en su actitud hacia ella que le pareció un poco extraño.

Josh lideró uno de los dos equipos de baloncesto. Jude no quería participar. No solo le interesaba poco la asignatura, sino que además nunca la elegían. De pequeña odiaba ese momento, pero de mayor lo adoraba; no tendría que correr.

O eso pensó hasta que Josh, de pronto, la eligió para su equipo.

—Jude —dijo tras un carraspeo.

Toda la clase se quedó en silencio. Nia la que más. Y es que no solo la había elegido, sino que lo había hecho por delante de los buenos jugadores de la clase. Por delante de Isaac incluso. Este último los observó con perplejidad. Jude estaba tan pasmada que se limitó a quedarse de pie junto a su capitán y a esperar a que formara el resto del equipo.

En realidad, Jude siempre sospechó que a Josh le gustaba tener a alguien en su vida que no le diera la razón en todo. Ya fuera por su padre o por su altura y su físico…, todo el mundo le tenía cierto respeto, pero Jude no. Ella iba a dar su opinión, le pesara a quien le pesara. Por eso, aquel día en Gimnasia le espetó a Josh que dejara de gritarle a todo el mundo. Más que nada, porque había elegido a Robbie como víctima.

El pobre Robbie era tan malo como Jude y había perdido varias pelotas de forma un poco torpe, así que ese espíritu competitivo que tenía Josh le estaba poniendo de mal humor. A la cuarta ocasión, Josh maldijo en voz alta y le ordenó a Robbie que se fuera al banquillo. El chico se quedó tan paralizado que Josh, irritado, se acercó para repetírselo en la cara. A gritos, claro.

Y ahí apareció Jude.

Se metió entre ellos como un golpe de viento. Por la forma de retroceder de Josh, cualquiera habría pensado que lo había empujado. Pero no. Jude se limitó a gritarle que dejara de ser un imbécil. Robbie permaneció tras ella como un bebé pato. Y, durante unos instantes, nadie dijo nada. Todo su equipo los miraba como si esperaran que Josh se lanzara hacia delante y empujara a Jude por una ventana.

—¿Y tú quién eres para darme órdenes? —espetó él de mala gana.

—La segunda al mando. ¡Tú mismo me has elegido!

Josh se acercó a ella. Sus ojos azules centelleaban.

—¡Por lástima! —aseguró entre dientes.

Oh, ¿quería jugar a las miraditas? Jude se puso de puntillas para gritarle más cerca todavía de la cara.

—¡Pues a la próxima le das dinero a una ONG, acaricias a un anciano o donas semen, pero ahora te callas!

Si todo aquello hubiera ido dirigido a otra persona, todos se habrían reído. No obstante, se trataba de Joshua Phelps.

Se miraron el uno al otro como si esperaran una señal para atacar. Fue Josh quien rompió el contacto visual. Maldijo en voz baja, se dio la vuelta y continuó con el juego.

Jude se volvió hacia Robbie.

—¿Estás bien?

—Creo que voy a vomitar.

—Trágatelo, que tenemos un partido que ganar.

Robbie suspiró.

—Eres peor que él —lamentó en voz baja.

Jude lo ignoró y, tirando de su brazo, volvió a incorporarlo al partido.

Cualquiera habría pensado que, tras aquello, Josh y Jude se llevarían todavía peor. La realidad es que empezaron a respetarse mutuamente. Jude dejó de ponerle cara de asco cada vez que aparecía y Josh dejó de criticar a Isaac por pasar tiempo con ella.

Habían llegado a una relativa y extraña tregua.

Quizá por eso ahora Josh se dedicaba a acompañar a su hermana cuando iba a ver a su amiga. Siempre aprovechaba la parada para hablar cinco minutos con Jude. Eran cinco minutos muy incómodos. Y siempre terminaban después mantener un silencio incómodo mucho más largo.

Ese día, mientras Quinn entraba en casa, Josh se bajó del coche y le lanzó a Nino una mirada de rencor.

—Ah —masculló—. El de la moto.

—¡El que te salvó la pierna! —exclamó Nino con indignación.

—Y el que le contó a todo el puto bar una versión distorsionada de la realidad.

Nino se llevó una mano al corazón.

—Fue un verdadero placer.

Por suerte, Josh decidió no seguir discutiendo y se volvió para mirar a Jude.

Ella no estaba precisamente en su momento más glamuroso. Llevaba puestos unos pantalones viejos y su abrigo, se había atado el pelo en un moño que ya estaba medio deshecho y llevaba las manos y una mejilla cubiertas de la grasa de la bicicleta.

Josh torció ligeramente el gesto.

—¿Se puede saber qué haces?

—Limpio la bici.

—Vale, cambio la pregunta: ¿qué haces yendo en bici cuando tienes un coche ahí aparcado?

Se refería a la vieja tartana del abuelo. Jude contuvo una risotada.

—¿Manolito? —repitió—. Buena suerte arrancándolo...

—Con toda la grasa que llevas encima, pensé que intentabas arreglarlo.

Nino seguía fumando por ahí atrás.

—¿Te parece bonito hablar de la grasa de una chica? —preguntó, aunque nadie le hizo caso.

—Gracias, Josh —ironizó ella—. Me animas muchísimo.

—Podría ayudarte a arreglarlo.

Aquello sonó demasiado amable viniendo de alguien como Joshua Phelps. Incluso él se dio cuenta y frunció el ceño, asqueado de su propia reacción.

—¿A cambio de qué? —preguntó Jude.

—¿Siempre eres así de desconfiada?

—¿Y tú siempre eres así de simpático?

—Pues nada —sentenció él—. ¡Si el idiota soy yo por ofrecerme!

Tras aquello, volvió a subirse al coche y se marchó muy airado. El olor a neumático quemado acompañó a Jude y a Nino durante unos segundos en los que no pudieron hacer otra cosa que contemplar la carretera vacía.

—¿Tú has entendido algo? —preguntó ella.

Nino se encogió de hombros.

—Quizá tenía un pedo y no quería tirárselo en público.

—Sí, Nino..., seguro que era eso.

Jude iba a seguir hablando, pero se contuvo al ver que Nino salía corriendo. Literalmente. Empezó a correr colina abajo como si lo persiguiera el diablo. Pero el origen de sus miedos era casi peor que el diablo en sí.

—¡Ni se te ocurra volver por aquí! —le gritó el abuelo de mala gana—. ¡¿Me has oído?!

—¡Abuelo! —protestó Jude.

—¡Que sea la última vez que le dejas entrar en casa!

—¡Estamos en el patio!

—¡¡¡Lo mismo es!!! —El abuelo la señaló con un dedo que no tembló—. Y como me entere de que también te vende tabaco a ti…

—¡Yo no fumo! —dijo ella un poco dolida por la acusación.

—Eso mismo decía tu madre cuando tenía veinte años.

—Tengo dieciséis.

—¿Dieciséis? —Él lo consideró unos instantes—. Pues pareces más vieja.

—¡¡¡Abuelo!!!

—Venga —ordenó—. Para dentro, que seguro que vuelve la alimaña.

Pues claro que volvería. Con el dinero que sacaba Nino vendiéndole tabaco a Penny, podría abrir un colegio. Aunque seguramente él lo invertiría en cosas menos entrañables.

Al final, Nino tardó casi una semana en volver. Jude podía prever cuándo aparecería porque su madre no fumaba y estaba inusualmente nerviosa.

El que sí volvió más veces de lo esperado fue Josh. Dejaba a su hermana pequeña, se enfadaba por alguna tontería que casi siempre estaba relacionada con Jude y terminaba marchándose otra vez.

Menos un día que, finalmente, cumplió con su palabra y levantó la capota del viejo coche del abuelo. Jude se quedó de pie junto a él, poco convencida.

—Manolito lleva años sin arrancar —explicó ella.

Josh pasó de ella y siguió asomado al interior.

—¿Sabes lo que haces de veras o todo esto es teatrillo para hacerte el interesante? —preguntó Jude entonces—. Porque debería advertirte que, como le rompas el coche a mi abuelo…

Josh, de nuevo, la ignoró.

Se pasaron casi diez minutos en silencio, por lo que Jude contempló su alrededor. Su hermana y Quinn habían aprovechado que hacía solecito para sentarse en la acera y comer pipas. Cuchicheaban entre ellas, como siempre, y de vez en cuando lanzaban una mirada hacia atrás para comprobar que sus hermanos no se les hubieran acercado. Jude sospechaba que Josh y Quinn tenían una relación parecida a la suya con Lucy. Aquello, muy a su pesar, hizo que empatizara un poco con él.

—Creo que puedo arreglarlo —dijo Josh entonces.

Ella lo miró con curiosidad.

—¿Cómo de caro es?

—Gratis. Si sabes dónde mirar. Lo que más tiempo va a llevar será limpiarlo. Y de eso no pienso ocuparme yo.

En otra ocasión, Josh habría terminado aquella frase con una broma machista sobre por qué Jude debería limpiarlo. Sin embargo, ese día decidió callársela. Tenía una mancha oscura de grasa en la mejilla. Jude contuvo una sonrisa, pero no le dijo nada.

—¿Qué? —preguntó él.

—Nada.

Él, de nuevo, no insistió.

—Llama a Isaac y dile que necesito una pieza de…

—Em…, no puedo.

Josh torció el gesto.

—¿No tienes su número?

—No tengo móvil.

Por primera vez, el mundo lleno de privilegios de Josh se resquebrajó. Jude pudo verlo en su mirada. En su incapacidad de comprender que alguien pudiera vivir sin una tecnología tan básica.

—¿Tienes algo en contra de los móviles? —preguntó al final.

Ella se encogió de hombros. Lo que le faltaba era dinero, en realidad. Para el móvil, el internet, la cuota de datos mensual… Eso era para ricos. Pero no iba a decírselo a Josh.

—Vale —concluyó él sin indagar—. Pues lo llamo yo.

Isaac no apareció hasta veinte minutos más tarde. Traía una bolsa cargada al hombro que, por lo que dijo, le había dado su padre. Tanto Lucy como Quinn vitorearon su llegada y empezaron a observarlos para ver qué hacían, llenas de curiosidad. Ninguna, sin embargo, se ofreció a ayudarlos.

—¿Habéis arreglado muchos coches antiguos? —preguntó Jude, que tampoco ayudó en nada.

Ellos intercambiaron una mirada y se rieron.

—Alguno —dijo Isaac como si aquello fuera un chiste privado.

Josh la señaló con una llave inglesa.

—¿Por qué no haces algo útil y nos traes algo de beber?

—¿Quieres que te meta la llave inglesa por el cu…?

Jude se vio interrumpida por la imagen de su abuelo saliendo de casa. Empujaba su silla de ruedas a toda velocidad. Estaba tan alterado que ni siquiera se había puesto el abrigo.

—¿Qué…? —empezó el hombrecito—. ¡¡¡LADRONES!!!

—¡Abuelo…!

—¡¡¡LADRONES, LADRONES!!!

Isaac y Josh no debían de esperarse que un señor mayor en silla de ruedas empezara a espantarlos a base de palos y la poca nieve que permanecía en el suelo, por lo que terminaron yéndose corriendo. No quisieron ni la bolsa de piezas que habían dejado en el suelo. Y, por mucho que Jude intentó mediar con su abuelo, no consiguió que la escuchara hasta que ellos llegaron al final de la colina.

Al entender que tan solo querían ayudar, el abuelo frunció el ceño.

—¿Querían arreglar a Manolito?

—Sí, exacto.

—¿Y saben hacerlo?

—Por lo poco que he visto, sí.

—¡¿Y por qué me dejas echarlos?! —se molestó—. Vuelve a por ellos ahora mismo.

Isaac y Josh volvieron al día siguiente. No se permitieron relajarse hasta mucho después de llegar, cuando el abuelo les ofreció una bandeja con té inglés y algunas galletitas que él dijo que eran caseras, pero que Jude había comprado unos días antes. El abuelo incluso se quedó con ellos y empezó a dar órdenes. Los dos chicos se dejaron manejar sin problema.

Honestamente, hacían un buen equipo. Era más que obvio que entre Isaac y Josh había una clase de complicidad que solo se crea con años de amistad. Se entendían con una sola mirada. Sin apenas hablar entre ellos.

Jude les prestó atención durante los primeros días, pero en los últimos ya no se molestó en salir. Después de todo, la casa necesitaba muchos cuidados. Y, desde que no tenían lavadora, tardaba tres veces más en hacer la colada. Sí que les echaba ojeadas de vez en cuando, curiosa. Ellos se limitaban a cumplir con su trabajo y a reírse de bromas que Jude siempre había pensado que no eran muy graciosas, pero que siempre hacían reír a los hombres.

El último día, el abuelo los esperaba junto al coche como un niño pequeño al que visitan sus amigos. Josh le dio un breve abrazo con toda su confianza, mientras que Isaac prefirió intercambiar un breve asentimiento. Después, se pusieron manos a la obra.

—¿Qué hacen esos?

Jude los había estado observando desde la ventana del salón y se quedó helada al oír la voz de Penny.

La mujer era tan discreta, tan desapegada, que Jude a veces olvidaba que vivían en la misma casa. Y eso que Penny jamás salía.

—¿Qué? —preguntó Jude tras tragar saliva.

Penny la apartó de la ventana para asomarse. Todavía llevaba la bata y el antifaz, por lo que Jude asumió que acababa de despertarse. Eran las cinco de la tarde.

Lo más sorprendente fue que Jude, aun viéndola cada día, a veces se quedaba embobada por la belleza de su propia madre. Incluso con esa luz poco favorecedora que ofrecía el sol de media tarde, con esa melena castaña y enredada, con esas pintas de recién levantada... Penny seguía siendo un icono de la belleza. Y del carisma. Era una de esas personas que no dependían de lo que se pusieran o cómo lo hicieran; ellas mismas tenían todo lo que necesitaban de forma natural.

—¿Quiénes son? —repitió Penny elevando un poco la voz.

Jude volvió a centrarse en la conversación. Se había quedado paralizada.

Nunca lo admitiría en voz alta, pero tenía miedo de los enfados de su madre. No porque se pusiera agresiva, sino porque era capaz de hundir a Jude en la miseria.

—Unos amigos —dijo Jude finalmente.

—¿Tuyos?

—Sí.

Pese a ser honesta, Jude sintió que había cometido un error. Los ojos de Penny eran como dos pozos sin fondo. Su hija dio un paso hacia atrás inconscientemente.

—Puedo decirles que se vayan —añadió Jude tímidamente.

—¿A cuál de los dos te estás tirando?

Jude sintió que, al instante, toda su timidez se transformaba en enfado.

—A ninguno —aseguró en voz baja.

—¿Te crees que no sé lo que pasa y deja de pasar en mi propia casa?

Jude llevaba demasiados años con Penny como para caer en la trampa de responder. Se mantuvo en silencio, mirando fijamente a los únicos ojos del mundo que eran exactamente iguales a los suyos. Y, a su vez, los que más invisible la habían hecho sentir jamás.

Penny dio un paso hacia ella. Jude era incapaz de decir nada.

—¿Quién te ha dado permiso para traer a hombres a mi casa? —insistió su madre.

Jude se mantuvo firmemente plantada en su lugar. Se negaba a mostrarse intimidada.

—No han entrado. Solo ayudan al abuelo.

—Por la generosidad de sus corazones, ¿no? ¿Te crees que soy estúpida?

—Es que…

—Contesta. —La orden fue suave, pero consiguió un silencio muy tenso—. ¿Te crees que soy estúpida? *Contesta.*

Jude le sostuvo la mirada. En medio de aquel silencio tenso, tan solo podía oír el retumbar de su propio corazón en sus oídos. Y es que Penny tenía un don. Por mucha autoestima que acumulara Jude con los años, por muy lanzada que se volviera, cuando su madre la miraba, siempre se sentía como aquella niña pequeña y perdida que había sido. Volvía al camerino a ver transcurrir las horas. Volvía a aferrarse a cualquier persona del equipo porque no soportaba estar sola. Y volvía a sentirse igual de insignificante.

Solo que aquel día, aquella mirada despertó un sentimiento nuevo en Jude: la rabia.

Iba a humillarla delante de sus amigos. Delante de Isaac, que debía de ser la única persona del mundo cuya opinión le importaba de verdad.

Y quizá fuera esa rabia la que le condujo a decir:

—No lo sé. ¿Tú qué opinas?

Penny la observó durante lo que pareció una eternidad. El silencio era tan pesado que a Jude le resultó complicado recuperar el aliento. Se sentía como si acabara de correr un maratón. Como si su cuerpo no quisiera asumir la oleada que seguramente acababa de provocar.

Le devolvió la mirada a su madre. A ese rostro perfecto, cuya belleza ahora estaba manchada por la ira. Cuyos ojos tristones se habían cubierto por un velo de odio. De rencor. Y, pese a que Jude debería haber escapado, se negó a demostrarle lo asustada que estaba. Así que se mantuvo de pie ante ella.

Y entonces Penny estalló.

Si bien es cierto que su madre no solía gritarle a nadie, pues su estilo era más bien pasearse por la casa como un alma en pena, sí que había momentos en los que arrasaba con la casa como un tsunami. Aquel fue uno de ellos. Empezó a gritarle a Jude que si traía chicos a casa sería una cosa que ella preferiría no recordar, que en el pueblo la conocerían como tal... Su tono de voz fue creciendo y fue acercando su rostro al de su hija. Jude podía oler el tabaco y el alcohol en su aliento, pero no se movió. Soportó los gritos también sin abrir la boca, tan solo dando un pequeño respingo cuando Penny le gritaba especialmente cerca. Le parecía absurdo intentar razonar con ella. ¿Para qué? Cuando Penny llegaba a una conclusión, no había nadie que pudiera quitársela. Especialmente con Jude. Quizá, de haberse tratado de Lucy o del abuelo, podrían haber llegado a una tregua.

Pero se trataba de su hija mayor. Y, como siempre que se llevaba una bronca, Jude apartó la mirada. Su mente viajó lejos de aquel lugar. Muy muy lejos.

De una forma totalmente absurda, se fijó en el vinilo de los Beatles que cogía polvo bajo el mueble de la televisión. Sabía que era el que contenía las dos tomas de «Hey Jude»; lo había escuchado cuando lo había hablado con Isaac. Y esas dos tomas sí que le parecieron mucho mejores que la que finalmente consiguió llegar a ser un *single*. A Jude le gustaba aquella canción, curiosamente. Isaac había conseguido que su relación con esta fuera menos tensa. Que pudiera llegar a disfrutarla.

Pensaba en todo aquello mientras Penny gritaba y gritaba. Y entonces su madre la cogió por los hombros y la incorporó. Jude no se había percatado de que se había dejado caer en el sillón. Miró a su madre con la cabeza todavía un poco dispersa, como quien acaba de despertarse y todavía no sabe dónde se encuentra o qué hora es.

—¡¿Me estás escuchando?! —repitió Penny furiosa.

Jude asintió. Su madre la soltó al instante.

—Sácalos de aquí.

Quizá tenía pequeños momentos de rebeldía, pero Jude nunca había sido capaz de decirle que no a su madre. Asintió de nuevo. No le apetecía discutir más con ella. En realidad, no le apetecía nada relacionado con Penny. Quería alejarse de su presencia lo antes posible.

Jude supo que los demás lo habían escuchado todo en cuanto pisó el porche. Quinn y Lucy habían dejado de comer pipas y la miraban. La primera confundida, la segunda enfadada. Jude nunca supo si estaba enfadada con ella por provocar a su madre y avergonzarlas o directamente con Penny. Tal vez era lo primero. Y luego estaban el abuelo, Isaac y Josh. Los dos últimos habían dejado de trabajar en el coche.

Pese a que era más que obvio que lo habían escuchado todo, Jude se aferró al último retazo de dignidad que podía tener en el cuerpo.

—Hoy no es un buen día para… *esto* —dijo de forma un poco torpe—. Nos vemos mañana en el instituto.

Isaac se limitó a guardar las herramientas en la caja como si no hubiera oído nada. Jude lo agradeció, pero también sintió un pinchacito de dolor en el pecho. ¿Qué pensaba ahora de ella? ¿Qué podía pensar de alguien a quien su madre le gritaba todas esas cosas? Seguro que la odiaba. Seguro que ahora entendía por qué nunca había tenido amigos.

Jude tragó saliva.

No pasaba nada. Sabía estar sola, era lo único que sabía hacer.

Lucy se había vuelto hacia la carretera de mal humor y Quinn intentaba consolarla. El abuelo, sin embargo, seguía centrado en Jude.

—¿Por qué no te quedas con tus amigos? —sugirió—. Ya me encargo yo de hablar con tu madre.

Jude sabía con tanta certeza como el abuelo que, en cuanto entrara, Penny iba a descargar toda la rabia que le quedaba sobre él. Y ella no quería que sus amigos fueran testigos de otra pelea, así que se acercó a ellos y los ayudó a guardar las herramientas en la caja correspondiente. Lo hizo con torpeza, sin fijarse demasiado en si lo colocaba todo donde correspondía. Necesitaba que se marcharan cuanto antes.

Estaba en ello cuando notó una mano en el hombro. Desapareció casi tan rápido como había llegado, pero Jude se volvió igualmente. Josh parecía un poco avergonzado de haberla tocado, así que ahora miraba cualquier cosa que no fuera ella.

—¿Estás… bien? —preguntó él finalmente.

Jude no dudó un instante.

—Sí. Nos vemos mañana. Gracias por ayudar a mi abuelo.

Era consciente de que su voz sonaba robótica, calculada y poco natural. No hizo caso a las miradas de sus dos amigos. Especialmente a la de Isaac. Josh intentó preguntarle de nuevo, pero ella se cerró en banda. Y, mientras descendían por la cuesta, Jude oyó los gritos de Penny en el interior de casa.

—Sabías que se enfadaría —murmuró Lucy desde la acera.

Jude no se había percatado hasta ese momento de la ausencia de Quinn, que seguramente se había marchado con su hermano.

—Ya la conoces —murmuró.

—Nunca debiste invitarlos —espetó Lucy tras ponerse de pie—. ¿Qué va a pensar ahora Quinn de nosotras?

Lucy debería haber celebrado que Quinn se marchara tan deprisa, pues la discusión se extendió durante toda la tarde y fue a peor. Jude intentó centrarse en la colada, en la cena o en cualquier otra cosa que no fueran las voces de sus familiares, a las que pronto se unió Lucy. No se sentía con energía para defender a nadie, mucho menos a sí misma.

La tarde se hizo eterna; algunos vecinos, como siempre, se acercaron a ver si estaban bien y Jude tuvo que mentirles para que se fueran. Pronto se dio cuenta de que nadie querría cenar. Dejó los platos preparados en la nevera, esperando que en algún momento cada uno fuera a recoger el suyo, y decidió subir a su altillo sin hacer ruido. Penny todavía estaba a tiempo de salir de su dormitorio y volver a regañarla, pero Jude no estaba dispuesta a aguantarlo. Tan solo quería descansar un poco.

Ascendió los escalones, se tiró sobre la cama y se quitó los calcetines. El calor que se acumulaba en el altillo, incluso en invierno, era un poco insoportable. También se quitó el jersey. No se sintió cómoda hasta que solo llevó una camiseta de tirantes y los vaqueros, entonces se permitió coger el kit de coser. Le apetecía hacer algo creativo. Era lo único que le dejaba la mente en blanco tras días como aquellos. Y lo último que quería era recordar las caras de Josh e Isaac mientras bajaban la cuesta.

Hablando de ellos…

Jude no oyó el primer toque. Había llamado al cristal de su ventana con tal suavidad que ella confundió el sonido con gotas de lluvia. Y es que, por si todo aquello fuera poco, se había puesto a llover.

El segundo toque fue más llamativo.

Jude miró la ventana con una curiosidad distraída, casi disociada. Se le pasó en cuanto vio que había alguien agazapado al otro lado del cristal. Inconscientemente, Jude soltó el kit de coser y dejó que el ovillo se deshiciera por el suelo de madera. Todavía sobresaltada, contuvo las ganas de gritar.

Y menos mal, porque era Isaac.

Durante unos instantes, Jude fue incapaz de moverse. Se acercó a la ventana y la abrió. Las gotas de lluvia le acariciaron el rostro. El aire frío hizo que se le erizara el vello descubierto de los brazos. E Isaac, pese a todo eso, permaneció acuclillado en el tejado de su casa con nada más que una capucha echada y la mochila colgada del hombro.

—¿Qué haces aquí? —musitó ella perpleja.

Isaac sonrió de medio lado.

—Me gusta subirme a tejados ajenos para resguardarme de la lluvia.

—¡No tiene gracia!

—¿Puedo pasar?

Jude lanzó una mirada precavida a su espalda. Como si alguien fuera a subir a su altillo..., aunque nunca nadie lo había hecho. Ya sería mala suerte que empezaran aquel día.

Al final, Jude se apartó y le hizo un gesto a Isaac para que no hiciera ruido. Él sonrió con aire misterioso y se sujetó del marco de la ventana para impulsarse hacia el altillo. De alguna forma, consiguió aterrizar entre las cajas y el colchón para no mojarle ninguna de las dos cosas. Y es que iba empapado de arriba abajo. Incluso el pelo oscuro que se le asomaba bajo la capucha le goteaba por todo el contorno de su rostro.

—Estás empapado —observó ella.

—¿En serio? Menos mal que me has avisado.

—¡No tiene gracia! —medio susurró ella—. Como Penny te pille aquí arriba...

—Solo me pillará si gritas —observó él mientras se desabrochaba el abrigo—. Tú tranquila, que yo soy silencioso.

Por lo menos eso era cierto.

Jude vio cómo él se movía, agachado por la altura del techo, por todo su altillo. Isaac se comportaba como si aquel espacio siempre hubiera sido suyo, como si fuera compartido. No parecía el dormitorio de otra persona. Especialmente por la forma en que dejó el abrigo y las botas en un rincón. La ropa que llevaba debajo seguía teniendo marcas de agua, pero nada en comparación al pelo empapado.

Aun así, él se comportó como si aquello no fuera nada y se dejó caer en el colchón. Jude seguía sentada al final, con las piernas cruzadas y la mirada clavada sobre él. Había sacado una toalla y se la ofreció.

—Úsala —le pidió— o pillarás una pulmonía.

—Nah.

—Isaac, úsala.

—Estoy bien.

En un día normal, Jude habría desistido. En ese, sin embargo, se incorporó sobre las rodillas y empezó a secarle el pelo ella misma.

Desde fuera, podría parecer romántico. No lo era. Lo cierto es que Jude aplicó un poco más de fuerza de la necesaria a modo de amonestación. Se sentía como si secara a un perro rebelde después de un baño. Isaac empezó a reírse contra el tejido de algodón mientras ella le empujaba la cabeza de un lado a otro. Al final, sin darse cuenta, Jude también esbozó una pequeña sonrisa. Especialmente cuando, al darle un tirón, él tuvo que sujetarse con las manos para no caerse de lado.

Jude retiró la toalla poco después. Todavía sonreía.

—¿Ves? —dijo—. Si lo hubieras hecho tú, no habrías tenido que…

Ella se calló en cuanto, con una rapidez sorprendente, Isaac le quitó la toalla de la mano. Jude pensó que la haría luchar por recuperarla o algo así, pero el resultado fue peor: empezó a pasársela a ella por la cabeza.

—¡Oye! —espetó ella, aunque la queja se quedó ahogada contra el tejido.

Oyó la risita malvada. Ella también sonreía, muy a su pesar. Intentó sujetarle las muñecas a Isaac, pero él consiguió esquivarla como un ninja. Jude notaba su pelo hecho un desastre, la toalla frotándole toda la cabeza, el olor a humedad de la lluvia. También el olor a Isaac. Estaba impregnada de él.

A ver…, tampoco se iba a quejar.

Aun así, intentó echarse hacia atrás y terminó por caerse de culo sobre el colchón. Jude tuvo la milagrosa suerte de no darse con la cabeza contra la pared. Aterrizó en el colchón con un golpe sordo que esperó que no se hubiera oído abajo. Y, aunque Isaac podría haber seguido torturándola, apartó la toalla enseguida.

Ella parpadeó varias veces, intentando enfocarlo. Estaba de rodillas a su lado, ahora con expresión preocupada.

—¿Estás bien? —preguntó.

—No. Un loco se ha colado en mi casa y me ha atacado con una toalla húmeda.

Isaac se tensó con la primera palabra, pero se relajó con el resto de la frase. Jude puso los ojos en blanco. ¿Qué se creía? ¿Que era una delicada flor? Por favor…

Luciendo media sonrisa, Isaac encestó la toalla en el cesto de la ropa sucia. Luego miró a Jude como si esperara un aplauso, pero no se sorprendió al encontrársela con una ceja levantada. Finalmente, y aunque le quedaba mucho colchón para sentarse, decidió tumbarse junto a ella.

Jude, en cuanto se percató de que él se acomodaba a su lado, abrió los ojos hasta que le dolieron las cuencas. Tenía la mirada clavada en las vigas de madera del techo, pero, de reojo, no se perdía detalle de cómo se movía él. Al final, se quedó tumbado de lado entre ella y la pared de la ventana. Como Jude, contempló el techo. Sus piernas se rozaban. Sus hombros se tocaban. Y Jude sintió el momento exacto en el que su corazón empezó a acelerarse. A diferencia de aquella tarde en las rocas de la colina, le gustó la sensación.

No fue capaz de mirarlo hasta pasados unos segundos. Isaac tenía una mano escondida bajo la nuca, mientras que la otra buscó la de Jude. Ella se la dio sin pensarlo. No entendía cuál era el siguiente paso, pero tampoco le importaba. Iba a sentirse conforme, fuera el que fuera.

Él se limitó a colocar ambas manos sobre su propio abdomen. Jude podía sentir la tela húmeda de la camiseta en contraste con la piel cálida de Isaac. Y su suave movimiento al respirar. Arriba, abajo… Arriba, abajo… Su respiración pausada hizo que ella se calmara. Dejó de oír el latido de su corazón en los tímpanos y pronto se centró en el suave rumor de la lluvia. El repiqueteo contra la ventana. El silbido del viento…

—He intentado irme a casa —confesó él entonces—, pero al final he dado media vuelta.

Jude sabía por qué. Lo sabía y estaba a punto de dejarse llevar por la emoción. Pero no se atrevía a emocionarse sin que él lo dijera. Necesitaba oírlo de sus labios. Que confirmara lo que ella ya sospechaba. Y que le diera la esperanza que había estado anhelando desde todas aquellas indirectas camufladas en canciones de amor.

Así que, tras respirar hondo, Jude se atrevió a preguntarlo.

—¿Por qué?

Isaac sonrió y se volvió para mirarla. Sus cabezas reposaban sobre la misma almohada. Sus rostros estaban muy cerca. Sus manos seguían unidas. Y, pese a que todo aquello era una receta para la histeria, Jude se sintió extrañamente en paz. Estar con Isaac tenía un componente de armonía que nunca supo definir. Un toque mágico que la hacía sentir segura y, a la vez, nerviosa. Que mezclaba la emoción con la calma. Que hacía que apretara las rodillas con fuerza y, a la vez, no pudiera apartar la mirada de sus ojos castaños.

Esos mismos ojos que recorrieron su rostro de arriba abajo. Jude se preguntó cómo sería ella desde su punto de vista. Qué estaba viendo. Si le estaba gustando. Si, como todo el mundo, pensaba en la mala suerte que tenía de no haber heredado la belleza de su familia. Si dejaría de interesarse en ella cuanto más le permitiera verla de cerca.

Sin embargo, Isaac no pareció sentir rechazo. De hecho, cuando volvió a mirarla a los ojos, la mirada le brillaba de una forma especial. Una que hizo que ella, por primera vez en su vida, se sintiera cómoda con su rostro. Con su cuerpo. Consigo misma.

—¿Qué? —murmuró Jude con una sonrisa tonta.

Él también sonreía, pero de una forma mucho más calmada. Y mucho más significativa.

—Nada —murmuró.

—No me has respondido.

—Se me ha olvidado la pregunta.

Jude se rio y la sonrisa de él aumentó de forma casi imperceptible.

—Quería ver si estabas bien —dijo Isaac finalmente.

—Debería tener móvil, así no te obligaría a venir y preguntarme.

Isaac levantó una ceja con diversión.

—¿De verdad te crees que un móvil me impediría venir a verte?

—Oh.

—Jude —dijo él entonces—. ¿Estás *bien*?

Ella fue incapaz de formular una respuesta. No quería hablar de Penny. Tampoco quería que Isaac sintiera que no confiaba en él o que no le había gustado su visita. ¿Cómo iba a encontrar un punto medio entre aquellas dos cosas?

Al final, decidió ser honesta:

—Estoy bien desde que has entrado.

Se esperaba su reacción neutral de siempre, pero él se removió sobre el colchón. Su mano había apretado ligeramente la de Jude, pero dejó de hacerlo en cuanto se percató de ello. Sus ojos castaños recorrieron el rostro de Jude de arriba abajo unas cuantas veces y entonces sonrió.

—Bien —dijo—. No sabía que te sentías tan a gusto conmigo.

—Nunca me preguntaste.

Jude esperó que recordara aquella frase que ya había usado una vez. Y él lo hizo. Lo supo nada más ver aquellos ojos brillantes de diversión.

—Tengo que empezar a hacerte más preguntas —concluyó.

—Yo tengo una: ¿dónde has abandonado a Josh?

—En su casa, espero. Iba con su hermana. ¿Por qué siento que estás desviando el tema?

—¿Y tú tienes hermanos?

—¿Y que no te tomas en serio lo que te digo?

—¿Eso es que no tienes hermanos?

A Jude le pareció curioso que, pese a lo mucho que sabían el uno del otro, nunca hubieran comentado ese tema. De hecho, siempre se habían centrado en cosas tan genéricas que apenas se preguntaban cosas concretas. Y a ella le apetecía conocerlo mejor. Saber quién era. Por qué era de aquella manera. Y esperaba que Isaac se sintiera de la misma forma.

—No —respondió él—. Aunque me habría encantado.

—¿Seguro? Míranos a Josh y a mí…

—Sé que tú adoras a tu hermana —comentó Isaac con su media sonrisa—. Y creo que ella te admira más de lo que piensas.

—No sé…

—Yo sí —aseguró él—. Y tu abuelo, también. Deberías oír cómo habla de ti cuando no estás.

—¿En serio?

—Totalmente en serio. Creo que tu familia te quiere más de lo que dice. Igual es que no saben cómo expresarlo.

—Mi madre sabe perfectamente cómo decir las cosas. Y no me quiere más de lo que dice.

Isaac lo consideró unos instantes.

—No conozco mucho a tu madre —admitió entonces—, pero te

conozco a ti. Y creo que eres de esas personas a las que les cuesta mucho absorber lo bueno.

—¿Cómo?

—Creo que, si hicieras una balanza con una persona que no te ve y cuarenta que te gritan que te quieren, la primera pesaría muchísimo más.

Jude no supo qué decir. Isaac se encogió de hombros.

—Solo quiero que veas que la opinión de una persona no cambiará cómo te ve el mundo entero. O, por lo menos, nunca cambiará cómo te veo yo. O las personas que te quieren.

—Ya.

Le salió en un tono mucho más irónico de lo que esperaba. Y, aunque se arrepintió al instante, tampoco tenía otra forma de responder. ¿Qué iba a decirle? Isaac era demasiado bueno como para ver a través de ella.

—Lo digo en serio —insistió Isaac, ahora más serio.

—Vale.

—¿Por qué no me escuchas? ¿Te crees que la gente que te quiere va a pensar en eso?

—¿Y quién me quiere a mí? —De nuevo, se arrepintió enseguida de abrir la boca. Jude cerró los ojos con fuerza e interrumpió a Isaac antes de que él pudiera insistir—. Déjalo —le pidió en voz baja.

Necesitaba distraerse. Necesitaba salir de aquella conversación que, de pronto, se había vuelto un poco más emocional de lo que se veía capaz de soportar. Y entonces se fijó en la mochila de Isaac. Él dejó que la cogiera sin protestar. Tampoco se quejó cuando ella retiró la mano para alcanzar el kit de costura que se le había caído con el susto. O cuando empezó a buscar hilos de colores y a enhebrar la aguja.

Jude empezó a coser el asa de la mochila como si fuera suya. Isaac tan solo se movió para tumbarse de lado. Al principio lo hizo con cierta distancia, pero terminó por apoyar la mejilla en el hombro de Jude. Ella sintió el pequeño pinchazo del pecho con su posterior acelerón de corazón, pero no se apartó. Tampoco lo hizo cuando él pasó un brazo por encima de ella. Notaba su peso, suave pero firme, sobre la cintura. Pese a que no llegó a abrazarla y su mano permaneció suspendida sobre el colchón, Jude sabía que estaba intercambiando miradas entre su trabajo y su rostro. Y aquello casi hizo que se clavara la aguja en varias ocasiones.

Terminó su trabajo un rato después, sin que ninguno de los dos se hubiera movido. Jude se sorprendió con la comodidad que sentía. Con lo mucho que deseaba que aquella noche no terminara. Con lo mucho que deseaba girarse y abrazarlo. Lo mucho que disfrutaba del peso de su brazo, del calor de su aliento en el hombro, de su pierna pegada a la de ella…

Sin embargo, lo único que hizo fue terminar la operación de la mochila y enseñársela a Isaac.

—¿Qué te parece? —preguntó con timidez.

Tan solo se sentía insegura en momentos como esos, en los que realmente quería impresionar a alguien.

El rostro de Isaac se iluminó.

—¿Amarillo? —preguntó.

—Para cuando necesites animarte con un poco de color.

Él sonrió y la contempló unos segundos. Lo hizo desde tan cerca que Jude, durante un breve instante, sospechó que iba a besarla.

No obstante, Isaac se limitó a acomodarse mejor y a preguntar:

—¿Sabes lo que significa esa lluvia?

—No —admitió Jude.

—Que se acabó la nieve. Al menos, hasta el año que viene.

Ella sonrió.

—Me gusta la nieve.

—Y a mí —admitió él mirándola—. Pero creo que empiezo a entender por qué la gente prefiere el calor.

Parte tres

Los ecos del amor

11

El renovado Joshua Phelps

Tres meses después de aquella tarde lluviosa, dio comienzo el tercer trimestre del último curso de Jude.

Era curioso aquello de ser la más joven de su clase —pues era la única a la que habían adelantado un año— y sentirse la más tranquila. Y es que el último trimestre previo a la universidad solo significaba una cosa: caos.

Jude odiaba el caos que se formaba a su alrededor: la gente hablaba de exámenes, de universidades, de decisiones importantes, de trabajos futuros… Ella no había tomado ninguna de aquellas decisiones. En primer lugar porque no tenía dinero para irse al otro extremo del país y, por otro lado, porque tampoco le apetecía meterse de nuevo en una discusión con Penny. Y es que su madre había estado particularmente insoportable desde el inicio de aquel curso. Que si trabajo, que si dinero, que si responsabilidades…

De nuevo, a Jude le daba igual. Porque, mientras todos pensaban en su futuro laboral, ella pensaba en aquella tarde que había pasado en su altillo. La tarde que había pasado con Isaac. Todavía esbozaba una sonrisa al recordarlo. Y, si él la pillaba sonriendo, quizá era capaz de adivinar a qué se debía. Sobre todo cuando se la devolvía.

Desde ese día, su relación con Isaac había cambiado. Ninguno de los dos volvió a mencionarlo. Tampoco se lo contaron a ninguno de sus amigos. Sin embargo, ambos lo recordaban perfectamente. Quedarse a solas implicaba más cosas. Cosas que no llegaban a resolverse por parte de ninguno de los dos, pero que ambos sabían perfectamente que estaban ahí.

Y Jude, en medio de aquella renovada confianza, se había atrevido por primera vez a ser la persona que iniciara el contacto.

No recordaría la segunda —ni la tercera— ocasión en que lo haría, pero sí la primera. Fue en sus rocas de siempre. Recordaría que Isaac llevaba puesta una gorra de policía de su abuelo. Y que, por primera vez, le contaría que siempre había querido ser policía por él. Y que entendía perfectamente la relación que la propia Jude tenía con su abuelo, porque él daría lo que fuera por recuperar al suyo.

Fue en medio de esa conversación que Jude, sin pensarlo demasiado, apoyó la cabeza en su hombro. Isaac se quedó a media frase e incluso a medio movimiento de las manos. Jude permaneció extrañamente tranquila, contemplando los trenes que salían de Serena.

No fue hasta unos segundos después que ella movió un poco la cabeza para mirarlo. Isaac, como si aquel movimiento le hubiera provocado una descarga eléctrica, dio un pequeño respingo y siguió hablando. A mucha más velocidad que antes, claro.

Desde ese día, cada vez que pisaran esas rocas, la miraría de reojo y le ofrecería el hombro con disimulo.

Y aquella había sido la primera vez. Jude poco a poco se atrevió a tocarle el brazo, el dorso de la mano, a estirarse por encima de su hombro en clase para ver qué dibujaba... Nunca pensó que sería capaz de mantener tanto contacto con otro ser humano sin abrumarse, pero con Isaac era extrañamente fácil. Como si su propio cuerpo se lo pidiera. Como si lo hubiera hecho cada día de su vida.

En resumen: aquellos meses habían estado ocupaditos.

Volvamos a la historia, ¿no? Que todavía quedan muchas páginas.

Jude removió su almuerzo mientras Nia y Robbie hablaban sin parar de todas las universidades a las que se habían inscrito. Isaac y Josh también se encontraban en su mesa. Durante unas cuantas semanas, habían decidido pasar un poco más de tiempo con ellos. Josh solo intervenía para llevarle la contraria a alguien e Isaac cuando le hacían una pregunta directa. Por lo demás, no hablaban demasiado.

—Yo quiero ir a Harvard —anunció Nia muy orgullosa.

Josh hizo como que se atragantaba con la comida.

—¿Para eso no hace falta ser inteligente?

—Mis padres quieren que me apunte a la academia —comentó Robbie antes de que aquellos dos empezaran a discutir—. De policía, quiero decir.

—Nosotros pensábamos que te referías a la de equilibristas —murmuró Josh.

Robbie enrojeció y, tras una pausa incómoda, siguió hablando:

—Ni siquiera sabía que pidieran tan buenas notas. Pensaba que lo de ser policía se basaba un poco más en…, no sé…, ¿correr rápido y tener presencia intimidante? Isaac, ¿tú vas a apuntarte?

Jude estaba sentada junto al aludido. Ella había apoyado la cabeza en un puño y observaba como él dibujaba distraídamente. Era un esbozo de la mesa en la que estaban sentados, con algunas figuras que ya empezaban a tomar forma. Se vio a sí misma apoyada en ese mismo puño.

Isaac detuvo el trazo del perfil de Jude y elevó la mirada.

—¿Qué?

Como cada vez que se distraía, Josh suspiró y Nia se rio entre dientes. Ella buscó la mirada de Josh, pues quería su aprobación, pero este estaba centrado en su amigo.

—¿Qué crees que sacarás de media? —insistió Robbie con paciencia.

—Suficiente para la academia —aseguró Isaac—. Y tú también.

Por la cara de Robbie, cualquiera diría que él no lo tenía muy claro. Quizá era porque, en el fondo, la academia le daba igual. Jude no conseguía visualizarlo con uniforme de policía. A la mínima que alguien le gritara, iba a echarse a llorar.

Pero no era algo que quisiera decirle. Bastante minada tenía la autoestima el pobre.

Isaac había dado la conversación por terminada y volvió a centrarse en su dibujo. Sin embargo, lucía media sonrisa.

—¿Vas a estar mirando mucho tiempo? —le preguntó a Jude.

Vaya, la había pillado. Ella se encogió de hombros.

—Hasta que vea si me haces una nariz bonita.

—La haré realista.

—¿Debería preocuparme?

Isaac se detuvo un momento para mirarla. Hizo como si la analizara con cuidado, como si no la conociera de sobra. Y entonces su sonrisa aumentó disimuladamente.

—No, no tienes que preocuparte —aseguró.

Mientras volvía a centrarse en su dibujo, Jude tuvo la sensación de que alguien la estaba mirando. Era Nia. Su amiga le hacía señales poco disimuladas en dirección a la salida. Parecía que tenía estertores. Robbie y Josh la contemplaban con una ceja levantada.

Jude la siguió hasta el pasillo. Dejaron a Isaac con su dibujo y a Josh y Robbie con su discusión aleatoria sobre los cuerpos policiales, poco interesados en sus secretos.

Nia se detuvo junto a la puerta de la cafetería con los brazos cruzados. Había elegido un rinconcito disimulado para tener la mesa controlada y, a la vez, que no pudieran verlas. Un sitio que ambas habían ocupado mil veces más porque eran unas cotillas. La chica tiró del brazo de Jude con fuerza y la escondió junto a ella. Parecía irritada.

—¿Qué te pasa? —preguntó Jude.

—¿Qué te pasa a ti? ¿Por qué ignoras a Josh?

De todas las preguntas que Jude podría esperar, aquella era la última de la lista. Parpadeó unas cuantas veces para disimular la perplejidad.

—¿Eh?

—Lo has hecho toda la semana —insistió Nia—. Se nota que intenta sacarte conversación y tú pasas de él. ¿No te gustaba?

De nuevo, Jude tardó unos segundos en procesar la información. Para ganar tiempo, echó una mirada rápida a la mesa que acababan de abandonar. Robbie hacía cuentas en voz alta, Isaac se mantenía centrado en su dibujo y Josh observaba el lugar que ellas dos habían dejado vacío.

Jude habría seguido observando la escena, pero Nia volvió a zarandearla del brazo para que reaccionara.

—¿Qué? —insistió Jude, ahora irritada.

—¿Puedes contestarme?

—Pero ¿por qué parece que estás enfadada?

Nia le soltó el brazo. Quizá acababa de darse cuenta de su propia actitud y, hasta cierto punto, se sentía un poco avergonzada.

—Es que me da lástima —dijo finalmente—. Le dije que te gustaba hace tiempo, y creo que se ilusionó y…

—Espera, espera.

Jude deseó con todas sus fuerzas haberlo entendido mal.

—¿Qué? —preguntó Nia con inocencia.

—¿Le dijiste a Josh que me gustaba? —cuestionó Jude en un susurro furioso—. Pero ¡¿a quién se le ocurre…?!

—¡Intentaba ayudar!

—¡Pues no me ayudes si no te lo pido!

Jude fue consciente de lo antipática que había sonado mientras las palabras escapaban de su boca. Y, aunque no hubiera sido consciente entonces, se habría percatado por la expresión dolida de su amiga.

—Intentaba ayudar —insistió Nia—. No pensé que fuera a molestarte tanto. Además, después de la cita desastrosa estaba claro que también le gustabas a él…

Jude se llevó las manos a la cara. Por fin entendía la repentina simpatía de Josh. Y que hubiera cambiado de actitud, en general, con todo lo que se refería a ella. Ya entendía por qué la había elegido aquel día en el equipo, por qué se había empeñado en ayudar a su abuelo y por qué, de pronto, acompañaba a Quinn a casa.

Aunque, pensándolo bien…, Josh podría ignorarla. Por mucho que supiera que Jude sentía algo por él, podría haber elegido no darle alas. Podría haber pasado de ella. Sin embargo, había hecho todo lo contrario. Por si aquello fuera poco, Jude sentía que, cuanto más tiempo pasaba, más absurdamente simpático se volvía Josh.

De pronto, Jude recordó a Sigourney Weaver en *Alien*. A Lucy le encantaba esa película, aunque a su hermana mayor nunca le había parecido la gran cosa. La única escena que siempre se quedó con ella fue una en la que Sigourney Weaver se esconde tras el muro de un pasillo, mira hacia atrás y se da cuenta de que va a morir. De que ya no hay nada que hacer. El alien la mira directamente a los ojos.

Bueno, pues así se sintió Jude al darse cuenta de que Josh podría sentir algo por ella. Como si acabara de pillar su escondite y ya no hubiera nave suficiente para escaparse.

Horrorizada, se frotó la cara con fuerza y volvió a confrontar a Nia.

—Pues... —Jude intentó buscar palabras suaves— muchas gracias, pero no hacía falta.

—¿Segura? Es que os veía tan paraditos...

—Nia, en serio..., ¿y si Josh se siente incómodo conmigo por eso? Yo no creo que le guste.

Nia enarcó una ceja.

—No sé, yo lo veo bastante decidido.

—Ya, pero a mí no...

Jude se detuvo a media frase. ¿Qué iba a decirle? ¿Que en su momento no se había atrevido a contarle la verdad por si ella se encaprichaba de Isaac? ¿Que por eso se había inventado lo de Josh? Jude seguía pensándolo, pero era incapaz de romperle el corazón a su amiga de aquella manera.

Así que cerró los ojos un instante y respiró hondo.

Al abrirlos, había tomado una decisión. Aunque fuera Nia la que la había liado, tendría que ser Jude quien lo arreglara todo. Iba a hablar con Josh. Iba a explicarle, hasta cierto punto, la situación. Iba a acabar con esa tontería. Y luego ya vería si Nia la dejaba en paz o también tendría que explicárselo a ella.

—A mí no me gusta hacer las cosas así —finalizó Jude por fin—. Sé que lo hiciste con buena intención, pero... la próxima vez déjame elegir a mí cuándo contárselo, ¿vale?

Nia torció un poco el gesto.

—Solo intentaba ayudar —insistió.

Jude no quiso discutir otra vez, así que pasó por alto que su amiga no se hubiera disculpado.

Volvieron a la mesa con esa actitud poco disimulada. Y empeoró cuando, sin previo aviso, Nia movió sus cosas para sentarse junto a Isaac.

Este dio un brinco al darse cuenta de que le habían cambiado la acompañante. La mirada que le echó a Jude fue una reclamación en toda regla, pero ella no sabía qué hacer; Nia no dejaba de guiñarle el ojo y señalar el lugar que había dejado vacío junto a Josh.

Jude suspiró y se sentó junto a él.

Se había dejado caer en el banquito con tal actitud de funeral que tanto Josh como Robbie la observaron con extrañeza. Por suerte, ninguno de los dos hizo comentarios al respecto.

—¿Y tú? —le preguntó Robbie a Jude—. ¿Qué universidad quieres?

Lo único que ella quería era ahogarse en la bandeja de pudin. Y que nadie más volviera a preguntarle nada.

Sin embargo, ofreció una sonrisa de labios apretados.

—Supongo que lo decidiré en el último momento.

—¡Ni se te ocurra! —saltó Robbie, que se había activado como una sirena policial—. ¿Tienes idea de lo largas que son las listas de espera? ¡Hay que apuntarse con meses de antelación!

Jude se encogió vagamente de hombros. Robbie se llevó una mano al corazón como si acabara de pegarle un estertor.

—No me junto con la gente correcta —concluyó en un lamento—. ¿Al menos eso quiere decir que te lo has pensado mejor? Porque *tienes* que ir a la universidad.

—Robbie…

—¡Si te quedas en casa va a ser un desperdicio!

—¡Robbie!

—¡Piensa en lo orgullosa que estaría tu familia!

Jude pensó en el cabreo que tendría Penny. Y, efectivamente, en lo orgulloso que se sentiría su abuelo, que siempre había lamentado no haber ido a la universidad. Consideraba que aprender era lo más importante de la vida, y luego ya venía el resto. ¿Cómo se sentiría si, por primera vez, un miembro de la familia pisara una universidad?

—Da igual —dijo Jude al final, incapaz de dejarse llevar por la ilusión—. Falta mucho tiempo, ¿qué sentido tiene pensar en ello?

Josh había estado sospechosamente callado desde que Jude se había sentado. Por una vez, ella no se sorprendió.

Lo cierto es que, aunque nunca se había fijado en Josh de *esa* manera, Jude sí que lo observaba con curiosidad. De vez en cuando, por lo menos. En el instituto, y en el pueblo en general, era conocido por tres cosas:

–Ser guapo. Las cosas como son, lo era. No había discusión posible.

–Ser el hijo de Gordon Phelps. Que tu padre fuera el dueño de media ciudad tenía que ser reconfortante.

–Tener muy mala leche.

Ese último dato era el más conocido, quizá, por los profesores. Jude sabía que se llevaba mal con casi todos porque tenía pocos reparos en meterse en discusiones. A veces era por estupideces, otras por motivos de peso. El caso es que Josh no tenía problema en decir las cosas como las pensaba, incluso cuando no tenía la razón. Era capaz de defender que el cielo era rojo hasta que la otra persona empezaba a dudar de su verdad. Quizá era su privilegio de persona atractiva. O que simplemente sabía cómo defender sus ideas. Ya si eligiera defender las causas justas y no las que le beneficiaban solo a él…

Jude sabía que tenía muchos conocidos en todo el instituto. Era raro verlo a solas, ya fuera en clase o en las zonas comunes. Sin embargo, Isaac era el único que parecía ser su amigo. Quizá era el único que lo contradecía. O que no se sentía intimidado por él. Porque la realidad era que, por muchos conocidos que tuviera, todo el mundo se sentía un poco reacio a pasar mucho tiempo con Josh.

La propia Jude tuvo aquella primera impresión, y quizá por eso fue tan reacia a aceptar sus simpatías cuando empezó a ofrecerlas, pues sentía que tenía segundas intenciones. Que, en el fondo, quería conseguir algo de ella.

Todo aquello, sumado a lo que acababa de concluir hablando con Nia, hizo que sintiera una oleada de empatía por él. Y es que Jude, por mucho que se hiciera la dura, siempre había tenido una debilidad especial por las personas que no terminaban de encajar en el molde.

—¿A qué universidad quieres ir tú? —le preguntó a Josh.

Era quizá la primera vez que le hacía una pregunta directa. O que mostraba interés en Josh, en general. Toda la mesa se volvió hacia ella con sorpresa. Jude, aunque sintió que se le calentaban las mejillas, se mantuvo quieta con la mirada clavada en Josh.

Él, por cierto, había girado la cabeza para mirarla. Siempre comía con los codos sobre la mesa y el cuerpo inclinado sobre el plato. Al mirarla desde esa postura y con una alita de pollo en la mano, Jude se sintió como si estuviera viendo *Saturno devorando a su hijo*.

—¿Yo? —repitió Josh con perplejidad.

—Te lo he preguntado a ti.

Josh tardó unos segundos de más en responder.

—No lo sé —admitió finalmente—. Seguramente me quede en la de Serena.

Ah, sí. La universidad de Serena. Era privada, cara de narices y muy exclusiva. Era casi imposible acceder sin la recomendación de un antiguo alumno. Gordon Phelps había estudiado ahí. Su hijo lo tendría fácil.

—¿No te apetece ir a una ciudad nueva? —insistió Jude—. Conocer mundo, no sé. Se supone que es la oportunidad perfecta para hacerlo.

—¿Lo dices porque a ti te apetecería?

—Supongo.

—Entonces ¿por qué no dejas de preguntarme y te centras en inscribirte en alguna universidad?

Jude había empezado a acostumbrarse a que Josh fuera un borde, así que esbozó media sonrisa y dejó que él siguiera comiéndose sus alitas de pollo.

Los demás, por suerte, no tardaron en reanudar sus conversaciones. El silencio incómodo quedó ahogado por el sonido de sus voces. Sobre todo la de Nia, que podía tener muchas cosas malas, pero siempre era capaz de mantener una conversación interesante. Y distraer a los demás.

Si tan solo hubiera funcionado con Isaac…

Jude trató de ignorar su forma de mirarlos. Tanto a ella como a Josh. Su forma de analizarlos con cuidado, como si se hubiera perdido información importante.

Tampoco pudo ignorar que, cuando ella le devolvió la mirada, Isaac frunció ligeramente el ceño y se centró en su dibujo. Y no hubo nadie —ni siquiera la carismática Nia— que lo sacara de su mundo.

Al terminar las clases, como siempre, Jude fue directa a la salida. Sabía que Isaac la estaría esperando. ¿Había motivación más noble que esa?

Ese día, sin embargo, hubo un pequeño cambio de planes.

—Oye, Jude.

Se volvió, sorprendida al reconocer la voz de Josh. Estaba de pie junto a la puerta de entrada. Lucía una expresión un poco defensiva, como si alguien lo estuviera obligando a hablar con ella y aquel lugar fuera el último sitio en el que quisiera estar.

Confusa, Jude se detuvo a su lado.

—Ah, hola. Nos vemos mañana.

—¡Espera! Quiero decir, em…

Josh frunció el ceño y contempló el pasillo durante un buen rato. El silencio se alargó. Era incómodo. A Jude le recordó al silencio que se formaba en el dentista, cuando tienes la boca abierta de par en par y no puedes hacer nada más que gruñir, pero el dentista te sigue preguntando tonterías.

—¿Te llevo a casa? —concluyó Josh.

Jude lo contempló con la misma fascinación con la que él había observado el pasillo, como si acabara de verlo por primera vez.

¿Había oído bien?

—Em… —empezó ella—. Tengo la bicicleta fuera.

—La puedo llevar en el coche. El maletero es grande de narices.

—Ah…, em… Es que…

—¿Vamos?

—Sí, pero… Em…

—Vamos.

Nunca supo por qué había accedido. Si es que eso era acceder, claro. Quizá no supo cómo negarse a la oferta porque la había pillado por sorpresa. O quizá, en el fondo, tenía un poco de curiosidad. Jude jamás sabría determinarlo.

No se planteó lo que pasaría con Isaac hasta que se lo encontraron en las escaleras de la entrada. Había aprovechado el sol para sacar la libreta de la mochila remendada y dibujar siluetas tan difusas como de costumbre. Sin embargo, al oírlos, levantó la cabeza.

Para Jude todo aquello transcurrió a cámara lenta. No sabía qué cara poner. Y más cuando vio el momento exacto en el que Isaac se percató de lo que sucedía. Una parte de ella, por infantil y estúpida que fuera, quiso ver algún tipo de celos. Alguna reacción. Isaac, no obstante, se limitó a mirar fijamente a Josh. Tras unos instantes, metió la libreta en la mochila y se marchó andando. No cambió su expresión. Tampoco volvió a mirar a Jude. Y ella no estuvo muy segura de si se había enfadado o simplemente le daba igual.

Seguía sintiéndose desubicada mientras Josh cargaba con su bicicleta como si nada. La subió a la parte trasera de su coche, tal como había prometido, e incluso la ató para que no saliera volando. Jude observó todo el proceso sin moverse ni ayudarlo, aunque a él no pareció importarle demasiado.

—¡Heeermanito! —gritó entonces Quinn.

Tanto ella como Lucy se acercaron corriendo. Iban riendo, cogidas de la mano, mientras sus mochilas les rebotaban en la espalda. Ninguna de las dos parecía ser consciente de ello. Jude, a veces, desearía ser tan feliz como ellas.

Se detuvieron junto a sus hermanos mayores. No se molestaron en disimular su sorpresa.

—¿Qué hacéis? —cuestionó Lucy con una sonrisita malvada.

—Me lleva a casa —explicó Jude.

Pese a la explicación razonable, se miraron entre ellas y empezaron a reírse.

—¿Se puede saber qué quieres? —le soltó Josh a su hermana, tan simpático como de costumbre.

—Podrías llevarnos a nosotras también —propuso ella.

—No.

—Pero ¿qué más te da? ¡Si ya llevas a Jude!

La aludida miró a su conductor asignado. Josh parecía un poco irritado, pero al final asintió. Las dos chicas estallaron en grititos y risitas. Fueron las primeras en subirse al coche. Ambas en el asiento de atrás, claro, pues necesitaban cuchichear sin hacer partícipes a los otros dos.

Los primeros cinco minutos de trayecto fueron… incómodos. Lucy y Quinn veían algo en el móvil de la segunda, algo que de vez en cuando hacía que ambas estallaran en carcajadas sonoras. Josh sujetaba el volante con una sola mano; tenía la cabeza apoyada en la otra y el codo en la ventanilla. Era la viva imagen de quien no soporta seguir vivo un segundo más. Jude, que estaba sentada de copiloto, intentó no sonreír al verlo.

—¿Ya te arrepientes de haberte ofrecido? —preguntó ella.

Josh suspiró.

—Por lo menos tú no chillas como ellas.

—Tienen once años.

—¿Y recuerdas ser así de insoportable a los once?

—No —admitió Jude con un toque de diversión—. La verdad es que no.

Josh sonrió. Iba a decir algo, pero se vio interrumpido por el grito de su hermana.

—¡Yo ya tengo doce! —espetó—. Los cumplo en enero.

—El uno de enero —añadió Lucy con mucho orgullo.

—Una fecha re-don-da.

Josh le lanzó una mirada por el retrovisor.

—Eso díselo a papá y mamá, que no tuvieron fiesta de fin de año por tu culpa.

—¡Pues haberme engendrado antes!

—Si es que ya llegaste al mundo molestando, imagínate ahora…

Quinn fue a darle un golpe a su hermano, pero Lucy la detuvo por la muñeca.

—¡Que nos matamos! —dijo riéndose a carcajadas—. ¡No golpees al conductor!

—¡No pasa nada! —aseguró Quinn—. Mi hermano tiene sentidos arácnidos.

Y ambas empezaron a reírse a carcajadas por esa broma que nadie más había entendido. Jude y Josh intercambiaron una mirada que lo decía todo sin necesidad de decir nada. Y, de nuevo, ella sintió una oleada de empatía que no tuvo muy claro de dónde salía.

—Ahora sí que me arrepiento —admitió Josh de mala gana.

Jude se rio entre dientes.

Tuvo que admitir que subir la cuesta en coche era mucho más fácil que subirla andando o con la bici, pero le seguía faltando Isaac. Y Jude aún se preguntaba si estaría enfadado, si le habría ofendido. Porque estaba segura de que ella habría enfurecido. Y que le costaría mucho recuperar la confianza en su relación.

Para cuando Josh aparcó delante de su casa, seguía un poco preocupada por ello. Y el chico confundió el motivo de esa preocupación.

—Tranquila —le dijo—. Me iré antes de que tu madre me vea.

Jude lo miró confusa. Y entonces las palabras adquirieron sentido.

—Oh. Sí, bueno… Es un poco especial.

Sus hermanas ya habían bajado del coche y estaban cruzando la puerta principal. Jude se aseguró de que Penny no estuviera asomada a la ventana del salón. Con un poco de suerte, Lucy y Quinn la distraerían un rato y no tendría que comerse una bronca por Josh.

Iba a bajarse del coche, pero le pareció un poco raro hacerlo sin darle las gracias por el paseo.

—Creo que mi padre y ella se conocieron —dijo Josh entonces—. Cuando eran más jóvenes, quiero decir.

Aquello hizo que Jude se volviera completamente hacia él.

—¿En serio?

—Nunca ha querido entrar en detalles, pero debió de ser su mánager…, ¿no? Mi padre ya trabajaba en el Melody. Y es mayor que ella.

Jude lo consideró. No conseguía recordar la cara de Gordon en las fotos de juventud de Penny. Aunque era cierto que su madre había roto muchas. Se notaba porque había arrancado literalmente el plástico que las protegía. Y Jude jamás se atrevió a preguntar qué había pasado.

—Podría… preguntarle cosas —prosiguió Josh con cautela. Era un tono totalmente nuevo y muy alejado del Josh al que Jude estaba acostumbrada—. Por tu padre, por ejemplo. Imagino que quieres conocerlo.

Aquello le sacó una sonrisa un poco triste.

—No sé si quiero conocerlo.

—¿No quieres ni verlo?

—Sé qué cara tiene. Lo he visto en fotos. Antes de que Penny las rompiera.

Y era cierto. Recordaba a aquel hombre atractivo —aunque no muy guapo— que le ofrecía una sonrisa encantadora a la cámara. Le pasaba un brazo por la cintura a una jovencísima Penny. Y ella estaba aferrada a su cuerpo con ambos brazos. No hacía falta atar muchos cabos para asumir de quién se trataba. Era la única foto que conservaba en esa clase de postura con un hombre.

—Lucy no lo sabe —añadió ella a modo de advertencia—. No se lo cuentes a Quinn, que ya sabes cómo son… Entre ellas no hay secretos.

—Tranquila. Nunca contaría nada de lo que me confíes.

Curiosamente, Jude se lo creyó. Sonaba honesto.

—Creo que yo sí querría conocer a mi padre —admitió Josh—. No sé…, aunque fuera para insultarlo. Se merecería sentirse como una mierda el resto de su vida.

Jude apartó la mirada. Aquel tema siempre la dejaba un poco tocada.

—No sé si quiero conocer a alguien que nunca ha querido saber nada de mí —admitió—. Tampoco me apetece insultarlo. No se merece mi energía. Pero…

Pese a que veía la colina, en realidad visualizaba al hombre de aquella foto. Lo tenía delante. Y Jude se sintió tan nerviosa como lo estaría si fuera una persona real.

—Pero sí que me gustaría verlo en persona —dijo al final—. Mirarlo a los ojos y que supiera que tiene una hija. Que viera que ha crecido sin él. Y que viera que sé quién es, que él sabe quién soy y que esta vez soy yo la que decide que no lo quiere en su vida.

Aquello le salió con un poco más de rabia de la que esperaba. Y más drama. Avergonzada, volvió a centrarse en Josh. Este no la juzgaba demasiado. Se limitó a encogerse de hombros.

—Pues me parece muy bien —concluyó—. Si quieres, te acompaño y le damos una paliza.

—Sí, porque el hijo del millonario y la hija de la famosa son un dúo perfecto para que nadie los reconozca.

Josh se rio entre dientes.

—Quizá no somos los más indicados —admitió—. Creo que tenemos más en común de lo que parece. Ambos odiamos ser una extensión de nuestros padres, por ejemplo.

A Jude le sorprendió su rotundidad. Pese a que siempre había sido consciente de que era el hijo de Gordon Phelps, nunca se planteó si él se sentiría cómodo con esa etiqueta. La propia Jude, que odiaba ser la hija de Penny, lo había juzgado por ello en decenas de ocasiones. Incluso esa mañana, cuando habían hablado de la universidad. ¿Y si Josh se sentía exactamente igual que ella con Penny? ¿Por qué nunca se lo había planteado?

—Sí —admitió Jude—. Aunque por lo menos tú puedes robarle dinero. Yo solo puedo robarle cigarrillos.

De nuevo, él se rio a carcajadas. Josh era sorprendentemente entretenido y gracioso. Jude jamás lo habría pensado.

—Podríamos presentarlos y que se hagan amigos. Podrían ponernos a parir los dos juntitos. A ver si se ponen de mejor humor.

—¿Penny de buen humor? —Jude torció el gesto—. Buena suerte con ello.

—Ya te he dicho que de jóvenes se conocían, quizá haya suerte y se hagan amigos. Aunque…, pensándolo bien, mi padre nunca habla muy bien de ella.

Jude enarcó las cejas con sorpresa.

—¿No se llevaban bien?

—Creo que es más bien un prejuicio sobre la gente de este barrio. Sobre los del sur. Papá siempre dice que los han criado sin bozal.

De pronto, Jude fue consciente de que aquello era lo que Josh pensaba de la gente del sur. De ella, que formaba parte del grupo por mucho que la excluyera. De que, por muy bien que se llevaran, siempre habría una parte de ellos que estaría totalmente separada por los prejuicios.

Y que Josh un día pensaría de ella lo mismo que su padre pensaba de Penny, solo que ahora estaba demasiado cegado porque le gustaba.

Jude apretó los labios en una sonrisa amarga.

—¿Sin bozal? —repitió.

—Eso dice.

—Pues ten cuidado, los que crecemos sin bozal no aprendemos a callar. Y sabemos ladrar.

Él entreabrió los labios, sorprendido. Jude bajó del coche antes de que pudiera responderle.

12

La burbuja de Jude

A menudo, Jude se sentía invisible.

Pese a ser un sentimiento negativo, se había afianzado tan adentro de ella que, en ocasiones, ni se percataba de su existencia. Sentirse sola formaba parte de ella de la misma forma que sus huesos y sus órganos y sus músculos. Y, al igual que no te acuerdas de tus huesos hasta que no te duelen, Jude no se sentía sola a no ser que le recordaran lo mucho que lo estaba.

Se sentía así en casa, cuando Penny le preguntaba a Lucy qué tal le había ido el día. Cuando la escuchaba de forma activa en lugar de mirarla fijamente y no ofrecer ningún tipo de respuesta. Cuando se reía con ella por alguna tontería.

Jude era incapaz de recordar la última vez que Penny se había reído con ella. Quizá nunca había sucedido.

De pequeña, se preguntaba a menudo qué había hecho para que Penny la detestara tanto y, sin embargo, fuera capaz de querer a Lucy de una forma tan sincera y maternal. Se preguntaba si habría pasado algo que no recordaba, si había sido peor hija de lo que ella misma pensaba.

Con el tiempo, Jude se fue acostumbrando a ver aquellas interacciones. A no decir nada en las cenas. No porque fueran a responderle mal, sino porque *no* respondían. El desinterés era tal que su hermana y su madre ni siquiera reconocían su existencia. El silencio era desolador. Y solitario. Prefería su rabia antes que su silencio. Ojalá hubiera odio.

O rabia. Algo que indicara que la veían, que no era un fantasma. Que existía.

Jude las observaba sin decir nada y escuchaba fragmentos de sus conversaciones. De las clases de Lucy, de alguna que otra anécdota de Penny. Incluso el abuelo se unía, de vez en cuando, y se reía un rato con ellas.

Jude nunca lo hizo.

Un día, empezó a sentirse como si su cabeza estuviera metida en una burbuja. Una que iba creciendo a cada pequeña muestra de rechazo. A cada mirada de desidia. A cada sonrisa condescendiente. El silencio aumentaba con el tamaño de su burbuja. Hubo un momento en el que sintió que, aunque gritara con todas sus fuerzas, el sonido rebotaría en las paredes y volvería a ella, atronador, para atormentarla. Que, de alguna forma, tenía que conseguir que esa burbuja estallara antes de poder encajar con el resto del mundo. Para ser como ellos. Para merecer las mismas cosas.

Jamás consiguió que estallara, pero sí que logró otros avances.

Con los años, se dio cuenta de que aquella burbuja no era un impedimento, sino una ventaja. Una muralla imparable que ella utilizaba para filtrar todo aquello que pudiera dolerle. Todo lo que la hiciera sentir, de nuevo, que sus gritos eran mudos. Como si no existiera. La muralla creció a cada pequeña muestra de confianza en sí misma. Y ella notaba el momento exacto en el que subía, imponente, para aplacar cualquier tipo de rechazo que pudiera sentir cuando su madre no la miraba, cuando sus amigos hablaban y no oían sus intervenciones, cuando alguien la interrumpía al intentar explicarse y ella desistía, cuando un profesor le preguntaba cuál era su nombre porque no la recordaba... Jude subía su muralla, se protegía, y todo aquello rebotaba contra la otra persona.

Y ella jamás lo olvidaba.

Tan solo hubo dos personas con las que jamás tuvo que levantar aquella muralla: su abuelo y, para su propia sorpresa, Isaac.

Josh... era otro tema.

El chico había establecido una curiosa dinámica en la que cada día, junto a sus dos hermanas pequeñas, la acompañaba a casa. Delante de ellas hablaban poco, pero siempre se quedaba cinco minutos enfrente de casa de Jude. Y hablaban de cosas, sí, pero… nunca tan profundas como el primer día. Eran más bien conversaciones en las que Jude se reía, para su propia sorpresa, y se lo pasaba bien. Aun así, nunca sentía que llegara a profundizar demasiado con él. Seguía sintiendo que no lo conocía.

Y, de manera paralela, todo aquello era tiempo que no pasaba con Isaac.

Jude notó un pequeño cambio en su relación. Cuando se encontraban a solas, todo seguía igual de bien. No obstante, cuando estaban en grupo…

Isaac no era la clase de persona que guarda rencor o te hace sentir mal por tus decisiones, pero ella sabía que una parte de él se había enfadado. Y es que, en cierta forma, debía de pensar que Josh había ocupado su lugar. Jude no quería sustituirlo y, de hecho, habría dado lo que fuera por pasar más tiempo con él. Aquello ya iba más allá de la simple atracción que pudiera sentir por Isaac; cuando estaban juntos, se sentía feliz. No pensaba en casa ni en universidades ni en dinero. Era feliz. Y echaba de menos sus canciones. Su carita de ilusión cuando las recomendaba. La expectativa cuando ella le contaba qué le habían parecido.

Solo había pasado una semana, pero Jude lo echaba de menos.

Y sí, podría mandar a Josh a la mierda. O pasar de él y volver a salir de clases con Isaac sin dar explicaciones.

¿El problema? Desde aquel día que Jude se había marchado con Josh, Isaac había dejado de aparecer después de clases. Ya no la esperaba fuera. Y, aunque su relación en sí no había cambiado, Jude se sentía como si hubiera perdido una parte de ella.

Qué triste… Con lo bonito que era ser independiente… ¡¿En qué se había convertido?!

Ese día era domingo y no había clases. Por lo tanto, no había ninguna excusa a la que aferrarse para ver a Isaac. Había ido al supermercado, estaba volviendo a casa… Rutina. La bicicleta iba tan cargada que, por momentos, Jude tenía que detenerla y colocar un pie en el suelo para no volcar. Era una escena un poco graciosa, en realidad. Como ya habían empezado a entrar en la época soleada, le tocó recibir algunas miradas confusas de los turistas en bermudas y gafas de sol caras. Menos mal que nunca llegaban a su barrio y pronto los perdió de vista.

Recordaba una vez, años atrás, en la que Nia y ella decidieron pasearse por el barrio de Jude. Por la cuesta de Carriers Lane, concretamente. La idea era subir y bajar la cuesta hasta que Nino saliera de casa, porque a Nia ya le gustaba. Sin embargo, empezó a hacerse tarde sin obtener resultados. Jude sugirió ir al puente que dividía el sur del norte de Serena, meterse en el río y jugar con el agua. Recordaba haberlo hecho alguna vez con su abuelo, de muy pequeña. Y, como él no podía bajar del todo sin que la silla de ruedas se le atascara en la tierra, sería la primera vez que podría jugar con otra persona.

El puente era el único lugar de la ciudad donde todo el mundo se juntaba. Los mayores se sentaban en la hierba y charlaban de lo que habían hecho durante ese día, los adolescentes ocupaban toda la zona por la noche para hacerse los alternativos, los niños jugaban en el agua y los abuelos paseaban con sus playeros y sus bastoncitos. A Jude le encantaba ese rincón de Serena. Le daba paz. Y era el único lugar donde nadie preguntaba si eras del sur o del norte. El único lugar de conexión entre ambas partes.

Para cuando las niñas llegaron a la zona del puente, el sol se estaba poniendo y ya no hacía mucho calor. Además, había un grupo de niños saliendo de esa misma zona con los zapatos en las manos. Al verlas, empezaron a reírse con fuerza de ellas. Bueno…, de Jude.

—¡Mala suerte! —gritó uno de ellos.

Todos los demás se hicieron eco de sus palabras. Las repitieron hasta que Jude sintió que jamás podría sacárselas de la cabeza. Hasta que empezaron a picarle los ojos vidriosos.

Y entonces Nia se agachó, se hizo con una piedra y la lanzó contra el cabecilla del grupo. El niño consiguió esquivarla de milagro, pero dejó de reírse.

—¡No te metas con mi amiga! —gritó Nia, que ya estaba cogiendo otra piedra más grande—. ¡Tú sí que tienes mala suerte, con esa cara de que tu árbol genealógico tiene forma de huevo!

Jude siempre recordaría aquello como uno de los gestos más bonitos que alguien había tenido con ella…

… y una de las mayores broncas que le echaron.

Y es que, cuando Nia lanzó la segunda piedra, le dio en la cabeza a uno de esos turistas despistados, embadurnados de crema solar y con gafas de sol de marca. El hombre cayó hacia atrás como un dibujo animado y su esposa empezó a gritar en alemán, noruego o algún idioma que nadie reconoció.

Los niños salieron corriendo. Nia y Jude lo intentaron también. Sin embargo, la mala suerte de la última hizo que las pillaran. Fue el propio Nino, que por fin había salido de su casa. Pero a qué precio.

Desde aquel día, Jude era incapaz de ver a esos turistas sin pensar en aquel señor estirado. O recordar que, al haberse desmayado en la zona sur del puente, le habían robado los zapatos de marca mientras todavía se recuperaba. El abuelo se rio al oír aquello, pero luego castigó a Jude durante un mes.

Era un recuerdo un poco estúpido, pero Jude pensó en lo mucho que echaba de menos su amistad con Nia. Si tan solo las cosas pudieran volver a ser tan sencillas…

Jude pedaleó por la cuesta de Carriers Lane con todas sus fuerzas. El sol, pese al frío, le calentaba las mejillas. Pronto notó una gota de sudor resbalándole por el cuello. Siguió pedaleando y resoplando.

Uno, dos, uno, dos, uno…

Espera, ¿ese era Isaac?

¿Y Josh?

¡¿Y el puñetero Nino?!

Del susto, Jude casi frenó la bici y rodó cuesta abajo. Consiguió colocar los pies en el suelo justo a tiempo y sujetó una de las bolsas como pudo. Mientras, no se perdía detalle de lo que estaba pasando en la puerta de su casa.

El abuelo había salido al patio delantero. Había sustituido el abrigo grueso por su chaqueta vaquera favorita, una camisa de cuadros y un cubrecuellos, pues tenía varios de distintas tonalidades. Sin olvidar las gafas de medialuna, claro.

El abuelo sostenía una bandeja llena de vasos. Estaban todos vacíos. Y no parecía tener intenciones de matar a Nino, que era lo más sorprendente.

Jude empujó la bicicleta cuesta arriba. Josh e Isaac tenían las cabezas metidas en el capó de Manolito, mientras que Nino se dedicaba a fumar y a contemplarlos con aburrimiento.

—Lo estáis haciendo mal —decía de vez en cuando, aunque no ofrecía ni alternativas ni ayuda.

—¿Qué hacéis? —preguntó Jude al llegar junto a ellos.

Nino empezó a reírse al instante.

—Estás más roja que mi cuenta bancaria.

—Gracias por el cumplido, Nino.

Él siguió riéndose solo.

Josh le lanzó una mirada y pronto volvió a concentrarse en el coche. Isaac, sin embargo, mantuvo la vista en ella mientras se limpiaba las manos con un trapo.

—¿Necesitas ayuda, Jude?

Sí, le vendría genial. Pero no pensaba arriesgarse a que Isaac entrara en casa y se encontrara de frente con Penny.

El abuelo debió de leerle el pensamiento, porque señaló la entrada con un gesto vago.

—No está —le aseguró.

Jude dejó de moverse al instante.

—¿Qué?

—No te asustes —le pidió el abuelo—. Está, pero en su dormitorio. Creo que va a dormir un buen rato.

Jude había dejado de respirar sin darse cuenta. Y es que Penny llevaba mucho tiempo sin salir de casa. Y sin tener ningún interés en hacerlo.

—¿Te ayudo? —insistió Isaac.

Sin embargo, no esperó respuesta. Pronto cruzaron el umbral de la puerta para dejar las bolsas de comida sobre la encimera. Isaac miró a su alrededor unas cuantas veces, lleno de curiosidad, pero no dijo nada. Ni del desorden ni de las fotos de Penny que decoraban el pasillo. Ni siquiera comentó nada de la moqueta morada.

Jude no pensó que quizá aquella casa le parecería horrible. Con su decoración ochentera, el desorden, los quinientos ceniceros y los cuadros viejos de Penny... Se preguntó si le parecería un psiquiátrico o algo así. No podría culparlo. Y, de pronto, se sintió profundamente avergonzada y arrepentida de que lo hubiera visto. Debería haberlo avisado antes de entrar. O haber buscado una excusa para que no lo hiciera.

—Deberíamos volver —sugirió ella.

Su intención era escabullirse hasta la entrada, pero Isaac la detuvo por el brazo.

En cuanto la tocó, el cerebro de Jude desconectó de cualquier pensamiento racional. Su única reacción posible fue volver la cabeza y comprobar que la mano de Isaac seguía rodeándole el brazo. Pese a la sudadera y a la chaqueta que Jude no se había quitado, podía sentir la presión de sus cinco dedos, su calidez a través de la tela. Para cuando se atrevió a subir la mirada, él todavía no la había soltado.

Pudieron pasar milenios o segundos, Jude jamás lo supo. Simplemente se miraron el uno al otro. Y ella fue incapaz de recordar la vergüenza que acababa de sentir. Lo pequeña que se había hecho unos segundos antes. Lo único que podía registrar era su propio corazón latiendo con fuerza.

Hasta que él, de pronto, pronunció cinco palabras que le parecieron mágicas:

—Te he echado de menos.

Jude parpadeó unas cuantas veces.

—¿A... mí?

Él sonrió.

—Pues sí. ¿Te sorprende?

—N-no... Es decir...

—Pensaba que me gustaba estar solo —añadió Isaac—, pero desde que te conozco ya no lo disfruto tanto.

Jude parpadeó unas cuantas veces. De nuevo.

—¿Qué?

Isaac se rio y se inclinó hacia ella.

—¿Eso quiere decir que tú te sientes igual?

Y ella, pese a que su estómago se había convertido en un nido de nervios, sonrió.

—¿Quién es este?

La voz de Penny le borró la sonrisa.

Jude jamás había invitado a nadie a casa. Ni siquiera a Nia, que llevaba siendo su amiga desde que tenía memoria. Su madre jamás lo había prohibido de forma explícita, pero Jude sabía que una persona que invitara ella jamás sería bienvenida del mismo modo que Quinn, por ejemplo. Y no quería que nadie se sintiera fuera de lugar por culpa suya.

Que la primera persona en vivir aquello fuera Isaac… Jude contuvo la respiración.

Ambos se volvieron a la vez. Penny se encontraba de pie en el umbral del salón, con su bata abierta de siempre. Debajo tan solo llevaba un pijama de dos piezas que dejaba ver su ombligo y sus piernas pálidas. El moño de cada día estaba medio deshecho porque acababa de despertarse, y algunos mechones castaños le enmarcaban el rostro cansado. Lucía ojeras, pero aquello no le robaba una pizca de belleza natural. Jude encontró sus ojos oscuros, idénticos a los suyos. Mientras que unos expresaban temor, los otros expresaban tensión. Penny se había quitado el antifaz morado y lo apretaba fuertemente con una mano.

Los ojos de la mujer se clavaron en la mano de Isaac. Esa que mantenía en el brazo de su hija. Jude no se movió. Sin embargo, lo que más la desconcertó fue que Isaac no la soltara.

Penny elevó la vista otra vez y la clavó en él. Lo atravesó con la mirada. Si Isaac se sintió intimidado en algún momento, fingió con mucho arte.

El silencio se extendió entre ellos. Jude seguía acalorada de subir la cuesta, pero sospechó que la capa de sudor frío que le cubría la espalda no tenía nada que ver con ello.

—Es… Isaac —dijo ella finalmente—. Isaac, esta es Penny.

La aludida no cambió su expresión. Tampoco hizo un solo ademán de acercarse y darle la mano, como habría hecho cualquier madre normal.

Finalmente, Penny se volvió hacia su hija.

—¿Qué hace en mi casa?

—Estamos arreglando el coche de su padre —respondió Isaac.

Jude empezó a marearse. Oh, no. Que no dijera nada más, por favor. Aquello solo iba a empeorar las cosas. Y encima habló con un tono que no desvelaba ni un solo ápice de amabilidad. Penny tenía la mecha muy corta. Iba a ponerse a la defensiva en cuestión de segundos.

—¿Qué hace en mi casa? —repitió ella en voz baja.

Isaac abrió la boca otra vez, pero Jude colocó una mano sobre la suya. La que todavía le sujetaba el brazo. Él se volvió con cierta sorpresa y decidió guardar silencio.

—Me ha ayudado a entrar la compra —le aseguró a su madre—, pero ya salíamos.

—¿Y mi padre está de acuerdo con esto?

—Ya salíamos.

—Siempre ha sido demasiado permisivo contigo.

Jude notó el cambio en su voz del mismo modo que alguien nota un leve parpadeo en la luz. La primera vez crees que es tu imaginación, que realmente no ha sucedido. La quinta vez consecutiva, sin embargo, entiendes que ha surgido un problema. Y Jude era experta en notar aquellos cambios en su madre.

Durante años, Jude había perfeccionado su habilidad de detectar el humor de Penny. Ya desde pequeña sabía si había tenido una actuación buena por su forma de desmaquillarse. O si estaba enfadada por la manera en la que entraba en casa. A veces, Jude sabía perfectamente si debía quedarse en la habitación por la simple y llana forma que tenía Penny de mirarla.

Y ahora estaba recibiendo esa mirada de advertencia.

Tensa, se zafó del agarre de Isaac. Abatido, este dio un paso atrás. Y entonces se reanimó, Jude le había sujetado la mano.

Era la primera vez que lo hacía, pero se sintió como si hubiera sucedido cada día de su vida. Como si fuera algo natural. Apretó la mano de Isaac, que se había quedado abierta y completamente paralizada. Si hubiera sucedido en otro momento, se habría parado a analizar ese comportamiento. Pero no en ese. No cuando Penny estaba mirando.

Jude tiró de Isaac con suavidad y trató de pasar junto a Penny. Necesitaba salir de aquella casa antes de que la dejara en más evidencia.

Sin embargo, su madre se plantó en medio de su camino. No necesitó elevar la voz, ni siquiera tocarlos. Tan solo se detuvo ahí con media sonrisa. La clase de mueca que jamás le cubría el rostro entero y hacía que Jude contuviera la respiración.

Jude dio un paso atrás. Su espalda chocó con el pecho de Isaac, que se había clavado en el suelo como un poste. Por algún motivo, se negaba a moverse. Jude le lanzó una mirada de súplica, pero él no apartaba los ojos de su madre. Isaac también mantuvo los labios apretados en una línea que no desvelaba una sola emoción.

No intentó caerle bien a Penny. Tampoco impresionarla. Y aquello hizo que Jude, de una forma muy extraña, se sintiera reconfortada.

Penny le devolvió la mirada al chico. La media sonrisa de ojeras y cabello descuidado se sumó al pequeño gesto de rechazo.

—¿Cómo has dicho que te llamas?

—Isaac —respondió él imperturbable.

Jude tan solo quería salir corriendo. Especialmente cuando Penny dio otro paso hacia ellos.

—¿Y cuántos años tienes, *Isaac*?

Consiguió que su nombre sonara a latigazo. El chico, de todos modos, se mantuvo firme.

—Diecisiete.

—Cumples dieciocho este año, supongo. Ella cumplirá diecisiete.

—Sí.

—Qué buena edad. ¿Sabes qué hice yo cuando tenía diecisiete años?

Isaac no respondió. Penny acortó la distancia. Pese a que Jude se encontraba entre ambos, se sintió completamente invisible. Se pegó más a Isaac de forma inconsciente y bajó la mirada a sus pies. Sus botas marrones, en contraste con los pies descalzos de su madre, hicieron que se sintiera todavía más fuera de lugar. Tenía un nudo en la garganta.

—A los dieciocho —insistió Penny en una voz suave que podría ser una caricia, si no hubiera sido por las circunstancias—, conocí a su padre.

Durante unos instantes, Jude no consiguió procesar esa información. Tras dieciséis años y medio en esa casa, jamás había mencionado a su padre. Jamás. Lucy sí había preguntado unas cuantas veces, enfadada, pero nunca consiguió una respuesta clara. No obstante…, ¿que Penny hiciera mención directa sin necesidad de que se lo preguntaran?

Jude estaba tan pasmada que mantuvo la mirada en el suelo. Quería intervenir, quería sacar a Isaac de aquella situación, pero fue incapaz de moverse.

—Desde el principio supe que aquel hombre era especial —prosiguió Penny con un tinte de amargura en la sonrisa—. También me hacía sentir especial. Como si fuera la primera persona que me veía en toda mi vida. Contaba los segundos para que nos viéramos y volviera a hacerme sentir así. Y, a cada instante que pasábamos solos, esa sensación se hacía más agradable y duradera. ¿Sabes qué pasó entonces, *Isaac*?

—No.

—En mi mejor momento, cuando tenía al hombre de mi vida y la carrera de mis sueños…, me quedé preñada.

Jude no necesitó levantar la cabeza para saber que Penny la estaba observando. Que le había clavado esa mirada de resentimiento que parecía cargar desde el día en que nació. Esa que hacía que Jude se sintiera culpable cada vez que respiraba. La que le hacía sentir que le había arruinado la vida a su madre por el simple hecho de existir.

—Y lo cambió todo —prosiguió Penny con una voz distante y fría—. Se acabaron las miradas y los momentos a solas. Se acabó todo. Y me di cuenta de que había dejado de ser especial. No solo para él, sino para el mundo entero. Ya no era yo, era una madre. Y toda mi vida consistía en serlo. Tuve que acabar con mi vida para que ella pudiera tener una.

Jude mantuvo la mirada clavada en el suelo. El nudo en su garganta se hizo más grande, más pesado. Amenazaba con ahogarla. Sin embargo, ni siquiera permitió que sus ojos se llenaran de lágrimas. Quería disociarse y salir volando de aquella situación, pensar en otras cosas. Sin embargo, con Isaac presente, era incapaz de lograrlo.

—¿Ves a su padre por algún lado, *Isaac*? —añadió Penny con suavidad.

—No.

—Porque ella no es especial. Y yo tampoco. Y, cuando llegue la hora de la verdad, tú vas a hacer exactamente lo mismo que hizo él. Porque tú tampoco lo eres. ¿Cuánto tiempo crees que tardarás en abandonarla? ¿Y en dejarla embarazada?

—Mi padre se llama Ray —respondió Isaac.

Jude no entendió qué tenía eso que ver con la pregunta. Confusa, tragó saliva y elevó la mirada. Desde aquella perspectiva, tan solo era capaz de verle el rostro a su madre. Y Penny había borrado su sonrisa. Su expresión no desvelaba mucho, pero estaba claro que algo había cambiado. Jude lo notó incluso en el aire de la habitación, que se había vuelto más denso.

—Mi madre se llama Roselia —añadió Isaac con una suavidad que Jude jamás había oído en él—. Creo que tú la llamabas Sophia Loren. Y que ella te sigue llamando Bette Davis.

Penny ladeó la cabeza de una forma casi imperceptible. Y entonces, para el absoluto asombro de su hija, dio un paso hacia atrás. Más que un paso, parecía un traspié. Incluso se llevó una mano a la cabeza. Había cerrado los ojos, pero lucía una pequeña mueca que podría considerarse una sonrisa.

—Claro… —murmuró ella, como si estuviera en un sueño y aquello no fuera real—. Claro…, por eso me sonaba tu cara.

Jude observó pasmada cómo su madre los rodeaba para dirigirse al patio trasero. Antes de alejarse, se apoyó suavemente en el brazo de Isaac. Él la siguió con la mirada. Podría interpretarse como que se había sujetado a su brazo para no perder el equilibrio, o que simplemente era un gesto de cariño. Jude no entendió ninguna de las dos explicaciones.

Vio que su madre se detenía en la puerta del patio y buscaba desesperadamente en los bolsillos de su bata. Tras unos segundos, por fin encontró los cigarrillos. Jude no tuvo tiempo de ver cómo se encendía uno, porque Isaac la empujó con suavidad hacia la salida.

Jude no entendía nada de nada.

Isaac no salió inmediatamente de casa y ella aprovechó la pequeña pausa que hizo en la entrada para mirarlo. Todavía no le había soltado la mano. De hecho, se la apretaba con tanta fuerza que se la soltó de golpe y enrojeció.

—¡Lo siento! —dijo apresuradamente—. Lo... Lo siento, no me he dado cuenta y...

No sabía ni cómo disculparse. Él levantó la mano para mirársela. Estaba enrojecida, con las marcas de los cinco dedos y sus respectivas uñas. Jude tenía los ojos desorbitados de la vergüenza.

—Lo siento —insistió a la desesperada—. Lo siento mu...

—No pasa nada.

—No me he dado...

—No pasa nada —insistió él con una pequeña sonrisa.

Y de verdad parecía que a Isaac no le importaba. Tenía la mirada clavada en su mano, pero no había una sola pizca de rencor. Tan solo estiró los dedos como si acabara de hacer ejercicio. Tras eso, la extendió hacia ella. Jude no se movió al notar que le acunaba la mejilla.

—¿Estás bien? —le preguntó.

Pese a que era Isaac y siempre hablaba en ese tono tan suyo, tan desprovisto de emoción, Jude se sintió reconfortada. Ni siquiera sintió los nervios por el contacto. Tan solo pudo sentir alivio.

—Sí —mintió.

Isaac no la creyó.

—Necesitas salir de aquí.

—¿Quieres que me suba a un tren y me vaya para siempre?

Ante la ironía, Isaac sonrió.

—Me refería más bien a salir esta noche. ¿Quieres cenar en mi casa?

—¿En… tu casa? —repitió ella lentamente—. ¿Con tus padres?

—Sería un poco raro echarlos de su propia casa, así que sí. Con mis padres.

—¿Y ellos querrán?

A modo de respuesta, él levantó una ceja y la juzgó con la mirada. Jude enrojeció.

—Vale —dijo sin pensar.

Penny no volvió a asomarse a la ventana ni a protestar porque dos chicos desconocidos estuvieran en su patio delantero. Ni siquiera regañó al abuelo, que no dejaba de entrar y salir para ofrecerles bebidas y algo de comer.

Y, al cabo de una hora de su llegada, Josh intentó arrancar el motor.

A Jude le pareció un sonido parecido al que haría una piedra dentro de una lata de aluminio. Hizo un gesto de dolor, como si pudiera sentir lo mismo que Manolito.

—¿Funciona? —preguntó Nino, tan ilusionado como si hubiera participado.

Josh hizo una mueca de esfuerzo. Estaba inclinado sobre el asiento del piloto. Dejó de girar la llave un momento e intercambió una mirada con Isaac, que seguía apoyado en el capó. El abuelo lo observaba todo con la intensidad de quien verá despegar un cohete.

—No lo sé —admitió Josh—. ¿Otra vez?

Isaac asintió.

Y, en esa ocasión, Josh giró la llave y el motor rugió con vida propia.

Isaac esbozó su media sonrisa y asintió. Josh parecía muy orgulloso de sí mismo. Nino aplaudió y se encendió un cigarrillo. Y luego estaba el abuelo, que contemplaba a Manolito con la boca abierta. Jude se acercó corriendo a él para darle un abrazo. Aunque el hombrecillo no era la persona más afable del mundo, se dejó abrazar sin despegar los ojos del coche.

—¡Está vivo! —exclamó Nino con dramatismo—. ¡Ahora nos matará a todos!

—Cállate —le ordenó Josh, aunque no dejó de sonreír.

El abuelo no reaccionó hasta que Jude paró de abrazarlo y le apretó el hombro.

—¿Estás bien? —le preguntó ella.

Él hizo rodar la silla hasta que estuvo pegado a Manolito. Lo acarició como si fuera la reliquia perdida de Matusalén. O como se dijera, que Jude ya no se acordaba de catequesis.

—Habéis arreglado a Manolito —murmuró el abuelo, pasmado.

—Lo ha hecho Josh, principalmente —admitió Isaac.

El aludido hinchó el pecho con orgullo.

—No ha sido nada.

—¡Lo es todo! —aseguró el abuelo—. ¿Arranca? ¿Se puede conducir?

—Lo puede llevar adonde quiera —aseguró Josh con su sonrisita orgullosa.

—¡Vamos a conducirlo! —pidió el abuelo—. ¡Vamos, vamos! Joshua, hazlo tú. ¡Vamos, Jude!

Ella dio un respingo.

—Em… No sé hasta qué punto acabo de fiarme.

—Tienes mi garantía —le dijo Josh.

—Ya. Por eso no sé hasta qué punto acabo de fiarme.

Josh se rio, poco ofendido, y abrió la puerta del copiloto. Entre los tres consiguieron ayudar al abuelo a subirse. Jude agradeció que se hubieran molestado en limpiar a Manolito por dentro, porque si no se habrían ahogado en polvo.

Nino empujó felizmente la silla de ruedas hacia Jude.

—Serás la guardiana, entonces.

Mientras todos ocupaban sus asientos, Jude se apoyó en la silla de ruedas y se mordió el labio inferior.

—¡Oye! —le dijo a Josh, que jugueteaba con la radio—, conduce con cuidado, ¿eh? Que llevas a mi abu…

Jude se vio interrumpida por el sonido de una canción. Todo el coche empezó a vitorear y a aplaudir como si hubieran ganado las olimpiadas.

—¡Mi vieja radio! —exclamó el abuelo con una risita de niño pequeño.

—¡Josh! —insistió Jude mientras salían del patio—. ¡Con cuidado!

El aludido asomó la cabeza por la ventanilla. No era muy buena señal de seguridad, teniendo en cuenta que era el conductor y la estaba mirando a ella.

—¡Tú traaanqui! —aseguró con una sonrisa radiante.

Jude quiso insistir, pero Manolito dio un acelerón y se alejó cuesta abajo. Quiso enfadarse, también, pero al oír las risotadas y los aplausos de los cuatro ocupantes del coche, especialmente la de su abuelo, no pudo evitar sonreír.

13

La cartera, el cocinero y el melocotón

El abuelo se pasó todo lo que restaba de tarde riéndose como un niño pequeño. Entraba y salía de casa, contemplaba el trabajo de los chicos, señalaba el coche, hablaba con ellos de los años dorados de Manolito y repetía que él había sido un gran conductor, que tenía incluso el carnet de camiones, que era muy difícil de conseguir. Jude le lanzaba miradas divertidas mientras preparaba la cena. Penny no hizo ni un solo comentario al respecto.

Lucy había salido con Quinn al centro comercial de Serena. Al llegar y ver a tanta gente en el patio, a Manolito a pleno rendimiento y al abuelo riéndose a carcajadas, estuvo a punto de dar la vuelta e irse corriendo. Sin embargo, entró en casa y se asomó a la cocina. Debió de aliviarla ver a Jude comportándose de forma normal y corriente, porque se quedó con ella.

—¿Me puedes explicar… *algo*?

Jude se rio entre dientes y, mientras trituraba la cena de su abuelo, fue haciendo pausas para contarle a Lucy lo que había pasado aquella tarde. Omitió algunos detalles, claro. Como la conversación con Penny. No quería darle dolores de cabeza a su hermana pequeña.

Estaban en medio de aquella explicación cuando Josh, con sus gafas de sol de marca y su habitual mueca de irritabilidad, irrumpió en casa. Ambas hermanas se volvieron para mirarlo, pero él se limitó a apoyarse en la isla.

—¿Me das un vaso de agua? —le pidió el chico a Jude. Incluso se molestó en simular una sonrisa inocente.

Ella dejó la cena del abuelo en la encimera y se volvió para sacar un vaso del armarito. Lucy y Josh no dijeron nada, pese a que se conocían desde hacía años. Aunque tampoco era un silencio incómodo.

Josh se bebió el vaso de agua prácticamente de un solo trago, con la cabeza echada hacia atrás. Después sonrió, devolvió el vaso y salió de casa.

Jude no le habría dado mucha importancia a esa interacción… si no hubiera sido por la sonrisita de su hermana pequeña.

Durante unos instantes, se miraron la una a la otra. Lucy mantuvo la mueca malvada.

—¿Qué? —preguntó Jude al final.

—¿Te gusta Josh?

—Pues no creo, la verdad.

—¿Por qué no? Es cuqui.

—¿Qué es «cuqui»?

—Qué vieja eres… Mono.

—¿Tipo chimpancé?

—¡Que es tierno, idiota! Cuqui.

—Ah.

—¿No te parece cuqui?

—¿Podemos dejar de decir «cuqui»?

—¿Eso es que sí o que no?

—Que sí, supongo. Le ha arreglado el coche al abuelo.

—Porque le gustas.

Jude suspiró. ¿Por qué últimamente todo el mundo se empeñaba en hablar de Josh?

—Puede ser —concedió en voz baja.

—Peeero ¿a ti te gusta él?

—¿Desde cuándo te interesa tanto mi vida amorosa?

—¡Confiesa!

Jude miró inconscientemente por la ventana. Isaac se había sentado en el murito que separaba su casa del final de la colina. Debía de estar charlando con Josh, aunque no lo veía, porque Isaac asentía una vez tras otra y sonreía. Lucy se volvió con curiosidad.

—Oh —dijo, tras mirar de nuevo a su hermana mayor—. Oooh. Vale. Entiendo.

—Sí…

—Qué giro de guion.

—Hoy voy a cenar a su casa.

Lucy dejó de reírse y levantó las cejas.

—¿Lo sabe mamá?

—No. Os dejaré la cena preparada.

—¿Y qué le digo cuando no aparezcas? ¿Que has desaparecido?

Jude contuvo una risotada amarga.

—Estamos hablando de Penny. Dudo que se dé cuenta.

Curiosamente, Jude no se sentía nerviosa por la cena. El abuelo estaba de tan buen humor que no hizo preguntas respecto adónde iba y Penny estaba demasiado ocupada fumando en el patio trasero como para fijarse. Jude se subió a la bicicleta sin hacer mucho ruido, soltó el freno y rodó cuesta abajo. Por el camino, saludó a Nino con una sonrisa que este le devolvió. El chico también le lanzó un beso dramático.

Pese a que la casa de Isaac se encontraba en la zona norte de Serena, no estaba tan alejada del río como para considerarse zona rica. De hecho, lo único que separaba su pequeña carretera del río era una parcela de hierba que, claramente, cuidaban los propios vecinos, y no el ayuntamiento. Jude pedaleó distraída, mirando a su alrededor, hasta que encontró la casa con la puerta roja, tal como le había indicado Isaac.

Se trataba de una casa grande, dentro de lo que era esa calle. Dos pisos de construcción antigua, ventanas rectangulares y techos del mismo color que la puerta. Aquel rojo era el único color que salpicaba toda la calle. Era como ver a alguien bailando en medio de una oficina llena de gente concentrada y gris.

Jude aparcó la bicicleta en la entrada, junto a una camioneta de color clarito. Se aseguró de que la bici estaba bien apoyada unas cuantas veces, pues lo último que querría era rayarle el vehículo a los padres del único chico que alguna vez le había interesado.

Subió los escalones de la entrada de dos en dos, intentando acortar el tiempo lo máximo posible; no quería la oportunidad de pensar mejor en lo que estaba sucediendo. Quería mantenerse tranquila y serena, pero, cuanto más tardara en entrar…, menos lo estaría.

A los pocos segundos de llamar al timbre, alguien abrió la puerta con suavidad. Jude reconoció inmediatamente a la madre de Isaac. Era la cartera del pueblo y siempre repartía por las zonas que Jude cruzaba en bici. De tanto verse, habían empezado a saludarse mucho antes de que se hiciera amiga de su hijo.

—¡Hola, Jude! —dijo ella con alegría—. Pasa, pasa. ¿Te cuelgo la chaqueta?

Jude asintió de forma casi automática. Se sentía un poco ridícula por su incapacidad de decir palabra. Sin embargo, la mujer sonrió como si no pasara nada.

Era alta, casi tanto como Isaac. Su pelo teñido de rubio estaba recogido en un moño casual, pero había dejado algunos mechones sueltos de manera despreocupada y bonita. Sus labios eran gruesos y estaban pintados de rosa, color que le combinaba muy bien con la blusa clarita. A Jude le gustó su estilo en general. Parecía elegante sin ni siquiera intentarlo. Y no tenía una belleza apabullante como la de su madre, que parecía de otro mundo, sino mucho más terrenal. Más natural y accesible.

—Gracias —consiguió musitar Jude cuando la mujer le colgó la chaqueta en el perchero de la entrada.

La casa olía a incienso y a algún tipo de salsa. Jude no supo determinar mucho más, pero le gustó. Se preguntó qué se sentiría al poder llegar a casa cada día sabiendo que alguien te espera con la cena hecha. Abrir la puerta y que aquel aroma te diera la bienvenida. Tenía que ser agradable.

No es que se quejara de su propia vida, ¿eh? Pero… quizá estaría bien cambiar los roles que tenía por otros más fáciles. Aunque fuera solo de vez en cuando.

—Eres tan puntual que todavía falta un poco para que la lubina esté hecha —comentó la madre de Isaac divertida.

—Oh, perdón, es que…

—¡No te disculpes por ser puntual! Eres un encanto.

Jude se consideraba muchas cosas, pero ninguna de ellas estaba relacionada con «encanto».

La mujer le colocó una mano en la espalda de forma cariñosa, casi protectora, y la guio hasta el final del pasillo. Le dijo que la primera puerta a la derecha era un baño, por si tenía que usarlo. Que la otra puerta había sido un despacho, una habitación para jugar y un minigimnasio, pero que ahora era simplemente un trastero lleno de cajas. Y luego estaba el salón. Jude y ella se detuvieron en la entrada. Estaba todo decorado en tonos coloridos. Mucho más que otras casas que Jude hubiera visto. Cuadros de colores llamativos, cortinas claras, muebles de diferentes tonalidades de madera... Había un gran sofá verde en el centro de la sala que coronaba toda la estancia. La televisión que había enfrente estaba encendida en un canal de noticias que nadie veía. Y, más allá, Jude vio que había unas escaleras y una puerta que iba hacia el patio trasero.

—Me gusta mucho la casa —comentó Jude con cierta fascinación.

—¿Segura? —preguntó la madre de Isaac—. ¿Te gustan los colores?

—Nosotros tenemos una moqueta morada... Buena suerte superándonos.

No fue consciente del tono que había usado hasta que terminó la frase. Mortificada, Jude se volvió hacia Roselia, que estalló en carcajadas sonoras.

Las risas actuaron de cebo para su marido, que asomó la cabeza por el arco abierto de la cocina. Todavía llevaba un delantal y dos manoplas gigantes de color rosa. Fue un poco gracioso ver cómo se ajustaba las gafas con ellas.

—¿Qué chiste me he perdido? —preguntó lleno de curiosidad—. Ah, ¡Jude! Ven, ven.

Como no era muy cariñosa, Jude se quedó tiesa como un palo mientras Ray la abrazaba con fuerza. Notó las manoplas rosas en la espalda, dándole palmaditas cariñosas. El hombre la soltó con el mismo cariño. Jude supuso que iba a darle una palmadita cariñosa en la mejilla, pero al primer intento se le salió una manopla y tuvo que agacharse a recogerla.

—Ray —susurró su mujer de manera disimulada—, haz el favor de fingir que esta no es una casa de locos o Isaac se va a enfadar.

—¿Y qué hago si se me cae la manopla? ¿La dejo en el suelo y miro fijamente a la pobre chica?

Jude no quiso decirles que su experiencia con casas de locos era amplia y reseñable.

—Ah, nos falta alguien por presentarte —añadió Roselia.

—A Isaac lo conoce —aclaró Ray.

La mujer suspiró mientras Jude contenía una sonrisa.

—Me refería a Melocotón.

—Aaah. Acabo de ponerle la comida prémium. Algún día tenemos que acostumbrarlo a algo más económico.

—Como si tú fueras capaz de comer más económico.

—Pero ¡yo soy cocinero! Él es un gato.

Mientras discutían, fueron guiando a Jude hacia la cocina. Era pequeña y bonita; con sus encimeras amarillas pastel, sus armarios de madera, las cortinas de bordados caseros y las múltiples luces, parecía sacada de una postal. Y, efectivamente, había también un gato naranja que tenía la cabeza metida en un cuenco lleno de comida. Jude pensó que iba a ignorarlos, pero elevó la mirada para lanzarle una ojeada desconfiada. Tras eso, volvió a centrarse en su plato.

—Melocotón no es muy sociable —admitió Ray con una mueca—. Pero… ¡luego podemos darte jamón! Si se lo das, seguro que le caes mejor.

Roselia frunció los labios.

—¿Cuántas veces tenemos que hablar de no sobornar al gato? O por lo menos no hablarlo delante de los invitados.

—¡Yo no sé vivir bajo esta dictadura!

Ella quiso mantenerse enfadada, pero terminó dándole un empujón simpático en el brazo. Su marido se volvió para contemplar el horno con una sonrisa.

Fue ese el momento exacto en el que Isaac cruzó el arco de la cocina.

Jude fue la primera en verlo. Se volvió con una sonrisa casi automática, y no le extrañó encontrarse una similar. Isaac iba vestido con un jersey amarillo, cosa que ya indicaba que estaba de buen humor. Los vaqueros rotos por cuarenta partes distintas eran un tema de conversación aparte. Uno que hizo que su madre ahogara un grito y Jude sonriera todavía más.

—Por el amor de Dios, Isaac… ¿Esos pantalones? ¿En serio?

El aludido los lució con la misma sonrisita.

—¿No te gustan?

—Me horrorizan.

—Así van los jóvenes hoy en día —observó Ray, todavía acuclillado junto al horno.

—Si todos los jóvenes de hoy en día se tiñen de rosa con parches verdes, ¿vamos a dejar que nuestro hijo lo haga?

Ray iba a asentir, pero negó rápidamente cuando sintió la mirada de su mujer.

—He traído algo de postre —dijo Jude entonces para disipar la tensión.

Todo el mundo se volvió hacia ella. Especialmente Ray, que se incorporó de un salto.

—¡Ya decía yo que olía a canela!

—Son *brownies* de canela —explicó ella con timidez—. No serán nada comparados con lo que hace un cocinero, pero… No sé. A mi familia les gustan tanto que siempre me los piden.

Ray había abierto la bolsa. Esbozó media sonrisa casi idéntica a la de su hijo.

—¡No tenías que molestarte! —dijo su mujer, sin embargo—. Eres la invitada, Jude.

—Oh, no es molestia… Me gusta cocinar.

Y era una de las pocas cosas que se le daban bien. Si quería impresionarlos, aquel era el mejor modo posible.

—Voy a enseñarle el resto de la casa a Jude —dijo entonces Isaac.

Sus padres estaban ocupados hablando de la cena, así que dejaron que se marcharan sin decir nada.

Isaac no se cambió los pantalones rotos —está claro—, pero sí que le enseñó la casa a Jude con la profesionalidad de un agente inmobiliario. Subieron hasta el primer piso, donde había un cuarto de baño grande y dos dormitorios. El de los padres de Isaac estaba cerrado, mientras que el suyo tenía la puerta entreabierta. Él dudó un instante antes de abrir del todo y dejarla pasar.

El dormitorio de Isaac era... muy Isaac. A Jude no se le ocurrió otra forma de definirlo. Varias estanterías repletas de libros, CD, vinilos y casetes. *Montones* de libretas usadas. Pinturas de todos los colores imaginables. Lámparas con bombillas de distintas tonalidades. Cables enredados por los rincones. Varios reproductores de música. Tenía una sola ventana, pero, como era un balcón, entraba una cantidad de luz generosa.

—Vaya —dijo ella—. Así es exactamente como me imagino tu cerebro.

A Isaac se le escapó una carcajada.

—Me lo tomaré como algo positivo.

—Lo es.

Iba a dar un paso hacia delante, pero se detuvo al notar que una sombra pelirroja se deslizaba por delante de ella. Melocotón se subió a la cama de un salto y se volvió para mirarlos con curiosidad. Isaac suspiró y se acercó a él.

—Será mejor que le hagas caso —le recomendó a su invitada—. No se irá hasta que lo hagas.

—No pasa nada, me encantan las mascotas.

De pequeña, no había nada en el mundo que quisiera más que una mascota. Se imaginaba con un perrito, sobre todo. Paseándolo, bañándolo, dándole mimos... Quería que fuera el perrito más mimado del mundo. Iba a cuidarlo tanto que viviría cien años. O por lo menos ese era su plan. Cambió un poco cuando, al ir haciéndose mayor, se dio cuenta de la responsabilidad que era cuidar de otro ser vivo. Y, en cierta forma, ella ya cuidaba de tres.

Isaac se había sentado en la cama y tenía a Melocotón en el regazo, pero Jude optó por quedarse de pie. Probó a enseñarle la mano al gato, que la olisqueó con poco interés. Estaba mucho más centrado en las caricias. Y, en cuanto ella le rascó la cabecita, empezó a ronronear.

—Entonces ¿por qué no tienes mascota? —preguntó Isaac.

—Bueno..., no sé si quiero más responsabilidades.

Él la observó unos instantes. Jude no quiso analizar si aquello era lástima. Había pocas cosas que odiara más en el mundo.

Llena de curiosidad, Jude se acercó un poco más a las estanterías. Los CD eran casi todos de películas, pero los casetes eran caseros. Isaac les había pegado un poco de cinta adhesiva para escribir fechas en ellos. También había siglas, pero Jude no terminó de entenderlas.

—En los noventa, mi padre se compró un montón de casetes vírgenes —explicó Isaac al ver que aquello le había llamado la atención—. Me los regaló a medida que fui creciendo. Ya estoy a punto de terminarlos. Espero encontrar más.

—Sí que te gusta el arte, en general.

—Los casetes solo tienen canciones.

—Ya, pero también tienes películas. Y series. Y libros. Y pinturas. Y más música.

Mientras lo decía, Jude sacó uno de los vinilos. Era de Fleetwood Mac. Contempló a Stevie Nicks durante unos instantes. Estaba tan fascinada que no se dio cuenta de que Isaac se había detenido a su lado.

—Me gustan mucho todas las formas de arte —dijo él, casi con timidez—. ¿Es raro?

—Los dos somos raros, Isaac, pero no por esto.

Él sonrió y también contempló el vinilo.

—¿Y por qué te gusta tanto el arte? —quiso saber ella.

—No lo sé. Creo que me gusta ver las cosas más cotidianas, las que la gente termina ignorando por inercia. Ponerles nombre.

—¿Alguna vez has pensado en escribir? Es lo único que te falta.

—No sabría qué contar.

Jude volvió a dejar el vinilo en la estantería.

—Podrías hablar de la persona más interesante de tu vida —ironizó ella, señalándose.

Él levantó una ceja.

—*Eres* la persona más interesante de mi vida.

—Sí, ya.

—¿Por qué lo dudas?

—Por motivos evidentes.

Isaac seguía mirándola como si se hubiera vuelto completamente loca. Su expresión era tan exagerada que ella dio un paso hacia atrás. Él dejó a Melocotón sobre la cama y dio un paso hacia delante.

—Jude, un día te irás de esta ciudad y no mirarás atrás. Y te olvidarás de nosotros. Y será lógico, porque no eres la clase de persona que se conforma con estar en el mismo lugar para siempre. Creo que ni siquiera sabes lo que quieres porque lo que de verdad necesitas no viene en una estúpida guía. No está en el catálogo de una universidad. Hasta dudo que se contemple como una opción. Y sé que tú vas a hacerla posible. Puedes aspirar a mucho más que todos nosotros. Y no me entra en la cabeza que no seas capaz de verlo.

Ella se había quedado en silencio. Estaba tan poco acostumbrada a oír halagos que no sabía qué hacer. Simplemente observó a Isaac. Y él parecía cada vez más frustrado ante su falta de reacción.

—Si pudieras verte desde mi perspectiva... —insistió el chico con una intensidad que Jude nunca había visto en él—. Jude, llevas tanto tiempo escondida que ya no sabes qué hacer cuando alguien te ve. Pero estoy seguro de que algún día te verá todo el mundo. No eres de las que pasan desapercibidas. Eres de esas personas por las que se escriben libros. Por las que se componen himnos.

Tras todo aquel discurso, ella volvió a quedarse callada. Notaba un pequeño nudo incómodo en la garganta. Y, en general, no era capaz de mover un solo músculo. Tampoco era capaz de apartar la mirada. Había algo hipnotizante en los ojos de Isaac, como si alguien la estuviera viendo por primera vez en su vida. Como si la muralla se hubiera derrumbado. Y, aunque una parte de ella se sintió reconocida, había otra que sintió una oleada de miedo.

—No me olvidaría de vosotros —dijo finalmente.

Isaac parpadeó unas cuantas veces.

—¿Qué?

—Que no... No me olvidaría de todo el mundo —insistió ella—. Por mucho que me fuera.

—¿Eso es con lo que te has quedado de todo el monólogo?

—Creo que todavía no he procesado el resto.

Él sonrió y sacudió la cabeza.

—Ojalá vieras todo lo que serías capaz de conseguir si creyeras un poco más en ti misma.

—Ya, si me encantaría tener la confianza ciega en mi vida que tienes tú...

—No es ciega, Jude.

Ella suspiró.

—Ya me entiendes.

—Sí, y no es confianza ciega. ¿Tengo cara de decirle esto a todo el mundo?

Jude intentó ocultar la media sonrisita divertida y nerviosa, pero era complicado.

—No —admitió.

—Porque no lo hago.

—Creo que nunca te había visto tan intenso.

—Me pongo intenso cuando algo me parece injusto.

—¿Y quién es tan injusto conmigo?

—Tú misma. —Isaac ladeó la cabeza con un poco de tristeza. Parecía un cachorrito—. Lo vi desde el día del corazón.

Oh, el puñetero corazón volador. A Jude casi se le había olvidado. Contuvo una sonrisa.

—Curiosa forma de conocerme —dijo al final.

—Ya te conocía, pero no lo suficiente.

A diferencia de aquella noche que estuvieron en su altillo, Jude dudó. Era la primera vez en su vida que se creía el halago de alguien. Y que creía a Isaac cuando le decía lo que sentía por ella.

De pronto, su corazón empezó a latir con fuerza. ¿Y si le gustaba de verdad? ¿Y si no era lástima? ¿Y si él sentía lo mismo que ella?

Jude se volvió sin darse cuenta. Ahora lo miraba de frente. Y no le importó que él estuviera tan cerca. Pese a los nervios, tenía una extraña sensación de anticipación. Como si supiera que había algo que estaba a punto de suceder. Algo importante.

La mirada oscura de Isaac se encontró con la suya. No sonreía. De hecho, lucía la misma expresión que cada vez que ella había iniciado un contacto. Solo que ese día no lo iba a romper con una carcajada. Ese día era distinto.

De pronto, Jude supo que iba a besarla. Lo supo de la misma forma en que te vuelves al notar que alguien te mira, aunque sea irracional. Aunque no sea una información que deberías tener. Lo sabes y punto.

Jude lo supo.

Isaac dio un paso hacia ella y la sujetó del brazo. Lo hizo casi como si no quisiera que se marchara. Dudó un instante.

El mismo instante en que Melocotón maulló y llamaron a la puerta.

Ray no pareció muy escandalizado al verlos a solas en el dormitorio de Isaac. De hecho, los saludó con un gesto, como si acabara de verlos por la calle.

—Tu madre quiere que la ayudes a poner la mesa —le dijo a Isaac.

Su hijo se separó de Jude como si quemara y miró a su padre como si acabara de arruinarle la vida.

—Ya —murmuró de mala gana.

—Yo también puedo ayudar —comentó Jude, que no podía quedarse más tiempo en silencio sin explotar.

—¡Ni hablar! Tú eres la invitada. Hijo, baja a ayudar.

Bajaron las escaleras los cuatro —Melocotón los había seguido—. En cuanto pisaron el salón, Roselia le preguntó a Isaac por qué no se había cambiado los pantalones, que qué imagen se iba a llevar Jude de aquella casa. Su hijo le lanzó una mirada de cansancio y se acercó a echarle una mano.

—¿Quieres ver el patio? —sugirió Ray.

Jude miró a Isaac por última vez. Y él apretó los labios con una frustración que no se molestó en ocultar. Aun así, ella tuvo que marcharse con Ray.

De nuevo, Melocotón lideró el pelotón. Salió por su propia puertecita y empezó a corretear felizmente por el césped. Y era un patio trasero mucho más pequeño que el de Jude, pero mejor cuidado. Tenían plantas y flores por todos lados. Melocotón no podía corretear sin perderse de vez en cuando por las murallas verdes que cubrían el fondo del jardín.

Ray se quedó en el porche y Jude, por inercia, se apoyó junto a él en la valla de madera blanca. Ambos contemplaron a Melocotón unos instantes. Ella se preguntó si debería romper el silencio. Si, de alguna forma, era su obligación como invitada.

No obstante, fue él quien lo hizo:

—Te pareces mucho a tu madre.

Ah, qué gran frase para empezar.

—Sí… —Jude trató de sonar simpática—. Me lo suelen decir.

—No te gusta mucho, ¿eh? Conozco a Penny desde bastante antes de que fuera Penny Lane, así que te entiendo.

Jude recordó las palabras de Isaac.

—¿Erais amigos?

—Compañeros en el Melody, al principio. Lo de que cantara fue idea mía —admitió. Ya no la estaba mirando, sino que mantenía la vista perdida en el jardín, en Melocotón y cualquier cosa que no fuera ella—. A veces me pregunto si fue buena idea.

Jude decidió respetar el silencio que él mismo había decidido extender. Agachó la mirada para darle un poco más de intimidad.

—Y… —murmuró ella al cabo de unos instantes—, ¿cómo era?

—¿Penny? Tímida. —Ray se rio entre dientes—. O eso nos pareció el primer día a Rosi y a mí. Se le cayeron tres bandejas en el primer turno, se bloqueaba cuando no conseguía tirar las cervezas… Admito que fue una alumna un poco desastrosa, pero era buena chica. Y, cuando empezó a coger confianza, nos demostró que no era tan tímida. Siempre supo que quería ser cantante, ¿te lo ha dicho alguna vez?

—Nunca me habla de esa etapa —admitió Jude.

Se ahorró decir que nunca le hablaba de nada en general.

—Ya. —Ray la analizó durante un momento—. Penny era… una belleza natural. No podía entrar en una sala sin que todo el mundo se volviera para mirarla. Y tenía un carácter muy especial. No necesitaba elevar la voz para que todo el mundo le prestara atención. También tenía sus momentos de gritos, ¿eh? Era un poco explosiva. Pero…, no lo sé. Creo que siempre supo que tenía algo especial.

Qué suerte, tener las cosas claras desde siempre. A Jude le habría encantado tener un tercio de su confianza.

—Y entonces vino ese productor tan raro… —El hombre volvió a perder la mirada en sus propios recuerdos—. Todos le dijimos que era una mala idea, que no nos daba buena espina. Rosi la que más. Tenían una confianza muy especial, ¿sabes? Creo que siempre se consideraron mejores amigas, aunque nunca lo dijeran de forma explícita. En fin, Rosi le dijo que no le gustaba ese hombre, que quizá podría esperar a que viniera otro. O dedicarse a otra cosa. ¿Sabes cuál fue la respuesta de Penny?

Jude estaba totalmente metida en la historia.

—¿Cuál? —preguntó fascinada.

—«¿Te crees que se llega a ser quien voy a ser aceptando la primera oferta?». —Ray se rio entre dientes—. Hizo que el hombre volviera una y otra vez. Y atrajo a otros productores. Para entonces, el Melody Lane ya formaba parte de la historia de Penny. Y era hipnótica. Tendrías que haberla visto sobre ese escenario, Jude. Era magnética. Todos lo sabíamos. Por eso aquellos hombres no se movieron del Melody hasta que ella por fin se decidió por la oferta que más le gustaba.

»Casi toda Serena dijo que Penny no llegaría muy lejos, que se preparara para fracasar y volver corriendo, pero ella jamás los escuchó. Salió, vio mundo y, poco a poco, pasó de telonera a cantante. La gente quería saber quién era, de dónde había salido, qué le gustaba, con quién estaba… Pasó de camarera torpe a que todos los medios de comunicación acamparan delante de su mansión. Ni siquiera sabían qué iban a encontrarse, solo querían una exclusiva de la persona del momento.

—¿Volvió al Melody?

—Alguna vez. Sobre todo para hacer entrevistas. Siempre fue generosa con nosotros, pese a que algunos nos habíamos distanciado de ella. Y es que era raro verla con ese guardaespaldas gigante, una cámara que valía más que nuestras casas, un productor con relojes carísimos y un entrevistador que seguramente habías visto en la televisión. Todo aquello parecía sacado de una película.

»Pero, por mucho éxito que acumulaba, por lejos que llegaba, Penny siempre terminaba volviendo a casa. Especialmente cuando murió su madre y su padre se quedó solo. Lo cuidó muchísimo.

Jude tuvo que admitir que, por primera vez en su vida, sintió una punzada de lástima por Penny.

—Eso está bien —admitió ella en voz baja—. Me sorprende que nunca me haya hablado de su madre.

—¿Su madre? ¿Y qué te iba a contar? Tenía demasiado carácter para su propio bien. Y Penny era igual, así que te puedes imaginar que aquello era un circo romano. Su madre siempre fue la primera en asegurarle que fracasaría, que al volver no tendría las puertas abiertas. Que se avergonzaba de ella, incluso. Penny nunca la perdonó. Por eso se marchó de casa en cuanto pudo.

—Cuando tuvo éxito, supongo.

—No, no. Se marchó de casa mucho antes. A los quince años se hizo pasar por mayor de edad. En esa época nadie pedía documentación, ¿sabes? Solo dinero. O, al menos, en esa parte de Serena. En el apartamento, nos hizo creer a todos que tenía dieciocho. Empezó a trabajar en el Melody, también. Había dejado ya los estudios, nunca se le dieron demasiado bien.

Pese a que su madre no hablara de todo aquello, a Jude le dolió un poco no saberlo. Se preguntó si Lucy lo sabría. Por qué el abuelo nunca le había contado aquella historia. Se sintió un poco traicionada por ambos.

—Luego vino el éxito —siguió Ray—. Penny tenía una relación curiosa con los fans que escuchaban su música. Conectaba con ellos de alguna manera. Y, si charlabas con ella, parecía que hablaba de sus amigos, no de sus fans. Creo que nunca llegó a visualizarlos como personas que no conocía. De alguna forma, estaban presentes en su día a día. Y eran los únicos que la habían acompañado durante todo el camino.

»Por eso le dolió tanto la caída, supongo. Hubo una acusación y Penny nunca se recuperó. Quizá habría podido seguir con su carrera, ¿quién sabe? Pero no quiso. Siempre he creído que fue una decisión propia. Que se marchó porque quiso y no porque los demás lo decidieran.

—¿Qué acusación?

Ray suspiró y lo consideró unos instantes.

—Es mejor que te lo cuente ella, si quiere.

—Pero hay una cosa que no entiendo: ¿por qué renunciaría a su carrera si tanto le gustaba?

Y a su dinero. Y a los derechos sobre su música. Había renunciado a todo.

—Es una buena pregunta —admitió él—. Podría contarte mil historias y elucubraciones de aquellos años, pero la única que sabe la verdad es Penny. ¿Mi teoría? Se sintió traicionada. Sus fans eran la única familia que había conocido. La única familia que la aceptaba por lo que era. Y, cuando alcanzó cierto nivel de fama y la acusaron de aquello, salió toda la gente que la odiaba. Fue como si, de pronto, estallaran su burbuja de felicidad. Se dio cuenta de cuánta gente le deseaba el mal. De cuánta gente la odiaba. Creo que se sintió traicionada. O quizá sintió que la habían vuelto a abandonar, no lo sé. Lo único que podemos deducir hoy en día es que, en ese momento, decidió que ya no podía seguir entregándole su vida a todas aquellas personas.

—Siempre pensé… —Jude no sabía ni cómo formularlo—, siempre pensé que había sido por mi culpa.

—Quién sabe. Al final de la carrera de Penny, su padre sufrió un ictus que le paralizó las piernas y nació su primera hija. Tenía a una persona mayor que no podía ni hablar ni moverse y a una bebé que dependía de ella para absolutamente todo. Y, de fondo, la presión por triunfar junto con la presión por fracasar. Y una carrera que empezaba a hundirse. Y un trabajo por el que había dado la vida y que ya no la hacía feliz.

Jude jamás lo había pensado de aquella manera. De nuevo, se sintió extrañamente culpable. No por haber nacido —como sí había sucedido en otras ocasiones—, sino porque jamás había querido saber la versión de los hechos de su madre. A menudo, Jude decidía no preguntar por los temas que la gente no quería contarle de buenas a primeras. Especialmente con Penny, que siempre la había mirado como si fuera la razón de su infelicidad.

Con toda la información que acababa de recibir, tenía claro que su nacimiento podía ser uno de los elementos que acabaron con la carrera de su madre, pero no el motivo principal.

Entonces ¿por qué Penny la odiaba tanto?

—Hace muchos años que no la veo —añadió Ray, y la sacó de su ensoñación—, pero siempre le he tenido mucho aprecio. Incluso nos casó en la boda. Me habría encantado mantener el contacto, pero…

—Ya no sale de casa —repuso Jude con suavidad.

Ray asintió.

—¿Desde cuándo?

—Desde hace mucho *mucho* tiempo.

El hombre bajó la mirada. Su rostro, que hasta que habían salido al patio había sido tan divertido, ahora era la viva imagen de la nostalgia. Y de la tristeza.

Entonces se irguió y le colocó una mano a Jude en la nuca. La analizó con cuidado. Con un cariño que solo le tienes a los hijos de las personas que más quieres.

—Eres una chica muy valiente —le dijo—. Lo sabes, ¿verdad?

Jude asintió pese a que no se sentía valiente en absoluto. Él sonrió.

—Sí que os parecéis —insistió—. Seguramente en más cosas de las que crees. Hay momentos en los que te miro y siento que estoy viajando al pasado. —Apenas había terminado la frase cuando soltó a Jude y le hizo un gesto amable hacia la puerta—. Y ahora que has escuchado delirar a este señor raro durante un rato… ¿Qué tal si vamos a cenar?

Pese a que la conversación había sido emocionalmente densa, Jude no pudo evitar dibujar una pequeña sonrisa. Se sentía a gusto en aquella casa.

O, mejor dicho, se sentía a gusto con aquella familia.

14

Los exámenes finales

Jude jamás pensó que podría acostumbrarse a pasar tiempo en casa de otra persona. *Jamás*. Aun así, durante los últimos meses de curso, cenó en casa de Isaac en varias ocasiones más.

Los días habían empezado a alargarse, y volver a casa de noche ya no le parecía tan tenebroso. Además, había entrado en confianza con la familia de Isaac. Incluso habían establecido una tradición en la que Jude siempre llevaba postre porque Ray se encargaba de la cena. Y siempre se quedaban un rato extra para jugar al parchís. Incluso Melocotón parecía haberse dado cuenta de ello. Y, como Roselia siempre ganaba, se sentaba encima de ella en cada partida.

—No quiere ser un perdedor —explicaba Isaac, como si aquello fuera de lo más normal.

A Jude le encantaban los padres de Isaac. Le encantaba su hijo, también. Poco a poco, sin darse cuenta, dejó que entraran en su vida. Que formaran parte de su rutina. Se permitió quererlos y echarlos de menos. Se permitió bromear con ellos y acusarlos de haber hecho trampas cuando ganaban alguna partida. Incluso alguna vez habló de su madre. Muy pocas, pero era lo más cerca que había estado de compartir su vida con otra persona. Y todo aquello sucedió en el transcurso de tan solo unas pocas cenas.

Su momento favorito, sin duda alguna, era cuando Isaac y ella se quedaban solos en su dormitorio.

El nivel de confianza era tal que Jude se quitaba las botas y la sudadera y se sentaba en su cama. Siempre aprovechaba para ver sus dibujos, o cambiar la música de sus reproductores, u hojear alguno de sus libros. Isaac siempre se tumbaba en su alfombra mullida y dibujaba mientras murmuraba la letra de dichas canciones.

A veces hablaban, a veces solo sonaba Mumford & Sons. Y es que la única ocasión en la que Isaac quiso ponerle ese grupo fue en aquellos instantes de intimidad.

—¿Por qué te gustan tanto? —preguntó Jude una vez.

—¿Por qué no? —respondió él con su media sonrisa.

No siempre eran la pareja —oh, qué término tan bonito— más comunicativa de la historia, pero había noches en las que se tumbaban juntos en la cama y hablaban sin parar. Jude no quería volver a casa. Quería dormir con él. Y vivir con él. Y es que nunca se había gustado tanto a sí misma, nunca se había sentido tan cómoda con quien era, como cuando estaban los dos a solas en aquella habitación.

Una de esas noches, mientras se dirigía a su cena semanal, Jude se detuvo en una tienda de segunda mano. Había ojeado un artilugio desde hacía mucho tiempo y se le ocurrió que todavía tenía los veinte dólares que le había dado su abuelo cuando fueron al Melody y que al final no había gastado. No quería robarle, así que le contó lo que quería hacer con ellos. El hombrecillo estuvo de acuerdo. También la miró de una forma extraña, como nunca antes lo había hecho.

—¿Jude? Ven aquí un momento.

Ella inmediatamente se sintió como si fuera a regañarla. Sin embargo, el abuelo se limitó a observarla a través de sus gafitas de medialuna.

—¿Qué pasa? —preguntó ella—. Te puedo devolver el dinero si quieres.

—No, no. Gástatelo en lo que te apetezca. Jude… ¿No te parece que últimamente pasas mucho tiempo con ese chico? —La pregunta la hizo enrojecer. Y es que sabía perfectamente a qué se refería.

—Mmm… No sé. Me lo paso bien con él.

—Sabes que puedes contármelo todo, ¿no?

—Lo sé, abuelo.

—Porque te noto mucho más entusiasmada con ir a su casa que cuando ibas a la de Nia.

¿Cómo le explicarías tú a tu abuelo que no es lo mismo ir a casa de una amiga que a casa de un chico del que estás enamoradita perdida?

Exacto. Es incómodo.

Aun así, Jude consiguió sacar una respuesta bastante profunda:

—Me gusta estar con él. Hace que me sienta… liberada.

Jude nunca sabría explicar qué de aquella frase había hecho que su abuelo se convenciera, pero el hombre nunca más cuestionó que visitara a Isaac. De hecho, mucho más adelante, se preguntaría por qué no lo visitaba mucho más.

Pero me estoy adelantando a los acontecimientos. Volvamos a la historia.

Después de aquella conversación con el abuelo, Jude fue a cenar a casa de Isaac. Cuando se quedaron a solas, ella alcanzó su mochila y le entregó el paquete. Había ansiado ese momento desde que había entrado en la tienda de segunda mano.

Isaac aceptó el paquete y le lanzó una miradita inquisitiva. Al ver su expresión de ansias, Jude sonrió con amplitud.

—¿Qué es esto? —preguntó él—. ¿Debería preocuparme?

De nuevo, había recuperado su tono de niño pequeño.

—Es un regalo —dijo Jude, que no podía contener su emoción.

—Pero si mi cumpleaños es en noviembre.

—Es un regalo por…, porque me daba la gana.

—¿Tanto me quieres? —preguntó él con una sonrisita malvada.

—¿Y si lo abres de una vez?

—¿Eso es que no me quieres?

—¡Isaac!

—Porque yo te…

—¡Abre el regalo de una vez!

Isaac rio y desenvolvió el paquete con cuidado, como si pudiera romperse en cualquier momento. Ni siquiera dobló el papel. Lo dejó a un lado, curioso, y sopesó el pequeño proyector. Su expresión era de tanta concentración que ella se rio entre dientes.

Y entonces él encontró el botón. El proyector tenía forma piramidal y un rayo de luz se escapó de la punta. Estaba apuntando a Jude. Ella sonrió y se miró a sí misma. Se habría teñido de color rosa chillón. Isaac volvió a pulsar. Jude cambió a rojo intenso. Luego amarillo. Luego azul eléctrico.

—Puedes meterle tus propias fotografías —dijo ella—. O un cielo estrellado, por ejemplo. Y luego lo proyectas en la pared.

Sin embargo, Isaac parecía encantado con los colores. Siguió tiñéndola un rato más. Su sonrisa era contagiosa.

Un rato más tarde, estaban tumbados en su cama. Su silencio tan solo se interrumpía por el sonido de la lluvia y el rumor de sus calcetines sobre la colcha. Isaac pulsaba el botón. *Clic.* Todo el techo se volvía verde. *Clic.* Morado. Ambos lo observaban como si fuera fascinante. Y, por supuesto, los acompañaba la melodía de Mumford & Sons. Ese día sonaba «White Blank Page».

—Creo que esta es mi favorita —comentó ella.

Isaac sonrió, todavía centrado en el techo.

—Lo sé. Es la única cuya letra recuerdas.

—¿Y tú qué sabes?

—La tarareas sin darte cuenta.

—Te noto muy pendiente de lo que hago.

—¿Y te sorprende? —murmuró Isaac tan tranquilo—. Siempre lo he estado.

Cada vez que decía algo así, Jude se quedaba sin palabras. Y él terminaba rompiendo el silencio.

—Cuéntame un recuerdo bonito de tu infancia —dijo Isaac de repente.

Siempre salía con esas preguntas aleatorias. Y ella, llegados a cierto punto, dejaba de cuestionarse su lógica.

—¿Uno feliz? —repitió—. Uf, no sé.

—Alguno habrá.

Jude se lo pensó. Solo se le ocurrió uno.

—Cuando cumplí ocho años, el abuelo decidió hacerme una fiesta sorpresa. Fue en el patio de casa. Invitó a un montón de niños del barrio. Y se aseguró de que yo no lo supiera. Fue una sorpresa bonita.

Jude lo visualizaba. Recordaba el sol en la piel, el sabor de los sándwiches, el olor a tierra mojada cuando se encendieron los aspersores… Recordaba incluso las risas y los gritos de sus amigos. Como si pudiera transportarse a sí misma a aquella escena cada vez que quisiera.

—Y Penny estaba en la fiesta —añadió en un tono más bajito—. Fue la primera vez que salió de casa en mucho tiempo. No habló mucho con los otros padres, que la miraban como si fuera un alien, pero salió por mi fiesta. Y esa noche me acostó en la cama y me preguntó si me lo había pasado bien. Le dije que sí, que quería hacer una fiesta cada año. Ella me dijo que entonces ya no sería ninguna sorpresa. —Jude esbozó una pequeña sonrisa al recordar la expresión de su madre—. Me dijo que se alegraba de que lo hubiera pasado bien. Y entonces me cantó una canción. Era suya. Fue la primera vez que cantaba desde que había abandonado su carrera. También fue la última. Y cantó para mí. Después, me dio las buenas noches y apagó la luz.

Aquella había sido la ocasión en la que más se habían acercado a una relación normal. Y, como la canción, también fue la última.

—¿Qué pasó al día siguiente? —preguntó Isaac.

Había dejado de jugar con el proyector y ahora estaba totalmente centrado en ella.

—Nada —admitió Jude—. Se comportó como siempre. Como si el día anterior no hubiera pasado. ¿Cuál es tu recuerdo feliz?

Estaba desesperada por cambiar de tema. O desviarlo al menos.

Isaac no insistió.

—Creo que fue una vez que mi padre me llevó a pescar. Era demasiado pequeño para entender que pescar implicaba que un pececillo muriera. Me llevó al río, colocamos las cañas, me explicó cómo poner un cebo, esperamos… Me lo estaba pasando genial. Él también. Y entonces consiguió atrapar un pez. Lloré tanto y tan fuerte que no le quedó otra que devolverlo al agua.

Isaac lo recordaba con una mueca avergonzada, pero Jude no podía ocultar su diversión.

—¿Se enfadó contigo?

—No, qué va. Entendió que la pesca no era lo mío. Hizo que dejara de llorar y cambiamos de plan. Así que me llevó a la montaña y me explicó cómo se guiaba uno en la naturaleza. Cuáles eran los árboles que nos rodeaban, las plantas, qué bayas eran comestibles y cuáles no, cómo encontrar una fuente de agua potable... Me enseñó todo lo que su padre le había enseñado en su momento. Y desde entonces empezamos a hacer excursiones los dos juntos. Me encantaba. Fue la primera vez que me sentí bien fuera de mi habitación. Y por eso fue el día más feliz de mi vida.

Jude sonreía con ternura.

—¿Qué? —preguntó Isaac.

—Nada, nada...

—No, ¿qué pasa? Presiento una burla en el horizonte.

—Es que has contado lo del pez sorprendido, como si no esperaras ser tan empático con otro ser vivo. Y la verdad es que eres de las personas más sensibles que conozco.

Para Jude aquello era algo bueno, pero él se comportó como si lo hubiera insultado.

—¿Sensible yo? —repitió.

—¡Lo eres!

—Mentira.

—No me refiero a una sensibilidad que te haga llorar. Es... la de un artista. Ves más allá de las personas, de lo que estas quieren mostrar. Ves lo que son de verdad. Y tienes muy buen ojo para entender cuándo alguien te necesita, cuándo necesita estar solo y cuándo necesita distraerse. No todo el mundo tiene ese don. Y creo que por eso eres tan empático. Serías tan mal cazador...

Isaac entrecerró los ojos con diversión.

—Ahora eres tú la que me observa.

—Siempre lo hago. Nunca lo he disimulado.

¿Te sorprende que Jude se atreviera a soltar eso? Pues te puedo asegurar que no más que a ella misma. No podía creerse que aquello hubiera salido de su boca.

Si no hubiese sido por lo que sucedió a continuación, Jude seguramente hubiera muerto de vergüenza. Pero Isaac sonrió de forma contagiosa. Y entonces se inclinó sobre ella.

Fue más que evidente que se había movido sin pensar, sin considerar lo que haría a continuación. Jude se quedó muy quieta. Notó el peso del codo de Isaac sobre el colchón y junto a su cabeza. Vio perfectamente que él se detenía de golpe al darse cuenta de que había estado a punto de besarla como si lo hubiera hecho otras mil veces. Y se miraron el uno al otro. Jude se preguntó si a él el corazón le latía tan rápido como a ella. Si acababa de sentirse sacudido por la misma oleada de nervios.

Isaac siguió mirándola durante un momento, y entonces ella se sintió abrumada y apartó la mirada. Nunca había estado tan roja. Y, aunque se moría de ganas de besarlo, acababa de darse cuenta de que nunca antes lo había hecho. Y que no sabría cómo hacerlo. Y que seguramente aquello haría que Isaac se replanteara las ganas que tenía de estar con ella.

Pensó en todo eso en una fracción de segundo. Él lo entendió sin necesidad de abrir la boca. Lejos de molestarse, se mordió el labio inferior como si quisiera decir algo y volvió hacia atrás lentamente. Cuando se dejó caer en el colchón, tenía una mano en el pecho y contemplaba el techo sin llegar a verlo. No tardó en volver a mirarla.

Pese a que ella empezó a jugar con el proyector con las manos temblorosas, sintió que él no dejó de observarla en un buen rato.

—¿Te has enfadado? —preguntó Jude al final.

No se atrevía a mirarlo, pero oyó su risa entre dientes.

—No.

—¿Seguro? Si dejaras de hablarme, lo entendería.

En esa ocasión, él se rio como si aquello fuera lo más absurdo que había oído en su vida.

—Si te crees que en algún momento de mi vida dejaría de hablarte, es que no has entendido lo que iba a hacer antes. O lo que he querido hacer desde el día del corazón.

Jude no respondió. Roja de vergüenza y con una pequeña sonrisa, siguió cambiando de colores.

Fue más que obvio que Jude e Isaac se habían acercado, y no a todo el mundo le parecía bien.

—¡Me has mentido! —la acusó Nia antes de entrar en clase—. ¡No te gusta Josh!

Fue un día cualquiera. Jude ni siquiera le había hablado de las cenas ni había entrado en detalles sobre su amistad. No había ni un solo hilo del que tirar que la llevara a aquella pregunta. Nia, no obstante, tenía claro que ese día iba a aclararlo todo.

—¿Qué más da? —murmuró Jude.

—Es lo que me dijiste. A no ser que mintieras…

—Bueno, no sé. La gente puede cambiar de opinión.

—¿Por qué eres siempre tan egoísta?

Y se marchó indignada. Jude la siguió con la mirada. No estaba muy segura de lo que acababa de suceder. Y más confusa se quedó cuando, al volverse para ir a clase, vio que Milly la observaba desde el otro lado del pasillo.

—Te lo dije —comentó con orgullo.

Jude no le dio mucha importancia a ese incidente. Era otro de los pequeños momentos de locura de Nia, que a veces fluía con la vida. No quiso tenerlo en cuenta.

Sin embargo, la vida decidió recordárselo poco después.

Apenas había pasado una semana cuando Lucy apareció junto con Maggie y Quinn. Las tres estaban rojas y acaloradas. Podía ser la temperatura o que habían corrido por medio instituto.

—¡Jude! —exclamó Lucy agitadísima—. ¡Jude, Jude!

—¿Qué pasa? —preguntó la aludida, cerrando rápidamente su taquilla.

Maggie se apoyó en sus rodillas para recuperar el aliento, mientras que Quinn, tomando bocanadas de aire, giró el móvil para Jude.

Acababan de hacerle una foto a Isaac. Ella reconoció la ropa que llevaba ese mismo día. Lo que le costó reconocer fue la sonrisa que esbozaba ante una broma que, por lo que parecía, acababa de hacerle Nia.

Vaya.

Justo cuando pensabas que esta historia de amor iba a ser sencilla, ¿verdad?

Jude contempló la pantalla unos instantes. Nia estaba inclinada sobre él. Asomada para ver sus dibujos. Esos mismos que Jude casi nunca se había atrevido a mirar por si invadía su privacidad. ¿Y a ella se los enseñaba como si nada?

—¿La matamos? —sugirió Lucy.

Aquello hizo que Jude se apartara con horror.

—¿Qué? ¡No!

—¿Cómo que no? —preguntó Quinn—. Te está quitando el novio, la muy perra.

—Para empezar: no pienso usar esa palabra para…

—Vale, pues la muy mala amiga —corrigió Lucy bruscamente—. ¿No piensas decir nada?

—La actitud era rara —admitió Maggie.

Lo cierto es que Jude no sabía cómo sentirse. Se había quedado un poco aturdida. Ni siquiera estaba segura de si aquello que sentía eran celos.

Pero no quiso precipitarse.

Era tan fácil verlo todo en blanco y negro. Cruzar el delicado umbral en el que una misma solo podía ser buena y el resto del mundo era culpable de todos sus males. Caer en esa trampa le daba miedo. No quiso enfadarse inmediatamente con Nia. No quiso enfadarse inmediatamente con Isaac.

Al final, respiró hondo.

—Solo son dos amigos hablando —explicó con una voz extrañamente casual.

—Yo no le hablo así a mis amigos —aseguró Quinn de mala gana.

—Chicas, gracias por querer ayudar, pero… no os metáis en cosas tan complicadas, ¿vale?

Le supo mal hablarles así después de que intentaran ayudarla, pero Jude no quería comerse la cabeza. Por lo menos no más de lo que ya se la estaba comiendo. Fue directa a clase con los libros firmemente apretados contra el pecho.

Sin embargo, aquella no fue la primera ocasión en la que se planteó qué relación compartían Nia e Isaac.

Desde ese momento, Jude empezó a verlos de otra manera. Cuando hablaban en medio de una reunión en la que estaban todos, le parecía que se prestaban más atención de lo normal. Que Nia se inclinaba demasiado. Que Isaac le ofrecía unas sonrisas que, egoístamente, Jude pensó que tan solo eran suyas. Se sentía como si le hubieran dado un privilegio, y ahora lo estaba perdiendo y no sabía qué hacer sin él.

A cada palabra que intercambiaban, Jude sentía que el color se iba drenando a su alrededor. El amarillo ya no le hacía tanta gracia. El rojo ya no era un recuerdo bonito de aquella frase de Isaac, sino otro más. Uno desagradable. Uno que la hacía sentir ridícula.

Al principio intentó mantener esos sentimientos a raya. Intentó decirse a sí misma que se estaba obsesionando con algo que, en el fondo, no iba más allá de una amistad como la que ella misma tenía con Josh.

Sin embargo…, ¿cómo convences a alguien que se ha sentido rechazada toda su vida de que no la están rechazando otra vez?

Aquel sentimiento fue en aumento a una velocidad ridícula. Como siempre que Jude se ilusionaba con algo, empezó a preguntarse si se había emocionado antes de tiempo. Si quizá Isaac ya no quería estar con ella porque había rechazado su beso. Quizá era demasiado lenta o aburrida o poco interesante. Nunca había sido una chica interesante. ¡Si en muchas ocasiones ni siquiera habían hablado, tan solo escuchaban música!

Y los ecos de su cabeza, aquellos que le decían que era insuficiente, empezaron a tronar.

¿Y si Isaac se había cansado de ella?

Pues claro que se había cansado de ella.

¿Quién querría estar con alguien tan insípida?

¿Quién elegiría a Jude pudiendo tener a alguien como Nia?

Quizá sus padres habían convencido a Isaac para invitarla. Quizá solo habían contado con ella por pena. O incluso por deferencia a su madre.

Porque aquello era lo único interesante que tenía Jude: su madre.

Se sintió tan hundida que, cuando Isaac la buscó entre clase y clase, le entraron ganas de llorar. Las aguantó mirando el suelo, el hueco que se formó entre sus zapatos y los de él. La forma en que ella tenía las puntas casi pegadas, mientras que él repiqueteaba una zapatilla de forma nerviosa.

—Hola —dijo Isaac como si nada.

—Hola.

Curiosamente, notó que algo no estaba bien nada más oírla.

—¿Qué pasa?

—Nada. ¿Qué querías?

Isaac sostuvo el silencio durante unos segundos y entonces se inclinó para buscar la mirada de Jude. Lo hizo de una forma muy parecida a aquella primera vez, cuando cantó sobre el submarino amarillo de los Beatles y ella pensó que estaba loco. Incluso con la misma sonrisa. Jude le devolvió la mirada sin moverse un centímetro.

—¿Quieres venir a cenar esta noche? —preguntó él.

Jude podría haberle dicho que se sentía insegura, que había vuelto a recaer en su propio mundo de miseria, que sentía ganas de llorar cada vez que lo veía con Nia. Pero se sentía ridícula. Y no quería que él supiera lo ridícula que era, a pesar de que ya estaba considerando pegarle la patada.

—Esta noche no puedo —dijo finalmente, y pasó por su lado a toda velocidad.

Isaac se quedó plantado en ese mismo lugar, siguiéndola con la mirada.

—¿Estás bien? —le preguntó Josh un día mientras comían.

Jude había clavado la mirada en su comida. Se sentía ridícula. Fuera de lugar. Llevaba ya unos días sintiéndose así. Desde que le había dicho a Isaac que esa noche no podía ir a cenar con sus padres. Por un lado, se sentía exagerada. Por el otro, sentía que había tomado una buena decisión. ¿Cómo se había atrevido a pensar que todo aquello podía pasarle a ella? ¿Que alguien la elegiría teniendo a Nia al lado?

—¿Jude? —insistió Josh.

—Sí —dijo ella, y sonó sorprendentemente honesta—. Me apetece tomar un poco el aire. Hace calor.

Josh todavía la miraba. Ahora, Robbie también.

—¿Quieres que te acompañemos? —preguntó este último.

—Sí, vale.

Isaac levantó la cabeza para verlos marchar, pero no se movió. Y Nia tampoco.

Lo bueno de aquella situación fue que se acercó un poco más a Josh y a Robbie, que eran los únicos que estaban para los exámenes finales, Robbie porque era incapaz de suspender y decepcionar a otro ser humano. Josh, aunque nunca fuera a admitirlo, por las expectativas de su padre. Isaac era de esas personas odiosas que se quedaban con todo nada más leerlo y Nia siempre iba justita de notas, pero le daba igual. Josh y Robbie, en cambio, necesitaban estudiar como cualquier otro ser humano. Como Jude, vamos. Así que sus horas de cafetería, de vez en cuando, se transformaban en horas de estudio. Josh a veces repasaba algunas partes del temario mientras acompañaba a las tres princesas a casa.

—Eso no sale —gruñía cada vez que no se sabía algo.

Jude se reía y le enseñaba el libro como podía.

—Página ciento veintiséis —indicaba, o el número que tocara, para que Josh tuviera pruebas—. Tienes que repasar el tema nueve.

—Odio el tema nueve.

—Estoy segura de que el tema nueve nos odia a nosotros también. Hemos pronunciado su nombre demasiadas veces.

Mientras hablaban de trabajo, Lucy y Quinn fingían que querían morirse en el asiento de atrás.

—¿No podéis hablar de chismes? —protestaba siempre alguna de las dos.

Y podría ser yo perfectamente.

A Jude no le interesaban los chismes, pero sí sacar buenas notas, pues así podría pedir una beca. Podría salir de Serena.

Era un pensamiento impulsivo e infantil. Ni siquiera sabía adónde querría ir o qué estudiaría. La cuestión era salir de ahí. Se imaginaba a sí misma en la universidad. En el campus. En su habitación compartida con alguien interesante. Conociendo a gente que mereciera la pena entre pizzas, películas y compañeros de piso. Alejándose sin mirar atrás. Centrándose en sus nuevos amigos y no en problemas pasados. En la cafetería con compañeros que vistieran de formas totalmente estilosas y personales. En una biblioteca gigante donde nadie supiera que era hija de Penny Lane. En un lugar donde el invierno no significara cuatro palmos de nieve y no tener dinero para pagar la calefacción.

En resumen: encontrándose a sí misma.

¿No es lo que querríamos todos? Si tan solo fuera tan fácil…

Desde su separación discreta de Isaac, Jude se había aferrado a Josh y a Robbie. No soportaba que Nia y el otro se quedaran en la cafetería, solitos.

Habían empezado un buen día que a Josh se le ocurrió sentarse en el césped. Robbie chilló que aquello era antihigiénico, que había hormigas que se te podían meter en la ropa interior y otras barbaridades. Los obligó a sentarse en un banco como personas normales y desde entonces llevó una manta en la mochila por si acaso.

Aquella manta pronto se convirtió en un elemento indispensable de sus patios. Sentados en ella, los tres estudiaban. Bueno, estudiaban Jude y Robbie; Josh prefería contemplarlos y comer. ¿Cómo podía comer tantísimo sin quedarse satisfecho nunca? Era como un Garfield pero con menos pelo. Y menos ternura, también.

Llegados a cierto punto de confianza, Jude llegó a apoyarse sobre ellos. Le parecía más fácil mantener contacto físico con sus amigos que con Isaac…, que también era su amigo, pero ya me entiendes.

Durante una de esas mañanas, parecían una cadena humana. Robbie estaba tumbado sobre la manta y apoyaba el mentón sobre sus brazos, Jude tenía la cabeza sobre su espalda y Josh sobre el abdomen de esta. De nuevo, solo estudiaban los dos primeros.

Tras unos instantes de silencio, Jude se percató de que Josh la estaba observando a través de las gafas de sol. Con una ceja levantada, le devolvió la mirada.

—¿Qué? —ladró, toda ella simpatía natural.

—No te estaba mirando.

—Sí que me mirabas.

—No es verdad.

—Sí que es verdad —murmuró Robbie contra sus brazos—, pero discutid flojito, que estoy estudiando.

Josh suspiró y se ajustó las gafas.

Apenas habían pasado unos segundos cuando, de nuevo, Jude se sintió observada. Sin previo aviso, estiró el brazo y le bajó las gafas a Josh hasta el puente de la nariz. El chico, tal como ella había supuesto, la miraba fijamente.

La pillada fue tan evidente que él enrojeció un poco.

—No me toques las gafas —dijo de mala gana.

—Y tú no me toques las narices. ¿Se puede saber qué quieres?

Pensó que no iba a decírselo, pero el chico finalmente preguntó:

—¿En serio quieres irte de Serena?

Oh, eso. Había salido en una conversación. Apenas fue una frase y Jude se sorprendió al ver que la recordaba.

—¿Qué se me ha perdido en Serena? —le preguntó sin darle mucha importancia.

—Nosotros —sentenció él—. Tu familia.

—Mi familia, sí…

—Tu abuelo.

Aquello le borró la sonrisa a Jude. Oh, nunca podría marcharse sin su abuelo. ¿Harían algún tipo de oferta para los alumnos que traían a alguien que necesitaba atención especial? ¿Tendría que pagarle una habitación aparte?

Pero ¿qué absurdeces eran esas? ¡No podía llevarse a su abuelo a la universidad! Tendrían que decirse adiós.

Fue el único elemento que la echó para atrás. ¿Y si aquello de marcharse no era tan buena idea?

—No sé —admitió ella—. Tampoco es que lo haya decidido.

—Pero si rellenamos las solicitudes juntos —protestó Robbie.

Josh le lanzó una mirada, todavía tenía las gafas de sol en la punta de la nariz.

—¿Tú no estabas estudiando?

—La gente lista puede centrarse en dos cosas a la vez.

—¿Y eso cómo lo sabes?

Robbie entrecerró los ojos.

—Rellenamos la solicitud, sí —intervino Jude entonces—, pero eso no quiere decir que vaya a hacer nada con ella.

Para su sorpresa, Robbie decidió no insistir.

Jude se pasó los últimos días de clases dándole vueltas a todo aquello. Y, para cuando quiso darse cuenta, los exámenes estaban a la vuelta de la esquina y ella, aunque había rellenado su solicitud con Robbie, todavía no la había mandado a ninguna universidad. Empezaba a notar los nervios de quien lo deja todo para el último momento. El alivio de no enfrentarse a una decisión que podría haber confirmado que era una inútil, tal como se sentía siempre. La tristeza de perderse una oportunidad así.

Jude navegaba en un mar de dudas por muchas cosas. Había vivido unas cuantas discusiones con Penny y su abuelo; cuanto más cerca estuviera la graduación, antes tendrían que hablar de cuál era el futuro de la hija mayor. Penny estaba empeñada en que tenía que trabajar, que de qué vivirían si al abuelo le pasaba algo. El abuelo se enrabietaba y le decía que, si hacía falta, viviría cien años para acallarla. Y que Jude tenía que estudiar. Lucy se limitaba a contemplarlos como si aquello fuera lo más aburrido del mundo.

En conclusión..., el ambiente en casa era complicado. Y en clase, también. La tensión de los exámenes finales se respiraba en el ambiente. El todo o nada que suponían. Lo veía en las caras de todos sus compañeros.

Menos en la de Nia.

A veces se veían fuera de clase, ahora que había llegado el buen tiempo. No era algo muy habitual, pero podía pasar. Y Nia decidió visitar a Jude. Ambas se sentaron en el murito de la colina de Carriers Lane. Mantuvieron los pies colgando en el vacío. Jude comía las pipas que Lucy había dejado; necesitaba hacer algo con su vida o iba a explotar de los nervios.

Y es que conocía a Nia desde hacía muchos años. Sabía perfectamente lo que le iba a decir.

—Me he enamorado —anunció Nia alegremente.

A Jude se le ensombreció el rostro, pero mantuvo la mirada clavada en el vacío. Peló otra pipa.

—Claro —murmuró Jude sin ganas.

—¿No te alegras por mí?

—Mucho.

—¿A que no adivinas de quién?

—Ni idea.

—¡Isaac!

Pese a que ya lo sabía, Jude sintió que alguien le acababa de coger el corazón para estrujárselo sin piedad. Dejó de masticar por un milisegundo y luego reanudó la marcha.

—No me lo esperaba —dijo con la voz más amargada de la historia.

—Pero te da igual, ¿no? ¡Dijiste que solo erais amigos!

—Ya.

—Y que te gustaba Josh.

—Claro.

—¿Se puede saber qué te pasa? —saltó Nia entonces—. ¡Deberías alegrarte de que por fin me guste alguien! Y que sea mutuo.

A Jude casi se le cayeron las pipas. Elevó la mirada tan despacio que por dentro se preguntó si esperaba que Nia negara lo que acababa de decir. No lo hizo. Su amiga la contemplaba con una gran sonrisita orgullosa.

—¿Te lo ha dicho él? —preguntó Jude en un hilo de voz.

Una cosa era que Nia se sintiera atraída por él. Pero que Isaac, después de todo el tiempo que había pasado con Jude, se sintiera atraído por otra…

Jude tragó saliva. Se le había formado un nudo muy desagradable en la garganta. Y es que Nia había separado los labios para darle una respuesta.

—No textualmente… —admitió Nia—, pero le pregunté si nuestra relación era como la que tenía contigo y me dijo que no. Que tú eras como su hermanita o algo así.

Jude apartó la mirada de inmediato. No quiso creérselo. No quiso.

—No te importa —siguió Nia—, ¿verdad?

Sí. Le importaba más de lo que esperaba. Como si alguien acabara de darle una bofetada. Y aquel desprecio le dolió mucho más que cualquier otro que hubiera recibido de Penny durante toda su vida.

Dolida y con una curiosa sensación de humillación, se preguntó por qué no le decía a Nia lo que pensaba de ella. O a Penny, ya que la tenía en mente. Ni siquiera se atrevía a decirle todo lo que pensaba a Lucy, que era más pequeña que ella. La regañaba si hacía falta, sí, pero en cuanto Lucy ponía en duda algo de lo que decía Jude, esta se cerraba. Y se preguntaba si tendría razón, si su opinión no era tan válida.

No era algo que compartiera con Josh, por ejemplo. La había puesto de los nervios mil veces y habían discutido en todas y cada una de ellas. También había sido desagradable con Isaac al principio. Incluso se enfrentó al abuelo unas cuantas veces cuando era más pequeña.

¿Y si no sabía discutir con chicas cuyo poder percibía mayor que el suyo? ¿Y si ese siempre había sido el problema?

Por suerte para todos los psicólogos del mundo, no encontró la solución ese día. Ni el siguiente. Ni el otro.

Así que, en lugar de decirle todo lo que pensaba a Nia, murmuró:

—Qué va.

Su amiga sonrió ampliamente.

—¡Menos mal! ¿Te cuento de lo que hemos hablado hoy?

Y empezó a parlotear. A partir de ahí, no volvió a callarse la boca. O eso le pareció a Jude.

Estaba tan llena de emociones que ni siquiera tenía espacio para odiarla. Lo único que sentía era que su voz era un poco más insoportable de lo que recordaba. Y que era descriptiva hasta la saciedad. Jude no necesitaba saber cómo había intentado cogerle la mano a Isaac. Cómo le había propuesto que la dibujara en ropa interior. Cómo él sonreía ante sus bromas. Cómo le decía que estaba a gusto con ella.

Jude empezó a evitar a Isaac.

Sí, lo hizo. Y no se arrepintió.

Al menos, no en ese momento.

A la hora de la comida, iba directamente a estirarse en la manta sin pasar por la cafetería. Al salir de clase, se apresuraba para escapar con Josh. No intentó volver a casa de Isaac; que fuera Nia, si tan enamorados estaban los muy cabrones. Y que le cronometrara ella las planchas. Y que le contara ella los abdominales —aunque eso Isaac nunca se lo hubiera pedido y lo hiciera ella por iniciativa propia—. Y que le contara ella cosas de su infancia. Y que le pusiera a ella las estúpidas canciones de Mumford & Sons, que ya le daban igual. Y que reventara ella el proyector que le había comprado por estúpida. Y por engañada.

Jude nunca *jamás* se había sentido tan traicionada. Le daba igual que no tuvieran una relación. Que no le debiera explicaciones. Le daba igual todo…, menos Isaac. Y por eso le dolía tantísimo.

Y sabía que él había notado el cambio, porque al principio intentaba encontrar su mirada. La seguía con la vista cuando salía de la cafetería con los otros dos chicos, también. Incluso Josh le había comentado que preguntaba mucho por ella, cosa que en Isaac no era del todo normal. Jude siempre le decía que preguntara lo que quisiera y Josh se mostraba extrañamente satisfecho. Menos mal que no podía ver a través de ella o habría visto lo mucho que le dolía en realidad aquella situación.

Unos pocos días después de su crisis, Isaac intentó hablar con ella. Jude fue cortés pero cortante. No quería saber nada de él. Y no quería mirarlo. Se sentía sucia. Y utilizada. Y ridícula por pensar que a ella le podían pasar cosas tan bonitas.

Y sí, sabía que los ecos estaban hablando por ella, pero le importó un bledo.

—¿Jude? —susurró un día Isaac en clase de Literatura.

Ella no levantó la mirada.

—Dime.

—Me he puesto la sudadera amarilla.

—Ya.

—La que dices que te da jaqueca.

—Sí.

—¿No puedes ni mirarme?

Jude lo hizo. Lo miró. Con los labios apretados y el corazón acelerado. Los ojos castaños de Isaac estaban llenos de tristeza. Y, en cuanto Jude notó que iba a empatizar con él, se recordó a sí misma lo que le había contado Nia. No eran más que amigos. No necesitaba más simpatía de la que recibía de Josh y Robbie.

Dejó que pasaran los segundos, pero Isaac no dijo nada. Y ella volvió a centrarse en su cuaderno pese a que siguió notando la mirada de Isaac.

El segundo intento sucedió cuando salieron de clase al día siguiente. Pese a que hacía mucho tiempo que no salían juntos, se encontró a Isaac sentado en su bicicleta. Como en los viejos tiempos… Es decir, un mes antes. Jude se detuvo a su lado. Sabía que Josh la esperaba con sus hermanas pequeñas.

Al verla llegar, Isaac sonrió como un niño pequeño. Siempre que la miraba, se le iluminaba el rostro con una mezcla de curiosidad y alegría muy bonitas. Y Jude deseó que aquello no le doliera, pero pocas cosas dolían tanto como un rechazo. O una herida en una autoestima que ya apenas existía.

—Ah, hola —murmuró sin muchos ánimos.

Él estaba sentado de espaldas sobre la bicicleta. Tenía un codo en cada lado del manillar y los pies en el suelo. De alguna manera extraña, conseguía balancearse hacia delante y hacia atrás sin darse el golpe de su vida. En otra ocasión, Jude se habría reído. Incluso le habría dicho que parecía un mono de feria.

En esa, sin embargo…

—¿Me dejas subirme? —preguntó con suavidad.

Isaac ladeó la cabeza. Su sonrisa ahora era maliciosa.

—¿Subirte adónde?

—Sabes adónde.

—¿Segura?

—¿Me dejas o no?

Al darse cuenta de que no iba a seguirle la broma, Isaac suspiró y se levantó. Mantuvo la bicicleta derecha para que ella pudiera sentarse tranquila. E incluso, cuando Jude hubo tomado el control, se quedó de pie a su lado.

—Jude… —empezó—, ¿he hecho algo que te haya molestado?

Si había algo que le parecía más humillante que haberse creído la protagonista de aquella historia… era tener que contárselo a Isaac.

Jude elevó la mirada. Por un momento, uno ínfimo, se preguntó si debería pedirle explicaciones. Si debía contárselo. Si debía humillarse a sí misma y confesar que ella se había ilusionado, que para ella nunca fue una amistad. Y mucho menos un «hermanito».

Pero entonces le vino una oleada de rabia —¡la había llamado hermanita!, ¡cómo se atrevía!— y volvió a clavar la mirada al frente.

—No —murmuró.

Sonó poco creíble, pero Isaac soltó el manillar para dejarla marchar. Y ella no miró atrás.

Los días pasaron.

Si no te gusta esta parte, consuélate pensando en lo aburrida que sería esta historia si tuviéramos una protagonista funcional.

El tercer intento tardó en llegar. Y fue cuando Isaac decidió que había llegado al límite de su paciencia.

La realidad es que todo aquel drama sucedió en el transcurso de dos semanas, pero Jude lo sintió como si fueran años. Y él debió de sentirse igual, porque entró en clase de Literatura con pasos más apresurados, la arruga entre las cejas marcada y la mano apretada con fuerza contra el asa de la mochila. La misma que Jude le había cosido unos meses antes.

Ella supo que iba a hablar con ella antes incluso de que sus miradas se cruzaran. Muy a su pesar, Jude sintió un revoloteo de nervios en el estómago. Firme como solo se ponía cuando estaba cabreada y quería demostrar algo, se irguió. Isaac caminaba como si fuera un misil teledirigido.

Para cuando se plantó delante de ella, tanto Josh como Robbie lo contemplaban perplejos.

Isaac los ignoró a ambos. Jude nunca lo había visto enfadado. Qué mal rollo. Era como ver a un bebé gritándole a un mapache, algo antinatural.

—Después de clase —le dijo Isaac en un tono que no admitía discusión—, tú y yo hablaremos.

Jude estaba tan nerviosa que solo le salió un resoplido burlón. Él frunció todavía más el ceño.

—No es opcional —añadió.

—Oye, tío —intervino Josh—, no hace falta que…

—Tú cállate.

Lo había espetado sin ni siquiera mirarlo. Josh dejó de balancearse sobre las patas traseras de su silla. Se había quedado sin palabras.

Isaac no dio ni una sola explicación ni lanzó una mirada más. Se sentó en su sitio con los hombros tensos y empezó la clase.

Jude intentó prever la conversación unas cuantas veces, pues la ansiedad se la estaba comiendo viva. Los nervios ascendieron como si fuera metiéndose paso a paso al mar y, llegados a cierto punto, el agua le llegara hasta el cuello y le impidiera respirar. Jude se tiró del cuello de la sudadera y carraspeó unas cuantas veces. Era como si se hubiera olvidado de cómo hablar.

—¿Todo bien con Isaac? —susurró Robbie a mitad de la clase.

—Todo lo bien que se puede estar.

Isaac se mantuvo centrado en su dibujo, por lo que ella esperó que no los oyera. Josh estaba tan molesto con él que tenía clarísimo que no les prestaría la mínima atención.

—Pero… —insistió Robbie— pensaba que erais amigos.

—Sí, somos superamigos. Como *hermanitos*.

El pobre Robbie no entendió nada.

—¿Y eso es malo?

—No.

—Pero estás enfadada.

—Ajá.

—Porque te gusta.

—Aj… ¡No! No me gusta.

Jude se aseguró rápidamente de que los otros no la habían escuchado. Por suerte, Josh e Isaac estaban ocupados discutiendo en voz baja entre ellos. O más bien discutía el primero, Isaac se limitaba a gruñir respuestas.

—Ajá. —Robbie sonrió con aire misterioso—. Oye, sé que no soy experto en amor ni nada de eso, pero… ¿no sería más fácil hablar con él?

Ella pensó en mentir. En decir que se callara. En cualquier alternativa a confesar sus emociones.

Sin embargo, terminó mirando a Robbie con los ojos llenos de tristeza.

—Le gusta Nia.

—¿Eh?

—A Isaac le gusta Nia.

—¿Que le gust…?

—¡Robbie! —susurró furiosa—. Ni se te ocurra gritarlo.

Su amigo seguía con la misma cara de horror que había puesto tres frases atrás.

—Pero ¿qué dices de Nia? —preguntó Robbie.

—Lo que me dijo ella.

—¿Y nunca se te ha ocurrido que la gente miente?

—Oye, ¿te recuerdo que la primera vez que hablé contigo temblabas como una hojita?

—He cambiado.

—¡A peor!

—Y tú sigues creyéndote todas las tonterías que te dicen.

—¡Robbie!

—¿Qué? ¿Me vas a decir que Nia es tu mejor amiga?

Oh, qué complicado era hablar de eso.

—Es mi amiga.

—Bueno, pues igual ya no lo es.

—¿Se puede saber qué demonio te ha poseído hoy?

—El de la sinceridad.

—Míralo, qué gracioso…

—Jude, la gente cambia. Quizá fue tu amiga y te cuidó y se merece cosas buenas, pero eso no quiere decir que tú te merezcas tragarte todas las cosas malas.

Quizá tenía razón, pero a Jude no le apetecía hablar de ello. Por lo menos no en ese momento.

Lanzó una mirada hacia delante. Su paisaje era la nuca de Isaac. Su pelo oscuro. Su piel morena. La forma en que la estúpida sudadera, que ese día era roja, le abrazaba los hombros. La forma en que sus dedos se acariciaban las raíces del pelo de forma ansiosa. Estaba enfadado. Muy enfadado.

Como si pudiera notar su mirada, Isaac empezó a volverse. Jude se centró en su libro al instante. Al notar que él seguía centrado en ella, se le enrojecieron las mejillas.

—Hola, Isaac —dijo Robbie—. Te noto… alterado.

—Suelo alterarme cuando la gente que me importa pasa de mí.

Jude enrojeció todavía más, pero se negó a elevar la mirada. Y sabía que aquello lo enfurecería todavía más.

¿Cómo de enfermo era que Jude disfrutara de aquello? Porque yo lo apoyo totalmente.

—Isaac. —La voz de la profesora Marsh interrumpió aquel momento de breve intimidad—. ¿Se puede saber qué miras por ahí detrás? No sabía que Jude iba a dar la clase de hoy.

El aludido volvió la vista, pero su cuerpo seguía girado hacia Jude. Y, aunque ella no lo vio, supuso que lo había hecho de muy mal humor.

—Todavía no ha empezado la clase —observó él con tono irritado.

—¿Vamos a volver a tener un problema, Isaac?

—No lo sé. Quizá podría castigarme con Jude, a ver si así empieza a hablarme otra vez.

La pobre dejó de escribir y elevó la mirada. No le sorprendió encontrarse los ojos de Isaac al instante. Y es que seguía medio apoyado en su pupitre, poco preocupado por interrumpir la clase. O por el hecho de que la profesora siguiera mirándolos. Todos sus compañeros habían empezado a cuchichear. Josh era el único que los miraba sin decir nada. Y con aire cabreado.

—¿Te quieres callar? —susurró Jude completamente roja.

Isaac levantó ambas cejas con ironía.

—¿Por qué? La que tiene un problema con hablar las cosas eres tú.

—¡No es el momento, Isaac!

—Igual sí que lo es, si es la única forma de que me hables.

—¡Ya basta! —espetó la profesora.

Nadie le hizo caso.

—¿Tienes que montar un circo en medio de clase? —protestó Jude entre dientes.

—¿Tienes que dejar de hablarme sin darme ningún tipo de explicación?

—Sí, ahora finge que no sabes nada…

—¡No sé nada, Jude! ¿Cómo voy a saberlo?

—¡No me grites!

—¡Eres la única que está gritando!

—¡Y lo haré tantas veces como quiera!

—¡Pues casi lo prefiero a esa estúpida ley del silencio!

—¡No es ninguna…!

—Oh, ¿ahora vas a fingir que no me estás evitando?

—¡Isaac! —La voz de la profesora Marsh fue demasiado cercana como para ignorarla. Se había plantado junto a ellos con las mejillas encendidas y las manos en las caderas. Irritada, señaló la puerta—. Sal de mi clase, ¡ahora mismo!

Pese al tono furioso y al castigo al que se enfrentaba, Isaac siguió mirando fijamente a Jude. Durante un breve instante, fue como si no existiera nada más. Como si se hubieran quedado atrapados el uno en el otro. Y Jude pudo atisbar, por primera vez, el dolor que él había sentido durante todos aquellos días. Y la confusión. Y se sintió horrible.

Isaac fue el primero en apartar la mirada. Sin mediar palabra, recogió su mochila y se incorporó. Todo el mundo pensó que iba a marcharse, pero se detuvo una última vez para encarar a la profesora.

—No me mire con esa sorpresa —dijo con un humor teñido de amargura—. Para alguien que vive hablando de poetas románticos, le cuesta entender lo más básico de todo.

Tal como había prometido, Isaac esperó a Jude fuera del aula. Hacía guardia como una esfinge frente a la puerta. Y, aunque alguien pudiera confundirse y pensar que estaba tranquilo, la realidad es que daba vueltas de lado a lado. La mochila le golpeaba el hombro de forma contundente a cada giro de ciento ochenta grados que daba. El resto de los alumnos le lanzaban miraditas llenas de curiosidad.

En cuanto Jude puso un pie en el pasillo, Isaac se acercó a ella como si hubiera oído un chasquido. Ella se dejó arrastrar por el brazo, sorprendida, hasta que estuvieron a una distancia prudente de la clase. A la vuelta de la esquina, en realidad. Estaba claro que no quería que Josh o Robbie los interrumpieran. O Nia, ya que estaba.

Isaac no se detuvo hasta que la dejó escondida entre dos esquinas de taquillas. La soltó tan deprisa como llegaron e incluso dio un paso hacia atrás. Jude podría apreciar esa muestra de respeto, pero una vocecilla dentro de su cabeza no se callaba. Y lo que pensaba era que solo se alejaba porque no quería seguir dándole esperanzas.

Cómo odiaba a esa vocecita. Y cómo se odiaba a sí misma por darle la razón tantas veces.

—¿Vas a volver a gritarme? —preguntó Jude irritada—. ¿O a hacer que te vuelvan a castigar?

Y entonces Isaac se derrumbó como un castillo de naipes. Cayó carta por carta, deslizándose lentamente hacia el suelo y sintiendo cada golpe. Jude vio la forma en que sus hombros tensos se hundieron, su ceño fruncido se relajó y su mirada fija se clavó en ella de manera casi suplicante.

—¿Qué te he hecho? —preguntó finalmente.

Jude se había abrazado a sus libros. Los mantenía en medio de ambos cuerpos por si acaso. Fueron el único soporte que tuvo para estrujar. De pronto, las puntas de sus dedos sufrían un pequeño y curioso cosquilleo.

—¿Qué? —replicó ella.

—¿Qué he hecho? En serio, ¿qué he hecho para que todo haya cambiado tanto?

—He estado más centrada en mis exám…

—No me mientas. —Isaac torció el gesto—. Si no quieres decirme la verdad, vale. Pero no me mientas.

Jude se aferró a sus libros. Le costaba mantenerle la mirada a alguien que parecía tan triste por su culpa. ¿Por qué era tan fácil odiarlo desde la distancia y tan difícil desde la cercanía?

De nuevo, quiso decírselo. Pero no quería traicionar a Nia y su confianza. Después de todo, llevaba mucho más tiempo siendo su amiga que siendo la *hermanita* de Isaac.

—Nada importante —concluyó ella en voz baja.

Isaac se pasó las manos por la cara con un poquito más de fuerza de la necesaria. Jude intentó contenerse para no regañarlo, pues no le pareció la mejor situación posible.

—Debe de ser importante —insistió él—, porque llevas días sin mirarme apenas.

—Estaba ocupada.

—¿Haciendo qué?

—Estudiar. No todos tenemos tu cerebro.

Aquello era lo más parecido a una broma que le había hecho en siete días. Isaac parpadeó, esbozó una sombra de sonrisa y pareció relajarse un poco.

—¿Necesitas ayuda? —preguntó. Había cambiado de estrategia.

—Ya me ayudan…, em…, Robbie y Josh.

Él levantó una ceja.

—Estoy seguro de que te ayudan *muchísimo*.

—Lo digo en serio.

Isaac puso los ojos en blanco.

—¿Por eso no viniste a cenar con mis padres? —preguntó—. Podrías habérmelo dicho, lo habrían entendido…

Es que eso no era del todo correcto, pero Jude no quiso comentarlo.

—Solo quiero prepararme para los exámenes —concluyó Jude—. Y lo siento, pero ahí no hay espacio para nadie más. Cercano o no cercano.

—¿Y en qué categoría estoy yo?

—En mosca cojonera. ¿Me dejas pasar? No quiero llegar tarde a clase.

Isaac sonrió. Ella sabía que, si intentaba moverse, él se apartaría al instante. No llegó a hacerlo. Se quedó exactamente donde estaba, abrazada a sus libritos de soporte emocional.

—¿Por lo menos irás a la fiesta de fin de curso? —preguntó él entonces.

—No sé. Quizá.

—Nia va a comprarse un vestido esta tarde, por si quieres ir con ella.

Jude trató de contener la sonrisa irónica.

—No tenemos la misma talla.

—¿No?

—Déjalo. Ya iré a hablar con ella entonces.

—Estaría bien que nos viéramos después de que termine el instituto.

Aquellas palabras le dieron a Jude una esperanza que no quería sentir. Y una alegría que contrastaba demasiado bruscamente con su estado de ánimo de los últimos días. Sin motivo alguno, Jude sintió ganas de esconderse y estar sola.

Y aun así…

Al ver la expresión de Isaac, la forma en que se había molestado en recuperar su relación, se preguntó si debería darse a sí misma una segunda oportunidad de confiar. De pasarlo bien con ellos. Sería su última oportunidad de estar en una fiesta de instituto, ¿se la iba a perder, como se había perdido todas las otras? Quizá conseguiría pasárselo bien.

Jude hizo de tripas corazón y asintió. Incluso le ofreció una pequeña sonrisa. Isaac se la devolvió al instante y, tan raro como de costumbre, se marchó sin despedirse.

Después de todo, su trabajo ya estaba hecho.

De todas las cosas que esperaba Jude, pasárselo bien con Nia estaba al final de la lista.

Su amiga se mostró sorprendentemente comprensiva y amorosa con ella. Incluso fue a rebuscar en la tienda para encontrar más opciones mientras se cambiaba de ropa. Era una tienda de segunda mano, pero a Jude le gustó la textura de los vestidos. Y podría arreglarlos, si es que lo necesitaba. Además, solo tenía veinte dólares acumulados entre cambios y cambios de supermercado, y no pensaba gastárselos enteros.

Nia y ella se probaron vestidos toda la tarde, entre risitas y posturas un poco ridículas. Jude se sintió… bien. De alguna forma, le gustó la chica que le devolvía la mirada en el espejo. Era la primera vez que llegaban al acuerdo de llevarse bien entre ellas. Y sucedió cuando se probó el vestido rojo.

—¿Rojo? —preguntó Nia con una mueca—. ¿No es… mucho?

—¿En qué sentido?

—Es llamativo, ¿no?

Lo era. Y el rojo era su color. Y la forma era preciosa. Tenía un solo hombro de tela gruesa y arrugada que se ajustaba hasta la cintura, y desde ahí se abría en dos partes distintas que dejaban entrever su pierna derecha. Ambas telas se encontraban a la altura de la cadera y estaban cerradas con un broche en forma de flor.

Era perfecto.

¿De verdad iba a echarse atrás por el simple hecho de llamar mucho la atención?

Nia estuvo protestando durante todo el proceso, pero cuando Jude entregó su billete decidió que ya era tarde para arrepentirse. Además, Nia se había comprado otro vestido muy bonito de color azul. A ella le quedaba bien cualquier cosa, pero aquel la hacía brillar como si fuera un hada.

—Me gusta más el tuyo —protestó Nia durante todo el camino de vuelta a casa que compartieron—. ¿Y si nos los cambiamos?

—No tenemos la misma talla.

—Pero puedes ajustarlos, ¿no?

—Nia…

—Vaaale. Pero igual me paso a cambiarlo antes de los exámenes.

Para entonces, ya habían llegado al puente que separaba sus dos calles. A Jude le tocaba el sur, y a Nia, el norte.

—¡Ha sido divertido! —aseguró su amiga, que se estiró sobre la bicicleta para darle un apretujón en el hombro—. Y si deja de gustarte el vestido rojo…

—Te avisaré. Hasta mañana, Nia.

—*Ciiiaaaooo!*

Y, otra vez, Jude pedaleó por el puente. Y por su calle. Y por su puñetera cuesta. Uno, dos, uno, dos… Estaba harta de subirla. Por muy buenas piernas que tuviera gracias a ella, ahora que se acercaba el calor, iba a…

Notó la primera señal de que algo no iba bien al pasar por delante de la casa de Nino. Él no estaba. Y, por muy idiota que pudiera llegar a ser, suponía un consuelo verlo cuando volvía de noche ella sola. Jude no se había dado cuenta de lo oscuro que estaba ya el cielo. Y no tenía nada para iluminar la entrada de su casa, cuya farola llevaba rota desde antes de que naciera.

No vio nada fuera de lo común, pero criarse en aquella parte de la ciudad hacía que una desarrollara un instinto de supervivencia muy concreto. Uno en el que no se necesitan señales concretas para saber que deberías tener cuidado. Y aquello fue lo que sintió Jude. Se manifestó en forma de escalofrío.

Una opción era detenerse. La peor. Podría bajar la cuesta otra vez, pero… ¿y si no había nada? ¿O si había algo y le hacía daño a su familia? Podía terminar de ascender y entrar lo más rápido posible. Sí, seguro que le daba tiempo.

Jude pedaleó como si no hubiera visto nada. Iba incluso más lenta que de costumbre. Intentaba convencerse a sí misma de que aquello no estaba pasando. Sin embargo, vio la primera señal clara nada más aparcar la bicicleta. Se sabía aquella zona de memoria. Y supo que el reflejo que había visto, probablemente un reloj o un móvil, no pertenecía a sus vecinos habituales.

Ya era tarde para disimular.

A la desesperada, Jude trató de correr hacia la puerta de su casa. No quería que supieran que vivía ahí, pero probablemente lo sabían y… ¿qué iba a hacer si no? Ya tenía las llaves en las manos. Sentía el corazón acelerado también, pero estaba preparada para defenderse. Aunque deseaba que no fuera necesario.

Apenas había tocado el primer escalón del porche cuando dos brazos la rodearon desde atrás. Jude solo alcanzó a ver una mano tatuada que trató de cubrirle la boca. Aterrorizada, intentó patear a la persona que tenía detrás. Y dar saltos. Y hacerle perder el equilibrio. Casi consiguió mandarlo al suelo, pero entonces apareció el otro. Jude consiguió asestarle una patada en la boca. Supo que le había hecho sangre, aunque no pudiera verle la cara bajo el casco. Encima, iban tapados como dos cobardes.

El del casco consiguió cogerla del tobillo. Jude se retorció como un animal salvaje. Incluso empezó a clavar la llave a ciegas, a quien pillara.

Oyó que el de atrás gruñía. Jude intentó gritar con todas sus fuerzas, pero el grito quedó ahogado por la mano del tatuado. El otro ya había empezado a revisarle los bolsillos.

No. No iba a llevarse el trauma de su vida por tres dólares con noventa centavos, que era lo que le había sobrado del vestido. No. Se negaba. Ellos lo tirarían con desprecio y, para ella, podía ser el único ahorro del mes.

Se negaba.

Mordió la mano del chico con tanta fuerza que notó el sabor a sangre. No dejó de morder ni siquiera cuando el tatuado la soltó. Como el otro todavía la sujetaba de los tobillos, la espalda de Jude cayó contra el suelo con un golpe sordo que la dejó sin respiración. Tardó un instante en recuperarse. El mismo que usó el del casco para sentarse encima de ella. Jude trató de forcejear, pero él intentaba quitarle la bolsa con el vestido. Seguramente, quería llevarse lo que fuera. Y esa bolsa, que para él no era nada, para Jude representaba la primera vez que se había visto guapa.

Tiró de la bolsa con todas sus fuerzas. Gritó con el mismo ímpetu.

Y entonces alguien golpeó al del casco.

Jude se quedó estirada en el suelo. Le dolía la mejilla. ¿La habían golpeado y ni siquiera se acordaba? Estaba aterrorizada. Y sus manos temblorosas no hacían nada más que aferrarse a la bolsa.

Sus ojos temerosos buscaron su fuente de salvación. Esperaba ver a su abuelo.

No esperaba ver a Penny.

Durante unos instantes, Jude no supo visualizar a su madre fuera de casa. Llevaba la bata de siempre, con el moño deshecho y el maquillaje corrido por el sudor. Y es que estaba golpeando a los dos ladrones solo con sus puños. Lo hacía con una fuerza que Jude jamás habría imaginado que tenía. Los golpeaba en todas partes. Sin parar. El del casco tan solo podía cubrirse. Y ella jadeaba y gruñía con cada golpe.

—¡No toques a mi niña! —repetía con una voz totalmente ida—. ¡No toques a mi niña!

Jude estaba tan pasmada que no pudo ni ayudarla. Aquello no terminó hasta que el de los tatuajes consiguió rescatar a su compañero. Lo arrastró lejos de Penny, que detuvo sus pies descalzos sobre la acera. No dejó de gritar aquellas cinco palabras. Ni siquiera cuando ellos se subieron a la moto y rodaron cuesta abajo.

El silencio que provocó aquella huida fue ensordecedor. Jude seguía sentada en el suelo. Notaba el pelo descolocado y el dolor punzante en la mejilla, pero era incapaz de centrarse en sí misma. Seguía sin procesar lo que estaba sucediendo.

Penny se mantuvo de pie en la acera unos instantes. Temblaba de la cabeza a los pies. Lo peor eran las manos. Más que temblores, eran espasmos. Lentamente se miró a sí misma. Vio sus pies descalzos en la acera. Vio sus nudillos enrojecidos.

Penny se volvió y, con pasos lentos y pesados, entró en casa. Estaba tan pálida como si hubiera visto un fantasma, y fue a encerrarse directamente en su habitación.

No volvió a mirar a Jude.

15

La luz violeta

Jude no se sentía capaz de moverse. Permaneció en el suelo durante lo que podría haber sido una eternidad. Le temblaban las manos. Le dolía el cuerpo entero. Y la mejilla... Sabía que la habían golpeado, pero ni siquiera recordaba cómo.

Estaba tan pasmada que no se sintió con fuerzas para llorar. Tan solo contemplaba su bolsa, su vestido rojo y sus rodillas ahora raspadas por haberse arrastrado por el suelo. Y el silencio le pareció aterrador. Estaba sola. Sola.

Lentamente, se incorporó y se agarró a la bicicleta como si fuera su única esperanza de vida. Sabía perfectamente adónde se dirigiría. Y sabía que no podía quedarse en Carriers Lane.

Sentir el viento en la piel fue la única cosa que consiguió despertarla de su pánico. Para cuando Jude cruzó el puente, todavía tenía la respiración acelerada. Todavía temblaba de la cabeza a los pies. De pronto, no podía más. Necesitaba que alguien la viera. Que alguien la abrazara.

No se detuvo hasta ver la puerta roja. Dejó la bicicleta tirada de cualquier manera y subió los escalones lentamente, derrotada. Intentó respirar hondo y tranquilizarse, pero le seguía doliendo todo el cuerpo de tenerlo en tensión.

Agradeció que quien abriera la puerta fuera Isaac. No tener que darles explicaciones a sus padres. Que no la vieran así.

Él, al principio, pareció gratamente sorprendido. Aquella reacción cambió en cuanto la analizó mejor. Isaac ladeó la cabeza y trató de leer los pocos indicios que ella era capaz de darle.

Jude, sin embargo, no necesitaba indicios. Señaló torpemente su mochila.

—He... He venido a estudiar —sugirió finalmente—. A q-que estudiemos... juntos.

Sabía que estaba pálida y que debía de tener un golpe en la cara. Que su voz había salido atropellada. Que era obvio que no estaba bien. Sin embargo, era incapaz de pedir ayuda directamente.

Isaac se mantuvo muy quieto, no sabía cómo reaccionar. Tan solo podía mirarla.

—¿Qué ha pasado? —preguntó finalmente.

Jude quiso volver a sugerir lo del estudio de forma patética. La única forma que conocía. Sin embargo, se derrumbó. No pudo más. Y, aunque no se echó a llorar, sí que se lanzó sobre Isaac. Se abrazó a su torso con fuerza y escondió la cara en su pecho.

Como cuando le dio la mano, Jude sintió que aquello era lo correcto, que habían nacido para estar así de unidos. Sin embargo, él tardó unos instantes en devolverle el abrazo.

Cuando lo hizo, la sostuvo con fuerza. Jude sintió sus brazos firmes por el entrenamiento, su aliento cálido en la coronilla. El olor a los rotuladores que habría estado usando hasta ese momento. El latido acelerado de su corazón bajo su oído.

No fue capaz de separarse hasta que oyó el maullido de Melocotón. Jude soltó a Isaac como si quemara y dio un paso atrás. Él seguía paralizado.

—¿Puedo pasar al baño? —preguntó ella torpemente.

Isaac la esperó en el salón junto con Melocotón. Y Jude se miró en el espejo.

Vio su aspecto. No era el que recordaba. Tenía el pelo mojado. ¿Estaba lloviendo y no se había dado cuenta? Eso explicaría por qué había humedecido la camiseta de Isaac. Por qué notaba las zapatillas tan pesadas. Se devolvió la mirada a sí misma. A su cara pálida y temblorosa. Al golpe que efectivamente empezaba a marcarse en color rojo sobre su pómulo. A la sangre que tenía en la comisura de los labios por culpa del mordisco que le había dado al tatuado.

Tardó un buen rato en secarse y limpiarse la boca. Lo hizo como pudo. Y, curiosamente, aquello logró que dejara de temblar.

Cuando salió del cuarto de baño, se sentía mejor. Asustada, pero mejor. Isaac la esperaba en su dormitorio, no en el salón. Aunque Melocotón la siguió con su mirada curiosa.

Encontró a Isaac tumbado sobre su alfombra, cambiando los colores del proyector. En cuanto oyó que ella empujaba la puerta, lo soltó y se volvió para mirarla.

—¿Qué ha pasado? —preguntó al instante.

—Nada.

Isaac la siguió con la mirada. Especialmente cuando ella se dejó caer en la alfombra con las piernas cruzadas. Necesitaba distraerse. No hablar de ese tema. Cogió el proyector y empezó a pulsarlo de forma compulsiva.

—Jude —insistió él—, ¿quién te ha golpeado?

—Nadie.

—¿Ha sido tu madre?

—No. —Jude frunció el ceño—. Me han… intentado robar. Y Penny ha salido de casa para protegerme.

Si era la verdad, ¿por qué le parecía una mentira?

Sintió que Isaac la observaba perplejo. Debió de pensar lo mismo que ella. Pero, de nuevo, ¿qué podía decir Jude? Aquella era la verdad.

—No han conseguido robarme —prosiguió ella—. Pero…

¿Cómo decirlo? El nudo de su garganta volvió a atacar. A veces era como si nunca se hubiera ido. Como una vieja herida que, de vez en cuando, te recuerda que sigue ahí.

—Estoy harta de Serena —murmuró finalmente—. Estoy tan harta de Serena, Isaac… Necesito salir de aquí. Necesito aprobar esos exámenes e irme para no volver.

Él, como siempre, la escuchó sin interrumpirla. Dejó que transcurrieran unos segundos. Jude se había abrazado al proyector sin darse cuenta.

Era tan bonito estar con él como si no hubiera pasado nada, como si no estuvieran enfadados…

—Vas a aprobar esos exámenes —dijo Isaac finalmente—. Y lo harás porque eres la persona más inteligente que he conocido en mi vida.

—Eso es que has conocido a poca gente…

—A la suficiente. Vas a aprobar lo que te propongas. Y te irás a donde te dé la gana. Espero que sea un sitio donde pueda visitarte.

—Vaya, tendré que abandonar la idea del convento de clausura…

Isaac sonrió.

—Lo digo en serio. Quiero visitarte.

—¿Por qué no nos vamos juntos?

Jude pretendía que aquello sonara a broma, pero no lo consiguió. Y es que, en el fondo, no era tan broma.

Se había imaginado cientos de veces que se escapaba con Isaac. Era la única persona con la que podía visualizarse. Que era incapaz de dejar atrás. Que podía acompañarla. Y quería irse con él. Le daba igual el lugar. Le daba igual en qué condiciones. Si estaban juntos, estarían bien.

Se atrevió a mirarlo. Y le sorprendió encontrarse una sonrisa.

—Vamos —dijo él.

—Lo digo en serio.

—¿Y yo no? Vamos.

Jude esbozó una pequeña sonrisa.

—¿Vamos? —preguntó, estaba a punto de ilusionarse.

Isaac se acercó a ella, todavía de rodillas.

—Vamos —insistió con diversión—. Tú dime adónde y yo te sigo.

A Jude se le había contagiado su alegría. Giró un poco el proyector para apuntárselo a la cara y entonces pulsó el botoncito. Isaac se volvió verde. Y luego morado. Y luego amarillo. Jude se detuvo en el rojo y levantó una ceja.

—No hagas promesas que no vayas a cumplir —le advirtió—. Esta es la luz de la verdad. Si mientes, lo sabré.

Él ladeó la cabeza, como siempre.

—¿Cuántas cosas tengo que hacer para que entiendas que te seguiría a cualquier lado como un idiota?

Jude lo enfocó desde un poco más cerca. Sus ojos ahora parecían negros. Y sus dientes, cuando él se rio, tan rojos como debía de estar la cara de ella.

—¿Y me seguirías como un *hermanito*? —se atrevió a preguntar.

La cara de Isaac fue un poema. Levantó una ceja y torció los labios con desagrado.

—No como un hermano —aseguró—. Joder, mira que me han dicho cosas raras…

—Lo dijiste tú.

—¿Yo?

Jude cambió el color. Azul. Él parpadeó con el cambio de luz.

—¿Yo? —repitió él—. ¡Nunca he dicho eso!

—Ya, claro…

Jude volvió a cambiar de color. Violeta.

Y un Isaac muy violeta le quitó el proyector de la mano de un tirón. De pronto, parecía enfadado. Ella se echó ligeramente hacia atrás por la sorpresa.

Había pasado de no conocer sus enfados a provocarlos cada pocas horas. Todo un récord.

—¿Quién te ha dicho eso? —preguntó Isaac—. ¿Se lo ha inventado Josh? Como te creas algo de lo que te dice…

—No fue Josh.

—Entonces ¿quién? —Isaac frunció el ceño y cambió su tono a uno más furioso—. Espera, ¿por *esto* no me has hablado durante dos puñeteras semanas?

Jude, con medio rostro sumergido en color violeta, enrojeció. Isaac pareció todavía más cabreado.

—¿Es por eso? —insistió. Había elevado la voz—. ¿Y te lo creíste?

—¿Por qué no iba a hacerlo?

—¡Porque no he hecho nada más que demostrarte lo contrario!

—¿Y qué hago si no me lo creo?

Isaac la miró tan fijamente que ella se sintió intimidada. Y nerviosa. Su corazón había empezado a latir con fuerza. Y es que sentía que aquella noche era distinta. Que Isaac era distinto. Que iba a suceder algo que cambiaría su relación para siempre.

Ansiosa, Jude intentó quitarle el proyector de la mano. Isaac lo lanzó a un lado. La luz violeta parpadeó por la habitación hasta enfocarlos torcida desde el suelo. Sus sombras se reflejaron en la pared del fondo; Jude apoyada sobre sus tobillos e Isaac inclinado sobre ella. Estaban más cerca de lo que ella había pensado hasta ese momento.

—¡Oye! —saltó Jude indignada.

—¿No me has hablado —insistió Isaac— porque pensabas que te había llamado «hermanita»?

—¿Y qué querías que hiciera? —saltó ella ofendida.

—¡No creértelo!

—¡Si me lo dicen, me lo creo!

—¡Si prestaras un poco más de atención a lo que te digo, me creerías a mí!

—¿Y qué tengo que creer de ti, Isaac?

—¡Cualquier cosa menos esta! Joder, Jude... ¡Intenté besarte y te apartaste! No sé, tampoco quería agobiarte, es que...

—¿Qué? ¿Ya no te apetece?

—¿Es una puta broma? Más que nada en el mundo.

—¿Y quién te lo impide?

Durante un breve instante, se miraron. Jude no podía creerse sus propias palabras. Isaac la analizó. Sus ojos estaban llenos de sorpresa. De rabia. Y también de determinación.

Jude respiraba de forma agitada, y no de la misma manera que antes. Su pecho subía y bajaba a toda velocidad. A cada segundo que le sostenía la mirada a Isaac, se puso más tensa. Y su cuerpo se anticipó más a algo que ella ni siquiera sabía que sucedería.

—Más te vale no romperme el corazón —dijo él finalmente.

Jude respiró hondo.

—Ponme a prueba.

Apenas había pronunciado la última sílaba cuando notó su mano sobre la nuca. Sus labios sobre los de ella.

Era su primer beso.

Jude apoyó las manos tras ella inconscientemente. Sus dedos se aferraron a la alfombra. La boca de Isaac se movió sobre la suya. Estaba cálida. Y Jude tenía la sensación de que él podría notar lo rápido que respiraba, lo rápido que le latía el corazón, solo con tocarla.

No fue consciente de lo que sucedía durante los primeros diez segundos, pero entonces empezó a entenderlo. Y, en cuanto él notó que ella le correspondía, aumentó la intensidad del beso. Sus manos la buscaron. Se enredaron en su pelo húmedo, le sujetaron la cintura con fuerza. Jude apenas podía respirar. Tan solo notaba su contacto, su boca húmeda sobre la suya. La forma en que él hizo que abriera los labios. El roce de su lengua. Jude nunca había besado a nadie, pero aquello se sintió natural. Se sintió… bien. Demasiado bien. Despertó cosas en ella que nunca había sentido. Que jamás pensó que podría sentir.

De pronto, Isaac estaba en todas partes y Jude tenía la espalda apoyada sobre la alfombra. No sabía en qué momento había quedado tumbada. En qué momento él consiguió meterse entre sus piernas. En qué momento ella había unido sus tobillos sobre la parte baja de su espalda. Y por qué sus propias manos se movían como si tuvieran vida propia, buscando por su cuerpo, por su pelo, por su rostro. Jude metió una mano debajo de su camiseta sin saber lo que hacía, pero disfrutando de cómo él se estremeció. Los dedos de Jude estaban helados, mientras que la piel de Isaac ardía. Ella ascendió por su espalda. Por su piel suave. Por sus músculos tensos. Y entonces él se incorporó un momento para arrancarse la camiseta.

Jude nunca se había sentido deseada. Alguna rara vez había sentido que alguien la miraba como si le pareciera atractiva…, pero nadie la había mirado como Isaac. Él la atravesaba con los ojos. Veía más allá. Bebía de ella. Lo notaba en su forma de besarla, de mirarla, de tocarla. Como si fuera a recordar cada gesto, cada roce y cada caricia. Como si la estuviera venerando.

Ella se dejó llevar por aquella sensación. Ni siquiera pensó en lo que estaba sucediendo, tan solo se quitó la ropa. Hizo lo que sabía que quería. Lo que le pedía el cuerpo. Disfrutó de cada una de sus reacciones, de sentirse querida. De lo que provocó aquello en su interior. Y de sentir sus besos y caricias en lugares que jamás pensó que sería capaz de mostrarle a alguien. Porque con Isaac le pareció natural.

Con Isaac, Jude por fin se sintió en casa.

Podrían haber pasado horas, segundos o minutos. La luz violeta todavía los iluminaba. Jude estaba tumbada boca abajo, balanceando las piernas, y la cabeza apoyada en los brazos. La única pieza de ropa que le quedaba eran los calcetines, pero ya ni se acordaba de ellos. Estaba mirando a Isaac.

Él permanecía a su lado, tumbado sobre su espalda. Dibujaba en su cuaderno, como siempre. El olor de los rotuladores flotaba sobre la habitación como el sonido de la lluvia.

De vez en cuando, Isaac la miraba. No lo hacía de la misma forma que antes, sino analítica. Como si se quedara con cada detalle. En un momento dado, Jude sonrió. Al verlo en su siguiente inspección, Isaac bajó el cuaderno y también sonrió.

—¿Qué? —preguntó él divertido.

—No sé.

Jude hablaba con un tono de voz que Isaac desconocía. Suave, bajito. Lo consideraría tonto, pero estaba demasiado contenta.

—¿Qué? —repitió Isaac con su sonrisa radiante.

—Nada —insistió ella—. Quiero ver lo que dibujas.

—Cuando lo termine.

—Debes de ser el único chico del mundo que se pone a pintar después de hacerlo.

Isaac se rio entre dientes.

—Hay que descansar el cuerpo.

—¿Y cuánto tiempo más necesitas?

Su forma de preguntarlo hizo que él se olvidara por completo del cuaderno. Al mirarla y ver que sonreía, Isaac lanzó el rotulador a un lado sin una sola preocupación y se apresuró a acercarse a ella. Jude lo recibió entre risitas. Las mismas que se apagaron en cuanto sus labios volvieron a encontrarse.

16

La fiesta de final de curso

Si hay algo que nos ha quedado claro en esta historia es que la casa sin número al final de Carriers Lane no era aburrida ningún día del año. Especialmente, el día de las notas finales.

Lucy apoyó ambas manos en la mesita de café del salón. La hoja de papel con sus notas estaba bocabajo. Jude se encontraba al otro lado haciendo exactamente lo mismo. El abuelo y Penny las contemplaban desde la cama articulada. Mientras que el primero observaba ambas hojas con interés, la segunda se estaba encendiendo un cigarrillo.

—¿Quién va primero? —preguntó Lucy muy seria.

—Tú.

—No, tú.

—Entonces ¿para qué preguntas?

—No sé. ¿Voy yo?

—¡Lucy!

—¡Es que la de Matemáticas me tiene manía y seguro que me ha suspendido!

—Oh, por favor, deja de poner excusas.

—¡Ya verás cómo me reiré si tú suspendes más cosas que yo!

Jude sabía que no había suspendido nada. Aunque que hubiera sacado buena nota… era un tema aparte. Pero no había suspendido. Estaba tan segura como de que el sol iba a salir al día siguiente.

Y como de que estaba enamorada como una idiota.

Qué fuerte… ¡Estaba enamorada!

Se habría recreado un poco más en su mente de no haber sido porque su abuelo, romántico como siempre, gruñó como un ogro.

—¡A ver! ¡Que alguien enseñe algo!

Al final, Jude tomó la iniciativa y giró su hoja. Tenía la tradición de no ver las notas hasta que estuviera con su hermana. No recordaba quién la había iniciado y por qué, pero era una tradición que debía respetarse.

—¿Qué tal? —preguntó Lucy con curiosidad.

Jude siguió leyendo la hoja a toda velocidad. El abuelo se la robó para asegurarse de que aquello era real.

—Sobresaliente, sobresaliente, sobresaliente alto…

Y siguió leyendo, pero Jude sabía perfectamente que ninguna nota bajaría de eso. Acababa de verlo.

Jude sabía que era para alegrarse, pero su mirada fue directa hacia Lucy. Su hermana pequeña escuchó cada sobresaliente con una mueca de vergüenza. Para cuando llegaron al quinto, empezó a agachar la cabeza.

—Está bien, Lu —le aseguró su hermana mayor—. Seguro que has sacado superbuenas notas.

—No sé…

—¿Quieres que las vea yo primero y te digo?

Lucy le lanzó la hoja como si quemara. Con cuidado de no poner ninguna cara, Jude le dio la vuelta y empezó a leer. Si bien es cierto que no todo eran sobresalientes, casi todo eran notables y bienes.

—No está nada mal —dijo Jude—. Para ser tu primer año de instituto, ¡son muy buenas notas!

—Es decir, que son malas.

—Muchos notables.

—Que no son sobresalientes…

—Lu, no es una competición.

Y se lo dijo desde la voz de la experiencia, porque Jude tenía que decírselo a sí misma cada vez que veía que su hermana o su madre o su amiga la superaban en mil cosas más.

Lucy no se mostró muy convencida, pero al menos se atrevió a leer sus notas. Lo hizo con el ceño fruncido. Mientras tanto, el abuelo ya había terminado con el repaso de la hoja de Jude y se la devolvió.

—¿Qué tal? —preguntó esta con media sonrisa.

El abuelo no era muy dado a lanzar cumplidos. De hecho, rara vez dejaba que alguno se le escapara. Y, aunque podría haberle dicho que era la mejor o algo así —en su mente, las familias normales se decían esas cosas—, se limitó a asentir una sola vez con la cabeza.

—Buenas notas —confirmó con seriedad—. Notas de universidad.

Penny tan solo conectó con la conversación para lanzarle una mirada de cansancio a su padre.

Un rato más tarde, ya en el altillo, Jude pensó que quizá debería alegrarse más por sus notas. Se había esforzado muchísimo. Había pasado muchas horas con Robbie y Josh para conseguirlas. Se preguntó cómo les habría ido a ellos y esperó que bien. Se preguntó también por Nia e Isaac. Estaba segura de que a ambos también les había ido bien.

Jude repasó cada asignatura con su respectiva nota y se mordió el labio inferior. Aquello era suficiente para solicitar plaza en una universidad, ¿verdad?

Entonces ¿por qué no le hacía ilusión? ¿Por qué le daba tan igual?

Al final, dejó las notas a un lado y fue a por su vestido rojo.

Disfrutó más de aquellos instantes de soledad, de cuidarse, de vestirse y de maquillarse, que de aquellas notas. Le gustó mantener la mente en blanco mientras se ataba la cinta de las sandalias y se ajustaba el broche del vestido. Durante la semana de exámenes, mientras repetía el temario en voz alta, lo había ajustado para que no le apretara tanto la cintura. La talla ahora era perfecta. Jude se las arregló para ponérselo sin que su cabeza chocara con el techo y luego rebuscó en su cómoda. Tan solo tenía dos pulseras de piedrecitas y cuerdas, pero decidió ponérselas. Y el pelo… ¿Qué se hacía la gente en el pelo? Ella se lo dejaba suelto y, en los peores días, se hacía un moño. Aquel era su rango de operación.

Los alumnos de primero como Lucy no tenían graduación *per se*, aunque podían ir a la ceremonia. A Jude le hacía una ilusión absurda que su hermana pequeña fuera a verla graduarse. Era una especie de confirmación de que por fin había hecho algo bien.

Y quizá por eso se deshinchó tanto al ver que Lucy se había puesto el pijama.

—Tenemos que salir en veinte minutos —le dijo Jude un poco inquieta—, ¿no deberías arreglarte?

—¿Yo?

—¿No vienes a la graduación?

Lucy frunció el ceño y recorrió el resto del pasillo hasta su habitación.

—¿Para qué? —preguntó—. Bonito vestido.

Jude no respondió.

Bueno…, estaba claro que iba a ir sola.

No dejó que aquello la hundiera en la miseria. Con cuidado, se puso un poco de colorete y pintalabios. Tenía las pestañas gruesas como su madre, así que no se molestó con la máscara. Así podría estar tranquila si lloraba. Aunque tampoco tenía muy claro para qué puñetas iba a llorar, si no lo hacía nunca. No lo había hecho ni el día que intentaron robarle.

Vale, con la graduación estaba demasiado nerviosa para pensar con claridad.

Decidió dejarse el pelo suelto, a excepción de los mechones del flequillo, que se los recogió en la nuca. Aquello le parecía suficiente. Y tendría que serlo, porque su imaginación ya no daba para más.

Jude intentó no pensar en lo grandes que se veían sus manos con las pulseras, o sus brazos con el vestido, o su pecho con el escote. Intentó no pensar en lo gruesos que se veían sus labios, en lo mal que le quedaba aquel color. En lo ridícula que se sentía con el pelo recogido y un vestido bonito. Intentó ignorarlo todo. Intentó ignorar aquel eco constante y horrible que siempre resonaba en su cabeza.

Aquella noche iba a salir.

No iba a permitirse que su ánimo empeorara o la dejara en casa otra noche más. Era su graduación. Iba a ir. Estaba guapa. Estaba bien. Tenía que decírselo a sí misma. Acallar los ecos.

Salió del cuarto de baño sin mirarse otra vez. Ya estaba lo suficientemente tensa como para pensar que el vestido en realidad era feo. Y entonces el abuelo la distrajo.

Llevaba un rato esperándola en el pasillo de la entrada. Al verla, esbozó media sonrisa orgullosa.

—Mira qué guapa va la niña —anunció—. Cómo se nota que has heredado el don de coser de tu abuela.

—Bueno, tampoco lo he hecho entero…

—¡Déjame ver ese broche!

Jude se lo enseñó con orgullo. Quedaba a la altura de su cabeza, así que el abuelo se lo colocó mejor. Luego, hizo lo mismo con la tela de las piernas. Jude contuvo una pequeña sonrisa.

—Siento no poder ir —explicó él—. Si no fuera por el mareo de esta mañana…

—No pasa nada —respondió Jude en voz baja—. Dime, ¿tengo cara de graduada?

Su abuelo la observó unos instantes. Jude podía ver lo orgulloso que se sentía. Era la primera persona en toda la familia que se iba a graduar. La primera, quizá, que iría a la universidad. El abuelo siempre había valorado los estudios por encima de cualquier trabajo. Decía que, sin una buena base intelectual, el dinero no servía de nada. Que había que aprender de todo, de lo que fuera. Pero que había que aprender. Y Jude sabía que al abuelo siempre le pesó muchísimo no haber estudiado. Habría sido un gran estudiante. De los más inteligentes de su generación. Y Jude no lo pensaba solo por el amor incondicional que sentía por él, sino porque lo veía capaz de todo lo que se propusiera.

El abuelo finalmente tragó saliva y le ajustó las pulseras. Se quedó con sus manos unidas unos instantes, sin mirarla. Jude le permitió unos segundos de intimidad.

—Estás tan adulta, tan segura de ti misma —finalizó el hombre—, que quiero hacerme una foto contigo para que no se me olvide este momento.

Jude rio entre dientes.

—Como no la hagamos con la mente…

—Podríamos hacerla con una cámara, Jude.

—¿Y de dónde la saco?

—De tu móvil. Creo que la lleva integrada.

Jude dejó de sonreír. Estaba tan emocionada y nerviosa que no le había prestado atención a la cajita que el abuelo sostenía en el regazo. Jude inspiró con fuerza. Quizá iba a decir alguna cosa, pero al final se quedó sin palabras. No podía hacer nada más que contemplarlo perpleja.

—¿Qué? —preguntó con un hilo de voz.

—Felicidades por tu graduación, Jude.

De nuevo, ella necesitó unos instantes.

¿Un móvil? ¿Por fin? ¿Después de tanto tiempo?

¿Y solo para ella?

El abuelo procedió a sacarlo de la caja para enseñárselo. Era de segunda mano, pero se conservaba a la perfección. La pantalla era grande y rectangular, y el fondo de pantalla era una foto de Manolito. Jude empezó a reírse de forma un poco histérica. El hombrecito sonrió.

—¿Qué te hace tanta gracia? —preguntó él—. Ni se te ocurra cambiar a Manolito o te quito el móv…

Antes de que pudiera terminar la frase, Jude se abalanzó sobre él y le dio un abrazo con todas sus fuerzas. El abuelo se quedó paralizado por un momento. No estaba muy acostumbrado a las muestras de afecto. Por una vez, a Jude le dio igual. Mantuvo los ojos cerrados con fuerza y la mejilla sobre su hombro. Sabía que, apretándolo tan fuerte, podía hacerle daño. Pero era incapaz de detenerse. Y él no se separó en ningún momento.

—Gracias, abuelo.

Él por fin reaccionó, aunque fue dándole unas palmaditas incómodas en la espalda. Divertida, Jude decidió separarse y dejarlo tranquilo.

—De nada, de nada —aseguró el abuelo sin darle mucha importancia—. Llévatelo, anda.

—¿Estás seguro? Te habrá costado…

—¿No te he dicho que era un regalo de graduación? De alguna manera tendrás que hablar con nosotros cuando vayas a la universidad.

Jude esbozó una pequeña sonrisa. La emoción del momento le provocó una conveniente y bonita demencia, y olvidó que ni siquiera había mandado la solicitud.

Con alegría, miró el móvil que tenía en su mano.

—Grac…

—¡Vete de una vez o llegarás tarde!

Aquel era el abuelo que mejor conocía. Al ofrecerle el puño, Jude sonrió y le devolvió el saludo secreto.

La graduación se celebraba en el gimnasio del instituto. Habían habilitado un bus que daba la vuelta a toda la ciudad para recoger a los rezagados y a sus familias. Jude se mantuvo en un rincón y observó a sus compañeros de trayecto. Con tanto abalorio se sentía como si estuvieran de camino a una boda. Aunque le gustó el ambiente familiar y alegre. Todo el mundo estaba exultante. Se le contagió un poquito, pese a ser la única que estaba sola.

No fue un hecho que le importara demasiado… hasta que llegaron al instituto.

Cada alumno iba con sus familiares, por lo que no había espacio para socializar. Los llevaron directamente al gimnasio y todo el mundo se sentó con su grupito. Jude se quedó en un extremo de las primeras filas con el bolso apretado en el regazo. Sentía que todo el mundo la juzgaba por estar sola. Que la soledad se había convertido en un peso que cargaba sobre sus hombros. Que le impediría ponerse de pie. Jude paseó la mirada entre los padres y las madres, entre los hermanos y las hermanas, entre los abuelitos y las abuelitas. Todo el mundo ajustaba corbatas, recogía mechones de pelo o limpiaba pintalabios de mejillas de sus graduados. Todo el mundo sonreía y hablaba en voz alta y eufórica. Todo el mundo celebraba que un nuevo miembro de su familia estuviera a punto de entrar en una nueva época vital.

Jude bajó la mirada a su regazo. No fue capaz de escuchar el discurso de la directora, pero sí que le prestó atención al de Robbie. Resultó que había sido el graduado de honor porque había sacado las mejores notas de la clase. Habló con la cara roja y los dedos temblorosos, pero habló. Lo hizo sobre el esfuerzo de estudiar y la importancia de sacar buenas notas, por lo que Jude supuso que se lo habían escrito sus padres.

Y, cuando terminó su pequeño discurso, todo el mundo aplaudió con fuerza. Jude la primera.

Y entonces llegó la hora de los diplomas.

Eran simbólicos, algo así como un reconocimiento personal. Los diplomas oficiales habían llegado con las notas. Aun así, todo el mundo fue a buscar el suyo como si aquello le garantizara una vida próspera y feliz.

Milly fue de las primeras. Llevaba un vestido plateado y precioso que se ganó un buen aplauso al subir al escenario. Su tía, que se llamaba Rachel, era una mujer apañada que había comprado la gasolinera de Serena unos años atrás. Lo hizo para que su exmarido tuviera que salir de Serena para poner gasolina. Y debió de minarle la moral, porque el hombre terminó marchándose de la ciudad.

El caso es que Rachel empezó a aullar como una loba y Milly se rio. Los que no rieron fueron sus padres, los estirados de turno. Y eso que Rachel era la hermana de su madre.

Nia iba justo después de ella, y Jude pudo ver la rabia que le daba no haber recibido el mismo nivel de afecto. Los demás alumnos las siguieron con parsimonia, cada uno recibía un pequeño aplauso general y otro grande y particular de sus familias.

Cuando le tocó a Josh, Quinn se puso a dar saltos y a vitorear. Él subió los escalones del escenario de dos en dos e hizo una reverencia al público. Todo el mundo aplaudió. Incluso su padre, un hombretón que intimidaría hasta al demonio, esbozó una pequeña sonrisa cordial. Jude observó su perfil con curiosidad y luego volvió a centrarse en Josh. Para entonces, ya estaba bajando los escalones con una gran sonrisa.

Poco después llegó Isaac. Sus padres habían traído a Melocotón con unos cascos antirruido. Jude no se explicó cómo se los habían puesto o por qué el gato no se rebelaba para quitárselos, pero parecía muy feliz. Incluso cuando Ray lo levantó en plan *El Rey León* mientras Isaac subía al escenario.

La directora se asomó al escenario poco después.

—La señorita Jude Portman —anunció con una sonrisa.

La aludida respiró hondo, dejó el bolso en la silla y se incorporó.

El camino al escenario le pareció eterno. Sabía que estaba caminando a toda velocidad, pero nunca se había sentido tan lenta. Y eso que la mayoría de las familias que habían recibido diplomas ya habían dejado de prestar atención. Su aplauso fue más bien un rumor de voces comentando su parecido con Penny. Jude podría jurar que oyó su nombre unas cuantas veces, que no era su imaginación. Aun así, forzó una pequeña sonrisa y subió los escalones.

El escenario le pareció inmenso. El camino hacia la directora, todavía más. La mujer colocó una mano sobre la suya.

—Enhorabuena, querida —le dijo sinceramente.

—Muchas gracias.

—Eres un ejemplo a seguir, Jude. Espero que te vayas a la universidad siendo consciente de ello.

Jude parpadeó, sorprendida. ¿Cómo iba a ir si no había mandado la solicitud?

La mujer le colocó una mano en el hombro para guiarla hacia el resto de los profesores. Ellos también la felicitaron y le dieron la mano. Kessler, el de Biología, le dijo que no se metiera en más líos. Marsh, la de Literatura, le recomendó estudiar algo de letras. Los demás tan solo la felicitaron. Y entonces Jude bajó del escenario y aquello fue todo. No hubo nadie aplaudiendo con más fuerza de lo normal, no hubo gatos voladores y, desde luego, no hubo vítores de familiares.

Al llegar a la silla, sentía ganas de llorar.

A diferencia de los demás alumnos, que se dispersaron en cuanto consiguieron su diploma, Jude se esperó a que llamaran a todos sus compañeros para aplaudirlos de uno en uno. No se le ocurría peor horror que subirse al escenario y que nadie aplaudiera. Así que lo hizo con paciencia y con ganas de volver a casa. No sabía qué hacía ahí. No sabía para qué querría ese diploma estúpido, con lo bien que estaría de haberse quedado con el abuelo…

Cuando la graduación terminó, todo el mundo se incorporó para ir al bufet gratis que había montado el instituto. Jude aprovechó la pausa de humanidad para abrir su diploma. Tenía el sello del instituto, la firma de sus profesores y su nombre completo. Al parecer, le habían puesto un atributo a cada alumno. Contempló el suyo durante unos instantes.

«Resiliencia».

¿Ella? Jude volvió a doblar el diploma, contrariada. No se consideraba resiliente. De todos los problemas que tenía, no había conseguido resolver ni uno. Y era incapaz de verle la parte positiva a la vida. O de decir algo bonito de nadie. Era una envidiosa. Y una rencorosa, a veces. Ni siquiera su propia familia era capaz de sacar cinco minutos del día para verla en su única graduación… ¿Cómo iba a considerarse resiliente? Era tan idiota como el resto.

De nuevo, Jude sintió que le picaban los ojos. Se colgó el bolso del hombro y salió por detrás de la masa de gente.

No tenía hambre, pero por lo menos encontró a algunas personas con las que hablar. Unas chicas de su clase de Física que elogiaron su vestido y quisieron intercambiar Instagrams, cosa que Jude no tenía muy claro qué era. Hicieron que se descargara una cosa en el móvil y pusiera algunos datos, y luego se agregaron a sí mismas. De hecho, la mitad de la graduación se agregó. ¿Por qué todos se alegraban tanto de que tuviera Instagram de ese? ¿Para qué necesitaban una cuenta de fotos de alguien con quien apenas habían hablado en todo el curso?

Jude estaba pensando en ello cuando de pronto alguien la cogió de la cintura y la lanzó al vuelo. Se le escapó un grito bastante ridículo —y justificado— que no cesó hasta que la misma persona la atrapó y la dejó de nuevo en el suelo. Jude dio un traspié y se llevó una mano al corazón.

Y… no era Isaac.

—¡Hola! —saludó Josh alegremente.

—¡¿Hola?! —repitió ella—. ¡¿Es que quieres matarme?!

Josh se rio despreocupado. Se había puesto una camisa de color azul claro y unos vaqueros negros. Y, aunque su pelo corto y su rostro estaban igual que cada día, Jude tuvo la sensación de que se había esmerado en verse bien.

—Estás muy guapo —le concedió.

A Josh se le iluminó la mirada.

—Y tú también —le aseguró. Hizo una pequeña pausa después de aquella frase, inquieto—. Bueno, siempre lo estás.

—¿Yo? —Jude se dio cuenta de lo irónica que había sonado y sonrió de nuevo—. Quiero decir..., ¡gracias!

—¿Quieres conocer a mi padre?

—Ya nos conocemos... Es nuestro casero.

—Bueno, pero ahora lo conocerás como padre, no como casero.

Gordon Phelps era una de esas personas que no quieres tener en contra. Grandote, hombros gruesos, la cabeza rapada y unos ojos azules gélidos... Jude recordaba el miedo que le daba de pequeña, cuando pasaba por casa para pedirle el dinero del alquiler a Penny. La forma en que, sin gritar, siempre conseguía aterrorizar a todo el mundo. Nunca quiso saber mucho de él.

Sin embargo, ahora lo tenía delante.

Josh la había guiado apoyándole una mano en la parte baja de la espalda. Ella se dejó, todavía andaba un poco perdida. Le consoló ver que Quinn también estaba con su padre.

—¡Jude! —exclamó esta con alegría—. Qué guapa vas. ¡Felicidades por la graduación!

Quinn solo era así de simpática delante de su padre. Aun así, Jude sonrió y le dio las gracias.

—Así que tú eres la hija de Penny —dijo Gordon, aunque no parecía particularmente interesado—. Hacía mucho que no te veía. Sí, es verdad que os parecéis.

Qué gran forma de empezar la conversación.

—Papá —intervino Josh con más alegría de lo habitual en él—, Jude es quien me ha ayudado a estudiar todas estas semanas. Por eso he sacado tan buenas notas.

Gordon levantó una ceja y se centró en la pobre chica. Ella trató de no dar un paso hacia atrás.

—¿Tú? —repitió el hombre como si lo pusiera en duda—. Bueno, me alegro. Ya era hora de que este se centrara.

—¡Siempre he estado muy centrado! —protestó Josh.

—¿A qué universidad vas a ir, Jude?

Ella se encogió de hombros. De pronto, le daba vergüenza no tener una respuesta clara.

—No estoy segura.

—¿Todavía no te han aceptado en ninguna? —preguntó él con una mueca—. Mala señal.

—Papá... —susurró Quinn.

—¿Qué? Es mala señal. Debería saberlo.

—En realidad —aclaró Jude—, todavía no he solicitado ninguna. Ni siquiera sé si quiero estudiar.

Gordon la analizó con una fijeza que habría intimidado a cualquiera. Jude se mantuvo sorprendentemente firme. Después de vivir tantos años con Penny, sabía cómo mantener la fortaleza cuando alguien intentaba intimidarla.

—¿Vas a seguir los pasos de tu madre? —preguntó él con una suavidad casi viperina.

Jude notó el rencor subyacente. Notó que aquella pregunta estaba hecha para que se sintiera mal consigo misma. Aun así, se negó a sentirse intimidada.

—Quizá —se limitó a decir—. Durante unos cuantos años, no le fue nada mal.

No volvió a ver a Josh o a su familia hasta mucho más adelante, cuando la gente empezó a emborracharse con el vino que habían traído unos cuantos padres. Jude estaba tan tensa que se limitó a beber refresco y a hablar con quien fuera que se acercara.

Conoció a los padres de Robbie, que resultaron ser muy agradables pese a su apariencia gélida. La madre le contó alguna experiencia interesante de sus años de academia, mientras que su marido hacía los remates de información para completarla. Pese a los nervios de Robbie, no dejaban de mirarlo como si fuera su mayor orgullo. Ni siquiera Jude pudo evitar dibujar una pequeña sonrisa llena de ternura.

También vio a Nia, por supuesto. Sus padres eran majísimos. Uno se dedicaba a la construcción y el otro era el recepcionista del hotel de Gordon Phelps. El último tenía una elegancia natural parecida a la de un cisne, y era lo que había heredado su hija. Por eso era tan divina. Habló un rato con ellos, la invitaron a cenar algún día y tuvieron que separarse cuando Nia dijo que quería presentarles a Isaac.

Sin embargo, Jude lo vio antes.

Sus padres habían encontrado un banquito en el que sentarse y le estaban ofreciendo un canapé a Melocotón. A este le entraban arcadas cada vez que le presentaban un plato nuevo. Por lo visto, lo único que le había gustado era el paté con trufa. Ni el de manzana ni el de cincuenta centavos, el de trufa. Sí que era un puñetero gato prémium.

Isaac se mantenía al margen, buscando entre la marea de gente. Al ver a Jude, sonrió. No dijo nada. Tan solo la miró de arriba abajo y su sonrisa se amplió. Jude sintió la repentina necesidad de esconderse como una niña pequeña.

Oh, qué estúpida la volvía. Y qué estúpida había estado desde aquella noche en su casa. No habían vuelto a besarse, pero si las miradas hablaran...

Jude le dijo que no quería tomar ninguna decisión antes de los exámenes, que quería concentrarse. Isaac lo respetó. Por consiguiente, los demás no sabían nada. Era un secreto que tan solo les pertenecía a ellos. Uno que no se hablaba, pero se expresaba mediante sonrisitas y roces cada vez que era posible.

Jude volvió a centrarse en el presente. Uno en el que él sonreía de esa misma manera misteriosa.

—Hola —le dijo Isaac.

—Hola.

Silencio. Pese al movimiento apresurado y eufórico de su alrededor, Jude e Isaac mantuvieron los pies clavados en el suelo y las miradas el uno en el otro. Ella jugueteaba con su diploma, mientras que él mantuvo las manos en los bolsillos. Cuando Jude ladeó un poco la cabeza, Isaac la imitó y ambos se echaron a reír.

—Felicidades por graduarte —concluyó Jude en voz bajita, casi tímida.

Él dio un paso hacia ella. Por algún motivo, parecía que ese día ninguno de los dos tenía respuestas inmediatas.

—Felicidades a ti también —concluyó él—. Ya me han dicho que has sacado muy buenas notas.

—Y tú también. Sin estudiar.

—Sí que estudié.

—Isaac, leer rápido una hora antes del examen no es estudiar.

—Pues no estudié.

Jude quiso enfadarse, pero le dio un ligero empujón en el brazo. Él no se movió ni un centímetro. Seguía mirándola con tanta fijeza que cualquiera habría pensado que tenía algo que decirle, pero Jude sabía que los silencios de Isaac eran mucho más importantes que sus palabras. A veces, una de sus miradas era más que suficiente para que lo entendiera. ¿Quién quería discursos cuando se entendían tan bien con tan solo mirarse?

—¡Jude! —exclamó entonces Roselia—. ¡Felicidades, querida!

Le dio tal abrazo que Jude no pudo hacer otra cosa que devolvérselo. El pobre Melocotón quedó atrapado entre ambas y empezó a maullar en señal de protesta. Para cuando se separaron, apareció Ray para darle otro achuchón todavía más duradero.

—¡Nuestros dos pequeños graduados! —anunció alegremente el hombre.

Al separarse, colocó una mano encima de la cabeza de cada uno. Después, cerró los ojos como si tuviera superpoderes.

—Papá… —murmuró Isaac—, ¿se puede saber qué haces?

—Conecto con vuestras almas.

Roselia se rio de la cara de su hijo. Incluso Melocotón parecía juzgarlos.

—Listo —anunció entonces Ray, y les revolvió el pelo—. ¡Qué orgullosos estamos!

—¿Qué planes tienes ahora, Jude? —quiso saber Roselia.

Oh, otra vez la preguntita…

Para su sorpresa, no tuvo que responderla, pues Isaac le vio la cara que puso y decidió cortar la conversación. O más bien desviar el tema.

—Ya me he apuntado a la academia de policía —anunció.

Sus padres se volvieron en redondo. Y, en medio de la oleada de preguntas entusiastas, Jude no tuvo que dar ninguna explicación sobre su futuro.

Lo cierto es que ella también quería preguntarle a Isaac sobre la academia, pero decidió alejarse un poco para dejarles intimidad familiar. Se encontró con Robbie poco después. Sus padres habían ido al bufet y él se comía su canapé sentado en una silla de plástico. Al verla, sonrió y le ofreció un poco de espacio. Jude agradeció poder descansar las piernas.

—Bueno —dijo Robbie en medio de aquella conversación—, ¿cuántas veces te han preguntado a qué universidad vas a ir?

Jude sonrió.

—Más de las que me gustaría.

—¿Y qué les has dicho?

—Pues que no iré a ninguna.

—Es un poco pronto para saberlo, ¿no?

—Robbie, no envié la solicitud.

—Tú no, pero yo sí. A todas las de tu lista, en realidad.

Ninguno de los dos habló durante lo que parecía una pequeña eternidad. Y es que Jude nunca se había planteado aquella posibilidad.

Mientras Robbie sonreía, ella experimentó cuarenta emociones distintas. Desde el miedo hasta el cabreo, pasando primero por la emoción y la perplejidad.

Sin embargo, Jude no llegó a decir nada, y su amigo la abrazó con todas sus fuerzas.

—Siento que nadie haya venido a verte —le dijo Robbie con suavidad—. Sé lo mucho que te mereces ir a la universidad. Mucha suerte, Jude. Gracias por ser mi amiga. Y por verme cuando nadie más lo hizo.

Finalmente, Jude sonrió y le devolvió el abrazo.

Pronto los padres empezaron a desaparecer y dio comienzo la verdadera fiesta de final de curso. Todo el mundo, al parecer, había acordado verse en el aparcamiento del instituto para celebrar la última despedida. Alguien había hecho una hoguera gigante en la que algunos lanzaban sus apuntes. Jude los juzgó un poco con la mirada. Otros se dedicaban a bailar junto a un altavoz que habían activado en el maletero de uno de los coches. Otros se escabullían para besarse. Otros charlaban tranquilamente, sentados en círculo sobre la hierba.

Jude se quedó con Nia, Isaac, Josh y Robbie. El único que parecía entusiasmado era Josh. Todos lo observaban con estupefacción, especialmente cuando se acercó a una chica que no conocía y se puso a bailar con ella.

—Está… animado —observó Nia con las cejas levantadas.

—Es la euforia posgraduación —explicó Robbie con fascinación—. Existe, ¿eh? Igual que la depresión posjubilación.

Jude bebió de su refresco para disimular la risa.

—¿Te apetece bailar? —oyó entonces.

Nia se había vuelto hacia Isaac y le ofrecía una mano. Él vaciló durante unos instantes y luego lanzó una mirada de soslayo hacia Jude. Ella asintió. Isaac no pareció la persona más feliz del mundo, pero se dejó arrastrar.

Robbie y Jude se habían quedado a solas. Él le echó una ojeada.

—¿Te apetece bailar?

—Creo que prefiero sufrir una embolia —aseguró ella.

—Ah.

—Aunque… no nos vamos a quedar aquí toda la noche, ¿no?

Antes de que pudiera arrepentirse, Jude agarró a Robbie de la corbata y se acercó hacia donde estaban Josh y su nueva amiga. Él empezó a dar saltos de alegría y extendió los brazos. Pronto, la otra chica volvió con sus amigas y los tres empezaron a dar saltos en circulitos. Era absurdo, pero a Jude le hizo mucha gracia. Y eso que ni siquiera conocía la canción que sonaba. Riendo, estuvo a punto de caerse de boca contra el suelo. Y entonces aparecieron Nia e Isaac, que se unieron al corrillo.

La noche resultó ser sorprendentemente divertida. Jude rio, bebió tanto azúcar que flotó un poco, saltó, bailó y sudó por un tubo. Y lo mejor de todo era que le daba igual. Se lo estaba pasando tan inesperadamente bien que ya podría caer un rayo, le daría igual. Se encontraba bien incluso con Nia. Eran las únicas que se sabían algunas de las canciones, así que de vez en cuando se abrazaban y empezaban a bailar juntas. Después volvían con el grupo y bailaban con los demás. O lo que hiciera Isaac, que era más bien asentir con ritmo y reírse de ellos.

Lo más gracioso de la noche, por algún motivo, fue que Robbie tuviera que hacer pis cada cinco minutos y no quisiera ir solo.

—¿Y si me secuestran? —preguntaba—. ¿O me roban? ¿O me juzgan?

Ese era el futuro policía y protector de la ley.

Fueron turnándose para que no lo secuestraran, robaran o juzgaran. Al principio lo hacían de uno en uno, pero terminaron haciéndolo de dos en dos porque la mayoría iban borrachos. Josh, el que más. Jude era la única que no había bebido, así que lo sujetó del brazo para que no se matara por el camino.

Y entonces: horror.

—¡Está ocupado! —chilló Robbie con horror ante el baño portátil—. ¡Oh, no!

Josh resopló.

—Métete entre los arbustos.

—¿Y me tengo que sacar... *eso*... ahí en medio?

—Pero ¿tú nunca has meado en medio del bosque?

—¿Qué se me ha perdido a mí en medio del bosque?

Josh y Jude intercambiaron una mirada y estallaron en carcajadas. Robbie enrojeció.

—Vale —accedió—, pero... ¡Jude, alúmbrame con el móvil! ¡Y que nadie mire!

Eso hicieron. Mientras Josh vigilaba que no pasara nadie y Jude mantenía el móvil en alto y la mirada apartada, Robbie intentó hacer pis. Estaba tan pegado al árbol que no tenía mucho margen de maniobra. Aun así, era incapaz de que le saliera el chorrito.

—¿Podéis hablar? —pidió a la desesperada—. Si no, nos vamos a tirar aquí hasta mañana.

La luz de Jude tembló con su risita. Sin embargo, dejó de reírse en cuanto oyó a Josh.

—*Heeey Jude* —empezó a cantar con una sonrisita maliciosa.

—Ni se te ocurra —advirtió ella.

—*Dooon't make it bad…*

—¡Josh!

—Tranquila, si se me ha olvidado el resto.

—Menos ma…

—*¡NAAA, NA, NA, NANANANAAA!*

—¡JOSH!

Pero siguió vociferando los coros de «Hey Jude» a todo volumen. El escándalo era tal que se empezó a formar un grupo de fans que lo acompañaron en los cánticos malignos. Robbie quería matarlos a todos, pues con tanto público era imposible hacer pis tranquilo.

Por suerte, Robbie terminó de hacer sus necesidades y Josh terminó la canción. Le hizo una reverencia a Jude como si esperara un aplauso, pero ella solo le ofreció un dedo corazón. Él se lo devolvió. Jude intentó empujarle el brazo hacia abajo y él la esquivó. Robbie, que estaba irritado, volvió con los demás.

En medio de aquel forcejeo, de pronto, Josh sujetó a Jude por los brazos. Ella todavía sonreía por alguna broma que acababa de hacerle y jamás podría recordar. Volvió a su semblante serio cuando notó que su espalda se quedaba pegada a uno de los muros del aparcamiento. Y entonces Josh la besó.

Fue tan inesperado que ella no supo reaccionar. Mantuvo los ojos abiertos, aunque no veía nada. Las manos de Josh seguían apretándole los brazos, pero terminaron ascendiendo hasta acunarle el rostro. Al ver que la chica no respondía, se separó un momento para mirarla.

Jude parpadeó unas cuantas veces ante sus ojos azules. El pecho le subía y le bajaba a toda velocidad. Y sus labios se sentían extraños, como si cosquillearan con vida propia. Pero… no le pareció natural. No como con Isaac.

Josh le recorrió el rostro entero con la mirada. Se detuvo en sus labios durante mucho más tiempo del necesario. Después, la miró a los ojos. ¿Le estaba pidiendo permiso?

De forma totalmente automática, ella subió las manos para cubrir las de él. Lo hizo en un gesto gentil, casi etéreo. Y, solo con rozarlo, Josh supo qué estaba pensando.

—¿No? —repitió confuso.

—Lo siento —murmuró ella con una voz tan baja que apenas reconoció—. Lo siento mucho, Josh. Es que...

La verdad es que no tenía más explicación que la obvia. E incluso Josh, en medio de aquella neblina mental, fue capaz de verlo.

—¿Te gusta Isaac? —cuestionó.

Su tono había cambiado. Jude, extrañada, bajó las manos. Él también las bajó. Incluso dio un paso hacia atrás.

—¿Te gusta? —repitió él—. Entonces ¿por qué te pasas el día conmigo?

—Porque... eres mi amigo.

Y era cierto. Contra todo pronóstico, Jude lo consideraba un buen amigo. Quizá no había compartido tanto de ella como con Isaac, pero habían pasado mucho tiempo juntos. Muchas horas. Mucho esfuerzo de exámenes. Muchas risas.

Lo consideraba su amigo, sí.

Por eso empezó a dolerle el pecho al ver cómo la miraba. Jude no supo reconocerlo. Era otra persona. Otra que no le gustaba.

—No me mires así —le pidió.

Podía sentir que los ecos empezaban a formarse en su cabecita. Se preparaban para hundirla.

Josh empeoró su expresión. La ira le nublaba cualquier uso de razón.

—No soy tu amigo —le espetó—. No eres tan interesante como para tener amigos. Robbie tampoco es tu amigo. Lo único que necesitábamos era alguien que nos ayudara a estudiar y tú eras lo suficientemente pringada como para hacerlo. Nia e Isaac fueron mucho más listos.

Jude encajó aquel golpe sin moverse un centímetro.

Había sufrido insultos toda su vida. Toda. Pero jamás desde fuera de su entorno familiar. Durante todo el instituto, había conseguido mantener una distancia prudente con sus poquísimos círculos sociales. Su única excepción, el único momento en el que se había permitido bajar la guardia y abrirse a otras personas, había sido con ellos cuatro.

Las palabras de Josh, aunque estuvieran teñidas de odio, formaron una especie de eco en su cabeza. Como si se estuviera formando una nueva voz que la amargaría para siempre. Una amarga y oscura voz que empezó a emponzoñarlo todo a su paso. Pudo notarlo como si una ola, cada vez más grande, le inundara el cuerpo. Como si lo arrasara todo a su paso y no dejara nada útil tras ella.

Jude no era capaz de hablar. Y Josh no había terminado.

—Cuando salías del aula —siguió enrabietado—, ¡nos reíamos de ti! ¿Te crees que eres importante por ser la hija de una vieja gloria? Ya nadie se acuerda de ella. Además, mi padre dice que siempre ha sido una fracasada. ¡No eres tan importante, Jude! ¿Te crees que me gustas? Ja, ya te gustaría. Te encantaría gustarle a alguien como yo.

Ella se mantuvo en silencio. Sus labios todavía no se habían movido. Sus pies se mantenían firmemente clavados en el suelo. Y sus manos se aferraban inútilmente a su bolso. Se sintió pequeña. Diminuta. Como si cada palabra de Josh fuera un empujón que la clavaba en la tierra.

Por algún motivo, aquel silencio pareció enfurecerlo todavía más.

—Si ni siquiera estás buena —espetó con la voz cortada por la rabia. Tenía los ojos llenos de lágrimas—. Deberías darme las gracias por haberte hecho un mínimo de caso.

Josh dio un traspié y se pasó una mano por el pelo. Durante unos instantes, pareció que iba a caerse al suelo. Sin embargo, terminó señalándola otra vez. Jude estaba tan ida que no fue capaz de oír las últimas palabras que pronunció Josh. Por su expresión, lo prefirió así. Ya había oído suficiente.

Mucho después de que Josh se hubiera marchado, Jude siguió en aquel rincón. No se había movido ni un solo centímetro. Había momentos en los que se sentía incapaz de respirar. Los ecos de su cabeza, esos que siempre luchaban por hundirla, estaban más vivos que nunca.

«¿Lo ves?».

«¿Ves como nadie te quería?».

«Has hecho el ridículo».

«¿Cómo ibas a tener amigos?».

«¿Cómo ibas a gustarle a alguien?».

«¿Te has visto en el espejo?».

«Ridícula».

«Has hecho el ridículo».

«¿Por qué haces que quererte sea tan difícil?».

«Nadie es capaz de quererte».

«Nadie es capaz de quererte».

«Nadie es capaz de quererte».

De pronto, Jude salió de su ensoñación. Respiraba tan deprisa que, durante un instante, tuvo miedo de desmayarse. Consiguió separarse lentamente de la pared. Su cuerpo parecía mucho más pesado que de costumbre. Por algún motivo, se acordó de la bicicleta y de los pedales. Uno, dos, uno, dos... Aquellos veinte metros le resultaron más complicados que la cuesta. Uno, dos, uno, dos...

Para cuando alcanzó la fiesta, se sentía abrumada. Solo quería despedirse y volver a casa. Fingir que aquello no había pasado. Quería encerrarse en su altillo y no volver a salir en su vida.

Vio a Josh. Parecía furioso. Robbie intentaba calmarlo sin buenos resultados. Y Jude ya no los veía de la misma forma. ¿Cuántas veces se habrían reído de ella? Robbie, que parecía tan buenecito... ¿Acaso la odiaba? Quizá no había aplaudido por ella en la graduación. Seguro. Seguro, porque Jude no le importaba a nadie. Lo que había dicho Josh era cierto. Oh, qué ridícula era. Qué ridícula. Qué rid...

Jude debió de haberse ido a casa en ese mismo instante. No debió ver lo que vio. No debió intentar despedirse jamás.

Pero la vida no siempre es justa. Y no se basa en lo que queremos, sino en lo que nos toca.

Y a Jude le tocó ver que Nia rodeaba a Isaac con los brazos y lo besaba.

Durante una pequeña eternidad, Jude dejó de oír su propio corazón.

Y, sin decir palabra, dio media vuelta y empezó a andar.

Las lágrimas aparecieron a mitad de camino. Al principio, tímidas. Después, en cascada. No podía contenerlas. Le dolía la garganta. Y el pecho. Y le costaba respirar. Ni siquiera veía adónde iba, tan solo podía guiarse por su propia memoria.

Era una idiota. Una ridícula. Tenía la correa del bolso sujeta con fuerza, pero ni siquiera se dio cuenta de que lo arrastraba.

Furiosa, hizo una bola con el diploma y lo lanzó a un lado de la carretera. ¿Resiliencia? Sí, seguro.

Al inicio de la cuesta, Jude se detuvo y, en medio de las lágrimas, se quitó las sandalias. El camino era tan largo que le habían hecho una herida en los tobillos. Empezó a ascender descalza. No dejaba de sorber la nariz y de frotarse las lágrimas.

No sabía ni qué hora era, pero se detuvo en la puerta de casa y se quedó sentada en el escalón. No podía dejar de llorar. Tan solo salían lágrimas. Lágrimas y jadeos de dolor, porque tenía la garganta en carne viva. Jude se miró las manos y los pies. Tenía manchas de pintalabios en el dorso de la mano y sus pies daban pena. Respiraba a tanta velocidad que empezó a marearse otra vez.

Sin saber qué hacía, consiguió incorporarse otra vez y rodeó la casa. No se detuvo hasta alcanzar la valla del patio trasero. Ahí, lentamente, pasó por encima. Ignoró el dolor de los pies, de las rodillas y del pecho. De alguna forma, consiguió aterrizar al otro lado sin hacerse daño. Y el olor a tabaco hizo que levantara la mirada.

Penny estaba sentada junto a la mesita del patio. Al oírla, la miró y expulsó el humo por la boca.

Por algún motivo, Jude dejó de sollozar nada más verla. Ahora las lágrimas llegaban entre hipidos. Su mirada se mantuvo perdida en cualquier lugar. Y sus manos temblorosas tantearon ante ella antes de conseguir apoyarse. Jude finalmente alcanzó la silla que había junto a Penny y se dejó caer en ella.

Se quedaron en silencio durante lo que pareció una eternidad. Penny fumaba y Jude contemplaba la nada más absoluta. Ya ni siquiera era capaz de pensar en Josh o en Isaac o en nadie. Era incapaz de pensar. Aun así, las lágrimas no dejaban de caer. Movió los dedos de los pies sobre la hierba, tiró de los hilos del bolso, notó el aire frío contra los brazos de aquel vestido ridículo... Y siguió llorando.

Entonces, Penny le ofreció un cigarrillo. Jude consiguió enfocarla.

—Ayuda más de lo que parece —aseguró su madre.

Jude jamás se lo habría planteado, pero ya estaba encendido. Con los dedos temblorosos, se llevó el cigarrillo manchado de carmín a la boca. Inspiró, tal como había visto hacer a Penny mil veces. Pensó que tosería, pero tan solo le supo horrible. Hizo una mueca.

—La primera vez siempre es la peor —murmuró Penny.

Su madre ya se había puesto de pie, pero dejó el paquete de tabaco sobre la mesa.

Antes de marcharse, se detuvo junto a Jude y la miró mejor. Su hija le devolvió la mirada. Y, por última vez esa noche, y durante mucho tiempo, Jude tuvo la esperanza de recibir consuelo de su madre. De la que una vez le había cantado en su cumpleaños. De la que la había defendido contra esos ladrones.

De alguna forma, la consideró su última esperanza.

Y Penny, como siempre, fue una verdadera decepción.

—No sé qué te pasa, pero llorar es de fracasadas. Y ya empieza a ser hora de que madures un poco.

Tras aquello, volvió a entrar en casa.

Jude permaneció en esa silla. El cigarrillo se consumió en sus dedos y la ceniza cayó sobre el vestido rojo, pero ni siquiera se dio cuenta.

Había dejado de llorar. Ahora tan solo contemplaba el vacío.

Parte cuatro

Los ecos del rencor

17

El principio del fin

Cinco años después de aquella noche, el abuelo de Jude falleció.

Se había pasado las dos últimas semanas de su vida en un hospital, incapaz de recordar a nadie que no fuera su propia madre. A veces confundía a Jude con ella y le pedía que lo perdonara por haberse metido en algún lío. O le preguntaba por personas que seguramente llevaban años muertas. Jude estuvo con él tantas horas como el hospital le permitió. Le leía, le llevaba fruta —que le encantaba— sin que las enfermeras la vieran, le contaba lo que había hecho, cómo estaban su hermana y su madre… Llamaba «mamá» a Penny porque sabía que a él le gustaba. Le decía que Lucy estaba en penúltimo año del instituto y estaba estudiando mucho, aunque eso último no fuera del todo cierto. Le decía que ella misma tenía trabajo, que no se preocupara.

Jude supo que iba a marcharse ese mismo día. Lo supo nada más verlo. Se inclinó sobre su cama y le acunó el rostro con una mano. El abuelo tenía los ojos cerrados y la boca entreabierta. Había intentado hablar con él durante toda la tarde. No hubo respuesta.

Lo observó en completo silencio. Con cuidado, le acarició la mejilla con el pulgar. Sabía que no volvería a verlo. No con vida.

Jude se inclinó hacia delante y apoyó la frente sobre la suya. Murmuró unas palabras de despedida que tan solo eran para ellos dos y se quedó quieta durante unos segundos. Su mano no dejaba de acariciarlo, como si aquello fuera a hacer que volviera a ella. No iba a volver. Ella lo sabía.

Al separarse, Jude buscó la mano de su abuelo. La cerró suavemente en un puño que chocó con el suyo. Después, Jude chocó sus nudillos y finalmente la abrió para apretársela.

El último regalo de su abuelo fue el ligero, casi imperceptible, apretón que le devolvió.

Aquella noche, Jude se despertó a las cuatro de la mañana. Su móvil sonaba. No necesitó descolgar para saber qué había sucedido.

Jude recordaría poco de aquellas últimas horas. Se recordaría a sí misma en el pasillo del hospital mientras se llevaban a su abuelo, sentada en una silla de plástico que crujía bajo su peso, con las puntas de los pies apretadas entre sí y las gafas de medialuna en la mano. Cuando notó que movían la camilla junto a ella, fue incapaz de levantar la mirada.

Nadie te cuenta que, a veces, la peor parte de una muerte es la burocracia que conlleva. Jude agradeció tener veintiún años, casi veintidós, y poder encargarse de todo el papeleo sin depender de Penny. Desde que se enteró de la noticia, su madre se había comportado de forma mucho más ausente de lo normal. Y Jude se veía incapaz de cuidarla de la misma forma que hacía el abuelo, así que una parte de ella agradecía poder salir y rellenar papeleo.

—¿Cómo querrán ocuparse del testamento? —le preguntaron entonces.

Jude parpadeó. Había dormido tan poco y estaba tan paralizada emocionalmente que ni siquiera entendió a qué se refería.

—El testamento de su abuelo —repitió el hombre, que no sabía ni quién era—. La menciona a usted, a su hermana y a su madre. ¿Su hermana es mayor de edad?

—No…

—Entonces, su tutora debe estar presente. Deberán pasarse por la notaría y…

—Mi madre no va a salir de casa.

Hubo algo en su voz, en su tono absolutamente exhausto y derrotado, que hizo que el hombre fuera incapaz de mirarla a los ojos.

—En casos excepcionales —dijo entonces—, podemos hacer que sea el notario quien se movilice hasta su casa.

—No tengo más dinero.

—Su abuelo se encargó de dejarlo todo cubierto, entierro y notario incluidos. Tan solo tiene que confirmarme un día y una hora.

Jude parpadeó de forma ausente y firmó los papeles.

—Tenemos disponibilidad para mañana a las seis —insistió él.

—Sí... Vale.

—Normalmente, los familiares llegan un poco antes para despedir a su difunto con calma.

Jude no respondió. Firmó los papeles.

Firmó tantos papeles que ya no sabía ni qué firmaba. Y le dio absolutamente igual.

Se había quedado sola con ellas.

Estaba sola.

A partir de ese momento, no volvería a estar con su abuelo. No volvería a oír el silbido de su silla de ruedas. No estaría en casa para recibirla.

A partir de ese momento, solo estarían ellas.

Ascendió la cuesta andando. La bicicleta ya pertenecía a Lucy y no le apetecía discutir. No aquel día. Jude mantuvo la mirada clavada en el suelo. En sus pasos. Uno, dos, uno, dos... Tenía la mano metida en su cortavientos. En las gafas de medialuna que conservaba en el bolsillo. Por algún motivo, pensó que su abuelo se enfadaría por dejarle los cristales llenos de marcas de dedos. Luego se rio sin humor al recordar que ya no volvería a enfadarse.

—¿Jude?

La voz de Nino la detuvo.

Estaba en su patio, como siempre. Solo que mayor y con más perilla. Por una vez no sonreía. No hacía bromas. Jude se preguntó qué cara debía de tener para que todo el mundo la mirara con esa lástima.

—Yo… —empezó Nino—. Lo siento mucho. Mi madre ha subido a darle el pésame a la tuya, pero yo quería decírtelo a ti directamente. Si necesitas algo… O ellas…

Dejó que la frase flotara. No sabía qué ofrecerle. Y es que Jude no sabía qué podía ayudarla a estar mejor, si es que existía algún método secreto.

—Gracias —musitó finalmente, y terminó de subir la cuesta.

Aquella primera noche no pudo consolar a Lucy, que lloraba en la cama articulada. Tampoco quiso saber nada de Penny y de los cincuenta cigarrillos que se estaría fumando en el patio. Jude fue directamente al baño y se dio una ducha larga. *Muy* larga. Salió sin pasear la mirada por el baño. No quería ver sus cosas. No quería ver nada de él. Con la cabeza agachada, subió a su altillo.

Jude se pasó la mañana intentando no vomitar. Cada vez que abría uno de los armarios y el olor de su abuelo, tan característico y dulce, la asaltaba… Al quinto intento hizo de tripas corazón y se atrevió a mirar su ropa. Contuvo la respiración. Con un nudo en la garganta, cogió su jersey favorito y una de sus estúpidas camisas de cuadros. Y los vaqueros. Esos que decía que se guardaba para las ocasiones especiales. Y los zapatos. Llevaba tantos años sin caminar que estaban todos nuevos.

Llegó a la funeraria con la bolsa. Había ido con Manolito. Le pareció correcto. El mismo chico que la atendió el día anterior repasó las prendas para asegurarse de que no le faltaba nada.

—¿Está todo?

Jude respiró hondo y se sacó las gafas de medialuna del bolsillo. Dudó unos instantes, mirándolas. Después, las dejó sobre el montón y salió de la funeraria.

Al aparcar a Manolito delante de casa, se tomó unos minutos para sí misma. No se veía capaz de entrar. De enfrentarse a una Penny en pleno proceso de duelo. A una Lucy destrozada. A una casa en la que ya no estaría su abuelo. Había dado vueltas y vueltas por la ciudad. Había alargado el tiempo lo máximo posible. Y aun así no le parecía suficiente. Quería escaparse otra vez.

Jude apoyó la frente en el volante y contó hasta diez. Como no le bastó para calmarse, empezó otra vez. Llegó hasta cien. Y entonces se bajó de Manolito y entró en casa.

Lucy estaba sentada en el sillón. Llevaba puesta una camiseta negra con unos vaqueros oscuros. Quizá era lo más funerario de todo su armario. También se había sujetado el flequillo con dos pinzas y se había maquillado un poco. Por lo menos, ya no tenía los ojos hinchados por las lágrimas. O eso le pareció a Jude cuando la miró.

—¿Dónde estabas? —murmuró su hermana pequeña.

Jude desvió la mirada.

—Ocupándome del papeleo.

—¿Todo el día?

—Alguien tenía que hacerlo.

—Y alguien tenía que quedarse con Penny.

Jude no le dijo que era el único puto día de su vida que le tocaba hacer algo de provecho. Que era la única vez que se había quedado a solas con Penny durante más de dos horas seguidas. Que el desequilibrio no le molestaba tanto cuando le beneficiaba a ella.

No le dijo nada de eso. Era incapaz de sacar energía para discutir con nadie.

—¿Se ha duchado? —preguntó finalmente.

—Ni siquiera ha salido de la habitación.

En lugar de regañarla, su hermana mayor la miró fijamente. Lucy le devolvió la mirada con desafío, como si la retara a protestar. Pero Jude no lo hizo. Se limitó a ir a buscar a su madre.

Tal como le había dicho Lucy, la encontró en su dormitorio. Jude no tenía ni tiempo ni ánimos para la suavidad, así que abrió la puerta de par en par y corrió las cortinas hasta dejar la habitación completamente iluminada. Un camisón estaba tirado por el suelo junto a zapatos y ropa que no supo si estaba limpia o sucia, ceniceros llenos y dos botellas de alcohol. Una estaba vacía, la otra por la mitad. Jude respiró hondo, volvió a contar hasta diez y empezó a ponerlo todo sobre la mesita. Por lo menos no quería pisarlo. Hizo un montón con la ropa en un rincón, apartó los ceniceros llenos y abrió la ventana. Necesitaba ventilar aquella habitación.

Penny seguía tumbada en la cama con la espalda vuelta hacia su hija. Pese al calor, la colcha la cubría hasta la barbilla. Jude se acercó a ella.

—Vamos —le dijo—, tenemos que ir al funeral.

Penny no respondió.

Jude la contempló unos instantes y entonces tiró de la manta para descubrirle el cuerpo. Todavía llevaba su pijama de dos piezas. Y su bata. Su estúpida bata hortera.

De nuevo, Penny no reaccionó.

Jude no tenía el día para aguantar tonterías o para hacer de madre de nadie. Ella también había perdido a alguien a quien quería mucho. Y no había dormido. Ni comido. Y estaba agotada. Y necesitaba un cigarrillo urgentemente.

—Yo también quiero quedarme en la cama y aun así doy la cara —le espetó a su madre—. Vamos. Levántate. Necesitas una ducha.

Silencio. No reaccionó.

Jude dio unos pasos hacia la ventana y se pasó las manos por la cara. No quería gritar. No quería.

Necesitó casi un minuto entero, pero terminó respirando de nuevo. Al volver a la cama de Penny, se agachó junto a ella para verle la cara. Su madre tenía la mirada clavada en la pared.

—Sé que es duro —dijo Jude con suavidad—, y sé que no quieres salir de casa. Solo te pido que te metas en el coche y luego en la funeraria. Solo eso. Como no te despidas de tu padre, vas a arrepentirte toda tu vida.

Jude le permitió unos instantes y entonces ofreció una mano que Penny ignoró.

—Vamos —repitió más firme—. Es la última vez que te lo ofreceré.

Su madre terminó aceptando la mano y poniéndose de pie. Se movía como un zombi, como si no tuviera ni voluntad propia ni equilibrio.

Jude no la juzgó, se limitó a sentarla en la bañera y a arreglarle el pelo como pudo. Y es que llevaba tantos años sin cortárselo que lo tenía larguísimo y enredado. Se esforzó en deshacer cada nudo. Incluso intentó no hacerle daño. De vez en cuando, miraba a Penny para asegurarse de que no le molestaba. Ella se mantenía abrazada a las rodillas y con la mirada clavada en la pared.

Tras la ducha, Jude le secó el pelo y se lo ató con cuidado. Había peinado tantas veces a Lucy de pequeñas que podría hacerlo con los ojos cerrados. El peinado favorito de su hermana siempre había sido una trenza francesa. A Penny también se la hizo, solo que su pelo era tan largo que terminó haciendo un moño con ella. Luego lo sujetó con una pinza oscura y brillante.

—¿Quieres que te maquille un poco? —preguntó Jude en un tono más suave.

Penny no respondió, pero tampoco se quejó cuando su hija le dio la vuelta y le puso un poco de color en los labios y en las mejillas.

Y es que Jude sabía que ese día no iba a ser fácil. Iba mucho más allá de la despedida de su abuelo, pues sería la primera vez que la gente sabría dónde buscar a Penny. Desde aquella infame y polémica entrevista de despedida —que le habían contado, porque ella no la había visto—, Penny Lane no había hecho una sola aparición pública. Quizá, tras tantos años, a nadie le importaría. Aunque Jude lo dudaba.

La cuestión es que podía tener muchas opiniones de Penny, pero no quería rematarla con un artículo mencionando lo pálida y delgada que estaba. Quería que por lo menos saliera con la imagen que ella siempre quiso darle al mundo: una mujer fría y fuerte, pasara lo que pasara.

Penny no tenía mucha ropa, así que Jude terminó prestándole un vestido negro de media manga. Eran de la misma altura, pero Penny estaba mucho más delgada y la tela le bailaba por encima de las rodillas. Jude terminó prestándole también un cinturón. Y después le ató los únicos zapatos cerrados que tenía.

Iba tan distraída que casi no se acordó de vestirse ella misma. Y ni siquiera se molestó en ducharse. Jude se puso unos pantalones y una camiseta negros. Lo bueno de su armario es que estaba lleno de ropa para un funeral. Al pensarlo, resopló con burla contra sí misma. Qué ridícula era.

Jude aprovechó para fumarse un cigarrillo antes de salir. Penny estaba tan paralizada que no quiso otro.

—¿Vamos? —les preguntó entonces a las dos.

Lucy y Penny se incorporaron. Qué remedio.

El trayecto en coche fue silencioso y horrible. A Jude le molestó el sol. Le molestó que hiciera calor. No le parecía adecuado para un funeral, como si aquello tuviera algún tipo de sentido. Odiaba todo. Odió a la gente que paseaba para aprovechar el buen tiempo de junio. Odió a los niños que jugaban felizmente. Odió a las parejitas que iban de la mano. Odió especialmente a la gente que acompañaba a sus mayores. A esos los odió con toda su alma.

El tanatorio se encontraba cerca del cementerio, en las afueras de la zona norte. Jude no quiso incentivar su odio mirando por la ventanilla. Y sí, pisó el acelerador. Le dio igual todo. Que le pusieran todas las multas que quisieran. Terminaron llegando al tanatorio en tiempo récord, y Jude se aseguró de ir por la parte de atrás para no tener que ver si había prensa en la puerta. Si la había, Penny no la vería. Se iba a asegurar de ello.

Una de las empleadas del tanatorio salió a recibirlas. Aunque no dejaba de echar ojeadas ilusionadas hacia Penny, terminó respetando su duelo y guardando silencio. Jude tenía a su madre sujeta de la mano como si fuera una niña pequeña. Pensó que sería una buena forma de mantener distancia con los demás. Lucy caminaba tras ellas con la cabeza agachada.

Jude supo que estaría tensa durante el velatorio en cuanto pisaron el establecimiento. No solo se volvieron todos los empleados, sino que los dolientes de otros funerales empezaron a cuchichear. La presencia de Penny era como un agujero negro que lo absorbía todo a su paso. Y lo peor es que ella estaba tan acostumbrada que ni siquiera levantó la cabeza.

La chica que las acompañaba hablaba sin parar. No se detuvo hasta que Jude la interrumpió.

—Que no entre nadie que no conozcamos —le pidió muy seria.

Ella dio un respingo, un poco intimidada.

—No —aseguró fervientemente—. No, no. Le aseguro que tenemos un nivel de seguridad muy…

—Me fío —aseguró Jude, que no estaba para escuchar las justificaciones de nadie—. ¿Podemos ver la sala?

Era la primera. La más amplia. La más cara. El abuelo se había encargado de dejarlo todo preparado para que ellas no tuvieran que hacer otra cosa que no fuera velarlo. Jude tuvo que respirar hondo antes de entrar. Todavía no había asumido lo que estaba pasando. Le daba la sensación de que Lucy y Penny lo tenían mucho más interiorizado que ella. Y, de pronto, no se vio capaz de ver a su abuelo en un ataúd. Verlo con los ojos cerrados. Con las manos en el regazo.

Así que Jude entró en la sala y, al ver la sombra del ataúd, se centró en Penny. Su madre no había reaccionado desde que le habían dado la noticia, pero verlo fue demasiado.

Jude vio cómo Penny se derrumbaba. Lo vio en cámara lenta. Cómo su rostro se contraía, cómo sus manos se tapaban la boca y se tocaban el pecho y se movían sin saber qué hacer. Cómo su espalda se encorvaba ligeramente. Cómo su cabeza se agachaba.

Fue como ver la demolición de un edificio. Uno tan antiguo, tan asentado, que jamás pensarías que podría caer. Sin importar la cantidad de dinamita, tú apostarías que se mantendría de pie. Y entonces sonaba la primera explosión. Ladrillo a ladrillo, empezaba a caer. La capa de humo se elevaba sobre las demás casas. La segunda explosión provocaba una grieta irrecuperable. El sonido era demoledor. Las otras casas ya no existían entre la muralla de polvo. No se podía ignorar. Y el tercer y último golpe era el que lo hundía del todo. Junto con su falsa esperanza de que era imposible.

Todo puede derrumbarse. Y todo el mundo puede llegar a su límite.

Pese a todos los años de altibajos de su madre, Jude jamás la había visto llorar. Se quedó totalmente paralizada. Quizá no la tenía en muy alta estima, pero jamás habría pensado que la vería tan… vulnerable. Sus llantos eran desgarradores, como si llevara años aguantándolos. Jude temió que fueran a doblársele las rodillas, pero Penny consiguió llegar al ataúd.

Jude había apartado la mirada, pero por el rabillo del ojo vio que Penny se inclinaba sobre su padre. Lucy lloriqueó y se acercó a ella. Se abrazaron. Jude se volvió y se cruzó de brazos. Tras un carraspeo, consiguió que el nudo de su garganta se disipara.

No fue capaz de unirse para recibir el pésame y, egoístamente, dejó que fueran Lucy y Penny quienes se encargaran de aceptar los abrazos de los invitados que empezaron a llegar. Eran muchos más de los que esperaban, y aquella sala gigante se quedó pequeña. Algunos invitados comían, otros charlaban y otros se despedían del abuelo. Todos hablaron con su hermana y su madre. Todos. Y les decían que era un buen hombre. Incluso recordaban anécdotas de ocasiones en las que los había ayudado sin pedir nada a cambio, a pesar de la mala leche que tenía.

Jude no quiso mirar a nadie a los ojos. Toda aquella gente le daba igual. De hecho, no había nadie en el mundo que le importara. El único que le despertaba algo, lo que fuera, estaba metido en un ataúd. ¿Qué hacía ahí con esa gente que ni siquiera conocía? ¿Qué hacía ahí, en general?

Jude mantuvo la mirada en el suelo. Se había asentado en una de las sillas del fondo. Tenía una vista directa hacia las dos dolientes y oía perfectamente lo que les decían.

—Qué bonito que hayas venido a verlo —le decían a Penny con admiración—. Debes de estar tan ocupada… Seguro que lo habría apreciado. Te quería tanto.

—Qué valiente —le decían a Lucy—. Tan pequeñita y cuidando de tu madre. Qué buena. Qué valiente. Seguro que tu abuelo estaba encantado contigo.

Jude supo que su reacción era de niña pequeña, pero las odió a las dos. También se odiaba a sí misma por no ser capaz de ponerse de pie. Sin embargo, sabía que nadie se fijaría en ella por mucho que se acercara al ataúd. No podría soportar los halagos hacia las otras dolientes y la sonrisa educada pero indiferente que le dedicarían a ella. No podría. Era demasiado.

La vigésima vez que alguien dijo: «Qué valiente eres, Lucy, qué responsable», Jude recogió su bolso y salió del tanatorio.

No es que se fuera del velatorio en sí, pero necesitaba tomar el aire. Necesitaba salir de ahí. Y agradeció que ningún empleado le dijera absolutamente nada.

Tal como sospechaba, había periodistas fuera. De un solo vistazo contó cinco, pero supuso que habría muchos más. Y lo confirmó cuando, al pasar junto a ellos, oyó que empezaban a preguntar en voz alta si esa era la hija de Penny Lane.

Jude apretó el paso, pero la persiguieron de todos modos.

—¡Jude! —exclamó la mujer que se adelantó a todos—. Jude, querida, ¿cómo estás? Lamentamos mucho tu pérdida. ¿Cómo está tu madre? Destrozada, ¿no?

Jude no se dignó a contestarles. No se dignó ni a mirarlos. Se llevó un cigarrillo a la boca. Le temblaban las manos de la rabia.

—¿Por qué no nos cuentas qué ha sido de Penny Lane durante estos años? —sugirió otro periodista que ahora caminaba de espaldas ante ella—. Le perdimos la pista poco después de que naciera tu hermana pequeña. ¿Crees que fuisteis el artífice de su fracaso?

—¿Cómo está tu hermana pequeña? —preguntó otra que los había alcanzado.

De hecho, todos los habían alcanzado. Jude se encendió el cigarrillo y trató de caminar más rápido.

—Seguro que estarás destrozada, pero ¿no puedes darnos una respuesta rápida?

—Mi más sincero pésame. ¿Habéis entrado por detrás para que no viéramos a Penny Lane?

—¿Ha cambiado mucho y por eso no quiere que la veamos?

—¿Qué tal es el ambiente del velatorio?

—¿Crees que podríais salir por delante para que podamos hablar con las tres?

—¿No vas a decir nada? Qué maleducada…

Esa última pregunta hizo que Jude se detuviera de golpe. La rabia era una olla a presión que sentía en el pecho, pitando a todo volumen. Nublando todo lo demás. Haciendo que no pudiera ni pensar.

—¿Queréis una exclusiva? —preguntó en voz baja—. Os puedo dar tres.

Todos se habían acumulado delante de ella y tenía siete micrófonos delante de la cara. Por no hablar de las cámaras. No miró a ninguna de ellas, estaba centrada en el idiota que había hecho la última intervención.

—No soy Penny Lane —dijo Jude lentamente—, no me importáis una mierda y no voy a hablar con vosotros. Solo soy una nieta que ha perdido a su abuelo y necesita cinco putos minutos a solas para fumar y llorar tranquila. Ahora, ¿me dejáis pasar?

Todos comentaron la pena que les daba que no hablara con ellos, pero Jude los ignoró y se abrió paso sin molestarse en intentar no chocarse con cada uno de ellos. Al final, solo encontró paz y silencio junto a uno de los árboles que había al otro lado de la carretera. Jude apoyó la espalda en el tronco y le dio una calada al cigarrillo. Mantenía los ojos cerrados para no ver a nadie. Y es que los periodistas la estaban grabando desde el otro lado de la carretera. Irritada, rodeó el árbol para dejar el tronco entre ambos. No podía más.

En cuanto se terminó el cigarrillo, aprovechó para encenderse otro. Ese día todo le daba igual. No podía más. No. Podía. Más.

A veces el universo tiene formas de reírse en tu cara. Y eso fue lo que sintió Jude cuando oyó unos pasos que se acercaban a ella, sintió que el universo se descojonaba en su cara. Cerró los párpados con fuerza. Cuando los abrió, la otra persona estaba junto a ella.

Jude iba a ser muy desagradable. Mucho. Tenía pensado hasta tirarle el cigarrillo al periodista que fuera.

Y entonces vio que era Isaac.

18

El curioso testamento

No había visto a Isaac desde aquella noche, cinco años atrás, cuando decidió besarse con Nia. De hecho, Jude tardó tiempo en retomar la comunicación con la mayoría de sus compañeros de clase. En el caso de Nia, por ejemplo, se debió a que la chica se presentó en su casa y le preguntó qué le pasaba, que por qué había desaparecido tras la graduación.

Tras las vagas explicaciones que dio Jude, quedó claro que en realidad a Nia le importaba un pimiento. Lo que quería era contarle que estaba muy enamorada. Que técnicamente no estaba con Isaac, pero que estaban a punto de formalizar su relación. Que Isaac esto. Que Isaac lo otro.

Y ese nombre que tantas cosas le había despertado a Jude… pasó a un lugar oscuro y marchito de su corazón. Uno en el que solo le despertaba rabia y rencor.

Y dolor.

Jude jamás le dijo a Nia que aquello le había molestado. Tampoco le preguntaba jamás ni por Isaac ni por nada que estuviera relacionado con él. No quería verse involucrada en su vida, en general.

Aun así, Nia le contó algunas cosas, como que Isaac había ido a la academia de policía con Robbie. Se subieron a un tren directo a la capital y se pasaron cinco años fuera de Serena. Todo aquello que Jude y él se habían prometido… Isaac lo había conseguido. Ahora debía de ser un cargo menor dentro del cuerpo policial de Serena. Porque sí, había vuelto. Y con Robbie. Por lo visto, ahora eran compañeros de trabajo.

Jude no podía entender que alguien volviera a Serena después de conseguir marcharse, pero no quiso preguntarle. Más que nada porque no quería hablar con él. No quería verlo.

Sin embargo, ahí estaba.

Lo primero que vio Jude fue el uniforme. Iba vestido de policía, con su camisita, su cinturón cargado, sus botas y su placa. Jude tuvo la sensación de que había crecido, si es que era posible. Tanto en altura como en anchura, porque ya no tenía los brazos tan delgados como ella recordaba. Ni los hombros. Ni los muslos. Y Jude era una experta en cómo había sido su cuerpo, se había pasado medio instituto contemplándolo.

Jude no subió la mirada a su cara. Por algún motivo, se vio incapaz. ¿Vergüenza? Tal vez. Sabía que Isaac había conseguido trabajo, que se había sacado un título y que físicamente estaba en su mejor momento. Ella, en cambio…

Jude no estaba en su mejor momento. El pelo le había crecido y, en días como ese, se lo ataba en un moño mal hecho. Además, el tabaco había hecho que adelgazara. No de una forma bonita, sino casi enfermiza, en la que sus mejillas se habían hundido y no podía hacer nada por quitarse las ojeras. Su trabajo más serio era en la gasolinera de la tía de Milly. Seguía sin salir de Serena y ya tenía asumido que nunca lo haría. No había hecho absolutamente nada interesante en cinco años.

Sabía que Isaac se daría cuenta en cuestión de segundos. Y, por mucho que lo odiara, quería impresionarlo. Quería que le jodiera que la hubiera dejado escapar. Aunque en el fondo jamás hubiera estado interesado en ella.

Aunque él sí la hubiera buscado. Aunque fuera ella quien lo hubiera evitado exitosamente durante cinco años.

Jude se volvió hacia el frente, todavía con el árbol pegado a la espalda. Isaac no hizo ademán de acercarse más, pero sí que se metió las manos en los bolsillos. Jude lo vio por el rabillo del ojo y odió conocerlo tan bien.

Irritada, le dio otra calada al cigarrillo.

—¿Desde cuándo fumas?

La voz de Isaac se había vuelto más grave.

Ella ignoró lo mucho que se le había acelerado el corazón. Lo mucho que le picaban los ojos. Lo mucho que le dolía la garganta por el puñetero nudo que se había instalado en ella. Irritada, golpeó ligeramente el cigarrillo y dejó que la ceniza cayera al suelo.

¿En serio? ¿Aquello era lo primero que le decía después de cinco años?

—¿No me vas a hablar? —preguntó Isaac.

Jude mantuvo la mirada al frente. No expresó absolutamente nada. No quería saber nada de él. Aunque la estuviera matando por dentro.

—Solo quería darte el pésame —prosiguió Isaac tras acercarse otro paso—. Y… decirte que pedí el traslado a Serena. Voy a estar aquí todo el tiempo que quiera. Si necesitas algo… Sé que tu abuelo te ayudaba mucho en casa.

Él no sabía *nada* de Jude. Nada.

—Lo siento, Jude. Era un buen hombre.

La intensidad del reencuentro se juntó con la primera vez que hablaban de su abuelo en pasado. La primera señal real de que, para el mundo, ya no existía. Ya había pasado a un capítulo anterior. Ya no quedaba nada de él.

Jude volvió a sentir que los ojos se le llenaban de lágrimas. Parpadeó unas cuantas veces para espantarlas. Era experta. Después le dio otra calada al cigarrillo.

Pese a la falta de respuesta, Isaac seguía sin moverse de su lado. Y Jude sabía que la estaba mirando fijamente. Se negó a darle el placer de corresponder. Y eso que se sentía como si un hilo invisible tirara de su cabeza para girarla hacia él. Quería verle el rostro. Pero quería joderlo todavía más.

—¿Ni siquiera me vas a mirar? —preguntó él. Su tono era una mezcla curiosa entre la tristeza y la rabia.

Y Jude, en un pequeño despiste consigo misma, se volvió y lo miró.

Se había dejado crecer un poco el pelo. Y la barba. Ahora tenía una pequeña sombra oscura que le cubría la mandíbula. Y el pelo le rozaba el cuello de la camisa de policía. Sus ojos, sin embargo, seguían exactamente igual que antes. Jude reconoció el tono castaño. El que sabía que, bajo la luz adecuada, se transformaría en dorado. Recordó los dos lunares de su mandíbula, que ahora estaban ocultos por la barba. Lo recordó riendo bajo la luz violeta de su proyector.

Jude no sabía cuál era su expresión, pero deseó que le dijera todo lo que necesitaba saber. Y que la dejara en paz. No era el día para reencuentros. No era el día para nada que no fuera su abuelo.

Aun así, Isaac siguió mirándola durante una pequeña eternidad. Sus ojos estaban llenos de tristeza. Su boca estaba apretada en una línea dura, como si intentara no hablar. Ladeó la cabeza, como siempre había hecho cuando intentaba entenderla. Y esa fue la primera vez que no lo consiguió.

—Hemos venido todos —le dijo él suavemente—. Solo para que lo sepas.

Jude no quiso saber quiénes eran «todos». Cuando él se dio media vuelta y cruzó la carretera, se sintió aliviada. Y triste. Una mezcla muy rara de ambas emociones que, al unirse, la marearon un poco. Se pellizcó el puente de la nariz para intentar disipar el dolor de cabeza, pero fue inútil.

Tenía que entrar otra vez. Aunque fuera para estar con su familia. Con la poquita que le quedaba ya.

El resto del funeral transcurrió sin que nadie le dijera nada. Jude vio que Isaac, Nia, Josh, Robbie y los padres de todos se acercaban a darle el pésame a Penny. Algunos también se lo dijeron a Lucy, que se había abrazado a Quinn y Maggie con todas sus fuerzas. Pareció que algunos de ellos buscaban por la sala, pero Jude se mantuvo escondida en un rincón.

Y entonces llegó el momento de cerrar el ataúd. El chico de la funeraria preguntó si todo el mundo se había despedido. Jude no se había acercado, pero sí que se había despedido. Cuando importaba. Cuando estaba vivo. Así que apartó la mirada.

Con el ataúd cerrado, todo el mundo empezó a marcharse. Penny fue la única que se quedó delante del féretro, con una mano apoyada en la superficie de madera. Le seguían cayendo lágrimas silenciosas por las mejillas.

Como quedaban pocos invitados, Jude aprovechó para acercarse a ella. Con suavidad, le quitó la mano del ataúd. Penny la miró confusa.

—Tenemos que dejar que se lo lleven —explicó con la suavidad de quien habla con una niña.

Penny parpadeó y, finalmente, asintió.

Jude sabía que salir del tanatorio no iba a ser tan fácil como entrar, pues la prensa ya sabía que estaban ahí. No quiso decírselo a Penny para no preocuparla, pero sí que miró a su hermana con cara de circunstancias. Lucy no pareció entenderlo, o no le dio la importancia suficiente.

Con cuidado, Jude le pasó un brazo por encima de los hombros a su madre y la guio hacia la salida trasera. Los empleados del tanatorio se habían reunido en la puerta y no dejaban de mirarlas, lo cual confirmó sus sospechas. Sin embargo, no podían quedarse ahí eternamente.

Su sorpresa fue que, al salir, encontró un pasillo humano en dirección a Manolito. Los periodistas estaban, sí, pero alguien los retenía para que no pudieran frenarlas. Penny parpadeó cuando se disparó un flash, pero el siguiente lo cubrió la mano de Isaac.

¿Isaac?

Jude hizo el recorrido con rapidez, asegurándose de que su madre la seguía. Incluso le había agachado un poco la cabeza para que no pudieran verle la cara. Sin embargo, pese al murmullo, los periodistas se mantuvieron al margen. Tardó unos instantes en darse cuenta de que Robbie, con su uniforme de policía, los estaba reteniendo con los brazos extendidos. Parecía más alto que la última vez que lo vio, como si el uniforme le hubiera hecho crecer.

La pobre seguía sin entender nada cuando Isaac se acercó corriendo a ellas. Sin mediar palabra, le pasó otro brazo por detrás a Penny y las guio hacia el coche. ¿Aquello había sido idea suya?

Nada más llegar junto a ellas, un periodista intentó meterse en el círculo. Isaac elevó la mirada como si le hubieran dado un latigazo. Con un solo vistazo lleno de irritación, consiguió que el periodista volviera a su lugar.

—¡Manteneos atrás! —ordenó Isaac con una voz autoritaria que no parecía suya. Incluso sonó más grave que su tono habitual.

Consiguieron meter a Penny en el asiento de atrás, mientras que Lucy se apresuró a meterse en el del copiloto. Isaac siguió cubriéndolas con su cuerpo para que no pudieran hacerle fotos. Y, aunque podría haberse marchado antes, también cubrió a Jude hasta que llegó al asiento del conductor.

Ella ya tenía medio cuerpo dentro del coche cuando, en medio de la marea de gritos y flashes, se volvió para mirarlo. Isaac mantenía una mano en la puerta abierta y otra en el capó. Estaba cubriéndola con todo su cuerpo. Y estaba mucho más serio de lo habitual.

Sin embargo, cuando sus miradas se encontraron, a Jude le dio la sensación de que sus ojos se suavizaban.

Quiso darle las gracias, pero se había quedado muda. Quizá era el caos, quizá era la sorpresa.

Él no esperó que dijera nada.

—Usa la segunda salida —indicó con su tono de policía—. Tranquila, no dejaré que se acerquen.

Jude asintió de forma ausente. Y, aunque podría haber entrado en el coche, permaneció donde estaba un momento de más. Isaac tampoco se movió.

Si las miradas pudieran hablar…

De pronto, él bajó la vista para repasar su rostro entero, carraspeó y parpadeó unas cuantas veces. Jude por fin entró en el coche. Fue Isaac quien cerró la puerta con suavidad. Se quedó junto a ella mientras la pobre arrancaba como podía y las siguió por todo el aparcamiento hasta que llegaron a la salida.

Por el retrovisor, Jude vio que Robbie y él se detenían en la entrada del aparcamiento y retenían a todos los periodistas. Tal como Isaac le había prometido.

Jude se sentía… ausente. Desde la muerte de su abuelo, apenas había procesado nada. Sabía que estaba en el funeral. Supo, después, que estaba aparcando a Manolito frente a casa. Que Penny entró rápidamente y Lucy fue tras ella.

A diferencia de ellas, Jude no entró inmediatamente, sino que se sentó en el escalón de la entrada con un cigarrillo en la mano y esperó al notario. Alguna parte medio dormida de ella se había acordado, de pronto, de que habían quedado con él. Le hizo gracia imaginárselo en un barrio como aquel. Se suponía que los notarios ganaban mucho dinero, ¿no? Ja. Seguro que era la primera vez que cruzaba el río. Jude sonrió sin humor, solo con amargura. Bromeó consigo misma, imaginándose que le robaban la cartera al notario y salía corriendo. Y que le dieran explicaciones Penny y Lucy.

Lamentablemente, la vida real era mucho más aburrida que la que se montaba Jude en la cabeza.

El notario llegó con un maletín y mucha profesionalidad. Aparcó junto a Manolito, entró en casa y las saludó una a una. Tras eso, todos se acomodaron alrededor de la mesita de café. Si el señor tenía algo que opinar sobre su casa, lo disimuló con muchísimo saber estar.

Penny seguía manteniendo la mirada perdida, pero al menos parecía que estaba pendiente de las palabras de aquel hombre. Y Lucy se limitaba a abrazarse las rodillas.

—Antes que nada —dijo el notario, que tenía las piernas colgando al borde de la cama articulada del abuelo—, mi más sincero pésame por su pérdida.

—Gracias —murmuró Jude.

Y entonces entró en su fase profesional de citar el nombre completo del abuelo, su número de identidad, los trabajos que había ejercido… Al mencionar que tenía el carnet de conductor de camiones, Jude esbozó media sonrisa.

Lo cierto es que nunca había estado presente en una lectura de testamento, así que esperó pacientemente a que el hombre terminara de darles explicaciones.

—Es mi deber informarles de que el señor Portman decidió cambiar su testamento unos meses antes de fallecer —prosiguió el hombre en su tono serio y profesional—. Procedo a la lectura del mismo.

»Primero: revoco cualquier testamento o disposición anterior, quedando este como único y válido.

»Segundo: designo como heredera universal de mis bienes, derechos y acciones a mi nieta Lucy Portman, confiando en que sabrá administrar con sabiduría este regalo. Hasta su mayoría de edad, será su progenitora, Penelope Louise Portman, quien se encargará de gestionarlos.

La habitación se quedó en silencio.

Mientras el señor carraspeaba y seguía leyendo, Jude intercambió una mirada entre sus dos únicas familiares. Ellas se contemplaban entre sí, igual de confundidas.

—Tercero —prosiguió el notario—: lego a mi hija, Penelope Louise Portman, mi biblioteca personal de vinilos y novelas compuesta por más de setecientos tomos, muchos de ellos de valor incalculable a nivel sentimental, con la esperanza de que su contenido le recuerde a mí y a su madre.

Penny esbozó una pequeña sonrisa. Era casi imperceptible. Y la mayor emoción positiva que Jude había visto en muchos años en aquella casa.

—Cuarto: entrego la cantidad de cinco mil dólares a mi nieta, Lucy Portman, y otros cinco mil dólares a mi hija, Penelope Louise Portman, con la voluntad de que puedan vivir tranquilas en mi ausencia, aunque sea durante un breve periodo de tiempo.

»Quinto: ordeno que mi hija, Penelope Louise Portman, sea quien se haga cargo de la hipoteca que empecé a pagar en dos mil dieciséis y el cuidado de la casa situada al final de Carriers Lane, Serena, con la esperanza de que la cuide como si fuera suya.

¿Hipoteca?

Pero… si siempre habían vivido de alquiler. Jude frunció el ceño, no entendía nada. Tanto Penny como Lucy parecían tan confusas como ella.

¿Y si…? Jude se lo pensó bien. ¿Y si el abuelo había decidido comprar la casa en cuanto empezaron a insinuar que Jude trabajara? ¿Y si su último regalo era liberarlas de pagar un alquiler para el resto de sus vidas?

Seguía un poco perpleja, pero se las apañó para escuchar el resto del testamento. ¿Cuándo saldría ella?

—Sexto: deseo que el resto del dinero de mi cuenta bancaria sea destinado al arreglo de desperfectos en dicha casa y lo dejo bajo la responsabilidad de mi nieta Lucy Portman. Hasta su mayoría de edad, será su progenitora, Penelope Louise Portman, quien se encargue de gestionarlo.

A esas alturas, Jude empezó a notar un picor incómodo en los ojos.

¿No iba a mencionarla?

No había nada relacionado con ella. Ni un mensaje.

Nada.

De pronto, se planteó si el abuelo se habría olvidado de su existencia. Todo el mundo parecía hacerlo. Si estaba enfadado con Jude y ella jamás lo supo. Si había hecho algo mal, para que la odiara tanto.

—Séptimo —dijo el notario entonces—: entrego a mi amada nieta, Jude Portman, este sobre sellado que tan solo deseo que ella vea, con la esperanza de que algún día me perdone.

Un sobre.

El abuelo se había acordado de ella para… ¿qué? ¿Darle una carta?

A Jude le daba igual la casa. Tampoco quería su dinero. No quería nada material. Pero el hecho de estar al final, de recibir aquel sobre con aquella explicación tan críptica…

Quizá estaba muy sensible, pero le sentó como una patada en el estómago. Jude aceptó el dichoso sobre y lo dejó en su regazo. Los otros tres la contemplaron unos segundos por si decidía abrirlo. Al ver que no lo hacía, el notario prosiguió:

—Octavo y último: nombro albacea y ejecutora de mi voluntad a mi hija Penelope Louise Portman, en quien confío plenamente para velar por el cumplimiento de estas disposiciones.

El silencio siguió aquella frase. Y, aunque el notario continuó leyendo las últimas páginas y dio fe, Jude fue incapaz de escuchar nada. Ni siquiera quería mirar el puto sobre. No quería saber absolutamente nada de su familia. Nada.

El notario se marchó poco después y Jude tuvo el vago recuerdo de darle la mano a modo de despedida.

Lo que sí recordaría Jude perfectamente, y lo recordaría siempre, sería la sonrisa de Lucy. Los botecitos que dio hacia su madre. El abrazo que compartieron. Que tenían dinero, por fin. Que eran casi propietarias. Que cuánto las quería el abuelo.

Jude lo observó todo desde un rincón del salón. Todavía tenía el sobre en la mano, apretado con fuerza y sin preocuparse de dañar su interior. O de notar alguna forma bajo la textura del papel. Le daba tan igual. Le daba todo tan igual.

La ventaja de pasar desapercibida para todo el mundo era que podía salir de casa sin dar explicaciones. Y eso hizo. Salió de casa hecha una furia, sin mirar a los lados, sin prestarle atención al frente.

Iba tan decidida que casi no vio a Josh a tiempo.

Él se detuvo hacia la mitad de los escalones de la entrada, sorprendido. Jude no consiguió reconocerlo hasta que estuvo a poca distancia. Tenía la mirada nublada. No por las lágrimas, sino por la rabia.

Josh la contempló unos instantes.

—Jude —dijo lentamente—, ¿estás…?

A modo de respuesta, ella terminó de bajar los escalones y se lanzó a sus brazos. Lo hizo sin pensar. Le rodeó el cuello con fuerza y, antes de que ninguno de los dos pudiera pensárselo bien, Jude lo besó. Con fuerza. Con la pasión de quien necesita, desesperadamente, dejar la mente en blanco.

Y me imagino tu cara de sorpresa. Por eso, déjame recapitular un poco.

Jude no volvió a ver a Josh hasta dos años después de aquella noche. Para entonces, ella ya había trabajado en más de veinte sitios diferentes, siempre a cambio de una miseria, y Josh ya había heredado tres negocios de su padre.

Se vieron a la salida del Melody Lane. Ella todavía no se había sacado el carnet de conducir, así que detuvo la bicicleta a su altura. Josh la esperaba junto a la carretera. Por su cara, parecía que había visto a un fantasma.

A esas alturas, Jude ya no era la misma niña que él había conocido, sino que tenía mucho más carácter. Y muchos menos escrúpulos para conseguir lo que quería.

Recordaría siempre la forma en que Josh la invitó a una copa. Ella apenas lo miró en toda la noche, pero sí que aceptó copa tras copa. Llegados a cierto punto, ya ni siquiera le importaba escucharlo. Incluso empezó a verlo guapo. O atractivo, mejor dicho, porque guapo había sido siempre. Su problema era cuando abría la boca. Por eso Jude hizo que se callara cubriéndole la boca con la suya.

Le sorprendió la velocidad con la que Josh le devolvió el beso. Lo hizo como si se la comiera viva. Como si sus manos hubieran dolido con las ganas de tocarla. Y Jude se dejó. Vaya si se dejó. Como ahora el negocio era suyo, se metieron en su despacho y lo hicieron sobre el escritorio nuevo. Todavía había tornillos sueltos por el suelo.

No fue una gran experiencia. Jude la recordaría como algo que no la había impactado ni para bien ni para mal. Un día más. Sin embargo, Josh se separó de ella con una sonrisa tan grande que cualquiera diría que acababa de descubrir lo que era la felicidad.

—¿Qué tal? —le preguntó, y se lo preguntaría cada vez que lo hicieran—. ¿Tú… bien?

—No.

Jude no le pidió permiso para encenderse un cigarrillo en su despacho. Josh la contempló con perplejidad. Y más cuando ella se incorporó, se bajó el vestido y se subió la ropa interior.

—¿No? —repitió él pasmado.

—Si ni siquiera estás bueno —sonrió ella con ironía, recordando aquella fatídica noche de la graduación—. Deberías darme las gracias por haberte hecho un mínimo de caso.

Josh pareció dolido. Al menos, durante los diez segundos que tardó en entender por qué se lo había dicho de aquella manera. Y entonces se cabreó. A Jude le dio igual y salió de su despacho sin despedirse.

El cabreo de Josh se extendió durante mucho tiempo, pero curiosamente siguió buscándola. Cuanto más pasaba Jude de él, más la buscaba Josh. Era una dinámica tan peligrosa como práctica, porque ambos tenían claro lo que querían. Lo que no tenían muy claro era si estaba en sintonía con lo que quería el otro.

Josh quería estar con ella. Jude necesitaba sentir que no estaba sola en el mundo. Abrazar otro cuerpo. Sentir que alguien la necesitaba. Y por eso siguió acostándose con él esporádicamente durante todos aquellos años.

Y ahora que puedes moverte con pleno contexto, te devuelvo a la historia.

Después de hacerlo, Jude se deslizó de nuevo al asiento del copiloto. Mientras Josh se quitaba el condón y se subía los pantalones, ella bajó la ventanilla y se encendió un cigarrillo. Notaba el sudor en la clavícula, el tirón en los muslos. La incomodidad de hacerlo en un coche.

De vez en cuando, Josh estiraba la mano y la acariciaba. O le preguntaba cómo le había ido el día. Como si fueran pareja o algo así. En otras ocasiones, ni siquiera se molestaba en mirarla. O se limitaba a preguntarle si podía irse ya, que tenía prisa. A Jude le daba igual en cualquier contexto. Y él parecía más enfadado por ello.

Mientras ella fumaba y miraba por la ventana, notó que Josh enredaba el dedo en un mechón que a ella se le había escapado del moño.

—¿Estás bien? —preguntó él.

—Sí.

Jude permitió que siguiera tocándola, pero no le devolvió la mirada. Estaba agotada. Aquel era el primer momento relajante que había vivido en todo el día. Quería disfrutarlo.

—Isaac y Robbie vuelven a estar en la ciudad.

—Ya.

—Han venido al funeral. No te hemos visto.

—Porque no quería que me vierais.

—Luego Isaac se ha hecho el héroe con los periodistas.

El tono irritado no fue discreto.

—Pues nos ha ayudado mucho.

—Ya, seguro que le encanta que le debas algo.

—¿Lo dices por él o por ti?

Normalmente, aquel tipo de respuesta habría desencadenado una discusión que no iba a ganar absolutamente nadie.

Pero esa mañana habían incinerado a su abuelo, y la única parte positiva de aquello era que *nadie* iba a discutir con ella.

Al pensar en el abuelo, Jude tuvo que tragar saliva con fuerza. El sobre. El puto sobre que le había dejado. Para una persona que pensaba que la quería... y le había dejado un sobre. No quería pensar mal de él, pero lo hizo. Y pensó mal de sí misma.

A veces Jude se preguntaba si era peor persona de lo que creía. Si, sin darse cuenta, trataba mal a la gente y por eso todo el mundo parecía terminar alejándose de ella. Se lo preguntaba muy a menudo. Aunque nunca se lo había planteado respecto a su abuelo. Con él nunca hubo dudas. O eso creía ella hasta una hora antes.

—Isaac ha preguntado por ti —insistió Josh.

Había usado un tono suave, pero Jude suspiró y por fin lo miró.

—¿Vamos a hablar mucho más de él?

—¿Por qué?

—Porque no me apetece.

—Sabes que debe de tener una relación con Nia, ¿verdad?

—Vale, Josh.

—Y no creo que seas la clase de amiga que se entromete con el que le gusta a su mejor amiga.

—Claro.

—No lo eres, ¿verdad?

—Si quieres hacerme una pregunta, Josh, hazla directamente o quédate con la duda.

Aquello le salió en un tono más agresivo del que pretendía. Josh no se sorprendió demasiado. La estaba mirando tan fijamente que podría haber terminado en una audición de *Zoolander* sin querer.

—¿Tengo que preocuparme por Isaac? —preguntó Josh finalmente.

Jude lo contempló de vuelta. Contempló sus ojos azules. Su pelo clarito. Su cuello grueso. El tatuaje que se había hecho en el brazo al cumplir dieciocho. La camiseta de marca. Era una imagen normal y corriente de un chico normal y corriente.

Entonces ¿por qué le daba tanta rabia su simple existencia?

—¿Preocuparte? —repitió Jude lentamente—. ¿Y por qué lo harías exactamente?

—Creo que lo sabes.

—No, no lo sé.

—Joder, ¿cuántas veces me vas a martirizar por algo que te dije cuando éramos críos? ¿No te parece que es hora de soltarlo?

—Me parece que la hora de soltarlo será la que *yo* diga.

—Entonces ¿qué? —espetó Josh de pronto—. ¿Esto es a lo máximo que puedo aspirar contigo? ¿A hacerlo en un coche en medio de la nada?

—¿Y a qué puedo aspirar yo contigo? ¿A que me hagas comentarios pasivo-agresivos? ¿A que te burles de mi calle cada vez que la pisas?

—¿Qué culpa tengo yo de que vivas en esta cuesta horrible?

—La misma que yo.

—Podrías mudarte a un sitio un poco menos tenebroso.

—Más tenebrosa es tu puñetera mansión, por eso nunca la pisaré.

Josh no siempre se enfadaba por las palabras más ofensivas. En muchas ocasiones, se cabreaba mucho más por el tono. Y es que Jude, con los años, había desarrollado un tono de voz bajo e insidioso que provocaba a cualquiera. Lo usaba cuando quería terminar una conversación con Josh. Jamás fallaba.

—Que te den, Jude —murmuró de mala gana él.

—Gracias. Lo mismo digo.

Él arrancó el coche de nuevo, irritado. Lo hizo con tal acelerón que a Jude se le cayó el cigarrillo por la ventanilla. Se aseguró de no poner ninguna cara. No iba a demostrarle lo mucho que le había molestado que hiciera aquello.

19

La vieja gasolinera de Serena

El puesto de trabajo más estable de Jude durante aquellos últimos años había sido muy catedrático: el mostrador de una gasolinera. La única que había en Serena, en realidad.

En invierno no pasaba casi nadie y en verano se llenaba de turistas con coches de alquiler. Jude odiaba las dos épocas por igual. Aunque odiaba un poco más a los turistas que le decían que el precio estaba muy alto, como si lo pusiera ella. Como si le importara una mierda si se gastaban diez dólares o robaban tres bidones de gasolina.

Como no había dónde sentarse, Jude se pasaba el turno de seis horas de pie tras el mostrador, ojeando revistas y periódicos, cobrando a los clientes y echando ojeadas al aparcamiento para fingir que trabajaba. Sabía que algunas de sus compañeras se dedicaban a robar aperitivos. Sabía también que nunca las habían pillado. Ella tan solo había robado comida en algún final de mes muy precario, pero luego siempre devolvía el dinero de la forma más discreta posible.

Por lo menos, su jefa era una mujer buena y razonable. A sus sesenta y ocho años, Rachel seguía vistiendo petos y botas de trabajo, una gorra de pescadora y mantenía el pelo teñido de rojo chillón. Siempre había sido una de las raras del pueblo.

—Gordon Phelps me la quiere comprar a traición —decía siempre, obsesionada con él—. La quiere, la quiere… ¡Yo lo veo! Y prefiero morir que darle un solo centímetro de mi propiedad, ¿eh?

Jude pensó en su abuelo, que había sido mucho más rápido. Y, tal como había escuchado el día del testamento, había decidido comprar su casa de una vez por todas.

Qué listo fue siempre.

Volviendo a la realidad, a todo el mundo le daba miedo Rachel, pero a Jude le gustaban sus pequeños delirios. Y resultó ser una de las pocas personas que no se alejó de ella como si tuviera la lepra cuando su abuelo enfermó.

Porque sí, el primer día todo el mundo quería dejar claro lo buena persona que era con su pésame. ¿Al día siguiente? Absolutamente nadie. Era como si la gente se pensara que la tristeza era contagiosa. Como si creyeran que a ellos también se les iba a morir un familiar si se acercaban un poco más a Jude.

Rachel era otro tipo de persona. Y, sorprendentemente, también lo era su sobrina Milly, con la que se veía obligada a trabajar.

Ese día, su jefa entró en la gasolinera por la puerta trasera, jugueteando con un manojo de llaves más grande que su puño. Ni siquiera levantó la mirada, pero Jude supo que hablaba con ella.

—¿Cómo estás, encanto?

—Ah, la gran pregunta…

—Como el culo, ¿eh? —Rachel se detuvo al otro lado del mostrador—. Normal. Lo querías mucho, ¿eh?

Siempre terminaba las frases con ese «¿eh?», como si quisiera recibir tu bendición por cualquier afirmación. O, dependiendo del contexto, como si quisiera retarte a rebatirla.

—Sí —admitió Jude.

—Y él a ti, ¿eh?

—Pues no lo sé.

Rachel por fin dejó de contemplar el manojo de llaves.

—¿Qué quieres decir?

—Me dejó un sobre a modo de herencia. Les dio todo lo demás a mi hermana y a Penny.

—A las dos que menos hacen, ¿eh?

Jude se encogió de hombros. Rachel ladeó la cabeza. Parecían las peores investigadoras de la historia.

—Bueno —concluyó Rachel—, no todo en la vida son los bienes. Aunque supongo que no te refieres a eso, ¿eh?

—No.

—Creo que te entiendo, encanto… Pero no juzgues las decisiones de alguien que no puede defenderse, da mala suerte, ¿eh?

Jude vio que desaparecía por la tienda y empezaba a probar las llaves con todas las vitrinas. Es decir: lo caro. Lo que Rachel no permitiría que se llevaran sin haberlo pagado. Y Jude lo entendía. Un día, se asomó para ver qué había. Encontró un whisky más viejo que ella. No le dio muy buena espina, pero quizá era lo que bebía la gente que se enteraba del tema.

El resto del turno transcurrió con tranquilidad. Jude ignoró las revistas que habían cubierto el funeral, y los titulares donde la ponían verde, ignoró también las miradas de lástima que recibió de parte de los clientes. Tan solo quería trabajar, cobrar e irse de nuevo a su casa. Quería comprobar que Penny estaba bien.

Quizá, si no hubiera pensado tanto en Penny y se hubiera centrado un poco más en lo que la rodeaba, se habría dado cuenta de que Isaac estaba delante de ella.

—¿Qué coche es? —murmuró Jude sin mirar.

—El de patrulla.

Reconoció la voz al instante. Jude dudó. La respiración se le había quedado clavada en la garganta como un puñal.

Después, siguió leyendo su revista.

Sabía que Isaac no se marcharía. También sabía que Rachel estaba asomada entre las estanterías como la cotilla que era.

—Jude… —empezó Isaac, otra vez en ese tono cansado—, me gustaría hablar contigo.

Ella lo ignoró.

Quizá debería haberle hablado, pero su enfado se había transformado en vergüenza. La de saber que él la había ayudado cuando no tenía por qué hacerlo. Y que había visto la parte mala de la fama de su madre. ¿Cómo iba a querer estar con ella después de todo eso? Que sí, que ya era muy tarde para pensar en todo aquello, pero aun así Jude lo tenía en cuenta.

Oh, qué patética era…

—Habla —murmuró ella.

—Prefiero hacerlo mientras me miras a la cara.

Ella lo ignoró… de nuevo.

Era curioso que con Isaac no le saliera ser una persona tan desagradable como con Josh. No quería vacilarlo ni tratarlo mal ni acostarse con él y luego darle la espalda. Pese al daño que le había hecho en su momento, Jude seguía sintiendo cierto respeto por Isaac. Un pacto tácito en el que siempre habían establecido no insultarse el uno al otro, pasara lo que pasara. Y no romperían ese pacto, aunque Jude hubiera decidido odiarlo durante años.

Estaba pensando en ello cuando, de pronto, Isaac apoyó las manos en el mostrador y se inclinó hacia ella. Jude hizo un verdadero esfuerzo por mantener la mirada en la revista, pero él consiguió meter su cabezón justo delante de ella. Con la postura que manejaba, seguro que estaba incómodo. Jude tuvo el repentino y sorprendente impulso de sonreír. Se lo quitó enseguida, horrorizada.

Ahí, torcido cual serpiente para mirarla, Isaac levantó una ceja. A ella no le quedó más remedio que devolverle la mirada.

—¿Vas a comprar algo o tengo que echarte? —preguntó directamente.

—Quiero hablar contigo.

—Solo hablo cuando trabajo y tú no eres un cliente.

Isaac maldijo entre dientes y se incorporó de nuevo. Tras echarle una ojeada rápida al mostrador, cogió lo primero que pilló y lo dejó delante de Jude.

—Ya soy cliente.

Fue el turno de Jude de levantar una ceja.

—¿Quieres huesos para perro?

—Son para Melocotón.

—Que es un gato.

—Jude —dijo él entonces—, ¿no te parece que tenemos que hablar?

Ahí estaba de nuevo ese tonito lastimero. Era el mismo que había usado poco antes de la fiesta de fin de curso, cuando le preguntó si iría. Cuando le hizo creer, de nuevo, que tenía algún tipo de relevancia en su vida. Justo antes de acostarse con ella. Justo antes también de darle la espalda.

Jude apretó el hueso. Estuvo tentada a lanzárselo a la cabeza, pero bastante tenía con aguantar a Milly en el trabajo.

Y hablando de la reina del mal…

Por primera vez en su vida, Jude se alegró de ver que Milly cruzaba el umbral de la puerta. Como siempre, se había pasado las normas de vestimenta por el escote kilométrico de su vestido. Y también se había maquillado de sobra. Rachel le lanzó una miradita de irritación, pero su sobrina se limitó a lanzarle un beso lleno de carmín rojo.

—Hola, Judy —saludó alegremente—. Y hol… ¡¿Isaac?!

Milly se había quedado tiesa entre el mostrador y la tienda. Contemplaba al pobre chico como si fuera un fantasma.

Isaac le ofreció una sonrisa que solo podría considerarse educada.

—Hola, Milly.

—Pero ¿desde cuándo sigues vivo?

—Desde que nací, creo yo.

La chica rubia parpadeó, perpleja, y terminó de meterse tras el mostrador.

—Dos sesenta —dijo Jude entonces.

Isaac volvió a centrarse en ella. Parecía decepcionado.

—¿En serio? —preguntó.

—Estoy trabajando.

—Jude…

—Dos sesenta.

Él terminó rebuscando en su bolsillo, irritado. No se detuvo hasta que encontró tres dólares. Jude fue a devolverle el cambio, pero él se guardó el hueso y se marchó mucho antes de que pudiera siquiera calcularlo.

Cuando Isaac se marchó, Rachel apareció como una sombra cotilla ante ellas. Y es que Milly ya se había incorporado a su puesto. En esos momentos, estaba asomada para ver a Isaac volviendo al coche de policía.

—Oye —dijo—, pues se le ha puesto buen culo.

—Ese comentario es cosificador, ¿eh? —comentó Rachel.

—¿Cómo? —se sorprendió Milly.

—¿Quién era ese? —preguntó su jefa entonces.

Jude sabía que se dirigía a ella, pero se encogió de hombros y salió del mostrador. Necesitaba moverse. Colocar artículos en estanterías, por ejemplo. Cualquier cosa que no le permitiera quedarse quieta durante más tiempo.

Cómo detestaba a Isaac. Y cómo detestaba su capacidad de alterarla hasta cuando ya no debería hacerlo.

—¿Y bien? —insistió Rachel—. Decidme que el poli es amigo, por Dios. Solo me falta enemistarme con la pasma, ¿eh?

—¿«La pasma»? —repitió Milly con una mueca de horror.

Rachel hizo como si le disparara con los dedos. Después, se sopló las puntas y se rio sola.

—La *pasma* —repitió con acento vaquero.

La expresión de horror de Milly fue tal que tardó un rato en recomponerse.

—Es un amigo —aseguró entonces la chica—. La pobre Judy estaba pillada de él en el instituto, pero Isaac pasó de ella porque le gustaba su amiga.

—No es verdad —musitó Jude.

—Pobrecita, ¿eh? —Rachel asintió.

—¡Que no es verdad!

—Isaac se fue de Serena para hacerse policía —continuó Milly como si nada—. Y ahora supongo que ha vuelto para... saldar cuentas pendientes. Oye, ¿al final está con Nia? ¿Es oficial? Porque eso dice Josh.

—Podría estar conmigo...

—Yo solo quiero que me pase su rutina de gym.

—«De gym», ¿eh?

Milly hizo como si levantara pesas. Después, como si posara en el espejo y se guiñara un ojo a sí misma.

—De *gym* —repitió con acento pijo.

Rachel no ocultó su expresión de rechazo.

Como siempre, Jude abandonó su puesto veinte minutos después de que hubiera llegado Milly. Nunca participó en la conversación que habían tenido ellas dos sobre Isaac.

Jude jamás pensó que, años después del instituto, su relación más sana sería con Milly. Y es que no eran amigas ni pretendían serlo, pero jamás había pertenecido a una relación tan honesta como aquella. Y le gustaba no tener que controlarse para caerle bien. No odiarse a sí misma cuando decía tonterías que no le gustaban. No tener que aguantar que la otra intentara liarse con el chico del que llevaba años enamorada.

Milly y Jude tenían una dinámica muy parecida a la de una pareja que lleva cuarenta años casada: la confianza había erosionado la pasión. O, en su caso, la ira. Jude y Milly convivían sin problemas, solo hablaban cuando era necesario y, a veces, conseguían entenderse con una sola mirada. Era una buena dinámica.

Jude se había quitado el uniforme —una camisa blanca de manga corta y el delantal verde con el logo de la gasolinera— en la sala trasera. Se puso su camiseta, la que estaba más desgastada que ella misma, y ya era difícil. Se sentía mucho más cómoda en su propia ropa. No solo por el color, sino también porque sentía que no le quedaba tan ajustada.

Nada más pisar la calle, Jude se encendió un cigarrillo y se colgó la bolsa del hombro. Como la gasolinera estaba al final del río, muchas veces volvía aquellos diez minutos andando por las viejas vías. Curiosamente, de mayor ya no daban tanto miedo como antes.

Ni tanta tristeza por lo que podría haber sido y no fue.

Jude se preguntó si lo habría invocado sin querer, porque apenas dio dos pasos vio el coche de policía. Robbie estaba apoyado en la puerta del piloto con los brazos cruzados sobre el pecho. Al verla, la saludó con un breve gesto de la mano. Jude se lo devolvió, desconfiada. Y es que el hecho de que no se hubiera movido le hizo pensar que algo no iba bi…

—Jude.

Alarmada, saltó a un lado. En consecuencia, el cigarrillo se le cayó y ya fue el segundo que perdía en un compendio de tiempo ridículo. ¡Los dos recién estrenados!

Irritada, Jude miró fijamente a Isaac. Él también se había dado cuenta del desastre, pero no parecía muy enfadado consigo mismo.

—Quizá debería empezar a anunciar mis entradas.

Ella le lanzó una mirada de advertencia y se encendió otro cigarrillo.

—¿Vas a acosarme mucho rato? —masculló reanudando la marcha.

—No sé. ¿Vas a rehuirme mucho rato?

—El que me dé la gana.

—Ídem.

Jude sacudió la cabeza y recogió el cigarrillo. Ya casi había conseguido doblar la esquina de la gasolinera, pero el pesado no dejaba de seguirla. Giró la cabeza hacia atrás para lanzarle una mirada de advertencia. ¿Era cosa suya o había crecido más de lo que pensaba? ¡Si un paso de él eran dos de ella! Así escaparse parecía un poco ridículo.

—¿Vas a volver andando? —preguntó él.

—Sí.

—Como policía, no te recomiendo que vayas andando por tu barrio después de que oscurezca.

Ella sonrió con ironía. Lo que le faltaba…, que un niñato del norte se atreviera a darle lecciones sobre el sur.

—Vale —accedió—. Haré autoestop hasta que se pare una furgoneta sin ventanas.

—No tiene gracia, Jude.

—¿Sabes lo que no tiene gracia? Que me persiga un poli. Qué abuso de poder. Qué vergüenza.

—No soy *un poli*, soy tu amigo.

Oh, amigo.

Había dicho «amigo».

Jude dejó de caminar al instante. Quería seguir andando, dejarlo atrás y olvidarse otra vez de él. Si es que alguna vez lo había logrado. Odió la sensación de ahogo, la rabia que le recorrió cada centímetro del cuerpo. Odió, de todo corazón, que fuera capaz de provocarle tales reacciones.

Jude se volvió lentamente. Isaac permanecía tras ella. Le devolvió la mirada sin dudarlo un segundo. Para él, todo aquello debía de ser un juego. Un intento de ver cuánto más se humillaría Jude antes de volver con Nia o con quien estuviera en ese momento. Jude era la del banquillo, la de repuesto. La bala que se tiene en la recámara para cuando falla la primera. La opción de trabajo segura pero poco económica que nadie prefiere. La pata mal colocada de una mesa que, cuando las otras te fallan, dejas de maldecir.

Era todas esas cosas. Siempre en segundo lugar. Siempre en segundo plano.

Y no podía creerse que hubiera sido tan sumamente estúpida con Isaac. Tanto como para creer que alguien como él no la tendría en el mismo lugar que el resto del mundo.

—¿Mi amigo? —repitió ella lentamente.

Isaac frunció el ceño de esa manera apenada, casi de cachorrito. Con la barba perdía un poco de poder inocente, pero aun así Jude tuvo que contener las ganas de darle un abrazo. No iba a hacerlo. Qué ridícula era. Y qué bien había hecho Isaac al verlo.

—¿No lo somos? —preguntó él con suavidad.

Jude estaba tan distraída que no vio el paso que él había dado. De hecho, ella echó la cabeza hacia atrás sin ni siquiera darse cuenta de por qué. Y es que Isaac se había aproximado un poco. No tanto como para que Jude tuviera que preocuparse, pero sí lo suficiente para ponerla nerviosa.

—No lo sé —admitió ella en voz baja.

—Dime lo que somos entonces.

—Dos idiotas que nunca han sido amigos. O *hermanitos*, quizá.

Isaac esbozó media sonrisa un poco triste, pero ella se limitó a apretar los labios.

—No eres mi amigo —le dijo—. ¿Dónde has estado los últimos cinco años?, ¿eh?

—¿Dónde querías que estuviera? ¡Dejaste de hablarme!

Y él besó a su amiga. Y le hizo creer que la quería.

Jamás insistió. Al acordarse, Jude respiró hondo. Recordaba las noches que había pasado al ver que tampoco le importaba tanto como creía. Al darse cuenta de que, tal como había demostrado con aquel beso, su relación nunca había estado equilibrada. Y, por mucho que Isaac la buscara tras la graduación, Jude nunca más fue capaz de creer que sentía algo por ella.

Pero ya era tarde para reclamarle nada. Y sí, quizá ahora Isaac quería darle explicaciones, pero ya era muy tarde. Era cinco años tarde.

—Sí —ironizó ella—. Qué mala soy.

—No eres mala, Jude, pero… ¡no puedes desaparecer de la vida de tus amigos como si nada!

—¡No eres mi amigo! —espetó ella llena de rencor—. ¿Sabes algo de mí? ¿Algo que no sepa todo el mundo? ¿Sabes cuál es mi número favorito? ¿Mi película favorita? ¿Tienes una mínima idea de lo que es mi día a día? ¿Sabes qué me hace sonreír? ¿Sabes qué me hace llorar? ¿Sabes qué he hecho los últimos cinco años? No. No tienes ni idea.

—Sé una cosa.

—¿El qué?

Isaac sacó un pequeño paquete del bolsillo de su pantalón. Llevaba su nombre escrito. El de Jude. Con una caligrafía perfecta. El olor a rotuladores le resultó tan familiar que ella temió marearse.

—Sé que ayer fue tu cumpleaños y no quisiste decir nada —murmuró él—. No quise interrumpir el funeral, pero… tampoco quería perder la oportunidad de felicitarte. Feliz cumpleaños, Jude.

Ella lo aceptó, muda.

Sí, el día anterior, el mismo que hizo el velatorio de su abuelo, cumplió veintidós años. A Jude le importaban un bledo los cumpleaños, pues le parecía una fiesta inventada para obligar a todo el mundo a consumir más tonterías y así llenar sus amistades vacías. Y, por otro lado, a Jude siempre le había parecido la fiesta más triste del año. Su cumpleaños era el único día en el que no podía convencerse a sí misma de que estaba mejor sola; habría dado lo que fuera por un grupo de amigos que la entendiera y felicitara. La más cercana era Nia e incluso ella solía olvidarse de felicitarla.

Jude contempló el paquete. Era del tamaño de su propio puño. Después, le lanzó una mirada precavida a Isaac.

—¿Te lo dijo Nia?

Isaac la miró como si aquella pregunta no tuviera sentido. A pesar de todo lo que habían vivido, no quería ser la persona que le dijera que su mejor amiga no se había acordado de su cumpleaños.

Ella tardó unos instantes, pero finalmente se guardó el paquete bajo el brazo y dio media vuelta.

—Gracias —dijo en voz tan baja que nunca supo si la había oído.

En casa la esperaba la misma escena de cada día. Penny estaba tumbada en la cama articulada y veía un documental de orcas. Jude dudaba mucho que le estuviera haciendo caso. O que se estuviera quedando con un solo detalle de las orcas que se paseaban por la pantalla.

Le sorprendió, eso sí, encontrar a Lucy en el patio trasero. Tenía el móvil en altavoz. La voz de Quinn resonaba por el patio. Y, mientras charlaban, Lucy se pintaba las uñas de los pies de veinte colores distintos.

Jude esperó a que colgara la llamada para salir a fumarse un cigarrillo con ella. Bueno…, Lucy no fumaba. Si algún día llegara a verla con un cigarrillo en la boca, probablemente le cruzaría la cara de un golpe.

—¿Qué quieres cenar? —preguntó Jude mientras se encendía el cigarrillo.

—No sé.

—Pues ensalada.

—¡Todos los días cenamos ensalada!

—Si tienes alguna idea brillante, soy toda oídos.

Lucy suspiró y siguió abanicándose las uñas de los pies para que se le secaran.

—Necesito que me firmes unos papeles —dijo entonces.

Jude se había distraído contemplando los hierbajos del patio trasero. El abuelo ya no podía pagarles a los hijos del vecino para que vinieran a arreglarlo y a ella, honestamente, le importaba un bledo que vivieran en la jungla de *Jumanji*. Jude golpeó un hierbajo con la punta de la sandalia. Todavía estaba caliente del sol.

—¿Qué papeles? —preguntó distraídamente.

—Los de la universidad.

—¿Qué universidad?

—Pues… la que me admita. He solicitado cinco distintas. Algunas están un poco lejos, pero en tren puedo llegar en menos de cinco horas. Los profes me han hecho alguna que otra carta de recomendación, solo me falta la autorización de un tutor.

—Tu tutora es Penny.

—¿Y te crees que mamá firmaría un papel que me puede mandar a cinco horas de distancia?

No, no lo haría. Dentro de todo lo que tenía Penny, su único rasgo positivo era lo mucho que amaba a Lucy. E incluso ese amor estaba mancillado por el hecho de que no quería alejarla nunca de sí misma.

Jude sabía lo que era vivir en esa casa durante tantos años. Se recordaba a sí misma antes de asumir toda la responsabilidad que era cuidar de su madre. A veces, se echaba de menos a sí misma. Si es que eso era posible. Y, aunque en su caso ya no había vuelta atrás, aunque ella ya estuviera condenada a pasarse el resto de su vida encerrada en Serena y cuidando de ella, Lucy no tenía por qué aguantar el mismo camino.

—Vale —accedió—, pero asegúrate de que mi autorización vale y no necesitas la de Penny.

—¿Y si la necesito qué hago?

—Dame el papel y yo la falsifico. A ver si consiguen contactar con ella para preguntarle si es de verdad.

Lucy se rio entre dientes y, tras comprobar que se le había secado el pintaúñas, se incorporó de un salto.

—No se te ocurra entrar y dejarme aquí fuera toda la colección de esmaltes —advirtió su hermana mayor.

La aludida suspiró y volvió unos cuantos pasos atrás para recogerlo todo.

—Oye —murmuró su hermana pequeña—, ¿y por qué tú nunca fuiste a la universidad? Seguro que el abuelo se habría vuelto loco de emoción.

—No me aceptaron.

Era mentira. Sí que le habían aceptado. La maldita solicitud que Robbie envió hizo efecto.

Lástima que coincidiera con el momento en que su abuelo empeoró de salud. Jude decidió quedarse un año extra en casa para cuidarlo y, con el tiempo, empezó a asumir que su destino estaba en Serena. Nunca más miró las cartas de confirmación. Y nunca se lo contó a nadie. ¿Para qué?

—Oh —dijo Lucy de forma distraída—. Bueno, espero tener un poco más de suerte.

Jude decidió quedarse en el patio trasero durante un rato más. Todavía no había tenido tiempo de pensar en cómo hablaría con su madre de los desperfectos de la casa. Había que arreglar las tuberías, comprar una lavadora nueva y llenar de una vez el depósito de la calefacción. Y Jude no podía hacerlo porque su querido abuelo había decidido nombrar a Penny la gestora de su voluntad.

Temía que fuera a gastarse el dinero en tabaco o en alcohol o en cualquier tontería de las suyas. Jude sabía que ninguna persona normal se atrevería a contradecir a su padre fallecido en su testamento, pero Penny no era la persona más normal y corriente de la historia. Y sí, Jude estaba tensa.

¿Por qué no la había incluido a ella? ¿Por qué la había ignorado de esa manera? El abuelo era consciente de que, si lo gestionaban mal, podían perder la casa. Jude ya se estaba preguntando cómo coño pagaría la hipoteca de ese mes. Es decir, podía pagarla. Pero luego tenía que renunciar a comer durante diez días. Casi prefería cabrear al banco.

Agotada, se dejó caer en la silla que Lucy había abandonado un rato atrás. Jude todavía no se había molestado en descolgarse el bolso del hombro. Y le sorprendió encontrar un bulto bajo el brazo. Lo sacó con una mueca. Oh, el regalo de Isaac.

No se atrevió a abrir el sobre de su abuelo, pero el paquete de Isaac era otra cosa. Lo sostuvo entre sus dedos, curiosa. No pesaba mucho. Y sí, había sido su cumpleaños. El 24 de junio. Le sorprendió que Isaac lo recordara. Y, aunque en otra época de su vida le habría hecho muchísima ilusión, lo único que sintió en ese momento fue tristeza.

Últimamente, Jude no sentía nada con… Bueno, con casi nadie. Se sentía como un robot que se limitaba a cumplir con su función y luego pasar de todo.

Distraídamente, empezó a desenvolver el regalo. Se notaba que lo había empaquetado él mismo, porque había más cinta adhesiva que en un rollo entero. Jude intentó no sonreír al imaginárselo. Tira a tira, lo sacó todo y el paquete se abrió por un lado. Lo que fuera que había dentro se había derramado, así que Jude colocó la mano justo debajo para recogerlo.

Eran los casetes que Isaac usaba en la época del instituto. Los que su padre se había comprado años atrás y que le había regalado a su hijo al no saber qué hacer con ellos.

Jude no terminó de entender a qué venía aquel regalo si durante toda su vida no le había dado un solo casete. Los colocó en su regazo, curiosa. Tenían descripciones. Se acercó uno de ellos para leer la cinta adhesiva que había pegado para poder escribir en él. Confusa, Jude leyó otro. Más canciones. Todas eran las que se habían recomendado entre ellos.

Y entonces lo entendió. Se estaba despidiendo de ella. De aquellos momentos compartidos. No con rencor; Isaac no era de esa clase de persona. Pero necesitaba cerrar el capítulo y había encontrado la oportunidad perfecta para hacerlo.

Jude apartó la mirada y guardó todos los casetes dentro del paquete abierto. No tenía reproductor y, honestamente, tampoco quería reconectar con esa época. No quería recordar lo que había sido, porque entonces no soportaría quién era actualmente.

Necesitaba fumar. Otra vez.

20

Los días aburridos y ordinarios

Su vida, a veces, le recordaba a una película que había visto. Una en la que el protagonista cada día se despertaba a la misma hora, le ocurrían las mismas cosas y, al morir, volvía a empezar.

Jude se sentía así, solo que no se moría cuando terminaba el día. O quizá sí y no lo sabía. Un poco muerta sí que se sentía.

Se despertaba en el altillo, contemplaba la ventanita, se daba una ducha y se vestía. Tras eso, preparaba el desayuno para ella y para Lucy, pues Penny ya no desayunaba. Después, le daba un poco de dinero a Lucy para que se comprara algo de merienda. La veía salir en bicicleta o autobús. Se volvía a Penny y le decía que tenía que ducharse. En ocasiones discutían. En otras Penny accedía a la primera. Mientras se duchaba, Jude se encargaba de lo que fuera que necesitara la casa aquel día. Podía ser desde limpieza hasta intentar arreglar el puñetero microondas. Aquella solía ser la fase en la que más fumaba, porque Penny estaba insoportable desde que el abuelo se había marchado.

Tras todo aquello, Jude iba andando a la gasolinera porque habían llegado al punto de no poder pagar la gasolina de Manolito. Cumplía con su turno, volvía a casa para preparar la cena, veían lo que fuera que Lucy quería ver y a dormir.

Era una rutina fascinante.

A veces, en los días tranquilos, Jude aprovechaba para salir de casa un rato antes y recorría un tramo extra de las vías. Después subía la cuesta por la que Isaac y ella habían empujado su bici durante meses. Se sentaba en la roca que siempre habían compartido. Solo que ahora lo hacía con la única compañía de un cigarrillo, con muchas más ojeras y menos fascinación por los trenes.

Le gustaba verlos, eso sí. Le gustaba imaginarse a sí misma subida en uno cualquiera, echando la vista atrás y despidiéndose de todo lo que había conocido. A veces también se imaginaba tirándose a las vías, pero intentaba no alimentar demasiado esa corriente de pensamientos. Además, no mucha gente iba a apreciar su humor de suicidios. Mejor no intentarlo con el público genérico.

Los días en los que subía a esa roca eran los mejores. Siempre volvía a casa mucho más relajada, como si se hubiera encontrado con un viejo amigo.

Lo que nunca esperó fue encontrar compañía en un lugar como ese.

Fue unas semanas después del velatorio. El calor ya se había instalado en Serena de forma insoportable y la única opción para la zona sur, cuyos hogares tenían poco más que un ventilador, era sentarse a la sombra y suplicar que el aire fuera fresquito. Jude descubrió que ahí arriba lo era. Era la excusa que se ponía a sí misma cada vez que iba. Y es que solo había reanudado aquellas visitas después de ver a Isaac.

Ese día fue el más moderado que habían vivido desde hacía unas cuantas semanas. Jude incluso se atrevió a ponerse unos pantalones largos y sueltos que sabía que no harían que se muriera de calor. Aun así, notó una gota de sudor en la nuca. Era asqueroso.

Estaba encendiéndose el primer cigarrillo cuando oyó un crujido a su espalda. Sobresaltada, se volvió de golpe. Todavía no se había olvidado de aquella noche en que intentaron robarle, aunque hubieran pasado cinco años. Seguía volviendo a casa andando —¡qué remedio!—, pero con las defensas por las nubes.

Sin embargo, no era ningún ladrón. Se trataba de Isaac, con su atuendo de gimnasio y los auriculares puestos. Por su enrojecimiento y por el sudor, Jude dedujo que había salido a correr. Ah, sí. Que ahora era policía, claro. Tenía que practicar para perseguir a los criminales superpeligrosos que habitaban en Serena.

Durante unos instantes, pareció que ambos se sentían como si los hubieran pillado en medio de algo vergonzoso. Se miraron el uno al otro, dudosos, como si no quisieran ser el primero en hablar.

Al final, fue Isaac quien dijo:

—¿Qué haces aquí?

—¿Qué haces *tú* aquí?

—Entrenar.

—Yo también. —Jude le enseñó el cigarrillo—. Los pulmones.

Él torció el gesto con desagrado y Jude aprovechó para recoger sus cosas y salir pitando de ahí. A él ni siquiera le dio tiempo a reaccionar y detenerla.

Aquella fue la primera ocasión en la que se encontraron de forma casual e incómoda.

Primera.

Unos días más tarde, Isaac tuvo que ponerle gasolina al coche patrulla.

¿A que no adivinas cuál era la única gasolinera de todo Serena?

Ay, cómo me encantan estas cosas.

Jude vio todo el proceso: cómo hablaba con Robbie, cómo parecía que discutían, cómo Robbie señalaba la gasolinera e Isaac se cruzaba de brazos. Al final, Isaac entró en la tiendecita con el dinero ya preparado. Se plantó delante del mostrador con los labios apretados por la incomodidad y la miró. Pese a tener el dinero, no se lo dio inmediatamente. La observaba como si esperara algo.

—Hola —musitó Jude de mala gana.

Él le plantó el dinero en el mostrador.

—Hola —respondió con el mismo tono, y salió de la tienda.

Milly y Rachel no tardaron mucho en asomarse al mostrador con una sonrisita sugerente. Hora del chisme.

El tercer desencuentro se produjo en medio de la calle. Jude volvía andando del trabajo y, tras recorrer las vías, tuvo que cruzar el puente. Lo hizo deprisa porque, como no había acera, le preocupaba que algún borracho la atropellara sin querer. El único que pasó, sin embargo, fue el coche patrulla.

Jude notó que reducía la velocidad a su lado para seguirle el ritmo. Confusa, le lanzó una mirada al conductor. No le sorprendió ver que se trataba de Robbie. Y que tenía a Isaac al otro lado con los brazos cruzados. El segundo no la miraba.

—Em… —Jude no sabía qué decir—. Hola, Robbie.

—¿Qué tal estás, Jude?

—Pues… bien. Volviendo a casa.

—¿Quieres que te acompañemos, aunque sea solo la cuesta?

Jude fue lo suficientemente educada como para no reírse en su cara.

—No.

—¿Segura? Hace mucho calor.

—Los del sur preferimos no subirnos en coches policiales. Y menos si son de acosadores.

Isaac emitió un sonido parecido a un resoplido.

—Además —continuó Jude—, no me meto en coches de polis a no ser que cometa un crimen.

Robbie entrecerró los ojos.

—¿Tienes pensado cometer un crimen?

—Sígueme y lo descubrirás.

El chico pareció desconfiado, pero no insistió.

Y Jude, para molestar, se acercó un poco más al coche de policía y sonrió con una ironía dulce.

—Adiós, Isaac.

—Adiós —dijo él, todavía molesto.

Tras eso, el coche se alejó en medio de la noche.

La cuarta ocasión fue la peor de todas.

Jude se sentía particularmente bien por el turno que había tenido en la gasolinera, pues había conseguido hacer el trabajo de dos turnos en uno solo. Incluso Rachel lo notó y, con una gran sonrisa, le regaló cincuenta dólares extra. Le dijo a Milly, que se había puesto a berrear en señal de protesta, que ella también se llevaría uno si empezaba a ser simpática con los clientes.

Así que Jude volvió a casa con cincuenta dólares extra. Aquello podía suponer dos carritos de la compra. Adelantar una parte del alqui… No, de la hipoteca. Ahora tenían hipoteca. Arreglar algún desperfecto. Incluso gasolina para Manolito. Podía significar muchísimas cosas. Casi subió la cuesta dando brincos.

Al menos, hasta que pasó por delante de la casa de Nino.

—¿Dónde vas con esa sonrisita? —quiso saber él, estirado como una estrella de mar sobre su sillita de plástico.

Jude sonrió y se encogió de hombros.

—Me han dado un bonus por mi buen trabajo.

—Mírala, qué feliz va.

Ella aumentó la sonrisa e hizo un ademán de seguir caminando, pero se detuvo al oír gritos. No de terror, tampoco de alegría. Era una discusión.

Se le borró la sonrisa de golpe.

—Están así desde hace una hora —le informó Nino suavemente.

Oh, no.

Jude ascendió rápidamente lo que le quedaba de cuesta y entró en casa. O eso pensó en hacer, porque entonces algo chocó con la puerta. Jude contuvo la respiración.

¿Aquel sonido era de cristales haciéndose añicos?

Aterrada, asomó la cabeza. Alguien había lanzado un vaso contra la puerta y ahora estaba destrozado por todo el suelo. Jude agradeció haberse puesto zapatillas y no sandalias. Con cuidado, consiguió pasar por encima de los trozos y cerrar la puerta. Lo último que necesitaba era que los vecinos oyeran el escándalo que estaban montando.

Tuvo que admitir que le sorprendía ver que Penny estaba gritando, sí, pero no había lanzado nada. La que destrozaba media casa era Lucy.

—¿Se puede saber qué os pasa? —preguntó Jude pasmada.

Su hermana pequeña estaba de pie tras la isla con un plato en la mano. Se notaba que llevaba un rato llorando, porque tenía el maquillaje multicolor esparcido por toda la cara. Además, su pecho subía y bajaba a una velocidad preocupante. Lo único que Jude no tuvo muy claro fue si las lágrimas se debían a la rabia o a la pena.

—¿Qué pasa? —insistió Jude—. ¿Se puede saber por qué estás destrozando media casa? Joder, Lucy, ¿sabes lo que cuesta un vaso nuevo?

—¡No empieces tú también! —advirtió su hermana pequeña, histérica.

Hacía mucho tiempo que no la oía tan alterada. Jude echó la cabeza ligeramente hacia atrás, confundida. Luego miró a Penny.

Puede que Penny hablara mucho más con su hermana pequeña, pero jamás alcanzaría a tener la confianza que tenía con Jude. Y es que, por mucho que a veces se detestaran mutuamente, se entendían con una sola mirada.

En ese microsegundo de mirarse entre ellas, Jude supo que Penny también estaba furiosa. Y que no se arrepentía ni un solo ápice de lo que había provocado, pues estaba claro que lo había empezado ella.

Jude tardó un instante más en llegar a la conclusión de lo que había pasado. La universidad. Seguro que había pillado el papel que había firmado.

—¡Me ha roto la autorización! —exclamó Lucy, confirmando sus sospechas—. ¡La ha encontrado y me la ha roto!

—Vale, Lucy. Cálmate, podemos hacer otra.

Penny se rio con ironía.

—Por encima de mi cadáver.

—¡Cállate! —exigió Lucy fuera de sí—. ¡Tengo derecho a hacer lo que me dé la gana! ¡Voy a ser mayor de edad!

—Sigues sin serlo. Y no te vas a ningún lado.

—¡Quiero estudiar, mamá!

—¿Y qué?

Penny tenía aquella forma de sonreír, de hablar, que hacía que cualquiera se desquiciara. Lucy, desde luego, se desquició. Tras soltar una retahíla de maldiciones, estampó el plato contra la pared del salón. El sonido fue horroroso. Jude notó que uno de los trozos le daba en la pierna. También notó el corte. Sin embargo, no se movió.

—¡Lucy! —espetó—. ¡Me da igual lo enfadada que estés, no puedes romper media casa!

—¡Voy a romper lo que me dé la gana! ¡No pienso quedarme aquí encerrada toda mi vida!

—Tu hermana lo ha hecho —recalcó Penny.

—¡No pienso ser la segunda fracasada de la familia!

Vaya. Jude se sintió como si acabaran de darle un puñetazo. Una cosa era ver aquella palabra en los ojos de los demás, pero que se lo dijeran directamente... Y que lo hiciera su hermana *pequeña*. Incluso ella había crecido tanto como para empezar a darse cuenta de aquellas cosas.

Jude agachó la cabeza. Por suerte, nadie le prestaba atención.

—¿Fracasada por quedarte con tu madre? —insistió Penny, que ya se estaba calentando otra vez—. ¡Eres una egoísta! ¡He perdido a mi padre y lo primero que piensas es en salir corriendo! ¿Sabes la cantidad de veces que yo lo pensé cuando eras una cría? ¡Y me quedé!

Lucy se llevó las manos a la cabeza y se rio de una forma casi delirante.

—¡¡¡Era un puto bebé!!! —gritó con todas sus fuerzas—. ¡¿Cuántos años crees que me vas a poder echar en cara que hicieras lo mínimo como madre?!

—¿«Mínimo»? —repitió Penny con media sonrisa horrible—. Qué valor.

—¿Qué? ¿Vas a decirme que eres la madre del año?

—Lo soy. Tuve que renunciar a muchas cosas por cuidarte. Y nunca le he dicho —añadió, señalando a Jude sin mirarla— que me arruinó la carrera.

Qué buen día había elegido Jude para existir.

—¡Te arruinaste la vida tú sola! —le gritó Lucy, saliendo de detrás de la isla—. ¡Eres un puto desastre, mamá!

—¡Ya me gustaría verte en mis mismas circunstancias!

—¡Y a mí también! ¡Solo para demostrarte que cualquiera con más de media neurona es capaz de hacer más cosas que tú!

—Sigue gritando, sigue. ¿Te crees que eso te va a sacar de aquí?

—¡Eres..., eres...!

—Soy tu madre y no vas a salir de aquí hasta que yo lo autorice. Y tú —en esta ocasión sí que miró a Jude—, no te atrevas a pasar por encima de mi autoridad *nunca* más.

Tras los desprecios que había tenido que aguantar Jude de forma gratuita, aquella frase le pareció hasta tierna. Como si tuviera alguna autoridad que pisar...

—El año que viene, Lucy será mayor de edad —le dijo Jude en tono cansado—. ¿Cuánto tiempo te crees que podrás retenerla aquí?

—El que me dé la gana.

—Te encantaría, pero se marchará en cuanto quiera. Porque tiene derecho a hacerlo.

—Derecho… —Penny se rio con ironía—. Si la vida fuera justa, la mía no sería esta.

—A lo mejor te la mereces.

La frase de Jude hizo que Penny dejara de sonreír. Sus miradas idénticas se encontraron por encima de todo el caos, de los llantos de Lucy y de la vajilla destrozada. Jude y ella no tenían la misma relación que con Lucy y, por lo tanto, Penny no iba a dejar pasar aquella frase. No iba a perdonársela.

Y Jude reconoció esa mirada. Ese rencor mudo que había arrastrado toda su vida contra ella. Era la misma expresión que había lucido la última vez, muchos años atrás, que Jude la llamó «mamá». Cuando su hija todavía tenía esperanzas de recuperar una relación que nunca habían tenido. Mucho antes de que entendiera que aquello no era una batalla perdida, sino una masacre injusta.

Por suerte, llamaron al timbre antes de que ninguna de las dos pudiera hablar.

Jude agradeció silenciosamente la distracción. Dio media vuelta y fue directa a la puerta. Tuvo que esquivar muchos cristales rotos. Aun así, sospechó que acababa de clavarse uno en la suela de la zapatilla.

Se esperaba algún vecino preocupado. A Nino incluso. Pero no esperaba a Isaac.

Jude lo contempló unos segundos. Él parecía tan incómodo como ella, pero también un poco preocupado.

—¿Qué haces aquí? —preguntó ella a la defensiva.

—Unos vecinos han llamado. Estaban un poco preocupados por los gritos. Decían que la discusión parecía más… *grave* que de costumbre.

Mientras decía las últimas palabras, Isaac bajó la mirada al suelo de la entrada. A los cristales rotos. De fondo, todavía se oían los llantos de Lucy y los reproches de Penny.

Poco podía hacer Jude para disimular.

—No es nada grave —aseguró, sin embargo—. Lo tengo bajo control.

Isaac ladeó la cabeza, como siempre.

—Jude…

—Isaac… —ironizó ella.

—Si necesitas ayuda, tienes que aprender a pedirla.

—¿Y me vas a enseñar tú? ¿Para eso has subido toda la cuesta?

—He subido la cuesta porque han pasado el informe y me he preocupado por ti. Y por tu familia.

—Creo que sabes lo suficiente de mi familia como para entender que esto es normal.

—Esto *nunca* es normal. Otra cosa es que tú lo hayas normalizado.

Jude empezó a notar un dolor de cabeza muy desagradable. No sabía qué decirle porque, en el fondo, Isaac tenía razón.

Para entonces, el tono de voz había cambiado. Y, en lugar de hablarle como si estuviera loca, Isaac utilizó el tono que usaría alguien que intenta mediar con un animal salvaje.

—¿Puedo pasar?

—Sabes que no es buena idea —replicó ella, más cansada que enfadada—. Ver a un policía en casa solo empeoraría la situación.

—Lucy me conoce —recordó él.

Jude esbozó media sonrisa un poco triste.

—Llevas tantos años fuera de Serena que se te ha olvidado cómo es la gente de esta calle con la policía.

Y era cierto. Aunque Jude decidiera dejarlo pasar, solo serviría para que la situación se descontrolara mucho más. Y lo último que necesitaba era alterar todavía más a Penny.

Isaac terminó asintiendo con la cabeza.

—Vale —accedió en voz baja—. Pero, de forma extraoficial, me voy a quedar aquí fuera media hora más. O lo que tarde en dejar de oír gritos.

—Genial. Y… gracias.

Él le ofreció una sombra de sonrisa. Jude decidió cerrar la puerta antes de que consiguiera convencerla de que lo dejara entrar.

Por suerte, la discusión terminó mucho antes de lo que esperaba. No fue porque llegaran a un acuerdo, sino porque Penny salió a fumar al patio trasero y Lucy se fue a llorar a su dormitorio. Y, mientras cada una rumiaba sobre la razón que tenía respecto a la otra, Jude se dedicó a recoger todos los cristales rotos.

21

La monotonía

Lunes. Otra vez lunes. A veces, Jude odiaba tanto su vida que ni siquiera era capaz de hacer bromas sobre ella. Más que vivirla, se dedicaba a dejarla pasar. A ver cómo le sucedían cosas a los demás mientras ella se quedaba anclada en su propio pozo de miseria.

Martes. Día tras día. Día tras día. En la gasolinera, se dedicó a contar la cantidad de chocolatinas que había sobre el mostrador. Lo hizo tres veces. Había cuarenta y seis chocolatinas en total.

Miércoles. ¿Y qué tocaba ese día? Ah, sí… Tenían que ver un capítulo nuevo de una serie que le gustaba a Lucy. No recordaba absolutamente nada de la trama.

Jueves. Casi llegó tarde al trabajo porque, honestamente, se olvidó de que tenía un trabajo. Dentro de la gasolinera, contempló el reloj como si aquella aguja la hubiera hipnotizado. Tic, tac, tic, tac… Y contó segundos, minutos e incluso horas.

Viernes. No tenía hambre ni sueño ni ganas de levantarse de la cama. Lo único que le apetecía era contemplar las paredes. Ya ni siquiera le apetecía tejer. Los patrones que había dejado a medias se quedarían así. Le importaba un bledo.

Sábado. No sintió ni el impulso de pedirle a su hermana pequeña que tuviera cuidado al salir con sus amigos. De hecho, no tenía muy claro lo que iba a hacer. Tampoco le importaba. Contó los cigarrillos que le quedaban, pero estaba tan ausente que tuvo que empezar de nuevo en varias ocasiones.

Domingo. A Jude se le había olvidado hacer la colada el día anterior, así que le tocó hacerla ese día.

Lunes. Otra vez lunes. Debía de ser la única a la que le daba igual, pues todos los días eran iguales. Volvió a contemplar el reloj.

Martes. Su mirada se perdió por el patio trasero. El cigarrillo se consumió en sus labios. No se dio cuenta de que la ceniza se estaba cayendo sobre su camiseta.

Miércoles. Poco que decir.

Jueves. Menos.

Viernes.

Sábado.

Domingo.

Y… otra vez lunes.

22

La noche de las cuentas pendientes

Jude no siempre escuchaba a los demás con la misma atención. En ocasiones, su interlocutor llevaba tanto tiempo hablando que se olvidaba de comprobar si lo estaban escuchando. O al menos a Nia le pasaba.

Ya casi había pasado un mes desde el fallecimiento de su abuelo, pero seguía sintiéndolo tan presente como el primer día. Más incluso, porque notaba su ausencia en toda la casa. En toda su vida. Ya no le apetecía volver a casa. Cuando sacaba la trituradora para su comida y luego recordaba que no estaba, le entraban ganas de llorar. Y el silencio. Oh, el silencio era horroroso. Había momentos en los que Jude podría jurar que oía el puñetero silbido de la silla de ruedas. Silla que seguía en un rincón del salón porque Jude todavía no había tenido valor para tocarla.

Había días en los que la soledad le pesaba un poco más que otros. Ese, mientras Nia hablaba, fue el peor.

Le daba igual que hubiera discutido con su madre porque no quería comprarle un vestido. Le daba igual. Ojalá sus problemas fueran esos. Ojalá su mayor preocupación fuera un puto vestido.

—¿Verdad? —preguntó Nia entonces.

Jude parpadeó unas cuantas veces.

—Claro.

—¡Sabía que lo entenderías!

Y siguió hablando.

Jude, supuestamente, estaba trabajando. Milly, también. Rachel no, pues no habría permitido que Nia se sentara en el mostrador y se pusiera a contar su vida con todo tipo de detalle.

Lo cierto es que Nia no siempre era tan intensa, pero desde que Isaac había vuelto a Serena estaba un poco insoportable. Jude intercambió una mirada con Milly, que estaba fulminándola. Quería que la echara, sí. Jude se había dado cuenta.

—Es que me parece muy fuerte —seguía balbuceando Nia, totalmente ajena a las miradas de las otras dos chicas—. ¡Lleva aquí desde junio y todavía no me ha dicho nada! ¿Crees que se está haciendo el interesante? ¿Debería decirle algo yo? Bueno, mejor no. Que voy a parecer una desesperada y no quiero. Pero es que tengo muchos problemas, ¿sabes? Bueno, tú lo sabes. Mi psicóloga dice que tengo una estructura familiar inestable. Y ya lo creo. ¡Discuten un montón conmigo! Y nunca he visto que se dieran un beso. ¿No te parece que eso te trastorna un poco? Claro, yo he salido muy poco cariñosa por su culpa. Deberían disculparse conmigo. También dice que tengo que ser más amable conmigo misma, que doy demasiado a los demás y que por eso me quemo tan rápido en las relaciones. Y es verdad, ¿eh? Me encanta escuchar, es como un hobby. Y siento que lo hago bien. No me considero mala amiga, la verdad. ¡Por eso me sorprende tanto que Isaac pase de mí! A ver dónde va a encontrar a otra chica como yo. No solo que sea igual de valiosa, sino que esté interesada en él. ¡Buena suerte con eso! Porque esa es otra: tengo que trabajar más en mi autoestima. Últimamente, me veo un culo que no sé de dónde ha salido. Voy a apuntarme al gimnasio. Creo que Isaac está apuntado, así que ahí nos veremos. He visto dos tiendas en el pueblo que venden cositas deportivas, pero no sé qué sujetador me quedaría mejor. Es el drama que tenemos las que paseamos con semejantes tetas. Creo que le preguntaré directamente a la de la tienda, a ver qué opina. Y luego tendré que ver cuánto cuesta el gimnasio, porque con lo insoportable que está mi padre con el dinero…

Si has dejado de leer a la mitad del párrafo, lo entiendo perfectamente.

Pero Jude no podía saltarse párrafos. Cerró los ojos para aislarse de la voz de Nia. Ni siquiera hacía pausas para respirar. Era como un alien que no requería oxígeno para seguir viviendo.

Solo hizo una pausa para mirar la hora. Y entonces escondió el móvil, sonrió y siguió balanceando las piernas junto al mostrador.

—En fin… —suspiró Nia como si cogiera carrerilla—. Supongo que tendré que hablar con él para ver qué opina, pero ya sabes que soy una chica poco comunicativa. Ensayaré unas cuantas veces delante del espejo. Lo he hecho un montón de veces, ¿sabes? Es que están locos. A veces siento que mi vida es un desastre. La peor de todas las que conozco. Bueno, a ti se te murió el abuelo…, pero mi padre ha tenido que irse dos semanas fuera para trabajar. Los padres son distintos, ¿sabes? Mucho más cercanos y neces…

—¡¡¡CÁLLATE!!!

El grito de Milly hizo que las otras dos se volvieran. Había conseguido que incluso Jude reviviera para contemplarla.

La rubia dejó una cesta con fuerza en el montón. Lo hizo de forma muy ruidosa. Luego, la sacó y la metió otra vez. Y repitió el proceso. El sonido de plástico contra plástico era desagradable.

Nia hizo una mueca.

—¡Para de una vez! —exigió.

—¿Por qué? —A cada palabra, Milly sacaba o metía la cesta—. ¿Te molesta?

—¡Sí, es insoportable!

—Pues así suena tu voz en mi cabeza. ¡¡¡CÁ-LLA-TE!!!

Lejos de llorar, Nia frunció el ceño y se llevó una mano al pecho con cierto dramatismo. Después miró a Jude.

—Sigue siendo una envidiosa —opinó Nia.

Jude no pudo hacer otra cosa que hundir la cara en las manos.

Fue la primera vez en muchísimo tiempo que agradeció que Josh cruzara la puerta. Incluso Milly, a quien le daba un poco igual el chico, pareció aliviada. Nia fue la única que lo observó con extrañeza.

Porque sí, seguían siendo amigas, pero lo cierto es que Jude no había hablado con casi nadie de la relación extraoficial que mantenía con

Joshua Phelps. No estaba muy segura de si era porque se le había olvidado o porque simplemente no le parecía algo de lo que presumir. Dudaba mucho que él lo hubiera contado, así que tampoco le preocupaba demasiado.

Josh sonrió y contempló a las tres durante unos segundos. Especialmente a Nia.

—Ah, hola —le dijo—. Cuánto tiempo.

Nunca habían tenido una relación muy cercana, así que ninguno de los dos fingió una enorme y abrumadora alegría por verse.

—Sí —dijo Nia simplemente.

Después del saludo más triste de la historia, Josh dio una palmada incómoda y miró a las otras dos chicas.

—¿Qué tal el turno?

—Corta la tontería, Josh —le pidió Milly—. ¿Qué quieres?

—Dejad que se explique a su ritmo —protestó Jude, que empezaba a estar harta del mundo.

Milly puso los ojos en blanco, pero Josh pareció agradecido. Al haber encontrado a su única defensa, se acercó a ella y se apoyó en el mostrador.

—Mañana voy a dar una fiesta de cumpleaños —le dijo a Jude, aunque las otras dos pudieran oírlo perfectamente—. Y estoy tan contento que te voy a perdonar que no te hayas acordado de que mañana cumplo años.

—¿Por qué iba a acordarse? —cuestionó Nia.

—¿Hay alcohol gratis? —cuestionó Milly.

—Es en el Melody —respondió Josh con calma—. Así que sí, paga mi padre. Seguramente empecemos a las once, pero podéis llegar a la hora que queráis.

—¿Isaac estará? —preguntó Nia.

Josh se volvió hacia ella, confuso.

—¿Isaac?

—Sí, tu amigo. ¿Estará?

—¿Por qué no se lo preguntas tú?

—¡¿Estará, sí o no?!

—Sí, sí…

—Entonces, vamos.

El plural era para arrastrar gramaticalmente a Jude con ella. La última suspiró.

—Sí —murmuró—. Ya veré si puedo.

—Pues claro que puedes —protestó Josh—. Diles a esas dos que tienes el cumpleaños de alguien importante y ya está.

—¿Y dónde está el importante? —preguntó Milly por ahí detrás.

Todo el mundo decidió ignorarla.

—Lo intentaré —insistió Jude.

Josh, de nuevo, no parecía del todo conforme.

—Podrías decirlo con un poco más de entusiasmo.

—No empieces.

—Tú eres la que ha empezado con la tontería. Y sigues sin felicitarme.

—Felicidades. Iré si puedo ir. ¿Contento?

De nuevo, el tono insoportable. Se mantuvieron la mirada el uno al otro, de forma casi retadora, hasta que Josh se hartó y salió de la tienda. Tras su marcha, el silencio se extendió unos instantes.

—¿Qué te pasa con Josh? —preguntó Nia entonces, cotilla como ella sola—. Pensaba que teníais buen rollo.

—Y lo tenemos.

—Entonces ¿qué ha sido eso?

—Nada. Que está raro.

—Por algo será.

—Por nada.

—Tiene que ser algo.

—Que de vez en cuando se lo folla en el coche y luego pasa de él —explicó Milly tranquilamente—. Claro, el chavalín está un poco rebotado.

Mientras Nia aspiraba con dramatismo, Jude suspiró por enésima vez.

—Gracias, Milly.

—De nada, Judy.

Nia se pasó la siguiente hora preguntándole toda clase de detalles sobre Josh. La parte negativa fue que a Jude no le quedó más remedio que hacerle caso. La parte positiva fue que Nia no arrancó con ningún otro monólogo.

Un rato más tarde, cuando Rachel apareció y Nia se marchó, Jude se dio cuenta de que Milly planeaba a su alrededor como una urraca. No tardó en poner en contexto a su tía, y entonces tuvo a dos urracas. Quiso ignorarlas durante un rato, pero terminó preguntando:

—¿Qué?

—¿Por qué no quieres ir?

La pregunta de Milly hizo que nuestra protagonista volviera a centrarse. Tras un pequeño brinco, miró a la chica rubia como si la hubiera visto por primera vez en su vida.

—¿Me estás recomendando que vaya a la fiesta de Josh? —inquirió Jude poco convencida.

—No que vayas con ese idiota concretamente, pero sí que hagas algo. Eres un poco deprimente.

Después de tantos años —buenos y malos, seamos sinceros—, Jude podría considerar a Milly casi una amiga. Sabía cómo decía las cosas. Conocía su manera de hacer sentir mal a los demás incluso cuando quería soltar un piropo. Y, aunque también era consciente de que no había que tomársela en serio, Jude se sintió como si alguien le metiera una mano en el pecho y le estrujara el corazón.

Una cosa es estar triste y otra muy distinta que te culpen por ello. Como si fuera culpa tuya. Como si, de ser posible, no fueras la primera persona interesada en bajar la palanca que desactiva la tristeza.

Milly, pese a que tenía la sutileza de un chimpancé en celo, debió de darse cuenta de que se había pasado. Lejos de disculparse, se rio entre dientes y se acercó a Jude.

—A veeer… —dijo alegremente—, tampoco pongas esa cara.

—No tengo otra.

—Vale, vale, baja esa agresividad. Solo digo que podrías salir un poco, aunque fuera para dar una vuelta y que te dé el aire. Incluso podrías ir hoy al Melody para ver cómo te sientes antes de la fiesta. Así te decides.

—Tengo responsabilidades en casa.

—¿Y tu hermana no sale? —cuestionó Milly—. ¿O tu madre no hace su propia vida, más allá de lo que hagas tú con la tuya? Oh, perdona... No sabía que todo el mundo dependía de que tú estuvieras presente en casa, triste, deprimida y dispuesta a ayudar en todo. Fallo mío.

Pese a que su tono seguía siendo ofensivo, Jude dejó de lado la oleada de tristeza que sentía y frunció el ceño. Nunca lo había visto desde ese punto de vista. Y, aunque de primeras le pareció un poco absurdo, terminó torciendo el gesto confundida.

Rachel escuchó toda su conversación de forma mal disimulada. Al ver que se había acabado el chisme, decidió asomarse tras el mostrador para echarle más leña al fuego.

—Yo también creo que te vendría bien —admitió—. Aunque fueran solo cinco minutos. Y aunque salieras tú sola, ¿eh? Últimamente te noto más distraída de lo normal. Necesitas un chute de energía, ¿eh?

La perspectiva de salir ella sola le apetecía mucho más que acompañar a Nia a lo que fuera que tenía pensado hacer en la fiesta de Josh. Jude se mordió el labio inferior, pensativa.

—No sé...

—Además —prosiguió Rachel—, saber decir que no es importante y todo eso, pero saber decir que sí también lo es, ¿eh? No tienes que cerrarte a todos los planes. Piensa en todas las cosas que te habrías perdido de haber dicho que no, ¿eh?

Y Jude lo pensó.

De haber dicho que no a aquella niña llamada Nia cuando le propuso sentarse con ella en primero, se habría ahorrado una amistad tóxica. Sin embargo, nunca habría sabido lo que es sentirse aceptada por primera vez por una amiga.

De haber dicho que no a compartir proyecto con Robbie y Milly, se habría ahorrado la bronca por el corazón. Sin embargo, nunca habría sabido lo importante que llegarían a ser en su vida.

De haber dicho que no a aquella noche, cuando estaban en el instituto, cuando fueron todos juntos al Melody Lane, se habría ahorrado las miradas curiosas y los susurros de mala suerte. Sin embargo, no habría visto el mural de fotos que le hizo empatizar por primera vez con Penny.

De haber dicho que no a ampliar su grupo de amigos para complacer a Nia, se habría ahorrado una relación tormentosa con Josh. Sin embargo, también se habría perdido todos aquellos ratos divertidos en su coche cuando volvían a casa.

De haberse negado a hablar con Isaac aquella primera vez, quizá su despedida no habría dolido tanto. Sin embargo, nunca habría sabido lo que era enamorarse.

Si hubiera dicho que no a ir a su graduación…

Oh, eso.

—Me habría ahorrado muchos dolores de cabeza si hubiera dicho que no a más cosas —murmuró Jude finalmente.

Rachel sonrió como si supiera exactamente a lo que se refería. Después, se acercó al mostrador para apoyar las manos delante de ella. Con su camiseta de tirantes manchada de pintura, sus guantes de goma y su trenza, parecía una niña pequeña atrapada en el cuerpo de una adulta muy divertida.

—¿Por qué, eh? —preguntó la mujer—. ¿Habrías llorado un poco menos? ¿No te habrían hecho daño? Todo eso forma parte del camino, Jude. No puedes pasarte la vida evitando que te hagan daño; si no hubiera riesgos, tampoco habría beneficios. Además, seguro que antes de llegar a las lágrimas te reíste más de una vez, ¿eh? Y te sentiste bien. Y descubriste cosas de ti misma que no sabías ni que existían. Quizá luego terminó mal, pero… ¿qué más da? Que te quiten lo bailado, ¿eh?

La pobre Jude no había ido a trabajar esperando que le soltaran una charla motivadora. Milly tampoco debía esperarla, porque, todavía sentada en el mostrador, contemplaba a su tía con una mueca de confusión y un ligero interés aburrido.

—Qué sabia eres, tía Rachel.

La mujer le guiñó un ojo y volvió a centrarse en Jude.

—Mira, sé que ahora mismo solo soy una loca mareándote con sus delirios, lo cual es verdad… Pero he tenido tu edad, ¿eh? Sé lo que es ser la rara, la que no encaja en ningún molde, la que no ha conseguido cientos de amigos y recuerdos bonitos… No pasa nada, Jude. Quizá a ti te toque empezar todo eso un poco más tarde. Lo bueno y lo malo, ¿eh? Tienes que aprender a abrazar los sentimientos negativos de la misma forma que abrazarías los positivos. ¿O crees que la vida consiste en estar bien todo el tiempo? Te queda mucho por vivir, pero no lo harás en casa de tu madre. Tienes que salir al mundo. Y buscar todas esas cosas que un día te harán ser una persona totalmente nueva. Tienes que buscarlas, Jude. Y, para ello, necesitas salir de esa casa y empezar a tomar las riendas de tu vida, ¿eh?

Tras aquel discurso motivacional, Rachel se sacó un trapo del cinturón y azotó el brazo de su sobrina con él. Milly, que seguía un poco cautivada por sus palabras, dio un brinco.

—¡Oye!

—Y se acabó la charla —decretó Rachel—. Bastante hemos perdido ya el tiempo. Me voy a terminal el mural. Cuando vuelva, más os vale estar trabajando, ¿eh?

Así fue como Jude terminó esa noche en el Melody Lane. Sin saberlo, aquella sería la penúltima vez que vería aquel local.

Y la más importante.

No avisó a Nia, ni mucho menos a Josh. A él lo vería si le tocaba turno de trabajo, a ella la vería si había tomado la misma decisión que Jude.

En cuanto Jude puso un pie en el local, supo que se ganaría alguna que otra mirada. No habían disminuido con los años. De hecho, le daba la sensación de que a cada día que pasaba se parecía un poco más a Penny. Y que los rumores sobre su mala suerte se multiplicaban cruelmente.

Solo que, en lugar de ignorar todas aquellas miradas y agachar la cabeza, Jude las devolvió. Le sorprendió ver que algunas cabezas se volvían, avergonzadas. Nunca había considerado la posibilidad de que los avergonzados deberían ser ellos por juzgarla sin motivo y no ella por el simple hecho de existir.

Con el mentón alto, Jude se abrió paso entre las mesas de madera y los gritos al compás de una canción de Britney Spears. A cada metro que recorría, le daba la sensación de que menos gente le prestaba atención. Como si la novedad se hubiera diluido a los pocos segundos de entrar. Quizá era su actitud, que dejaba claro que no iba a soportar ni un solo comentario. Quizá era que, por fin, su cerebro había entendido que sus opiniones no deberían afectarla.

Qué curioso, lo que podía ofrecer recorrer unos pocos metros de un bar con una actitud u otra.

Jude detectó a Nino. Estaba en la barra sentado con un grupo de amigos que había visto alguna vez por Serena. Parecía que se lo estaban pasando bien, así que decidió no molestarlos. Sin mediar palabra, se sentó a unos cuantos taburetes de distancia.

No conocía al camarero que se acercó tras la barra, pero supuso que Josh había hablado de ella alguna vez, pues al chico se le iluminó la mirada nada más reconocerla.

—¡Ah, hola! —dijo alegremente—. ¿Vienes con los amigos de Josh?

Aquella pregunta la dejó un poco descolocada.

—¿Qué amigos?

El chico señaló un rincón del local. Por un momento, Jude pensó que se refería al mural de fotos. Luego miró mejor y reconoció a Nia. Estaba sentada a una de las mesas altas que había justo debajo del mural y no estaba sola. Robbie estaba con ella, todavía llevaba el uniforme de policía y tenía cara de cansado. Isaac también estaba, aunque él se lo había quitado.

Era el único que le daba la espalda, y Jude lo agradeció internamente. De toda la gente que querría evitar esa noche, Isaac ocupaba el primer puesto de la lista. No se sentía con fuerzas para enfrentarse a él, incluso si hablaban y llegaban a un lugar positivo.

Pese a ello, lo miró mucho más tiempo del que debería. Como cuando estaban en el instituto. Cuando observaba su perfil en el pupitre de enfrente. Su silueta imperturbable. Sus manos, sus hombros, sus labios… Cuando se moría por esos breves momentos en los que él se volvía y, de alguna manera, la elegía entre toda la marea de la gente.

Y, con una sola sonrisa discreta, le hacía saber que en esa clase no existía nadie más que ella.

Jude intentó no pensar en ello porque sabía que los ojos se le llenarían de lágrimas. Aun así, se quedó tan en trance que, de alguna forma, él lo notó. Jude sintió una sacudida muy curiosa en el estómago. ¿Nervios? No lo había sentido desde el instituto. Y se sentía tan apagada emocionalmente que tan solo aquel hecho hizo que se tensara. Como si una parte de ella acabara de volver a la vida después de estar dormida durante años.

Jude se dio la vuelta justo cuando él iba a encontrar su mirada, así que nunca supo si la había visto.

Ahora con los hombros tensos y mucho más consciente de su presencia, su forma de moverse y de hablar, Jude se volvió hacia el camarero.

—Sí, luego iré con ellos —mintió—. ¿Tienes algo sin alcohol?

A modo de respuesta, el chico le puso un menú delante y lo abrió por la página de los cócteles vírgenes.

Mientras leía los nombres absurdos que tenían —había cinco diferentes con el nombre de Penny Lane, sorpresa—, Jude se preguntó en qué momento empezaría a vivir todas esas cosas tan maravillosas que le había prometido Rachel. Porque la realidad es que acababa de llegar y ya se sentía un poco aburrida. Y abrumada. Si es que esa combinación era posible.

Sintió la tentación de volverse en varias ocasiones. Las resistió todas. Una parte de ella temía encontrarse con que Isaac la había ignorado, y la otra estaba aterrorizada con encontrarse con su mirada.

Repiqueteó un dedo sobre la barra, tensa. El camarero había desaparecido, pero regresó en cuanto ella hizo un gesto.

—El Ginless Jovi —pidió ella finalmente.

El chico le guiñó un ojo con encanto. Ella no terminó de entender el gesto hasta que, una vez que lo hubo metido todo en la coctelera, decidió pasársela a un compañero.

A Josh, concretamente.

Jude miró a su…, a lo que fuera Josh para ella. Parecía contento de verla. Quizá pensaba que había ido a verlo a él. Oh, seguro que lo pensaba. Pobre. Jude tragó saliva.

—¿Quieres que te ponga ginebra? —preguntó Josh—. No se lo diré a nadie, ¿eh?

—Déjalo, Josh.

Él empezó a mover la coctelera con aire experto. Jude nunca había ido a verlo al trabajo. Sí que había ido al final de su turno, pero jamás lo había visto en acción. Quizá era como un pavo real que agitaba sus plumas para ligar. Quizá se había metido en medio de un ritual de apareamiento sin querer. Muy a su pesar, aquella imagen mental hizo que sonriera un poco. Josh le devolvió el gesto.

—No sabía que vendrías —dijo él.

—Me gusta sorprender.

—Lo sé. —De pronto, Josh frunció un poco el ceño—. ¿Has venido con ellos?

Jude adivinó dos cosas en tan solo un segundo y únicamente por ver cómo observaba Josh la mesa del fondo:

–La primera: no le haría ni puñetera gracia que Jude fuera con ellos.

–La segunda: Isaac los estaba mirando sin ningún tipo de disimulo.

La mirada de Josh se detuvo mucho más de lo necesario en aquella mesa del fondo y su expresión dijo todo lo que él decidió callarse. No se centró en Jude hasta que ella carraspeó con suavidad.

—No sabía que estaban aquí —admitió ella.

—Entonces ¿has venido a verme?

—Más o menos.

El chico pareció un poco confuso por la respuesta, pero se distrajo al abrir la coctelera y servirle la bebida en un vaso de color rosa.

—Bueno, pues ya me aseguraré de que te lo pases bien. Y que quieras venir muchas más veces.

Jude le ofreció una pequeña sonrisa y se llevó el cóctel a los labios.

Lo cierto es que Josh no pasó mucho tiempo con ella. Mientras Jude le daba sorbos a su Ginless Jovi, él se paseó entre las mesas, habló con sus empleados y sirvió más bebidas de las que ella podría contar con los dedos. Por algún motivo, le sorprendió ver que era tan responsable con su trabajo. Había asumido tantas veces que tan solo lo había conseguido por ser el hijo de Gordon Phelps que ni siquiera se había planteado que pudiera ser bueno. Se sintió un poco mal por asumirlo. Y por quitarle valor a Josh.

Estaba pensando en ello cuando de pronto se dio cuenta de que Josh tardaba mucho en volver. Con cuidado, se volvió y analizó el local. Al grupo de chicas que lo daban todo en el escenario, las mesas bajas abarrotadas, los camareros con prisas y gotas de sudor en la frente…

Sabía dónde lo encontraría mucho antes de atreverse, por fin, a mirar la mesa del fondo.

Tal como sospechaba, Josh estaba de pie junto a Robbie. Pese a tener una mano sobre su hombro, sus ojos estaban clavados en otro integrante del grupo. Y no era Nia precisamente, que intercambiaba miradas entre los chicos con precaución. Jude analizó la espalda de Isaac. Por su forma de mover los hombros, diría que estaba respondiendo. Y no sabía qué acababa de decir, pero a Josh se le ensombreció la mirada.

Sin dudarlo un segundo, Jude abandonó la seguridad de su taburete y se dirigió a ellos.

Cuando llegó a la mesa, vio que Josh sujetaba a Robbie con tanta fuerza que el último se retorcía de manera disimulada. El ruido de la gente era tan alto que Jude no consiguió entender una sola palabra. Sin embargo, sí que vio que Josh se inclinaba ligeramente sobre la mesa con la mano libre. Conocía a Josh. Y conocía esa expresión. Era la que ponía antes de soltar una barbaridad.

Quizá debería haberse ido a casa y pasar de ellos. Quizá no debería haberse involucrado.

Pero, por suerte, nunca sabremos qué habría pasado de haberse marchado.

Porque, lejos de ello, Jude imitó el gesto de Josh y colocó una mano en el hombro de Isaac.

Recuerda, querido lector: cada vez que tomes una decisión pésima y horrorosa, puedes decir que solamente mantenías la trama interesante.

—¿Qué pasa? —preguntó Jude casualmente.

Notó que Isaac se tensaba bajo sus dedos. Puede que el gesto fuera demasiado familiar para lo distanciados que estaban a esas alturas, pero no la apartó. Tampoco la miró. Simplemente siguió observando a Josh. Y este último observó la mano de Jude, ahora un poco irritado.

—Nada —ladró Josh—. Solo hablaba con nuestros viejos *amigos.*

—¿Desde cuándo vienes al Melody? —saltó Nia sorprendida.

Jude se encogió de hombros.

—He decidido salir.

—No me has dicho nada.

Lejos de responder a su amiga, Jude miró a Josh. Este le devolvió la mirada. Durante unos instantes, pareció que mantenían una conversación silenciosa. Y tensa.

Sin embargo, funcionó. Josh soltó a Robbie a la vez que ella soltaba a Isaac. Disimuladamente, Jude se escondió la mano tras la espalda y estiró los dedos. De pronto, los sentía entumecidos.

Y eso que Isaac y ella todavía no se habían mirado.

—Bueno —concluyó ella en un tono sorprendentemente conciliador—, ¿no íbamos a salir, Josh?

—Ah, sí, sí…

Sin despedirse y acompañados de un silencio muy incómodo, Jude y Josh se alejaron de la mesa. La primera notaba la mirada de Isaac clavada en su nuca, pero no quiso volverse para devolvérsela. Bastante nerviosa estaba ya.

Tampoco tenía un plan muy claro, pero terminó saliendo del local. Recorrió unos cuantos metros, insegura, hasta que decidió apoyarse en la pared del edificio. Los ventanales eran tan amplios que la gente podría verlos perfectamente desde el interior del local, pero no quiso alejarse mucho más. ¿Y si Josh tenía que entrar a trabajar?

Sin embargo, él la siguió sin protestar. Y, cuando ella apoyó la espalda en la pared y se encendió un cigarrillo, el chico empezó a caminar de un lado a otro.

—¿Te puedes creer que se ha presentado aquí como si nada? —preguntaba sin dejar de dar vueltas—. ¡Se supone que somos amigos!

—¿De quién hablas?

—No hablo de Nia —aseguró con ironía—. Ni de Robbie.

—Ah…, Isaac.

Josh hizo una breve y casi imperceptible pausa para lanzarle una mirada de advertencia. Como si pronunciar su nombre fuera una traición. Jude suspiró y dio otra calada.

—Sí, de tu querido Isaac —musitó él.

—No es mi queri…

—Se supone que somos amigos y ni siquiera se ha molestado en decirme que había vuelto a Serena, ¿a ti te parece normal?

—No sé.

—Igual que tampoco me avisó de que se marcharía, el capullo.

—Siempre habló de irse a la academia de policía —observó Jude.

—¿Y qué? Eso no quería decir que fuera a hacerlo. Al menos podría haberme avisado. Es lo que hacen los amigos.

Jude no quiso decirle que él tampoco había hecho nada para retomar su amistad. Así que, para callarse, soltó el humo entre sus labios.

—Y ahora viene a *mi* trabajo —siguió Josh—, con *mis* amigos…

—¿Desde cuándo Nia es tu amiga?

—¿Vas a interrumpirme cada vez que diga algo?

Jude suspiró.

—Es un amigo de mierda —concluyó Josh irritado—. Eso es lo que es. ¿O no?

Aquella pregunta era tan solo para que le diera la razón. Jude se sintió incapaz de dársela. Quizá lo habría hecho con otra persona, pero no con Isaac. Incluso a esas alturas de la historia, después de todos aquellos años y tras haber perdido su relación…, su lealtad se mantenía inamovible.

Pero no iba a decírselo a Josh, claro.

—No sé —murmuró ella finalmente—, las amistades son complejas.

El chico dejó de dar vueltas para plantarse delante de Jude. Su expresión era la misma que había visto antes, aquella mezcla de cabreo e incredulidad.

Jude pensó que aquello terminaría en una discusión seria. Sin embargo, y para su absoluto asombro, Josh no insistió. En su lugar, señaló el cigarrillo que ella fumaba.

—Odio el aliento que se te queda después de fumar. Hace que apestes.

A veces, cuando decía esas cosas, Jude decidía pasarlas por alto. Ignorar las provocaciones. Apagar el cigarrillo, incluso, si se sentía muy conciliadora.

Ese día no se sintió así.

En lugar de apagar el cigarrillo, tomó otra calada de forma lenta y deliberada. En ningún momento despegó la mirada de la de Josh. Y pudo ver cómo a este se le incendiaban los ojos a la vez que la punta de su cigarrillo.

Ambos mantuvieron unos segundos de silencio. Josh lo rompió.

—¿Qué haces?

—Fumar.

—¿No me has oído?

—Sí. Te molesta el aliento. Pero, tranquilo, no tengo intención de besarte.

Jude no entendió a qué venía todo aquello, pero no podía parar. Y menos cuando Josh dio un pequeño paso hacia ella. Durante un instante, pensó que le quitaría el cigarrillo y lo estamparía en el suelo.

—¿En serio tienes que molestarme cuando ya estoy cabreado? —preguntó él sin embargo.

Jude frunció el ceño.

—¿Cabreado por qué? ¿Por Isaac?

—Pues sí.

—Pero si es una chorrada, Josh…

—Para mí no lo es.

—¿Dónde está el gran drama? ¿Que no te hace el suficiente caso?

Josh apretó los dientes. Le temblaba un músculo de la mandíbula.

—¿Se puede saber qué te pasa?

—Nada —aseguró ella.

—Entonces ¿por qué estás tan insoportable?

—No soy yo quien se cabrea por tonterías…

—Ah, sí. Tonterías. —Josh sonrió sin una pizca de gracia—. Cuando las tonterías son tuyas, no te gusta que me ría de ellas. De hecho, hace poco te consolé sin juzgarte.

Había sido tras el funeral de su abuelo. Ella se tensó de la cabeza a los pies, ahora le hacía menos gracia.

—No es lo mismo —aseguró en voz baja—, y no hables de eso.

—¿Por qué?, ¿eh? ¿Por qué tus dramas siempre son más importantes que los míos?

—Pero ¿qué dices ahora?

—¡Que siempre tengo que priorizarte a ti! —saltó él de repente, con un rencor que ninguno de los dos se esperaba—. Pobre Jude, que se le ha muerto alguien. Que tiene que cuidar de su puñetera familia. Que es pobre. Que vive en Carriers Lane. Que tiene una madre alcohólica.

—Josh… —empezó a advertirle ella, ahora con un nudo en la garganta.

—¿Por qué tus putos problemas siempre tienen que ser más importantes que los míos? ¿Alguna vez te has preguntado si a mí me apetece hablar de tus dramas? A lo mejor los míos, aunque te parezcan una mierda, son más importantes. Y también me gusta hablar de ellos.

—¿Se puede saber a qué viene…?

—¡Estoy harto de…, de esa cara de aburrimiento! ¡Y de que seas una triste todo el puñetero tiempo! ¡Yo también quiero que me cuiden, que se me aprecie y tener a alguien con quien pasármelo bien! ¡Y no a una deprimida que solo sabe criticarme por todo lo que hago!

Tras aquel exabrupto, ambos mantuvieron un silencio muy incómodo. Él porque no tenía nada más que decir. Ella porque no sabía ni por dónde empezar.

Jude estaba tan pasmada que no se dio cuenta de que la ceniza del cigarrillo a medio consumir se le caía en la punta de la bota. Siguió observando a Josh, que respiraba con agitación.

Y los ecos empezaron, claro.

¿Era cierto? ¿Se había aprovechado de él y nunca le había dado su lugar? Ella no lo recordaba así. No recordaba preguntarle, pero tampoco recordaba contarle nada. De hecho, Josh se había enfadado con ella en muchas ocasiones por no hacerle partícipe de su vida. ¿Cómo iba a quejarse ahora de que los problemas de ella lo molestaran si nunca había sabido cuáles eran?

Trató de callar aquellas voces que la llamaban egoísta y mala persona. Empezó a dolerle la cabeza también.

Por su parte, Josh apartó la mirada y la clavó en la entrada. Jude nunca sabría si ya pretendía marcharse o si tomó la decisión al ver que Isaac estaba de pie junto a ellos.

Durante unos instantes, ninguno se miró. El tiempo se había detenido en un suspense muy desagradable. Hasta que finalmente Josh resopló y entró en el local. Lo hizo con un poco más de fuerza de la necesaria. No miró atrás.

Tras su partida, Jude analizó a Isaac. Era la primera vez que le devolvía la mirada en toda la noche y de pronto fue consciente de por qué. Entonces le invadió una sensación muy rara que mezclaba tristeza, vergüenza y... rabia. Mucha rabia.

Isaac no parecía estar juzgándola. Nunca lo hacía. Sin embargo, la analizaba con atención. Jude se sintió demasiado expuesta. Como si él hubiera conseguido ver un atisbo de lo que ocultaban sus cuidadas y escondidas grietas. Ella se frotó el brazo, casi como si quisiera taparlas. Aquel pequeño gesto hizo que él reaccionara por fin y diera un paso en su dirección.

—¿Qué quieres? —preguntó Jude directamente.

Había aprovechado aquella pequeña distracción para apartar la mirada. Casi al instante, sintió que sus pobres pulmones volvían a llenarse de aire. No había sido consciente de que estaba aguantando la respiración.

Por el rabillo del ojo, pudo ver que Isaac había avanzado un poco más hacia ella. No tanto como para que le saltaran las alarmas, pero sí para que su corazón empezara a latir con fuerza. Llena de frustración, Jude frunció el ceño. Ojalá pudiera decirle a su cuerpo que ya no valía la pena ponerse así por él.

Su pregunta seguía flotando en el aire. Isaac respiró hondo antes de responder.

—Nada en concreto.

Gran respuesta.

Jude contuvo media sonrisa irónica.

—¿El plan es contemplarme un rato en completo silencio? —preguntó entre dientes.

—Quizá.

—¿Y no has considerado la posibilidad de que quiera estar sola?

—Hace un momento no estabas sola.

Isaac tenía esa forma de hablar tan plana, tan suave, que haría que cualquier desconocido pensara que estaba tranquilo.

Jude, sin embargo, lo conocía. Lo conocía *muy* bien.

Lentamente, le devolvió la mirada. No le sorprendió ver que él tenía los labios apretados.

—¿Qué? —preguntó ella a la defensiva.

—Tú sabes *qué*.

—Quizá no quiero oír tu opinión.

Él no cayó en la provocación. De hecho, aquella respuesta lo llevó a ladear discretamente la cabeza. Su expresión se había vuelto triste. O por lo menos eso le pareció a Jude. Quizá se estaba sugestionando por su propia tristeza perpetua.

De pronto, Jude no soportó el silencio. Apenas habían pasado unos instantes desde su frase, pero empezaba a sentirse ahogada. Y culpable. Y le dolía la cabeza, porque no quería vivir nada de todo aquello en una noche tan aleatoria como aquella. Siempre pensó que, si llegaba a pasar algo así, tendría tiempo de prepararse mentalmente.

Acababa de descubrir que no.

—No tienes derecho a juzgarme —replicó ella con una suavidad que no esperaba.

—Lo juzgo más a él.

—Puedes decir lo que quieras de Josh, pero no finge ser quien no es.

—¿Y yo sí?

Jude se encogió de hombros y tomó una calada del cigarrillo ya casi consumido.

—¿Qué quieres decir? —insistió él. Sonaba más confuso que enfadado.

—Nada.

—No me digas que *nada*.

—¿Prefieres que te mienta?

—Preferiría que te tomaras la conversación en serio.

Por primera vez desde que Isaac había vuelto, Jude supo que había dado en la tecla para cabrearlo. Aquello la llenó de una tristeza tan inesperada como abrumadora.

No tenía ganas de discutir con Isaac. No quería verlo. De hecho, habían empezado a escocerle los ojos. Se volvió hacia el aparcamiento y dio otra calada. Quería terminarse ese cigarrillo cuanto antes y... Bueno, ¿qué coño? Lo apagó directamente.

Se habría marchado, pero se encontró con Isaac al levantar la cabeza. Se había colocado justo delante de ella, lo que le recordó lo alto que era. Jude echó la cabeza hacia atrás. También retrocedió un paso, más por instinto que por conciencia, y sintió un escalofrío al chocarse con la pared del local.

La mirada de Isaac le recordó vagamente a la de aquel primer día en la colina. La expresión de irritación mezclada con lástima. La conversación que había tenido sobre sus padres, sobre a qué se dedicaban, sobre en qué zona vivían... Jude recordaba haberse sentido culpable por asumir cosas sobre él. Que se había sentido como una niña pequeña a la que le echan en cara que se ha portado mal.

Volvía a sentirse exactamente igual.

Inquieta, escondió las manos tras su espalda. El tacto del ladrillo frío bajo sus dedos hizo que volviera al presente. Uno en el que Isaac seguía mirándola fijamente.

—¿Qué? —ladró Jude, cuya fachada de hostilidad era cada vez menos creíble.

Isaac sonrió como si lo supiera perfectamente.

—¿Qué? —repitió él.

—No empieces.

Ella apartó la mirada en un triste intento de que se marchara. O quizá quería que se quedara. No lo tenía muy claro.

Sentía la tentación de volverse y mirarlo otra vez. De asegurarse de que seguía ahí, aunque su cuerpo le asegurara que así era.

Nunca tuvo que hacerlo, porque entonces el rostro de Isaac apareció ante el suyo. Jude levantó una ceja. Él imitó el gesto. En cuanto ella trató de erguirse para mirar al frente, Isaac hizo lo propio. Estaba inclinado sobre ella, de forma que sus rostros se encontraban a la misma altura. Un poco molesta, Jude agachó la mirada. No le sorprendió ver que él se inclinaba más para volver a coincidir.

Durante un momento, ninguno de los dos se movió. Jude no supo por qué él había empezado a sonreír. Por lo menos hasta que notó que ella también lo estaba haciendo.

¿Cuánto tiempo llevaba sin sonreír? Le pareció un gesto extraño. Ajeno.

Aun así, no se movió. Le sostuvo a Isaac la mirada durante unos segundos, todavía con los labios curvados disimuladamente hacia arriba.

—¿De qué color te sientes hoy? —preguntó él entonces.

Jude desearía haber contenido la risa que se le escapó. Sobre todo cuando él pareció tan orgulloso de sí mismo.

Cuando Isaac se irguió, ella por fin lo siguió con la mirada. A esas alturas, Jude estaba completamente apoyada en la pared del Melody. Notaba la pared en la nuca, donde había tenido que apoyarla para verlo mejor. Se había puesto nerviosa. De hecho, cruzó los brazos y empezó a apretarlos con más fuerza de la necesaria. Él, mientras tanto, se mantenía con las manos en los bolsillos. Y no dejaba de balancearse sobre las puntas de los pies. De tambalearse hacia ella.

A Jude le dolió saber que hacía eso porque estaba contento. Lo hacía años atrás, cuando le decía que le gustaban sus canciones. Cuando encontraba su mirada entre clase y clase. O cuando hablaba con ella por cualquier motivo.

—¿Y bien? —insistió él—. ¿Qué color?

Ella sacudió tristemente la cabeza.

—No me apetece jugar, Isaac.

—¿Quién ha dicho que esto sea un juego?

—Lo digo de verdad.

Y era cierto. No le apetecía rememorar todo lo que habían pasado. En lo que se habían convertido. Especialmente en lo que se había convertido ella.

Isaac dejó de balacearse al instante. De nuevo parecía preocupado.

—Solo intentaba entenderte.

—No intentes entender a alguien que no se entiende a sí mismo.

Era hora de marcharse. De pagar su puñetera bebida y volver a su puñetera vida monótona y vacía. Jude se separó de la pared sin preocuparse de no rozarlo y él no se apartó ni un solo centímetro. De hecho, provocó que ella tuviera que pegarse a su pecho. Jude intentó no darle importancia a su corazón acelerado. Intentó no mirar a Isaac.

Sin embargo, cuando ya estaba a punto de tocar la puerta con la punta de los dedos, Isaac volvió a pegarse a ella.

—Te entiendo mejor de lo que crees.

Jude sonrió para sí misma.

—Seguro.

—Sé por qué empezaste a hacerme el vacío después de la graduación.

Oh, el *tema*.

Quería hablar del *tema*.

Ahora, querida persona lectora e inocente, es cuando te pones el casco de guerrilla. Se vienen misiles enemigos.

Jude soltó el picaporte al instante. Dejó incluso de oír lo que sucedía en el interior del local. Se olvidó incluso de que estaban junto a una cristalera y seguramente los demás podrían verlos a la perfección. O de lo cerca que estaban. De pronto, tan solo importaba la rabia que había sentido la noche de la graduación. La que llevaba años arrastrando.

De forma lenta y deliberada, se volvió para mirar a Isaac. Él mantenía el ceño fruncido y los puños apretados. Estaban tan cerca que ella tuvo que echar la cabeza hacia atrás y él hacia delante. De haber avanzado otro centímetro, sus cuerpos se habrían rozado. Y a ninguno pareció importarle demasiado. Ni siquiera a ella, cuyo cuerpo entero había empezado a gritar con todas sus fuerzas.

—Oh, ¿lo sabes? —replicó Jude con la voz temblorosa por la mezcla de nervios y tensión.

Como si cada palabra le hubiera dado el valor que necesitaba, Isaac se inclinó ligeramente.

—No me hables así, Jude.

—Y tú no asumas que sabes *nada* de mí.

—¿Te crees que no te conozco? —saltó él incrédulo—. Me viste con Nia. Es eso, ¿no?

—Ya da igual.

—A mí no me da igual. Si me dejaras…

—Dejó de importar hace años, Isaac.

—¿En serio? ¿Y por qué sigues cabreada?

—¡Por nada que tenga que ver contigo! —espetó ella irritada—. ¿Te crees que eres el centro de mi vida? ¡Tengo problemas mucho mayores que lo que pasó hace milenios en una fiesta de niños!

Isaac la conocía demasiado como para creérselo.

—No quería besarla —replicó con suavidad—. Nunca quise…

—Me da igual.

—Jude, ¡escúchame y…!

—¡No me interesa! —saltó ella de repente—. ¡No me importa! Si hubiera querido saber algo, te lo habría preguntado en su momento. ¡Ya me da igual!

—Pero ¿te das cuenta de lo mucho que te engañas a ti misma?

Por algún motivo desconocido, aquello la irritó mucho más que el resto de la discusión. Incluso se permitió llevarse una mano al pecho para marcar la ofensa que acababa de sentir. Quizá, de no haber estado tan cabreada, se habría dado cuenta de lo cerca que estaban el uno del otro. Mucho más que antes. Su cuerpo debía de ser más consciente de ello, porque su pobre corazón le retumbaba en los oídos.

Frustrada, Jude le clavó un dedo en el pecho a Isaac. Hizo un vago intento de empujarlo, pero él no se movió ni un centímetro. Y ella, sin darse cuenta, terminó agarrándole el cuello de la camiseta y apretándola en un puño. Isaac hizo un breve gesto con los brazos, como si fuera a abrazarla, pero se detuvo y tragó saliva. Jude separó los labios para hablar, pero necesitó un segundo intento para que le salieran las palabras.

—No quiero tus explicaciones caducadas —consiguió decir Jude finalmente.

La mirada de Isaac seguía cargada de ira. Sus puños permanecían apretados con fuerza. Cuando Jude tiró de su camiseta con el puño, él bajó la mirada a sus labios. Tras respirar con fuerza por la nariz, volvió a mirarla a los ojos.

—¿Te crees que no te las habría dado antes? —preguntó él en un tono más bajo y grave—. ¿Que no te busqué mil veces?

—Me da igual.

—Joder, ¿por qué tenía que enamorarme de la chica más testaruda que conozco?

Jude enrojeció y, asustada por aquella confesión, trató de dar un paso atrás. No esperaba que él la cogiera por la nuca para retenerla. Fue un gesto lleno de rabia, pero sorprendentemente suave. Jude dejó de respirar. Él, de nuevo, tuvo que obligarse a dejar de mirarle los labios. Hacía mucho calor. Jude tragó saliva y apoyó las manos en el pecho de Isaac para apartarlo, pero terminó por no empujarlo. Tan solo las sostuvo en aquel lugar. Bajo sus palmas, notó que el corazón de Isaac se había acelerado. Y que la mano de él se había apretado en su nuca, entre los mechones de pelo.

—Isaac… —trató de advertirle ella con una voz que no parecía suya.

—No —sentenció él en ese tono bajo—. Por una vez, me vas a escuchar. Te busqué. Mil veces. Te dejé un mes de margen porque te conozco y sé que te gusta analizar demasiado las cosas hasta que dejan de tener sentido. Y después pasó otro mes sin saber nada de ti. Ni yo ni Robbie ni nadie. Y nadie se sabía tu número, así que no había forma de llamarte. Intenté ir a tu casa varias veces, pero nunca estabas. Y tu madre no dejaba de decirme que te habías ido, que me olvidara de ti.

Sorprendida, Jude parpadeó unas cuantas veces. Hubo una época, poco después de la graduación, en la que no soportaba la idea de salir de casa. Ni de estar sola. Pasaba tantas horas con su abuelo que se había anclado al sillón. Más de una noche se dormía con él. Odiaba la idea de quedarse a solas.

¿Habría sido…?

No tuvo tiempo de pensarlo, porque Isaac siguió hablando.

—Te busqué por todos lados. Incluso fui a buscar al puñetero Nino para ver si sabía algo de ti. Me dijo que no te había visto desde la graduación. Nadie sabía nada. Y yo tenía que irme a la academia en cuestión de días. ¿Qué más querías que hiciera? ¿Colarme en tu casa? Porque, sorpresa, ¡lo intenté! Me pasé una noche entera en ese puñetero altillo, esperando a que vinieras y contemplando las cajas pintadas con pintaúñas. Y nunca apareciste. Ni ese día ni ningún otro. Cuando me fui, pensé que te despedirías. Luego entendí que no aparecerías e hice un pacto con los demás. Se suponía que, si se enteraban de algo sobre ti, me lo dirían. Imagínate lo divertido que ha sido volver y darme cuenta de que Nia y Josh han pasado del puto pacto.

A esas alturas del discurso, Jude había vuelto a apretar su camiseta en dos puños. Ya no tenía muy claro por qué. De hecho, se estaba replanteando su vida entera. Especialmente cuando Isaac recolocó su mano y le acarició la piel de la nuca sin querer. Jude pudo sentir cómo toda la piel de los brazos se le erizaba. Trató de centrarse. De decir algo coherente.

—Oh —fue lo único que le salió.

—Y ahora vuelvo y… ¡te encuentro así! Pensé que lo del funeral sería por el duelo, porque estabas triste… Pero ¡la cosa no deja de ir a peor! Y me estoy volviendo loco. ¿Se puede saber qué te he hecho? ¿Es por lo de Nia? Te juro que no…

—Isaac —insistió ella, que por fin había reconectado—, déjalo.

—¿Por qué no puedes escucharme un minuto?

—¡Porque no serviría de nada! ¿Qué cambiaría saber algo a estas alturas?

—Cambiaría… esta tensión absurda que te empeñas en que tengamos.

—Quizá me gusta tenerla. Quizá no quiero cambiarla.

Isaac inspiró hondo en busca de paciencia. Jude tenía la impresión de que la miraba tan fijamente que no parpadeaba.

—¿Qué? —insistió Jude con aspereza—. ¿Vas a fingir que la tensión no fue lo primero que te acercó a mí?

—¿Qué dices?

—¿Por qué te fijaste en mí? —insistió Jude—. ¿Por qué en mí habiendo tanta gente alrededor? ¿Fue por Penny? ¿Porque me viste pringada? ¿Por lo del corazón? ¿Te hizo gracia que me metiera con Milly? Siempre he sido así, Isaac. Lo único que te jode es que ahora dirija toda esa energía negativa hacia ti.

—No tienes ninguna energía negativa. Y no me fijé en ti por eso.

—¿Entonces?

Jude dejó que el silencio se extendiera. Por primera vez, se sentía al mando de la conversación. Que lo había dejado sin palabras.

Él, también por primera vez, bajó la mirada a sus labios sin ningún tipo de reserva.

—No lo sé —admitió.

—Yo sí que lo sé.

—Solo… —Isaac hizo una pausa, todavía con la mirada clavada en sus labios—. Hay algo que necesito saber.

Ella ya había planeado marcharse, pero se detuvo un último momento.

—¿El qué?

—Si no hubiera pasado lo que pasó en la fiesta de graduación…, ¿qué habría sucedido entre nosotros?

Jude deseó no tener tan clara la respuesta.

—No habría cambiado nada.

—No digas eso.

—Es la verdad. Tú te habrías ido de Serena igualmente. Quizá no serías el único idiota que vuelve a meterse en este cementerio de elefantes tras escaparse por fin de él, pero todo lo demás sería igual.

Al instante, Isaac volvió la vista hacia sus ojos como si acabara de recibir un latigazo. Jude intentó no analizar su forma de mirarla. No quería llorar otra vez. Ni que le subiera el calor por todo el cuerpo, como también había sucedido. El corazón todavía le zumbaba en los oídos. Y la mano de él permanecía en su nuca. Jude era consciente de la presencia de cada uno de sus dedos. De cada pequeño impulso que mandaban a través de su cuerpo cada vez que cambiaban la presión sobre su piel.

¿Sabría Isaac el poder que tenía sobre ella? ¿Lo muchísimo que la alteraba?

Jude respiró hondo y, al separar los labios, él volvió a mirarlos. Inconscientemente, separó los suyos también. Jude se obligó a cerrar los ojos porque ya no podía más.

—Para —le pidió en voz baja—. Josh está ahí dentro.

—Que se joda.

—En serio, Isaac…

—Que se joda. Él y todo el mundo. He vuelto por ti.

Durante unos breves instantes, Jude recordó aquella confesión que Isaac le hizo en su altillo. Cuando le dijo todas aquellas cosas bonitas y una parte de ella fue incapaz de creérselas.

—Isaac… —dijo, todavía con los ojos cerrados y el corazón acelerado—. Necesito que me dejes pasar página. Empecé a hacerlo hace años y tú deberías hacer lo mismo.

—¿Y por qué querría yo pasar página? —replicó él con irritación—. ¿O por qué querrías hacerlo tú? ¿Cuántas veces te dije lo mucho que me importabas? ¿Por qué nunca me creíste?

Jude tragó saliva. Necesitó unos instantes para responder con sinceridad.

—Porque una parte de mí siempre supo que tenía que estar preparada para decir adiós.

—¿Por qué?

—Porque, si hubieras decidido dejarme, yo siempre habría sido la rarita que te hacía gracia en el instituto. Pero para mí… Yo habría perdido a la única persona que me vio. Que me hizo sentir querida. No sabes hasta qué punto me habrías destrozado. Así que me aseguré de romperme el corazón antes de que pudieras hacerlo tú.

Jude quería marcharse. No quería enfrentarse a aquella expresión desolada. Estaba muy cansada. Y muy triste. Y muy confusa por lo mucho que había escalado aquella conversación.

—Déjame volver a casa, Isaac —suplicó en voz baja.

Con suavidad, ella le soltó la camiseta y tomó su mano para quitársela de la nuca. Isaac mantuvo el contacto entre sus dedos durante más tiempo del necesario, pero no la detuvo. Simplemente la observó como si acabara de tomar una decisión.

Jude, que ya no podía más, se marchó con el corazón desbocado y la respiración agitada. Intentó no mirar atrás, pero lo hizo. Y no le sorprendió encontrar la mirada de Isaac otra vez.

23

La última noche del Melody Lane

—¿Vas a la fiesta de Josh?

Ya debían de ser las once de la noche. Jude estaba sentada en el patio trasero y fumaba distraídamente. No había vuelto en sí desde la noche anterior, desde esa conversación con Isaac. Tan solo se volvió al oír la voz de su hermana.

Lucy, fiel a su estilo colorido, se había puesto un peto corto de color rosa y, debajo, una camiseta azul con nubecitas. También se había recogido el pelo en una coleta alta, aunque se había dejado sueltos dos mechones de flequillo que había rodeado con dos hilos dorados. Podría parecer infantil, pero Lucy siempre se las apañaba para parecer mayor. Incluso a sus dieciséis años, le parecía que era más espabilada de lo que había sido la propia Jude a su edad. Su hermana mayor siempre se preguntó si planificaba esas explosiones de colores o era algo que iba cambiando según el día y el humor que tuviera, como Is…

No, no iba a pensar en él. No otra vez. Bastante había ocupado su cabeza desde la noche anterior, el muy asqueroso. Jude, por cierto, ya llevaba su pijama puesto. Lo señaló a modo de respuesta.

—¿No? —Lucy parecía muy ofendida.

—No.

—Pero ¿no es tu novio?

—Ese qué va a ser mi novio…

—Pero te habrá invitado, ¿no?

—Ya le he dicho que quizá iba, quizá no.

Lucy se cruzó de brazos.

—¿Y qué? Tampoco es que tengas nada mejor que hacer.

—Mañana me levanto a las siete para hacerte el desayuno. Porque tienes escuela de verano, lista.

—Pero ¡es juernes!

—¿Eh?

—¡La noche del jueves a viernes! Es una expresión universitaria. Hacen las fiestas esa noche porque los viernes no tienen clases.

Jude torció el morro como un caballo mosqueado.

—¿Y a mí qué me cuentas? No eres universitaria y te aseguro que mañana tienes clase.

—Pero ¡me apetece mucho ir!

—Y a mí me apetece ser millonaria.

Jude se volvió y dio la conversación por terminada. Lucy, en cambio, todavía tenía mucho que dar de sí. Se acercó a ella con los brazos cruzados y se plantó a su lado. Jude trató de ignorarla. Al menos durante los primeros veinte segundos.

—¿Qué? —ladró finalmente.

—Quiero que vengas.

—Lu, ¿qué más te da?

—Pues estoy harta de verte amargada y como alma en pena. Además, a Quinn le han dicho que solo puede ir si estás tú.

Jude se señaló a sí misma, escandalizada.

—¿Qué tengo yo que ver con Quinn? ¡Su hermano estará ahí!, ¡es *su* fiesta!

—Pero ¡no se fían de Josh! Y se ve que el padre confía mucho en ti. ¿No puedes venir, aunque sea durante dos horitas? Así te demuestro que no bebo. Y que puedo salir de fiesta y luego rendir a la mañana siguiente.

—Ya lo creo que vas a rendir mañana… Vas a ir al instituto andando si hace falta.

La amenaza no surtió mucho efecto, porque Lucy sonrió ampliamente.

—¡¿Eso es que sí?!

Jude suspiró. Aquella fue toda la confirmación que necesitaba Lucy, que salió corriendo con el móvil en la mano. No podía esperar a contárselo a sus amigas.

No le pidieron permiso a Penny. Desde la muerte del abuelo, Jude no hablaba con ella a no ser que fuera necesario. Y es que se sentía mucho más alejada de su madre de lo normal. Sentía que, desde que no tenía al abuelo para protegerla, la odiaba de verdad. Jude lo notaba cuando, a veces, la pillaba mirándola fijamente. Lo hacía con esa expresión de rencor, de rechazo, que habría hundido a cualquiera.

A Jude no. Para ella, empezaba a ser la excusa que se ponía cada vez que sentía que estaba siendo muy cruel con su madre y le pesaba la culpabilidad.

Jude no se arregló mucho. Se limitó a ponerse una chaqueta vaquera por encima del vestido. Era uno que había cosido hacía unos años con sus hilos de *crochet*. Tenía muchos colores y, aunque pareciera absurdo, aquello la ponía de buen humor. Le vendría bien usar ese buen humor para la fiesta.

¿Maquillaje? Ja. No pensaba ni molestarse. Como si le importara un pimiento cómo se viera o, sobre todo, cómo la vieran los demás. Atrás habían quedado los días en los que se pasaba cuatro horas delante del espejo para comprobar que todo estuviera perfecto, aunque llevara los mismos cuatro trapos que todo el mundo que la rodeaba conocía; ahora apenas era capaz de devolverse la mirada a sí misma.

Lucy la esperaba ya dentro de Manolito. Al final, Jude había llenado el depósito con los cincuenta dólares de la propina. Y jamás le había dicho nada del billete a ninguna de las dos personas que vivían con ella.

Se subió al asiento del piloto sin muchas ganas.

—Pues al Melody —murmuró Jude—. Qué alegría se van a llevar cuando vean que las dos herederas de Penny Lane lo pisan a la vez.

—Espera, primero tenemos que recoger a Quinn.

—Está bien.

—Y a Maggie.

—Y espero que a nadie más, que voy a dar más vueltas que un tren.

—Nadie más —aseguró Lucy—. ¡Tú arranca, que yo te guío!

Fueron a por Maggie en primer lugar. Vivía cerca del puente y de la casa de Isaac, en una zona que se consideraba de clase media. Era la amiga más tierna de Lucy, o eso le había parecido siempre a Jude. Con sus gafas gigantes, sus pulseras de bandas musicales para adolescentes y sus ganas de comentar el último libro que había leído, a Jude siempre le había despertado un poco de instinto de protección. Como si tuviera un espíritu tan puro que temiera que alguien fuera a mancillárselo. Y, desde luego, le parecía mejor influencia para su hermana que Quinn.

Maggie se subió al coche con una pequeña sonrisa tímida.

—Hola, chicas. Gracias por recogerme.

—No hay de qué —murmuró Jude arrancando otra vez.

—¡No nos ha costado nada! —añadió Lucy.

—Sobre todo a ti, que no pagas la gasolina.

—Puedo pagar una parte —se ofreció Maggie enseguida.

Jude esbozó media sonrisa.

—Guárdate el dinero, cariño. Eres la única que no tiene que pagar por ir conmigo.

Maggie sonrió de una manera que solo conoce la gente que jamás ha sido elegida y, de pronto, cambia su profecía.

Quinn, por supuesto, no fue tan dulce.

—¡Ya era hora! —protestó—. Me estaba congelando el culo.

—Hace calor —recalcó Jude.

—Quinn siempre tiene frío —aseguró Lucy, su secretaria vital.

Quizá eso de odiar a una niña de dieciséis años era un poco inmaduro, pero... Jude seguía sin soportar a Quinn. Le parecía una mala influencia, una malhablada y alguien que, en general, se tomaba demasiadas confianzas con la gente. Siempre se paseaba por la casa de Carriers Lane como si fuera suya y trataba a Lucy como si fuera su sirvienta. De alguna forma retorcida, Lucy aceptaba aquel papel con un orgullo que creaba incluso rechazo. Jude siempre había deseado en secreto que Lucy se desencaprichara y encontrara otro ídolo, pero Quinn no la soltaba.

Porque sí, Jude podía estar muy ciega, pero había cosas que una hermana mayor no podía ignorar. ¿De verdad Lucy se creía que no veía la forma en que miraba a Quinn? Eran mejores amigas, sí, pero había algo más. Una admiración que iba mucho más allá de la amistad. Si no hubiera sido porque se trataba de Quinn, a Jude le habría parecido una ternura.

Se pasaron el viaje con música de fondo. La que elegían ellas, concretamente, porque a Jude le daba francamente igual lo que sonara. Si hubieran puesto a Beethoven, estaría igual de motivada que con Bad Bunny.

Llegaron al Melody cuando el reloj ya rozaba la medianoche. Entusiasmadas, las más jóvenes se bajaron corriendo del coche. Era su primera noche de fiesta. Quinn se comportaba como si hubiera hecho aquello miles de veces pese a estar nerviosa, Maggie se mordía el labio inferior de forma compulsiva y Lucy no dejaba de dar brincos como un conejo.

—¡Vamos, Jude! —urgía esta última.

—¡Ya voy, ya voy!

Estaban tan nerviosas que no se atrevían a entrar solas… Qué ternura.

Jude guio la manada hacia el interior del Melody. Por el camino reconoció varias caras de gente que había ido a clase con ellos. Todos se alegraron de verla, cosa que Jude no esperaba. En su cabeza, había desaparecido tanto tiempo de la sociedad que ya nadie se acordaba de su existencia. Sin embargo, fueron muy simpáticos. Tanto que, por un momento, Jude se preguntó por qué había desconectado del mundo durante tanto tiempo.

Nino estaba en la puerta del Melody. Fumaba y le daba la chapa a dos pobres chicas que no dejaban de buscar una salida de emergencia. No la encontraron hasta que Jude se detuvo a su lado y a Nino se le iluminó la mirada.

—¡Florecilla! —exclamó alegremente—. ¡Qué alegría más inesperada!

—Sí, yo tampoco me esperaba venir.

En cuanto Nino sonrió a las recién llegadas, las tres más jóvenes enrojecieron de aquella manera que solo vives la primera vez que un chico mayor reconoce tu existencia.

—Pues me alegro. Resérvame un baile o dos, ¿eh? O cuarenta.

—Creo que el cumpleañero tendrá algo que opinar al respecto.

—Y su amigo también.

Jude dudó un segundo. Sabía que hablaba de Isaac.

—¿Ya ha llegado?

—De los primeros, para ayudar a preparar el local. Y el rubio ese que antes era tembloroso pero que ahora está *musculoca*, también.

—Se llama Robbie.

Nino se encogió de hombros.

—Me gusta más *musculoca*.

Tras eso, ellas entraron y Nino empezó a buscar a otra pobre víctima a la que darle la chapa.

—¿Ese chico es tu novio? —le preguntó Maggie fascinada.

Jude intentó no reírse.

—Te aseguro que no.

—¿Y por qué te hablaba así? —quiso saber Quinn.

—Porque es idiota. Con el tiempo, ya os daréis cuenta de que mucha gente es idiota y no hay que buscarle más explicación que esa.

Pese a los años, el Melody se encontraba en tan buenas condiciones como siempre. Solo que estaba repleto de universitarios borrachos y no de sus clientes habituales. Además, la música que sonaba era casi de broma, de esa que todo el mundo conocía y nadie cantaba en serio. En esos momentos, Josh estaba subido al escenario con su gorrito de cumpleañero y sus cuarenta globos alrededor. Cantaba una canción de *Shrek* y todos sus amigos le hacían los coros.

Jude decidió que no era el momento de saludarlo, así que se volvió hacia las tres palomas.

—¿Queréis tomar algo?

Pidió cuatro copas sin alcohol y fue repartiéndolas a medida que llegaban. Las tres chicas miraban a su alrededor como si aquello fuera lo más fascinante que habían visto en su vida. Jude intentaba no reírse, pero echaba de menos que el Melody le hiciera esa ilusión. O que algo la ilusionara, en general.

—¿Aquí empezó mamá? —preguntó Lucy. De fondo, había empezado a sonar una canción de los Beatles.

—Ajá. Hay un mural ahí, al fondo.

En cuanto lo dijo, las tres salieron corriendo para verlo. Jude dejó que se marcharan. Aquella fiesta tampoco le parecía tan salvaje como para tener que preocuparse de no dejarlas solas. Aprovechó su pausita para mirar el móvil. Las doce y cuarto y ya quería volverse a casa. Qué aburrida se había vuelto.

—¡Jude!

La voz de Robbie hizo que levantara la mirada. Y, al ver que se acercaba a ella, Jude tuvo una extraña sensación de calidez que no se explicó.

Y vaya si Robbie había cambiado con la academia, estaba mucho más fortachón y seguro de sí mismo. De hecho, la abrazó sin ni siquiera pedirle permiso. Y sin que le sudaran las manos. Un pequeño paso para la humanidad, un gran paso para Robbie.

—¡Me alegro de volver a verte! —exclamó él tras separarse—. Vaya, creo que no te había visto de cerca desde que volví. Estás…

Hecha un desastre. Sí, lo sabía.

—… cambiada —concluyó Robbie con una sonrisa incómoda—. ¿Qué tal todo? Siento no haberte preguntado antes, pero como me paso el día con Isaac…

—No puedes acercarte sin que él se ponga tozudo y quiera hacerlo también, lo sé.

Robbie se rio entre dientes.

—Un día tienes que contarme lo que pasó entre vosotros.

Jude lo recordaba con una claridad dolorosa. Las palabras de Josh. La forma en que, tras eso, Robbie se había pasado la fiesta consolándolo. El beso entre Nia e Isaac. Nunca se había sentido tan traicionada en una sola noche. Y, por mucho que pasara el tiempo, le seguía doliendo.

Decidió no responderle directamente.

—Me gustaría más saber qué tal fue la academia.

—¡Oh, genial! Fue dura. Tuve que defenderme unas cuantas veces. Fue una pesadilla. Pero Isaac me apoyó en todo momento y terminamos superándolo juntos. Es que los otros alumnos eran un poco cabrones, ¿sabes?

Jude levantó las cejas.

—¿Ahora dices palabrotas?

—Estoy desatado —aseguró Robbie con una sonrisa inocentona—. ¿Quieres que diga otra? ¡Ahora me sé un montón!

—Espero que no las uses cuando llevas el uniforme.

—¡Jamás! —exclamó él—. Eso es sagrado.

Jude se rio entre dientes y tomó un sorbo de su bebida.

—Por cierto —añadió Robbie—, nunca tuve la oportunidad de darte las gracias por haberme ayudado a estudiar para los finales. Creo que fuiste la única razón por la que aprobé.

De nuevo, Jude recordó las palabras de Josh. Lo mucho que le había dolido saber que Robbie se había aprovechado de ella. Que el bueno de Robbie se reía de ella.

Ahora, un poco incómoda, apartó la mirada.

—No fue nada —aseguró. Su voz había dejado de ser cálida.

—¡Lo digo en serio! Me habría gustado darte las gracias antes de entrar en la academia, pero desapareciste del mapa. ¿Qué estudiaste tú al final?

—Nada.

Su tono dejó entrever lo mucho que le gustaba ese tema. Robbie carraspeó con incomodidad.

—Ah. Claro…

—Trabajo en la gasolinera. Es lo mejor que he podido encontrar.

—A ver, hay gente sin estudios que llega muy lejos… ¡Ir a la universidad no lo es todo! Mírame a mí, que tampoco he ido y tengo trabajo.

—Ya, pero a mí me habría gustado ir.

Jude se sorprendió a sí misma al pronunciar esas palabras. Pese a haberlo pensado en muchas ocasiones, era la primera vez en su vida que asumía que no había tomado el camino que quería. Y que ya era muy tarde para volver atrás. ¿Quién iba a quererla a esas alturas?

Se había puesto triste sin darse cuenta. Y, aunque pensó que podría disimularlo, Robbie le colocó una mano en el hombro.

—¿Qué te hace pensar que no estás a tiempo? —preguntó—. Solo tienes que salir de Serena.

—Ya, como si eso fuera tan fácil…

—Pues mira, solo tienes que decírmelo. Podría alquilarte el apartamento en el que vivimos Isaac y yo durante las prácticas. Es el mismo que usaron mis padres en su momento. ¡Te lo dejaría bien de precio!

Jude sonrió con pesar.

—No es tan fácil, Robbie —aseguró.

El chico también pareció triste, y Jude se sintió mal por haberle hundido el ánimo.

Casi como si lo hubieran invocado, el rey del ánimo apareció en ese momento. La gente fue apartándose para dejarle paso al cumpleañero de la velada. Como había bailado y gritado tanto rato, se había puesto rojo como un tomate. E iba sudado de arriba abajo. El gorrito de fiesta estaba prácticamente sobre una de sus orejas.

Debía ir a por un agua, pero se detuvo en cuanto los vio junto a la barra.

—¡Jude! —exclamó, pese a que Robbie había levantado una mano para saludarlo—. ¡Jude, has venido!

Ella trató de hablar, pero Josh se acercó a ella y empezó a golpear la barra como un animal enjaulado. Por la cara del camarero, cualquiera diría que no estaba muy sorprendido.

—¡Un ponche para mi novia!

—¿Ponche? —repitió Jude.

—¿Novia? —repitió Robbie.

No quedó claro cuál de los dos estaba más pasmado.

A Jude no le sorprendió tanto que la llamara así, pues, cuando se emborrachaba, siempre hablaba de su relación como si llevaran juntos veinte años. A veces la llamaba «novia», a veces ni siquiera le dirigía la palabra. Se había acostumbrado. Aunque es cierto que era la primera ocasión en la que era tan abierto en público.

—¡Ponche! —repitió Josh con alegría, y aceptó el vaso de plástico que le ofrecía el camarero—. Es mi favorito. Y, como es mi cumpleaños, yo decido. ¡Tienes que bebértelo de una!

Jude contempló con sospecha el vaso que acababa de darle.

—¿Cuánto alcohol tiene? —quiso saber.

—Poquísisisisimo.

—Josh, tengo que conducir.

—Vas a poder conducir camiones.

Aquella broma hizo que recordara a su abuelo. Jude se lo bebió todo de una, intentando escapar de la tristeza. Todo el mundo empezó a aplaudir al instante. Josh fue el primero. Estaba eufórico.

—¡Así se hace! —no dejaba de repetir.

Jude torció su rostro entero del asco y dejó el vaso de plástico sobre la barra. Dios, qué poco le gustaba el alcohol. Ya no estaba segura de si era porque el sabor era horrible o porque el olor le recordaba a Penny, pero jamás se acostumbraría a beberlo.

Mientras pensaba en todo aquello, Josh se bebió otro vaso de ponche. Al terminarlo, echó la cabeza hacia atrás y aulló como un lobo. Varios de sus amigotes correspondieron al gesto. Jude y Robbie intercambiaron una mirada de rechazo divertido.

—¡Vamos a cantar algo juntos! —pidió Josh entonces.

Pese a que la cogió de la mano y pretendía arrastrarla al escenario, Jude lo detuvo suavemente. Verlo tan histérico había despertado una parte de ella que no sabía ya ni que existía, la parte que se reía de la absurdez de la situación.

—¡Josh, espera! —pidió conteniendo la risa—. No me has dejado ni felicitarte por tu cumpleaños.

—Ah, sí. Gracias. ¡Vamos a celebrarlo cantando!

—¡No canto bien!

—Por Dios, eres la hija de la santa patrona de este local. ¡Cantas genial!

Aun así, Jude se resistió. Y fue en ese tirón que, de pronto, su mirada se encontró con otra que conocía de sobra. Isaac estaba de pie entre la gente que los observaba. Su expresión era tan neutra como siempre, pero Jude se sintió culpable por sostenerle la mano a Josh. Como si le debiera alguna explicación a Isaac. Como si le debiera algo en general.

—¿Qué? —insistió Josh—. ¿No quieres subirte?

—Canta una tú solo, que yo te veré desde aquí.

Él sonrió misteriosamente y, por supuesto, se quitó la camiseta. Josh necesitaba pocas excusas para hacerlo. Todo el mundo empezó a reírse y a vitorear como si aquello formara parte de un espectáculo privado. Después, él cogió su nueva bebida y le dio un buen trago.

Todo aquello fue justo antes de volverse y dejarle el vaso en la mano a un sorprendido Isaac.

—Sujétame el cubata —ordenó Josh sin apenas mirarlo.

Y luego se volvió y besó a Jude en la boca.

Ella se quedó parada por un momento. Después de haberse besado tantas veces, seguía sorprendiéndole lo agresivo, en el buen sentido, que podía llegar a ser Josh con las muestras de cariño. Era la primera vez que la besaba en público. Que se dejaba llevar de esa manera. Ella no supo ni qué hacer, pero no se apartó. Simplemente lo sostuvo por los brazos y cerró los ojos.

Y Josh se recreó. La besaba como si hiciera diez años que esperaba para ello. Boca, lengua, dientes y, sobre todo, manos. Jude empezó a notar que la cabeza le daba vueltas. Y, cuando sintió que él le bajaba las manos al culo, decidió subírselas otra vez y separarse. Josh hizo un ademán de lanzarse otra vez, pero ella le lanzó una mirada de advertencia.

Divertido, Josh por fin la soltó y se dio la vuelta. Le quitó el vaso a Isaac sin mirarlo a los ojos y, encantado, fue directo al escenario. Toda la atención se marchó con él.

Toda…, menos la de Isaac y Robbie, claro.

Mientras Robbie intentaba disimular su perplejidad por educación, Isaac no dejaba de mirarla fijamente. Lo hacía como si aquello hubiera sido un horror, como si ella tuviera que disculparse o algo así. Y es que tenía los labios torcidos del desagrado y el vaso tan apretado que los nudillos se le pusieron blancos. Desafiante, Jude le devolvió la mirada. Que se atreviera siquiera a decir algo. Que lo intentara.

Nunca lo hizo.

Isaac se limitó a mirarla fijamente. Le palpitaba un músculo de la mandíbula. Y el silencio se hizo tan insoportable que finalmente fue Robbie quien dijo:

—Admito que esa no me la esperaba, ja, jaaa…

La risita nerviosa del final pareció más bien una tos.

—¿En serio? —preguntó Isaac entonces.

Jude, automáticamente, se puso a la defensiva.

—¿Qué?

—¿En serio? —repitió él.

—Ni te atrevas a intentar juzg…

Jude se detuvo. Reconocería esa primera nota que resonó en los altavoces en cualquier lugar. En cualquier contexto. Lo único que chocaba un poco era la voz de Josh.

—*Heeey Jude…*

Robbie hizo un sonido como de ternura, al igual que la mayoría de los que se giraron para mirarla. La cara de Jude, en cambio, era un poema. Uno de terror.

Josh tenía que estar de puta broma.

Jude contempló el escenario con esa misma cara de horror. Josh cantaba su nombre como si se le fuera la vida en ello. Incluso tenía los ojos cerrados y el puño levantado con pasión. Jude notó que el corazón se le aceleraba con violencia. Qué horror. Aquello no podía estar pasando de verdad.

—*And any time you feel the pain…*

—Tiene que ser una broma —susurró ella.

—¡Es tierno! —exclamó Robbie con alegría. Al menos hasta que le vio la cara a la afectada—. ¿O no?

—*Hey Jude, refrain…*

Mientras toda la sala estallaba en expresiones de ternura o de ánimos, el único que se mantuvo con los brazos cruzados fue Isaac. Y el muy cabrón lucía media sonrisita satisfecha.

—*Don't carry the world upon your shoulder.*

Jude lo fulminó con la mirada. Isaac se limitó a aumentar su sonrisita satisfecha.

—*For, well, you know that it's a fool…*

—¿Qué pasa? —insistió Robbie.

—Que Josh sabe perfectamente que odio esa canción.

—¿Y por qué te la canta?

—Porque le importa una mierda su opinión —musitó Isaac con una satisfacción que no debería sentir.

—*Who plays it cool…*

Jude volvió a fulminarlo con los ojos.

—Qué facilidad tienes para juzgar a los demás, ¿no?

—Qué poco te conoce tu *novio*, ¿no?

—*By making his world a little cooolder.*

Irritada, Jude se volvió hacia el camarero. Con un simple gesto, consiguió que le sirvieran un nuevo vaso de ponche. Tras bebérselo de un trago, salió del Melody Lane. Necesitaba un cigarrillo.

Como de costumbre, Nino estaba sentado en la valla de la entrada con un porro en la boca. Al verla llegar de malas pulgas, esbozó una gran sonrisa y le hizo un gesto para que se acercara. Jude no dudó en encaramarse a la valla, sentarse junto a él y sacar el paquete de tabaco.

—¿Qué pasa, florecilla? —preguntó Nino como si fuera un psicólogo.

Desde ahí fuera, todavía se podía oír el puñetero «nananá» de la canción. Todo el mundo le hacía los coros a Josh, que debía de estar encantado de la vida. El muy idiota…

Jude se señaló la oreja a modo de respuesta. Al instante, Nino empezó a reírse a carcajadas.

—¿Te la ha cantado?

—Delante de todo el mundo.

—Ay, el pobre idiota…

—En serio, ¿qué manía tenéis los chicos con empeñaros en que nos guste algo que odiamos?

—Oye, a mí no me metas en el club.

—¡Es que siempre igual! —saltó Jude—. Uno se puso a investigar sobre la puñetera canción, el otro se pone a cantarla en público… ¿Por qué se empeñan en tener detalles que saben que no me harán feliz y, aun así, esperan que me alegre? ¡Es una estupidez!

Nino se limitó a asentir mientras fumaba su porro y paseaba la mirada por las chicas del local.

Jude, a su lado, siguió delirando sola.

—¡Y es que encima se enfadan porque no te sientes agradecida! —masculló—. ¿Por qué no se molestan primero en conocerte? ¿En saber lo que te gusta? ¡Y luego ya podrán hacer todos los gestos bonitos que quieran!

Nino le guiñó el ojo a una chica que le puso cara de asco.

—Aunque… —reflexionó Jude con una mano en la cabeza— la verdad es que la parte de Isaac no me molestó tanto. Nunca me puso la canción directamente, ¿sabes? Solo quería saber más sobre ella. Y me habló de otras versiones. O… tomas, creo. ¿Por qué me cuesta tanto recordarlo?

Por fin, Nino se centró en ella.

—No sé —admitió él—, ¿qué te has metido?

—¿Eh?

—¿Has bebido ponche?

Jude parpadeó unas cuantas veces.

—Dos vasos.

—Bueno, si tienes el estómago lleno y has ido dosificando…

—No he cenado y Josh me ha dicho que eso se bebe de golpe.

Fue el turno de Nino de parpadear unas cuantas veces. Estaba tan escandalizado que la ceniza del porro le cayó encima del pantalón sin que se diera cuenta.

Jude, por su parte, cada vez estaba más mareada y, con el pánico creciente, sentía que iba a darle una taquicardia de un momento a otro.

—¿Qué? —preguntó con voz aguda.

—Es mejor que te sientes para no caerte de culo…

—¡Estoy sentada, Nino!

—Ah, sí.

—¡HABLA!

—No es ponche —explicó él—. Es… una infusión.

Jude, cuyo pecho no dejaba de subir y bajar a toda velocidad, frunció el ceño.

—¿De qué? —preguntó—. ¿De equinácea?

Nino hizo un gesto de empezar a reírse, pero se irguió como un coronel cuando vio la expresión de su acompañante.

—Em… —murmuró Nino—. Creo que prefieres no saberlo. Pero… este… ¡al menos te lo vas a pasar genial!

24

El colocón del siglo

Jude seguía sin asumir la noticia. Contempló a Nino como si le hubiera salido una serpiente de la oreja. Y, en cierta forma, eso no le habría sorprendido tanto. De hecho, la perspectiva le hizo tanta gracia que Jude se inclinó y le tiró del *piercing* del lóbulo. Nino levantó una ceja, divertido.

—Te está subiendo el colocón —afirmó.

Jude sonrió.

—¿Tú crees?

—Hazme el favor de no beber nada más que agüita, ¿eh?

Pero ella siguió mirándolo fijamente. De pronto, sus cejas le parecían muy graciosas. Eran gruesas como gusanos. Y oscuras. ¿Las cejas se depilaban? Sí, estaba segura de que alguna vez lo había hecho… ¿Y qué pasaba si se las rapaba? ¿Habría una marca blanca debajo, como cuando uno se dormía en la playa con las gafas de sol?

Jude extendió la mano para acariciarle una ceja. Tras la segunda caricia, él le atrapó la muñeca y echó la cabeza hacia atrás.

—Vale, florecilla, vamos a hacer una cosa…

Jude contuvo una risotada. ¿Por qué la cara de Nino era tan graciosa?

—Vamos a encontrar a alguien que cuide de ti, porque el tito Nino es un hombre muy ocupado. ¿Qué te parece?

—¿Por qué tienes la voz así?

—Sí, vamos a encontrar a alguien.

—¡Y la cara!

Ante eso, Nino se detuvo y frunció el ceño.

—¡No te metas con mi cara! —protestó con voz chillona—. ¡Es mi herramienta de trabajo!

Jude echó la cabeza hacia atrás y soltó una carcajada tan sonora que todo el mundo se volvió para mirarlos.

—No sé qué te hace tanta gracia —mascculló él de mala gana.

—¡Tu cara… es…, es…!

—¡Es perfecta!

—¿Sabes a quién me recuerdas?

—Prefiero no saberlo.

—¡AL ASNO DE SHREK!

En esa ocasión, sus carcajadas fueron tan sonoras que Nino se bajó del muro y le advirtió que no se moviera. Cuando entró en el Melody, unas cuantas personas desconocidas se habían unido a las carcajadas. Aunque nadie sabía muy bien de qué se reían. Sin embargo, Jude no podía hacer otra cosa más que visualizar la cara de Nino en el cuerpo del asno.

La risa fue tal que cayó hacia atrás y se chocó de espaldas contra el suelo. Sus piernas se quedaron en el muro, sus pies flotaban en medio de la nada. Fascinada, Jude movió las puntas. Estaba en ello cuando, de pronto, tres cabecitas aparecieron ante ella.

—Creo que tu hermana no nos va a llevar a casa —observó Quinn divertida.

—¡No! —chilló Jude de pronto, y las tres dieron un brinco—. ¡Estoy… perfectamente bien!

Intentó ponerse de pie, pero fue incapaz de mover un solo músculo. Al final, estiró los brazos como una estrella de mar y sonrió.

—Estoy tan bien que me quedaré aquí un rato —concluyó.

Lucy estaba roja de vergüenza, Quinn se desternillaba y Maggie le hacía gestos a alguien que Jude no vio. Lo único que comprendió fue que, de pronto, las tres desaparecieron tras el muro y apareció una nueva cabecita. Con la contraluz que provenía del local, la melena y la barba, Jude parpadeó unas cuantas veces fascinada.

—¿Jesús?

La figura suspiró y agachó la cabeza un momento.

—No —dijo Isaac—. Joder, Jude…, ¿qué te has tomado?

—Ponchecito. Estaba fresquito.

Tuvo la sensación de que no la había escuchado, porque Isaac pasó por encima del muro y la sujetó por las axilas. Jude hizo una mueca al intentar recordar si había sudado. Qué asco. Pero él se limitó a tirar de su cuerpo hasta que la tuvo de pie y apoyada en el muro. Después, le pasó las manos por los muslos como si intentara no tocarla. Por un momento, Jude no supo si le estaba metiendo mano. Luego vio que solo le estaba quitando la hierba del vestido.

Mientras él seguía con su arduo trabajo, Jude se volvió hacia las tres chicas y Robbie, que la contemplaban.

—Niñas —anunció ella—, no toméis drogas. No queréis terminar como Nino.

—¡Oye! —protestó el aludido desde la entrada—. ¡Es la última vez que te ayudo!

Jude siguió asintiendo como si no lo hubiera oído. Seguramente dijo algo más, pero nunca fue capaz de recordarlo. De todas formas, los demás parecieron poco impresionados.

—Lucy —añadió Jude mientras Isaac hacía el esfuerzo de su vida por pasarla por encima del muro—, ni se te ocurra beber ponche de ese. ¡Es veneno líquido!

—Tranqui… Me quedo con el refresco.

—¡Muy bien! —Jude se volvió a Isaac mientras él resoplaba por pasarle las piernas por encima del muro sin ningún tipo de ayuda—. ¿Has visto lo bien que he criado a la niña?

—Impresionante —consiguió pronunciar él.

—Te noto acalorado. ¿Es porque me has tocado el culo?

Isaac la ignoró y, finalmente, consiguió pasarla al otro lado. Jude se llevó la mano a la boca y entonces se dio cuenta de que el cigarrillo había desaparecido en algún momento. Empezó a rebuscar en sus bolsillos, pero terminó soltando el paquete. Al chocar con el suelo, todos los cigarrillos empezaron a desperdigarse. Jude contuvo una risotada.

Isaac le lanzó una mirada de advertencia y se agachó para recogerlos. Fue el momento que aprovechó Jude para sentarse otra vez en el muro.

Y, por supuesto, volvió a caerse de espaldas.

Al oír las maldiciones de Isaac, empezó a reírse a carcajadas.

Sobra decir… que a partir de ahí recordaría la noche por fascículos coleccionables.

En algún momento, Jude se encontró a sí misma sentada en un rincón de la fiesta con Robbie. Este parecía un poco incómodo, pero aun así ella mantuvo la mano sobre su hombro.

—Eres un gran ser humano —insistía Jude con dramatismo.

Robbie había enrojecido y lanzaba miradas avergonzadas a su alrededor.

—Em…

—¡No! —saltó ella, y lo hizo brincar del espanto—. ¡Mírame a los ojos y dime que eres un gran ser humano!

—No sé si…

—¡HAZLO!

Robbie la miró a los ojos, muerto de vergüenza.

—Soy… un gran ser humano.

—¡Dilo más fuerte!

—Soy un gran ser humano.

—¡Más fuerte, Robbie!

Él dejó la rojez a un lado y frunció el ceño.

—¡Soy un gran ser humano!

—¡No te oigo!

—¡Soy… un… gran… ser… humano!

—¡¡¡GRÍTALO, ROBBIE!!!

—¡¡¡SOY UN GRAN SER HUMANO!!! —gritó el aludido fuera de sí—. ¡¡¡UN PUTO GRAN SER HUMANO!!! ¡¡¡UN PUTÍSIMO GRAN SER HUMANO QUE DICE PALABROTAS Y ES UN GRAN SER HUMANO!!! ¡¡¡SOY UN GRAN SER HUMANO!!! ¡¡¡SOY…!!!

Al darse cuenta de que se había incorporado y de que gritaba con las manos alrededor de la boca, Robbie enrojeció de la cabeza a los pies.

Un muy confuso Isaac, que había ido a por las aguas y volvía de la barra, los contempló con espanto. Jude señaló a Robbie y luego se encogió de hombros.

—Está loco.

Tampoco supo cómo había terminado ahí, pero se encontró de pie junto al mural de fotos. La gente se había asomado con curiosidad y Jude, dueña moral de la fiesta, iba señalando las fotos de una en una.

—¿Qué queréis saber? —preguntó arrastrando cada palabra y tambaleándose—. Venga, que os cuento todos los cotilleos. ¿Sobre Elton John? Mi madre dice que es un enano cabrón. Que le dijo que no le habían gustado los aperitivos del Melody y que la había llamado canija. ¡Cómo se atreve!

Todos los clientes que formaban un semicírculo a su alrededor se llevaron una mano al pecho, fascinados con la historia.

Jude correteaba por la carretera. No supo que iba descalza hasta que, al bajar la vista, vio que tenía las sandalias en la mano. Se detuvo y escuchó abucheos a su espalda. Media fiesta se había reunido frente al Melody Lane y, por lo visto, ella misma había organizado una carrera con una chica desconocida.

Jude se volvió hacia la chica y vio que iba todavía más perjudicada que ella. Se suponía que tenían que volver corriendo hasta el grupo grande, pero la desconocida hacía eses e iba a caerse en cualquier momento.

Jude estiró la pierna y esperó lo que le pareció una eternidad a que la otra consiguiera arrastrarse hasta ella. Entonces, la pobre chiquilla cayó en la trampa y se estampó contra el suelo. Jude correteó de vuelta hacia los demás y, al llegar, todos los que habían apostado por ella empezaron a aplaudir.

El primero en abuchear fue Nino. Jude le lanzó un zapato a la cabeza. Los demás volvieron a aplaudir.

Sin saber cómo había llegado ahí, Jude estaba sobre una mesa. Sonaba una canción de Elvis. Miró hacia abajo y descubrió que tenía un micrófono en la mano. Ah, qué bien.

Sobre el escenario, Robbie también sostenía otro micrófono. Se estaba preparando mentalmente para cantar mientras Jude empezaba en nombre de los dos.

—*Wiiise men saaay…* —empezó ella, sorprendentemente bien dadas las circunstancias mentales—, *only fools ruuush iiin…*

Jude bajó la mirada. Sentía que se estaba perdiendo un detalle importante. Le faltaba el zapato que le había lanzado a Nino, pero ese no era el detalle importante. Y es que Isaac estaba de pie junto a su mesa con el ceño fruncido y los brazos extendidos, como si estuviera preparado para ampararla en caso de caída. Jude empezó a reírse contra el micrófono y lo señaló. Ya se había perdido media canción.

—*Liiike a river flooows… surely to the seaaa…*

Torpemente, Jude consiguió ponerse en cuclillas. Isaac extendió las manos para sujetarla, pero las apartó al darse cuenta de que su única opción era sostenerla del culo. Para entonces, ella había conseguido mantener un poco más el equilibrio. Lo señaló con la mano libre y esbozó media sonrisa.

—*Darling, so it goes* —le dijo, encogiéndose de hombros—, *some things are meant to beee…*

Isaac seguía pareciendo un poco mosqueado, así que Jude le ofreció una mano. Él la miró con más desconfianza que rabia.

—*Take my hand* —le cantó Jude, aunque ya se le hubiera pasado el tempo.

Qué guapo era. Qué guapo. Qué insoportablemente guapo. Ahí, con esas luces a la espalda. Con esos focos de colores. Con esa media sonrisa que intentaba ocultar. Con ese pelo oscuro y desordenado. Con esos ojos castaños. Con esos brazos. Y ese torso. Y ese… Él entero. Oh, Jude no podía dejar de mirarlo. El estómago se le encogía y se le retorcía de formas que no creía ni medio posibles.

Y entonces él aceptó su mano, pero lo hizo para tirar de ella y poder hablarle por encima de la música.

—Jude, baja de la mesa.

Ella aprovechó que se hubiera acercado para ladear la cabeza. A Isaac no le quedó más remedio que mirarla desde apenas unos centímetros de distancia. Jude sonrió al ver que no se alejaba.

—*Take my whole life too…*

—Jude, por favor, te vas a hacer dañ…

En cuanto ella le acunó la mejilla con una mano, Isaac permaneció en silencio.

Jude se aseguró de mirarlo bien a los ojos.

—*For I can't help* —cantó en apenas un susurro— *falling in love with you.*

Isaac la observó unos instantes. Y ella tan solo quiso lanzarse encima de él, rodearlo con todas las extremidades posibles y fundirse con él.

Sin embargo, una voz atronadora y absolutamente terrorífica hizo que se giraran hacia el escenario. Y es que Robbie había echado la cabeza hacia atrás y berreaba contra el micrófono como si fuera un cantante de *heavy metal.*

—*TAAAKE MY HAAAND!!! OH, TAKE MY DAMN HAND!!!*

—Se lo está inventando —dijo alguien por el público.

—Deja que se desahogue —respondió otro.

Robbie se alejó un momento del micrófono para tomar aire. Tomó tanto que Jude temió que les hubiera robado todo el oxígeno a los demás. Y entonces abrió tanto los ojos que temió que le fueran a explotar.

—*HAAAAAAAAAAAAAAAND!!!*

Con eso, terminó la canción. Un grupo de chicos de primera fila le hicieron un símbolo de cuernos y lo vitorearon. Robbie asintió en su dirección y, muy orgulloso y serio, lanzó el micrófono hacia atrás y saltó junto a sus nuevos amigos metaleros.

Jude se encontró a sí misma en la barra. Estaba apoyada con los codos y las manos y no dejaba de hablar. El camarero intentaba trabajar en medio de su caos. De vez en cuando, le dedicaba una sonrisa educada y proseguía con su trabajo.

—Dame otro ponche, anda —pidió Jude.

—Lo siento, pero no.

—Oye, ¡tengo derechos!

—Tu novio me ha dicho que no te dé más.

Lo dijo señalando a Isaac, que estaba hablando con su hermana y sus amigas en una de las mesas. Jude torció el gesto con ternura.

—¿No te parece supercuqui? —le preguntó al camarero.

El pobre hombre suspiró.

—¿Sabes lo que es «cuqui»?

—Sí.

—A mí tuvieron que explicármelo.

—Sé lo que es.

—¿No te parece suuupercuqui?

—Seguro.

—¿Por qué has dicho lo de novio? ¿Te lo ha dicho él?

—No.

—Pero, si te lo dice, ¿me lo dirías?

—Sí.

—¿Y crees que tenemos cara de novios? ¿Por eso lo has asumido?

El hombrecito apoyó la frente en la barra y respiró hondo. Jude, mientras, se inclinó para verle mejor la cara.

—¿Seguro que sabes lo que es «cuqui»?

El camarero debió de echarla, porque de pronto Jude se encontró sentada en uno de los sofás, junto a su hermana y sus amigas. Tenía una botella de agua vacía en la mano que no recordaba haber bebido. Isaac estaba sentado en una silla delante de ellas, mientras que Jude se había pegado a las otras tres chicas. Por la cara de Isaac, se lo estaba pasando genial con sus sermones.

—Y por eso no debéis gritarles a los profesores —aleccionó Jude con lo que creyó que era profunda sabiduría—, porque os llevarán al aula de los recursos inhumanos y querréis morir.

—Jude —pidió Lucy—, ¿nos puedes soltar? Me cuesta respirar.

Y es que Jude les había pasado el brazo por los hombros a las tres. Las tenía apretujadas contra sus costados. Molesta, las apretujó todavía más.

—¡Es que sois tan cuquis! —exclamó con alegría—. Sois como... versiones incorruptas de seritos humanos. Todavía no habéis dejado que el mundo os transforme en seres capitalistas y atroces.

Quinn no dejaba de reírse.

—Tía..., me encanta tu hermana.

—¿Seguro que no puedes decirnos todo esto sin ahogarnos? —suplicó Maggie—. ¿Porfi?

Jude la miró. Lo hizo tan fijamente que la chiquilla enrojeció.

—No tienes ni idea de lo especial que eres, Maggie —le dijo con dramatismo—. Y eso es lo que te hace tan especial. Si lo dijo One Direction, es que es verdad.

—Em...

—Algún día vas a ser la jefa de todos los que se ríen de ti.

—¿Tú crees?

—Y los vas a putear mogollón. Será superdivertido.

—¡Jude! —saltó Isaac—. No les des esas lecciones.

Poco arrepentida, Jude se volvió hacia las otras dos. Hacia su hermana concretamente.

—¿Y tú por qué no has subido a cantar? Con lo bien que lo haces.

Lucy abrió los ojos hasta dejarlos desorbitados.

—¡Ni loca!

—¿Por qué?

—¡Me da vergüenza!

—Bah, no digas tonterías. Si yo salgo a la calle dando mala suerte, tú puedes subirte a un escenario sin vergüenza.

Mientras Lucy protestaba y Quinn intentaba convencerla, Jude se volvió inconscientemente.

Pese al colocón, le extrañaba no haber vuelto a ver a Josh. Y acababa de oír el sonido de su risa. Estaba en un rincón de la fiesta, el gorro ya había desaparecido y todavía iba sin camiseta. Se había apoyado con la espalda en la pared y una chica le hablaba directamente al oído. Él se reía y asentía sin apartarla. Se tomó otro ponche mientras la otra se separaba.

Y a Jude no le sorprendió ver que era Nia la que seguía colgada de su cuello. Así que al final había ido a la fiesta…

Jude no supo cómo sentirse, pues iba demasiado colocada. Al final, se encogió de hombros y siguió con su vida.

—Me hago pis.

Isaac suspiró y siguió dejando que se colgara de su cuello mientras caminaban.

—Lo sé —replicó él—. A eso vamos.

—¿A hacer pis?

—Sí.

—Es que tengo pis.

—Lo sé.

—¿Me odias?

Él sonrió.

—Jamás.

—¿En serio? Yo creo que intenté odiarte, pero nunca he podido.

Por suerte, Isaac se lo tomó con humor y se rio entre dientes. Ya habían conseguido llegar al baño. Cauteloso, se detuvo delante de la puerta del aseo de chicas. Jude se negaba a soltarse de su cuello.

—¿Qué haces? —le preguntó.

—Es el de chicas, no puedo entrar.

—Oh, sí, el muro invisible de esta civilización moderna.

—… ¿Qué?

—Vamos al de chicos.

—No podrás entrar tú.

—Oh, qué tontería…

Jude se separó un momento, abrió la puerta del baño de chicos de una patada y entró como un huracán. El único pobre chaval que estaba haciendo pis dio un brinco y la observó con espanto.

Jude lo miró a los ojos y lo señaló como si le viera el alma.

—¡Tú!

El chico se señaló.

—¿Yo?

—¡Tú! Sal del baño, que queremos echar un polvo en paz.

Espantado, el chico salió corriendo. Casi se chocó de frente con Isaac, que acababa de entrar y ahora contemplaba a Jude perplejo.

—¿Lo ves? —preguntó ella—. ¡A hacer pis! Sujétame la puerta.

Volvió a ver a Nia y a Josh, pero no le importó tanto como pensaba. Y es que Jude estaba subida al escenario. Su brazo rodeaba a alguien más bajito que ella. Reconoció el aroma del champú que ella también usaba y supo que se trataba de Lucy.

Su hermana pequeña temblaba bajo su brazo, por lo que Jude pegó la mejilla a su coronilla y se llevó el micro a los labios.

—¡Damas y no caballeros! —gritó, y todo el mundo se volvió con alegría—. ¡Os presento a mi hermanita, Lucy! Canta como un puñetero ángel, pero está nerviosa porque cree que no os cae muy bien. ¿Podéis hacer un poco de ruido para que vea que la queréis con locura?

El local entero empezó a vitorear con todas sus fuerzas. Isaac, Robbie, Nino, Quinn y Maggie fueron los primeros, estaban pegados al escenario. Casi iniciaron una ola humana.

Lucy los contempló a todos con los labios entreabiertos de la impresión. Jude se separó, orgullosa, y la señaló con una floritura. El aplauso se redobló. Lucy sonrió, tímida y nerviosa.

—¡Vamos a cantar la mejor canción de la historia! —añadió Jude—. ¡Dale, hermanita!

Las notas empezaron a sonar, pero Jude sabía que le tocaría empezar a ella. Se llevó el micrófono a los labios.

—*In Penny Lane* —empezó, a punto de reírse— *there is a Barber showing photographs of every head he's had the pleasure to know… And all the people that come and gooo…*

Lucy se rio, roja de vergüenza, cuando su hermana mayor la señaló. Aun así, se acercó el micrófono a los labios.

—*Stop and say heeellooo…* —murmuró.

Todo el público se volvió loco y Lucy sonrió mucho más orgullosa.

Jude daba vueltas a su alrededor. Cantaba, se callaba para darle paso, hacía coros, la abrazaba por detrás… Llegó un punto en el que Lucy prácticamente cantaba sola. Y sí, cantaba como los ángeles. Jude disfrutó de verla tan suelta, tan desinhibida.

Cuando volvió a llegar el estribillo, Jude se abrazó a ella por detrás y asomó la cabeza por encima de su hombro. De esa manera, las dos cantaban en el micrófono de Lucy.

—*Penny Lane is in my ears and in my eyes!*

Todo el local cantaba con ellas, pero Jude y Lucy tan solo se miraban entre sí.

—*There beneath the blue suburban skies!*

Jude sonrió y le hizo un gesto para que ella cantara la última línea. Lucy le devolvió la sonrisa y gritó junto al último acorde de guitarra:

—*Penny Lane!!!*

—¡Mi hermana pequeña, damas e indecentes! —gritó Jude a su vez—. ¡Tranquis, que ella da buena suerte!

Cuando todo el mundo aplaudió y vitoreó, Lucy se dio la vuelta para abrazar a Jude con todas sus fuerzas.

El colocón estaba empezando a pasarse, así que Jude consiguió arrastrar su cuerpecillo fuera del Melody Lane. No dejaba de recibir felicitaciones por sus actuaciones, como si fuera Madonna y hubiera decidido hacer una parada en el tour para visitar Serena. Intentó ser educada y agradecida con todo el mundo, pero lo cierto es que no podía más.

Cuando por fin consiguió salir, tardó casi un minuto entero en sacarse un cigarrillo del bolsillo. Y estaba a punto de encendérselo cuando de pronto vio que alguien se había plantado delante de ella.

—¡Hola! —saludó Nia alegremente.

Jude la contempló sin saber qué decirle. La mitad de su cerebro estaba pendiente de la melodía que sonaba desde el interior del local.

—¿Holaaa…? —medio dijo medio preguntó.

Nia torció el gesto.

—¿Vas drogada? Apenas puedes hablar.

—Prefiero no poder hablar —replicó Jude divertida— que no callarme ni debajo del agua como tú.

Por algún motivo, la cara de perplejidad de Nia le pareció lo más gracioso que había visto en su vida.

—Perdón, perdón… —dijo Jude entonces, llorando de la risa—. No sabía que estabas aquí.

—Estaba ocupada con Josh.

Bueno, al menos no mentía. Punto positivo.

—¿Con Josh? —repitió Jude—. Pensé que te gustaba Isaac.

—Y me gustaba. Hasta que he conocido mejor a Josh.

—¿Y no has visto el beso que nos hemos dado antes?

Nia parpadeó con inocencia.

—¿No decías que no te gustaba tanto? A mí me gusta, Jude… No deberías ser tan egoísta.

Durante unos instantes, Jude se dedicó a contemplarla. Lo hizo de manera tan fija que la chica abandonó su expresión dramática y frunció el ceño.

Y entonces, cuando parecía que Nia iba a decir algo, se vio interrumpida por las carcajadas de Jude.

Unas carcajadas muy sonoras. Y totalmente carentes de gracia. Unas que le destrozaron la garganta y, en parte, el corazón.

Nia mantuvo el ceño fruncido.

—¿Qué? —preguntó irritada.

—Eres…, eres…

Jude no encontró la palabra porque era incapaz de dejar de reírse. Los ojos le lagrimeaban. La garganta le dolía. Hubo un momento en el que no supo si reía o lloraba.

—Eres la peor amiga de la historia —dijo finalmente, todavía sonriendo—. Y es una pena, porque llegaste a ser una de las mejores amigas que podría desear. Hasta mi abuelo lo decía. Menos mal que no ha visto en qué te has convertido.

—¿Qué…?

—Nunca he entendido qué te daba tanta envidia de mí. ¿Es la mala suerte? ¿La madre exestrella y alcohólica?

—¡No te tengo envidia!

—¿No?

Jude soltó una carcajada y se encogió de hombros.

—Si tanto quieres mi vida… ¡A tu salud! ¡Disfrútala!

Nia entreabrió los labios, pasmada. Jude jamás supo su respuesta porque se alejó de ella tambaleándose con el cigarrillo en la mano. Por el camino, dio unas cuantas vueltas al ritmo de la canción que sonaba dentro del Melody.

Siguió caminando. Y caminando. Cuando la música se hizo demasiado bajita, volvió atrás.

¿Aquel era Josh?

Cuando consiguió llegar a su altura, la música había cambiado. O no. No estaba muy segura. Josh se alegró de verla. Se había tomado su equivalente de edad en chupitos para celebrar su cumpleaños. ¿Quién necesitaba una tarta teniendo alcohol? La enganchó de la cintura y se la acercó hasta que tuvieron los cuerpos pegados. Y la besó en los labios.

Jude se rio en su boca. Fue tan descarado que Josh se separó y sus amigos intercambiaron miraditas confusas.

—¿De qué te ríes? —preguntó Josh, que también sonreía.

Jude dejó de hacerlo. De hecho, dejó de sonreír al instante. Pudo ver que a él también se le cambiaba la expresión.

—Me has drogado sin mi permiso —dijo ella entonces.

Josh soltó un bufido.

—Es la bebida de la fiesta.

—Me has drogado sin mi permiso.

—¡Todo el mundo va igual!

—Me has drogado sin mi permiso.

—¿Puedes dejar de repetir eso? —saltó Josh de repente, tras quitársela de encima—. ¡Solo te he ofrecido ponche y tú lo has aceptado! Además, ¡te has bebido el segundo porque te ha dado la gana!

De pronto, Jude no podía ni verlo. Su cara le daba rabia. Su pelo, también. Y sus ojos. Esos dos pozos oscuros que con esa luz no parecían ni azules… Lo odiaba. Lo odiaba.

Josh debió de verlo en su expresión, porque la señaló como si le advirtiera. Jude apartó el dedo de un manotazo.

—¡Me has drogado sin mi permiso! —repitió.

Y le sorprendió el dolor de su voz. Lo traicionada que se sentía. Y es que, a pesar de las circunstancias de su relación actual, Jude le había contado algún detalle de su madre a Josh y Robbie. Fue unos años atrás, cuando estudiaban juntos. Siempre dijo que le daba mucho miedo emborracharse o drogarse porque, hasta donde sabía, era lo que le había arruinado la vida a su madre.

Sabía que Josh lo recordaba. Es que lo sabía.

Y, aun así, él había traicionado su confianza.

Destrozada, Jude se acercó y lo señaló de cerca.

—Eres un traidor —le dijo.

—Es mi cumpleaños —dijo él tan tranquilo—. Estás montando el drama en mi cumpleaños.

—Me has drogado.

—¡Deja de decirlo así! —saltó Josh frustrado—. ¡La gente se va a pensar que te he hecho algo raro!

—¡¡¡Me has drogado sin mi consentimiento, Josh!!!

—¡Solo quería que te lo pasaras bien! —gritó él de repente, fuera de sí—. ¡Quería que disfrutaras de una puta noche porque eres una amargada que nunca sale de casa! ¡Y que solo sabe lloriquear porque su vida es muy injusta! ¡Todos tenemos una vida de mierda, Jude! ¡Estoy harto de que pagues la tuya conmigo! ¡Deberías ponerte de rodillas y agradecerme que te haya ayudado a pasarlo bien por una puñetera vez en tu vida!

Lo bueno de estar tan deprimida como Jude era que la tristeza se había tragado todo su ser. Ya no era capaz ni de oír aquellos ecos dolorosos. No era capaz de sentir nada.

Así que absorbió aquellas palabras sin reaccionar. Sin importarle que los gritos hubieran atraído a una horda de invitados. Sin darle importancia a que Josh quisiera humillarla.

Jude sonrió con dulzura.

—No te preocupes —le dijo suavemente—. No vas a tener que aguantarme nunca más.

—¿Y eso qué quiere decir?

—Que te dejo. Corto contigo y con lo que sea que compartimos, que no lo sabes ni tú. Adiós. *Ciao.* Suerte en la vida, Joshua Phelps. Te deseo que encuentres a una chica maravillosamente insoportable que, cada vez que se enfade, te haga sentir como me haces sentir tú a mí. Igual puede ser Nia, no sé. Buena suerte y que te jodan.

Lo dejó ahí plantado. Y no miró atrás.

Jude no dejaba de dar tumbos. ¿Otra vez estaba en la fiesta?

El sonido ya no era tan divertido, le dolía la cabeza. El cráneo entero. Se llevó las manos a los ojos para protegérselos de las luces parpadeantes.

Le pareció que alguien le hablaba, pero chocó con otra persona y casi cayó al suelo. ¿Dónde estaba? ¿Ese era el sonido del karaoke?

Jude se destapó los ojos. Tan solo veía luces parpadeantes, sonidos distantes y una masa borrosa que podía considerarse gente. Se apoyó donde pudo y empezó a avanzar. Sentía que la esperaban, aunque no sabía quién. Le resbalaban gotas de sudor por el cuello. El aire era frío, pero no dejaba de sudar. Su pie descalzo se arrastraba tras el otro, incapaz de levantarlo. El suelo estaba frío. Le dolían los dedos de los pies. Y los de las manos.

Alguien la buscaba.

Jude siguió la marea de luces parpadeantes. Sabía que tenía que encontrarla. Y, de pronto, lo hizo. Vio la figura de pie al final del túnel de luces. La vio sin su bata y su moño habituales, llevaba puesto su vestido corto de lentejuelas moradas y brillantes. Brillaba a cada mínimo movimiento. Y estaba mirándose en un espejo. O eso parecía, porque Jude era incapaz de verlo.

—¿Penny? —preguntó dubitativa.

La mujer se volvió. No tenía tantas arrugas como Jude recordaba. O quizá los años no habían hecho que pareciera mayor de lo que era en realidad.

Penny parecía enfadada. Estaba envuelta en un halo de luz que casi podía considerarse celestial. Jude tuvo miedo de alargar la mano y tocarla. No quería que desapareciera. De pronto, le aterraba la idea de que se fuera sin ella.

—Por favor —le dijo con una voz que supo que era suya, pero le sonaba a niña pequeña—, por favor, no te vayas.

Penny frunció el ceño.

—¿Te crees que yo no quiero quedarme en casa? —le espetó—. Alguien tendrá que trabajar.

—Por favor, no quiero quedarme sola. Por favor.

—¡Ya eres mayorcita! —le dijo Penny irritada—. ¿Te crees que el mundo se va a parar cada vez que tú te sientas sola? Pues la llevas clara.

Jude se sentía pequeña. Y sentía ganas de llorar. Había vuelto a mojar la cama cada noche, cuando Penny la dejaba sola. Le daba miedo la oscuridad. Y apenas dormía porque sentía que, en cualquier momento, aparecería un monstruo por la puerta del pasillo que su madre le obligaba a mantener abierta. Que sería uno de los desconocidos que traía a casa. Esos que le daban tanto miedo.

—Por favor… —suplicó aterrada—. Por favor, mamá…

Penny torció el gesto, como cada vez que pronunciaba esa última palabra.

—A nadie le gusta una llorona —musitó, y pasó por su lado para salir de casa.

Jude no se volvió para ver cómo se marchaba. Tan solo sintió aquella opresión que la había paralizado tantos años atrás. Aquel mismo terror de quedarse sola. De ser abandonada.

Apenas podía respirar.

Buscaba a Penny. No…, buscaba a mamá. La buscó en toda la fiesta, en todas las luces. La buscó en la pared, donde vio una foto de cómo había sido una vez, pero después descubrió que ya no era ella. Tuvo que separarse del mural, pues todavía estaba pegada a la pared y tenía aquella imagen de su madre grabada en la retina. ¿Y si la miraba así? ¿Y si un día conseguía que le mostrara esa ilusión que una vez había tenido? ¿Y si un día la sentía por Jude? ¿Y si conseguía sacarla de esa tristeza que tan triste la hacía a ella también? Tan solo deseaba que fuera feliz. Que la quisiera. Necesitaba que volviera a sonreír.

No… *Necesitaba encontrarla.* Necesitaba intentar, por última vez, que no la dejara sola. Tan solo se sentía segura cuando estaba con mamá. Quería estar con ella. Quería que le leyera un cuento, como hacían los padres de Nia. Quería que la mirara y sonriera. Quería que no pusiera esa cara cada vez que hablaba con ella.

Y Jude sabía que podía conseguirlo, que tan solo tenía que acercarse un poco más. Decir las palabras correctas. No ser tan odiable y ser más fácil de querer.

—Mamá —se oyó decir a sí misma—. Mamá, por favor…

Pero su madre la rehuía. Pese a que veía su sombra, Jude nunca conseguía alcanzarla. Y, cuando se encontraba cerca, jamás la miraba. Mamá seguía caminando sin mirar atrás. Jamás llegaba a verla. Como si su mirada pasara a través de ella. Como si no consiguiera enfocarla.

Desesperada, Jude siguió arrastrando los pies. Se tomó un momento para descansar el pie descalzo, y entonces mamá desapareció.

Totalmente aterrorizada, Jude la buscó por todos lados. Las luces apenas le dejaban pensar. El nudo en la garganta apenas le dejaba respirar.

Y, en medio del caos, vio a otra persona que conocía.

Con pasos lentos y arrastrados, Jude se acercó a la niña que le devolvía la mirada. Las luces parpadeantes hacían que su rostro quedara parcialmente oculto por las sombras, pero la reconoció de todas formas.

Jude se detuvo ante ella y, tras dudar un segundo, alargó la mano para tocarla. Y su yo pequeña dejó que le acunara la mejilla.

La pequeña Jude le devolvía la mirada con sus grandes ojos oscuros y tristones. Sus labios gruesos estaban apretados en una pequeña mueca de tristeza. Jude reconoció las trenzas que aprendió a hacerse cuando apenas cumplió los seis años. Recordaba lo mucho que le habían gustado. Que se las había enseñado a mamá, esperanzada, pero fue su abuelo quien decidió aprender a hacerlas para que pudiera ir a clase con ellas. Con una mano temblorosa, sostuvo una de las trenzas entre sus dedos. La pequeña Jude seguía mirándola en silencio.

—Lo siento… —murmuró Jude, no sabía exactamente por qué se disculpaba, y a la vez lo sabía perfectamente—. Lo siento mucho.

Notó el llanto en la garganta, pero fue incapaz de dejar escapar las lágrimas. Y la niña siguió observándola con los ojos tristones.

—No va a volver, Jude —replicó con suavidad—. Penny nunca va a volver porque nunca estuvo. Tienes que dejar de esperarla.

Jude no quiso asumirlo. Negó con la cabeza fervientemente, como una niña pequeña. La que era una niña de verdad ladeó ligeramente la cabeza, como seguiría haciendo su yo adulta muchos años más tarde.

—Me prometiste que nos sacarías de aquí —le recordó.

—Lo he intentado.

—Me prometiste que no moriríamos en este lugar, pero estamos muriendo en vida.

—¡Lo he intentado!

—Y sigues esperando que Penny te vea.

—Eso no es verdad.

—¿Y qué hacemos aquí, Jude? ¿Qué te ata a este lugar?

Jude pensó en el abuelo. En sus últimos días. Pensó en su casa. Pensó en su familia. Pensó en su hermana.

—No puedo abandonar a Lucy —replicó finalmente.

A la niña se le llenaron los ojos de lágrimas.

—¿Y a mí sí?

—Nunca te he abandonado.

—Lo haces cada día que estás aquí. Me prometiste que algún día seríamos felices. Que las cosas mejorarían con los años. ¿Dónde está la mejora?

—Lo he intentado.

—No. Nos has abandonado.

—No digas eso, por favor.

—Te has olvidado de nosotras.

—¡Deja de decir eso! ¡Solo intento que Lucy sea feliz!

La niña la observó con tristeza.

—¿Y cuándo será nuestro turno?

Jude no supo qué decirle. Y, en uno de los parpadeos de luz, la cara de la niña desapareció. Jude sostenía un mechón de cabello que no supo ubicar. Por lo menos, hasta que le devolvió la mirada a una muy confusa Maggie.

Durante unos instantes, Jude no supo qué hacer. No sabía qué había dicho. Maggie, sin embargo, tenía los ojos llenos de lágrimas. Y la miraba… con lástima.

Jude dio un paso atrás. De pronto, el colocón se había transformado en realidad.

—Busca a Isaac, por favor —suplicó en un tono que volvía a parecer suyo—. Nos vamos a casa.

25

La hora de la verdad

Podrían haber dormido solo dos horas, pero Jude se aseguró de que su hermana fuera a clase. De hecho, se aseguró de que fueran las tres, porque Quinn y Maggie también se habían quedado a dormir.

La odiaron con fervor, suplicaron y alguna lloriqueó, pero Jude no descansó hasta que las tuvo subidas al coche. Hizo una excepción con la gasolina, eso sí, para acompañarlas con Manolito. Y no se movió de la puerta del instituto hasta que se aseguró de que las tres habían entrado.

Casualmente, la directora entró en ese momento. No se perdió detalle.

—Cómo cambian los roles —comentó la mujer con diversión—, ¿verdad, señorita Portman?

Jude tenía demasiado sueño como para replicar, así que se limitó a apretar los labios en una pequeña sonrisa.

Se sentía muy avergonzada por la noche anterior. Bueno, se sentía avergonzada y rabiosa. ¿Cómo se había atrevido Josh a drogarla sin permiso y a engañarla de esa manera? A Jude ni siquiera le importaba la parte de Nia, que hiciera lo que quisiera. Lo que no iba a tolerar era que traicionara su confianza de aquella manera y encima se hiciera el sorprendido por su enfado.

Jude sabía que tenía más de diez llamadas perdidas de Nia. Y más de veinte de Josh, con mensajes incluidos en el pack. Era incapaz de interesarse por nada. No quería hablar con ellos. Y menos para que se sintieran mejor consigo mismos. Que se acostaran o lo que fuera, pero que la dejaran en paz.

Tras dejar a las chicas en la escuela de verano, Jude condujo de vuelta a casa. O ese era el objetivo, por lo menos. Se quedó a medio camino.

Cuando ya estaba a punto de cruzar el puente y llegar a la zona sur de la ciudad, Jude detuvo a Manolito. Contempló la carretera unos segundos sin saber qué hacía ahí. No en aquel lugar de la carretera, sino en Serena.

¿Qué coño hacía en Serena?

Y entonces, sin saber muy bien por qué, Jude dio media vuelta y pisó el acelerador.

No tenía la menor idea de lo que estaba sucediendo. Había dormido poco y todavía le dolía la cabeza como si le hubieran dado un martillazo. Aun así, el corazón le empezó a latir con la fuerza de quien sabe que está haciendo algo que le hace feliz. Jude pisó el acelerador con más fuerza y cruzó el barrio de los ricos. Le dio igual que juzgaran a Manolito y sus más de veinte años de servicio. De hecho, sus caras le parecieron divertidas.

¿Podía ser la última vez que viera a toda aquella gente?

¿Podía ser la última vez que pisara Serena?

Jude siguió acelerando. Y las casas gigantes se transformaron en fábricas. Las fábricas, en palmeras. Y la carretera fue haciéndose cada vez más estrecha porque se acercaba a la zona de los trenes y las playas.

Tenía las vías del tren justo al lado. Y la estación a menos de diez minutos. Jude podía sentir que el oxígeno se le atascaba en la garganta. Le dolían las extremidades por el sentimiento de culpa.

¿Y si se marchaba?

La imagen de aquella niña no dejaba de volver a su mente. Sus grandes ojos tristes. Los mismos que había compartido con su madre. Los mismos que la acompañarían toda su vida. Y aquella vida podía ser fuera de Serena. No volvería a ver a Penny. ¿Le importaría?

Y Lucy…

Jude cerró los ojos durante un instante. Tras dudarlo, giró el volante y se metió en un aparcamiento aleatorio. Ni siquiera se aseguró de aparcar bien antes de golpear el volante con todas sus fuerzas.

No podía. No podía abandonar a su hermana. A la única persona que todavía la quería. Sería incapaz de vivir consigo misma. Y no podía llevársela… ¿Cómo iba a mantenerla? ¿Quién iba a cuidar de Penny? Además, Lucy era menor de edad. Podían acusarla de secuestro o algo así. O se iban las tres o ninguna.

Jude se bajó del coche. De pronto, se sentía mareada. No se molestó en cerrarlo, ¿qué iban a robar?, antes de empezar a dar tumbos sobre la arena. Y es que había aparcado justo en la entrada de una de las playas. Los turistas se estiraban sobre la arena con sus toallas de marca, embadurnados de protector solar y dándole sorbitos a sus botellas de agua congelada. Jude odió el olor que desprendían. Tanto ellos como el agua salada. Odió el sonido de los niños gritando y jugando, y también el de las olas chocando con la orilla. Odió el picor del sol sobre su piel. Y odió haberse puesto zapatillas con el vestido, porque notaba los pies más calientes que nunca.

Aun así, Jude siguió andando. No tenía muy claro adónde iba, pero se estaba dirigiendo a algún lado. Era todo lo que necesitaba saber.

Al llegar al final de la playa, siguió el camino de arena. Y luego, el de piedras. Y empezó a ascender.

Al despertarse, tardó unos segundos en darse cuenta de dónde estaba. Jude se había dejado el móvil y la cartera en el coche, pero se había traído el tabaco. Se fumó un cigarrillo, todavía estirada en el suelo.

Aquella mañana, había encontrado un pequeño acantilado lleno de pinos y hierba. La sombra era agradable y, al tener el mar delante, el viento compensaba el calor que había pasado subiendo hasta allí. Y no había nadie. Absolutamente nadie. Jude oía las voces de la playa que se extendía a sus pies con claridad, pero los bañistas estaban demasiado lejos para verla. Así que se tumbó. Apoyó la espalda en el tronco de uno de los pinos, contempló el horizonte y pensó. Pensó en todas las cosas que habría podido hacer y que, como ya empezaba a asumir, jamás haría.

Debió de quedarse dormida en algún momento, porque ya era de noche. ¿Qué habrían pasado? ¿Doce horas? Jude no recordaba la última vez que había dormido tanto. Mientras se terminaba el cigarrillo, pensó que se encontraba bien. No solo porque había descansado, sino porque no le dolía el pecho. Y es que, a esas horas donde la cena se juntaba con el reencuentro diario entre Lucy y Penny, Jude siempre sentía un pinchazo de angustia en el pecho. Nunca sabía por qué, pero sabía que alguien discutiría. Y siempre temía tener la culpa.

El dolor ya no estaba.

Qué curioso.

Jude se tomó su tiempo para terminarse el cigarrillo, incorporarse y empezar a descender la colina. Se aseguró de hacerlo sin mirar al vacío. De pequeña le encantaban las alturas, pero de mayor habían adquirido un significado que le daba miedo. Así que descendió por la cuesta y no miró atrás.

Sabía que se había ausentado mucho más tiempo de lo normal, que Penny y su hermana estarían enfadadas. Lo que no esperaba era que, al llegar a la playa, la esperara un policía.

Jude se detuvo de golpe, pasmada. Isaac iluminaba su alrededor con una linterna que bajó enseguida en cuanto enfocó a Jude. No parecía muy sorprendido de verla.

—¿Qué haces aquí? —preguntó ella.

Isaac apretó los labios.

—¿Tú qué crees?

—Te ha llamado Penny.

—Lucy. Estaba cabreadísima.

A Jude le sorprendió que, en lugar de sentirse culpable, se sintiera cansada.

Podría haber vuelto al coche, pero seguía sintiéndose exhausta. Tras soltar un suspiro, Jude se volvió hacia el mar y se dejó caer sobre la arena. Todavía estaba cálida por su baño de sol diario. La acarició con las puntas de los dedos. ¿Por qué llevaba tanto tiempo sin ir a la playa con lo mucho que le había gustado siempre?

Isaac se guardó la linterna en el cinturón y sacó su móvil.

—La he encontrado —dijo—. Sí, Robbie. No te preocupes. Genial.

Jude esperó que llamara también a su hermana, pero no lo hizo. En su lugar, se acercó a ella y se quedó de pie a su lado. Jude seguía contemplando el mar. El nudo de su garganta había aumentado.

—Jude —dijo él con suavidad—, vamos, te acompañaré a casa.

Ella no respondió. De nuevo, era incapaz.

—Jude, vamos. Tu hermana estará preocupada.

—¿Le has dicho dónde estoy?

Isaac vaciló unos instantes.

—No lo sabe nadie. Me ha llamado a mí, no a la policía. Solo se lo he dicho a Robbie y no ha pedido detalles.

Jude no entendió por qué aquello la hacía sentir tan miserable. Y a la vez, aliviada.

—Pero deberíamos volver antes de que se preocupen —añadió Isaac.

Y Jude, por primera vez en muchos años, sintió que los ojos se le llenaban de lágrimas que no iba a contener. Había aguantado el funeral de su abuelo, los desprecios de su familia y varios años de injusticias. No entendió por qué aquel momento precisamente era la gota que colmaba el vaso. Su chispa final. Pero lo era. Sabía que, una vez que empezara, no sería capaz de terminar.

Intentó aguantarlo con todas sus fuerzas, pero su garganta ya empezaba a resistirse a contener los hipidos. Jude intentó respirar inútilmente.

—No puedo —consiguió decir con una voz que le pareció patética—. No puedo, Isaac. Te juro que no puedo más. Lo siento, no sé por qué te he tratado así. No sé por qué hago las cosas que hago, te lo juro. Lo siento muchísimo… No puedo más. No puedo más.

Él no dudó ni un segundo en sentarse a su lado.

Y entonces Jude empezó a llorar.

No lo hizo de forma tan explosiva como la última vez, en la fiesta de fin de curso, cuando podía sentir que se desgarraba la garganta. Sin embargo, aquel llanto silencioso le pareció el triple de doloroso. Había una parte de ella que ya no sentía rabia, tan solo cansancio. Que ya no tenía fuerzas para enfadarse con nadie, tan solo tenía ganas de llorar.

Le gustó que Isaac no intentara consolarla inmediatamente. Sabía que no dejaba de echarle ojeadas preocupadas, pero no invadió su espacio personal. Tampoco le dijo que dejara de llorar. Simplemente, se sentó a su lado y trató de darle un poco de intimidad dentro de la protección de su compañía.

Jude nunca supo cuánto tiempo se había tirado lloriqueando junto a él, pero finalmente consiguió encontrar su propia voz.

—¿Cómo has sabido dónde encontrarme? —le preguntó.

Isaac le devolvió la mirada. Su media sonrisa estaba teñida de tristeza.

—He buscado en las salidas de Serena. Y entonces he visto a Manolito en el aparcamiento.

Jude se rio con amargura. Notaba el aire frío en sus mejillas empapadas. Y el sabor a sal de sus propias lágrimas. Se las frotó con el dorso de la mano, consciente de que aquello no iba a servir de nada.

—No soy tan misteriosa como pensaba —bromeó en voz baja.

—No para todo el mundo —puntualizó él sin mirarla.

Jude sorbió la nariz y terminó de limpiarse las lágrimas. Notaba los ojos hinchados y la nariz goteando, pero sin pañuelos no iba a arreglarse la cara de milagro. Respiró hondo. Si tan solo consiguiera sacarse aquel nudo de la garganta…

—No sé para qué he venido —admitió en voz baja—. Sabía que no podría irme.

—Y, aunque te hubieras ido, nadie te habría juzgado.

—*Tú* no me habrías juzgado, Isaac. Pero ¿qué hay de Penny? ¿Y de Lucy?

—¿Qué hay de ti?

Jude sonrió con ironía. A veces era como si Isaac viviera en su propia cabeza.

—¿*Qué* hay de mí? —preguntó ella.

—Podrías ir a la universidad.

—¿Con qué dinero, Isaac?

—Con el que ahorrarías si dejaras de pagarles todos los gastos a los demás.

—Es mi familia.

—Y tú eres la hija, no la madre.

Ella negó con la cabeza. Dejó que el sonido de las olas acompañara sus dudas. Y su tristeza. Había vuelto a centrarse en su propia mano, que acariciaba las piedrecitas naturales de la cálida arena.

—Mi madre es especial.

—Todos los padres son especiales, Jude. Todos. Algunos son mejores y otros son peores, pero tuvieron la oportunidad de vivir una vida entera mucho antes de decidir ser padres. Y tu madre no puede pretender que te disculpes toda tu vida porque ella decidió tenerte.

—Sabes que no es tan sencillo.

—Nunca lo es —admitió Isaac—. Pero creo que se ha dedicado a hacerte sentir culpable toda tu vida. Y que has llegado a un punto en el que la culpa pesa tanto que eres incapaz de levantar la cabeza y ver más allá.

Jude sonrió con cierta amargura.

—Qué poeta has vuelto de la academia…

—Lo digo en serio —insistió él sin rastro de humor—. Podrías ir a la universidad, Jude. Eres una de las personas más inteligentes que he conocido en mi vida. Fuiste capaz de sacar una de las notas más altas de la clase mientras tenías diez veces más responsabilidades que el resto. Y tienes un don especial para ver lo que necesita la gente, aunque no se atrevan a decirlo. Eres capaz de ver si una persona se siente mal consigo misma y animarla con un solo comentario. Ver que alguien se ha cortado el pelo y quiere que otra persona se dé cuenta. Ver que alguien se ha esforzado mucho en un trabajo y necesita que alguien lo vea. Eres la clase de persona que no dudaría ni un segundo en actuar. Y te he visto coser. Y sí, sé que piensas que es inútil, pero he visto los patrones que sigues, tu forma de combinar colores y siluetas. ¿Crees que eso es tan fácil? No lo es. Jude, me pasé años de mi vida estudiando colores y formas y no llego a tu nivel.

Una parte de Jude se sentía como si se estuviera inventando todo aquello para que no se sintiera mal.

La otra, en cambio…

—Cuando te dije que estabas destinada a cosas mucho más grandes de las que te esperan en este pueblo, lo decía en serio —añadió Isaac sin dejar de mirarla—. Sigo pensándolo, Jude. No sé cuántas veces necesitas oír esto, pero yo creo en ti. Siempre lo he hecho. Y sé que tu futuro no está aquí. Sé que un día te vas a olvidar de todos nosotros porque habrás volado tan alto que ya no habrá lugar para el pasado. Y me alegraré por ti, porque es lo que te mereces.

Jude por fin elevó la mirada. Lo hizo casi con timidez, incapaz de entender sus propias emociones. O de aunarlas en un solo nombre.

—A ti no te olvidaría —dijo finalmente.

Isaac le devolvió la mirada. Pese al fervor que había sentido unos instantes antes, aquella frase hizo que inspirara con fuerza. Tras unos segundos, esbozó media sonrisa. Esa tan característica.

—Quizá no tendrías que hacerlo.

A Jude se le escapó una risa.

—¿Por qué?

—Porque yo no pienso despegarme de ti otra vez.

—¿Eso es una amenaza?

—Es un hecho. Haz lo que quieras con él.

—¿Y si no quiero tenerte cerca?

—Puedo estar tan cerca o tan lejos como tú quieras, pero pienso pasar el resto de mi vida contigo.

Jude borró su sonrisa. De pronto, el corazón le latía a toda velocidad.

—¿Te marcharías conmigo?

—Pues claro. Ya te lo dije hace años.

—No, Isaac. —Jude se aseguró de que su gravedad se expresara en cada palabra—. ¿Te marcharías conmigo? ¿Ahora mismo? ¿Para siempre?

Jude no entendió por qué sentía esos nervios. De la misma forma en que no entendió por qué Isaac se ponía tan serio. Lo que había empezado como una broma, de pronto, se había transformado en una promesa.

—¿Lo preguntas en serio? —replicó Isaac riendo—. Quiero decir... ¿Cuántas veces tengo que demostrarte que sí?

—¿Lo harías?

—Sí.

—¿Donde fuera?

—Donde me lleves. Vámonos. Ahora mismo.

—Isaac...

—¿Quieres sol y playa? Pues me compro un bañador. ¿Quieres frío y nieve? Unas botas y esa bendita bufanda morada que tanto te gusta. No hay problema.

Ella no podía dejar de sonreír.

—¿Quieres adoptar a un tucán? Pues lo adoptamos.

—Pero ¿qué dices? —rio ella.

—O un niño. Uno que diga palabrotas, que los niños malhablados me hacen mucha gracia.

—¡Isaac!

Pese a que ella estaba riendo, él se limitó a encogerse de hombros.

—Vámonos —repitió Isaac, esta vez sin bromas—. Vámonos adonde tú quieras.

Y, por primera vez, Jude lo creyó. Se sintió merecedora de ese amor. De ese deseo de no abandonarla jamás.

Entendió de verdad que Isaac era capaz de amarla de la misma forma que ella lo amaba a él.

Jude no supo qué decir. De pronto, se sentía un poco abrumada. Nunca le habían hablado de esa manera. Nunca se había sentido tan vista. Y es que sabía que Isaac no lo decía en broma, sino totalmente en serio. Se marcharía donde ella dijera sin dudarlo ni un segundo.

Lo que más la asustó, sin embargo, fue saber que ella haría exactamente lo mismo.

Jude no quiso oír los ecos de su cabeza que le susurraban que aquello era demasiado bonito para ser cierto. Por una vez, se dejó guiar por lo que veía. Y la mirada de Isaac nublaba cualquier tipo de inseguridad, de miedo y de voz fastidiosa de su cabeza.

—Me encantaría estar a la altura de lo que sientes —admitió finalmente.

Para su sorpresa, Isaac puso los ojos en blanco.

—Tú no necesitas estar a la altura, Jude. Eres el punto de partida.

Isaac la observó un instante. Jude supuso que podía ver sus dudas, porque sacudió la cabeza.

—A la mierda —murmuró.

Y la besó.

Jude tardó unos segundos en procesar lo que estaba sucediendo. Sentía la mano de Isaac en su nuca, enredada en sus mechones de pelo castaño. También podía sentir sus labios sobre los suyos. Y su propio corazón, que latía con tanta fuerza que Jude, durante unos instantes, temió que fuera a desmayarse.

Y entonces sucedió algo que llevaba años sin experimentar: su cuerpo reaccionó. Antes de procesar lo que estaba sucediendo, Jude notó la tela de la camisa de Isaac bajo los dedos. Y sus propias uñas contra la palma de su mano al cerrar el puño en la arena. También cerró los ojos.

Isaac fue tan delicado que se separó a los pocos segundos de unir sus labios. Jude, sin embargo, tenía otros planes.

Ahora que acababa de redescubrir lo que era desear de verdad a la otra persona, no pensaba renunciar a ello tan deprisa.

Cuando Isaac fue a echarse hacia atrás, Jude soltó la arena y le llevó una mano a su nuca. Notó su sorpresa cuando tiró de él otra vez. Y, en esa ocasión —y por primera vez en su vida—, inició un beso del que no se arrepentiría.

Un sonido escapó de la garganta de Isaac, pero ella estaba demasiado centrada en el beso como para detenerse a analizarlo. Sentía que su respiración se había acelerado y que sus manos, desesperadas, necesitaban aferrarse a él. Unirse a su cuerpo como si fuera un salvavidas. Como si cualquier tipo de distancia fuera una maldición. Jude tiró de él. Y, a cada tirón, sentía que la contención de Isaac se desplomaba un poco más.

Ese segundo beso no fue como el primero. La ternura se vio sustituida por manos temblorosas, nudillos blancos, rodillas clavadas en el suelo y lenguas entrelazadas. Jude se aferró a su pelo con tanta fuerza que, por un momento, temió hacerle daño. Y entonces notó que él le pasaba un brazo bruscamente alrededor de la cintura. Fue su turno para emitir un jadeo que, de no haber sido por la situación, habría hecho que se avergonzara. Pero ahí no había lugar para timidez ni para las dudas, ni siquiera para el temor. Tan solo había lugar para estar con él.

Isaac la levantó del suelo con una facilidad que la dejó sin respiración por un momento. De un solo tirón, consiguió ponérsela encima. Jude sintió el pinchazo de dolor de la arena bajo sus rodillas descubiertas. Y sus manos por el vestido. Y su aliento cálido en la boca. Y el corazón de Isaac, pegado a su pecho porque acababa de rodearle el cuello con los brazos. Llegados a ese punto, no sabía qué latido pertenecía a uno y cuál al otro.

Sin embargo...

Pese a la intensidad del momento, de la necesidad que se había creado a sí misma de no salir jamás de aquella playa, de no volver a separarse de él..., había algo que no encajaba.

Jude se separó ligeramente de él. Isaac hizo un ademán de volver a besarla, pero se detuvo al verle la expresión. No la soltó, pero tampoco volvió a intentar besarla.

—¿Qué? —preguntó él.

Jude no estaba muy segura de qué era, pero se sintió mal. Culpable. No por Isaac, sino por ella misma. Había algo que no encajaba.

—No lo sé —murmuró Jude.

Se mantuvo pegada a su frente, aferrada con las manos a su camisa. Él permaneció en completo silencio.

—Necesito resolver muchas cosas —dijo ella finalmente—. Y después volver a ti.

Quizá no tenía ningún sentido, pero era lo que sentía ella. Y no quería volver a engañarse a sí misma o lanzarse a una relación en la que no podría ser completamente honesta con la otra persona.

Y quizá Isaac no le encontró el sentido. ¿Quién sabe?

Aun así, él esbozó media sonrisa divertida.

—He esperado cinco años, podré esperar un poco más.

Ni siquiera pasó por casa, necesitaba hablar con Josh.

No entendió por qué tenía la necesidad de cerrar su capítulo. Tal vez porque, de alguna forma, se sentía como si le estuviera siendo infiel. Le parecía un sentimiento injusto consigo misma a la vez que egoísta hacia él. Lo único que tuvo claro, en medio de aquella neblina, fue que tenía que hablar con él.

Jude debería haber vuelto a casa.

No debería haber aparcado el coche delante de la mansión de Gordon Phelps.

No debería haberse bajado.

No debería haber recorrido aquella entrada.

No debería haberse detenido al reconocer el coche de Josh, que acababa de parar junto a la entrada.

Josh apagó las luces. Jude vio su expresión sorprendida a través del parabrisas. Por una vez, lo había dejado sin palabras.

No debió acercarse a ese coche.

Y, sobre todo, no debería haberse subido al coche.

Lo hizo sin pensar, nerviosa por lo que estaba a punto de suceder. Y le sorprendió un poco que Josh no la echara directamente. Con lo rencoroso que era, no iba a olvidar lo que él consideraría la humillación de la fiesta. Sin embargo, se limitó a observarla en silencio.

—Hola —murmuró ella.

—¿Qué haces aquí?

Jude apretó los labios, dubitativa.

—Creo que te debo una explicación.

—¿Solo una?

Ella elevó la mirada, dolida. Josh mantenía las manos en el volante y la vista al frente. Todo su lenguaje corporal le indicaba que estaba a la defensiva, que no habría forma de mantener una conversación normal y corriente.

Sin embargo, Jude quiso darle una última oportunidad.

Nunca debería haberlo hecho.

—Josh —dijo con suavidad—, creo que los dos sabíamos que esto no duraría para siempre.

—Y qué casualidad que haya terminado cuando Isaac ha reaparecido…

—No quiero ser cruel, pero habría terminado de todas maneras.

—¿Por qué? —espetó él de repente, frustrado—. Te trato bien, respeto tus tiempos, nos reímos muchísimo juntos, follamos que no veas… ¿Qué falla? Dime, ¿qué falla?

Jude esbozó media sonrisa un poco triste.

—Todo lo demás.

—A mí me basta.

—Yo creo que no. Creo que, en el fondo, no te gusto tanto como crees.

—Oh, por favor... ¿Vamos a empezar con ese discursito? No voy a decir que no me gustas para que te sientas mejor contigo misma, Jude. Si quieres dejarme, quiero que te vayas de aquí siendo consciente de que has dejado escapar a la persona que probablemente más vaya a quererte en tu puta vida.

Jude respiró hondo. Quizá se merecía aquella discusión. Quizá era lo que correspondía cuando una decidía dejar a alguien.

—Siento hacerte daño —dijo finalmente.

—Sí, ya lo creo que lo sientes...

—Lo digo en serio, Josh.

—¿Te lo has tirado?

No, no se habían acostado. No ese año. Y una parte de ella era consciente de que, en gran medida, era porque aquello destruiría a Josh. Se había pasado media vida comparándose con Isaac. No iba a soportar que lo superara en otra cosa más.

—No —admitió.

—Pero os habéis besado.

—¿Tanto importa?

—Eres una...

—Cuidado —le advirtió ella, elevando un dedo—. Porque yo no te he dicho nada de Nia.

Josh la contempló unos instantes, pasmado. Después, soltó una risotada amarga y arrancó el motor. El acelerón fue tan fuerte que Jude se quedó pegada al asiento. A Josh no pareció importarle demasiado.

—¡Cuidado! —protestó ella.

—¿Qué tienes que decirme de la otra? —espetó él—. ¿Te crees que tienes algún derecho a reclamarme nada?

—Josh, me da igual Nia, es un ejemplo de lo hipócrita que eres.

—¡Hipócrita! —repitió él furioso—. ¡Y me lo dices tú!

Jude fue a responder, pero Josh tomó una curva a tanta velocidad que ella casi salió volando por el interior del coche. Irritada, se agarró como pudo al asiento y se puso el cinturón. Necesitó dos intentos porque Josh había cogido otra curva.

El camino a su casa era complicado: un carril estrecho que, al ser residencial, podía usarse en ambas direcciones. Montañas, también. Curvas pequeñas y cerradas. Oscuridad, porque seguía siendo de noche. Una pendiente vertiginosa junto al camino. Y Josh ya iba a sesenta por hora.

—Para el coche —pidió ella molesta.

Él la ignoró y metió otra marcha. El acelerón fue tan brusco que Jude volvió a golpearse contra el asiento.

—¡Josh! —le gritó.

—¡Vete a la mierda! —respondió él también a gritos—. ¿O te crees que puedes decirme lo que quieras? ¿Te crees que soy tan idiota como para escucharte?

—Josh, detén el coche ahora mismo.

—Siempre supe que me harías algo así. Tendría que haber escuchado a mi padre, vio lo podrida que estabas nada más conocerte.

—¡Josh!

Noventa por hora.

Cuando Jude empezó a marearse, se dio cuenta de que aquello iba mucho más allá de una pataleta. A la siguiente curva, se agarró con tanta fuerza al asiento que temió haberse partido una uña.

—¡Josh! —repitió, y su voz empezó a sonar desesperada—. Josh, por favor, para el coche y hablemos.

—¡No quiero hablar contigo! —gritó él—. ¡Eres una desagradecida de mierda! ¡Eres una idiota! Ya te gustaría estar con alguien como yo, ya te gustaría...

—¡Josh!

—¡Deja de usar mi nombre! —le gritó, de pronto estaba histérico y pisaba el acelerador a fondo—. ¡Deja de gritarme como si tuvieras derecho a darme órdenes!

—¡Por favor! —suplicó ella, que no dejaba de lanzar miradas al frente. Apenas podía respirar—. ¡Por favor, para el coche!

—¿Qué pasa? ¿Tienes miedo?

Jude, con el pecho subiendo y bajando a toda velocidad, trató de tirar del freno de mano. La mano de Josh apareció de la nada y la golpeó de lleno en la cara. Nunca supo si su intención real había sido golpearla o apartarla, pero pareció más asustado que ella. Y Jude sintió que el pánico le nublaba los sentidos.

En cuanto él hizo un ademán de pasarle una mano por la nuca, quizá para disculparse, ella se apartó. Josh intentó tirar de su brazo y Jude le golpeó el brazo con todas sus fuerzas.

—¡No me toques! —le gritó ella, fuera de sí.

—¿Tienes miedo? —repitió él con una satisfacción casi tenebrosa—. ¿Tienes miedo, Jude?

—¡¡¡Para el coche!!!

Josh quiso agarrarla de la pierna, así que Jude intentó asestarle una patada en la boca. Él se apartó. El volante viró sin querer.

Si hubieran ido a veinte kilómetros por hora, quizá habría habido tiempo de retomar el control.

Pero iban a ciento sesenta y dos.

Años más tarde, Jude recordaría cada detalle de aquellos tres segundos. El estallido de luz que le pareció el coche que se acercaba. El grito ahogado de Josh. Sus manos intentando sujetar el volante. Este dando vueltas sin control. La fuerza que parecía empujarlos hacia delante. El sonido. El olor a neumático quemado. Un grito que le desgarró la garganta.

El parpadeo. El otro golpe. En la cabeza.

Otro parpadeo. El sonido del metal chirriando contra el suelo. El olor a quemado. El dolor en todo el cuerpo.

Otro parpadeo.

—¡Jude!

Recordaría haber abierto los ojos. La forma en que su cabeza había caído hacia delante como un peso muerto. Su pelo parecía tirar de ella hacia arriba. La presión de su pecho. El sabor a sangre en la boca. La visión borrosa de lo que parecía una llamarada de fuego. El golpe de alguien contra su puerta.

Jude recordaría volverse. Ver a Josh de pie fuera del coche. Su sudadera gris, aquella que llevó un día en la cafetería del instituto. La misma que llevaba cuando se dieron el primer beso. El calor del fuego. El picor de las llamas. Darse cuenta de que se había quedado boca abajo, colgando del cinturón. El sonido del zapato de Josh intentando romper el cristal de su ventanilla.

Después, todo se volvió negro.

26

El principio y el final

Jude tan solo podía sentir el dolor del brazo izquierdo. De su mejilla. De su rodilla. El resto del cuerpo, por lo poco que sabía, podría haber estado muerto.

Ella podría estar muerta.

No lo sabía. Era incapaz de pensar.

El dolor. Dolía mucho. Jude intentó estirar la mano en la oscuridad. Vio luces parpadeantes. Oyó voces apresuradas. Y entonces perdió el conocimiento otra vez.

Dolía. Dolía muchísimo. Gimoteó desesperada. Iba a estallarle la cabeza.

¿Estaba muerta?

Jude trató de separar los labios. Le costaba respirar. Le costaba pensar. Ni siquiera sentía frío o calor, tan solo flotaba en la nada más absoluta.

¿Cómo podía alguien sentir tanto dolor?

Escuchó su nombre, aunque parecía llegar desde muy lejos. Jude giró la cabeza hacia el sonido. O eso le pareció que hacía. No estaba muy segura. Tan solo podía sentir una incómoda opresión en el pecho, como si alguien se hubiera sentado sobre ella y le impidiera respirar.

Aquella vez, cuando recuperó la conciencia, supo que algo había cambiado. No solo porque fuera perfectamente capaz de pensar con claridad, sino porque sintió el frío de la habitación. El olor a hospital. Era un olor muy concreto. El calor de un rayo de sol en su dedo índice. Jude intentó moverlo. Este respondió con torpeza, como si tirara de una palanca oxidada por los años.

Lentamente, abrió los ojos.

Lo primero que notó fue que, en efecto, estaba en un hospital. Y que su ojo izquierdo veía más borroso de lo que recordaba. Intentó cerrarlo y comprobar si se estaba volviendo loca.

Jude quiso incorporarse, pero aquello sí que fue imposible. De hecho, su pulso se disparó. Tuvo que volver a tumbarse para recuperar el aliento.

Cuando la enfermera entró corriendo en la habitación, Jude seguía intentando respirar. Volvió a desmayarse.

Se despertó y se desmayó tres veces más antes de recuperar la conciencia al fin. Volvió a encontrarse sola en aquella habitación. Era de noche. Jude trató de moverse, molesta por lo borroso que veía. No consiguió sentarse, pero fue capaz de apoyarse en un codo. Le resultó curioso que su propio cuerpo la guiara con el lado derecho.

Observó su brazo izquierdo. Estaba completamente inmovilizado, desde el hombro hasta la muñeca. Y, aunque podía sentirlo, era una sensación muy extraña. Un cosquilleo desagradable, como si miles de hormigas se estuvieran paseando bajo su piel. Jude jadeó asustada e intentó tirar de su brazo. Alguien lo había atado contra la camilla para que no pudiera moverlo.

—Yo no haría eso.

Jude elevó la mirada. Una mujer bajita la miraba desde los pies de su cama. Llevaba una bata blanca. ¿Su doctora? Le resultaba familiar.

—No te acuerdas de mí —observó la mujer con una sonrisa llena de lástima—. No te preocupes, es normal. Soy la doctora Page. Hemos hablado en tres ocasiones, pero en ninguna de ellas respondías como en esta.

Jude tan solo era capaz de devolverle la mirada. La mujer rodeó la cama para inclinarse sobre ella.

—¿Puedes hablar? —quiso saber—. Hazme un favor e intenta decir alguna cosa.

Para su sorpresa, a Jude le costó horrores. Tan solo emitió un sonido entre el jadeo y el gruñido que no sonó a su voz.

Necesitó dos intentos más para conseguir pronunciar una palabra entera.

—P… puedo…

La doctora Page sonrió.

—Perfecto, Jude. ¿Recuerdas lo que sucedió?

Ella asintió lentamente.

—¿J-Josh…? —consiguió preguntar.

—Está bien. También está ingresado, pero estable.

Jude sintió que su pecho se hundía con alivio. Volvió a apoyar la cabeza en la almohada y se permitió respirar hondo, aunque fuera durante un minuto.

—El accidente fue delicado —le dijo la doctora—. Tú te quedaste dentro del coche durante más tiempo que él. Jude…, lo que te voy a decir no es fácil, pero cuando llegaste las quemaduras habían superado la primera capa de piel. —Hablaba con una calma que tranquilizó a la pobre chica, pese a las circunstancias—. Te hemos curado las heridas, pero te quedará cicatriz. Una grande. Podrás intentar operarte unas cuantas partes cuando pase un tiempo y la piel se recupere, pero por ahora vas a verte… un poco distinta. Al menos debajo de la ropa. Tuviste la suerte de que el fuego se detuviera en el cuello y tan solo te rozara el rostro.

A Jude no le pareció un gran consuelo, pero aun así siguió escuchando.

—Seguramente notes que te cuesta ver por el ojo izquierdo; se vio afectado por las llamas. De nuevo, podrás operártelo más adelante. E imagino que te preguntas qué ha pasado con tu brazo… Sufriste una rotura de húmero que pudimos intervenir rápidamente. Por suerte, el hueso no se fragmentó. Tu costado izquierdo fue el que entró en contacto con las llamas, así que verás que la pierna es un poco… distinta. No pasa nada, Jude. Lo importante es que estás aquí, con nosotros. Un equipo de psicólogos va a venir a hablar contigo cuando te encuentres mejor, ¿vale?

Jude se limitó a asentir, todavía seguía sin entender nada.

No se vio a sí misma hasta la mañana siguiente. Una de las enfermeras, tras mucha insistencia, le acercó un espejo. Jude lo sostuvo con la mano buena y se miró.

La parte izquierda de su cuello estaba cubierta de gasas y curas, pero podía ver la rugosidad de las quemaduras. Todavía podía sentir su calor insoportable. Se detenía en la línea de la mandíbula, pero descendía hasta el pecho. Ahí había un pequeño parón hasta llegar a la rodilla izquierda. Y, de ahí para abajo, la pierna entera se había visto envuelta en llamas. La doctora decía que, dentro de la gravedad, Jude podría caminar sin problemas.

Y todo el mundo la miraba como si temieran que fuera a lanzarse por la ventana.

La realidad es que, por primera vez, Jude fue capaz de mirarse al espejo sin que le entraran ganas de llorar.

Incluso se atrevió a esbozar una pequeña sonrisa.

Mira qué casualidad tan alegre y macabra… Ya nunca más se parecería a Penny Lane.

Pudo incorporarse aquella misma tarde. Le dolía todo el cuerpo, pero con ayuda consiguió quedarse sentada al borde de la cama. Y es que necesitaba estar derecha durante unos minutos. No soportaba estar tumbada. Tenía la espalda destrozada. Los celadores que le habían echado una mano no se atrevieron a alejarse mucho de ella.

—¿Cómo te sientes? —preguntó uno.

—Bien —admitió Jude.

Se miró la pierna, que asomaba por debajo de la bata de hospital. La forma en que la piel se había arrugado y cambiado de color. Curiosamente, no era la parte de su cuerpo que más dolía. Quizá era la que peor se veía, eso sí, porque los celadores apartaron la mirada al instante.

—¿No tienes un contacto de emergencia? —preguntó la doctora Page pasmada.

—¿Ha venido alguien a verme?

Para la noche, Jude ya había recuperado la capacidad de hablar.

La doctora torció el gesto.

—Ha venido gente joven, pero no he visto a nadie que pareciera un progenitor.

—¿Y ha visto a una chica con el pelo de colores y maquillaje llamativo? —insistió Jude.

Lucy tenía que haber ido. Estaba segura.

La mujer, sin embargo, negó con la cabeza.

—El único que ha venido cada día ha sido un policía joven. A veces lo ha hecho con su compañero de patrulla.

Curiosamente, la primera visita que tuvo fue Milly. Jude no tuvo muy claro quién de las dos se sintió más sorprendida con ese hecho, quizá Milly no esperaba encontrarla despierta. Y, desde luego, Jude no esperaba encontrar a Milly en el umbral de su habitación de hospital.

Durante unos instantes, se miraron la una a la otra. El celador que la había acompañado al baño sonrió y las dejó solas.

—Em… —Milly echó una ojeada a su alrededor—. Hola.

Jude se acomodó con el brazo bueno sobre la cama.

—¿Has venido a verme? —preguntó con extrañeza.

—Mi madre trabaja cerca de aquí y a veces voy a verla. Lo tuyo ha sido… porque me pillaba cerca. Em…, ¿qué tal estás?

A Jude no se le escapó que Milly miraba cualquier cosa que no fuera ella. Y es que, entre los moratones, los rasguños, las quemaduras y el ojo enrojecido…, no debía de ser un gran paisaje.

—Bien —dijo Jude—. Mejor de lo que parece.

Milly pilló la indirecta y se obligó a mirarla.

—¿Duele mucho?

—Solo cuando me muevo.

—Tiene… mala pinta.

Jude se rio suavemente. Si lo hacía con fuerza, le dolía.

—No es mi mejor momento —admitió.

Pensó que estaba obligándola a quedarse, así que se mantuvo en silencio. Era una buena excusa para que Milly se despidiera y pudiera volver a casa. Sin embargo, la rubia jugueteó con sus manos y dio otro paso hacia el interior de la habitación. Parecía inquieta.

—La tía Rachel siempre me pide que te mande saludos —dijo finalmente—. Se va a alegrar de saber que esta vez he podido dártelos. Ella también te ha visitado unas cuantas veces, aunque no te hayas enterado. Y el idiota de Nino también. Siempre me lo encuentro por aquí.

Jude no quiso remarcar que, entonces, no era la primera vez que la visitaba.

—Espero poder verlos pronto —admitió Jude.

—¡No hay prisa! Tú… recupérate lo que puedas. Me estoy encargando de tu turno hasta que encontremos a alguien o te pongas bien.

—¿Y has visto a Josh?

Jude sabía que estaba en otro hospital privado, pero no podía ir a verlo. Tampoco tenía el móvil a mano, así que no había contacto posible. Tan solo tenía claro que estaba bien y estable. Y que fue quien la sacó del coche.

Milly torció el gesto.

—¿Para qué voy a ir a verlo?

—Para saber cómo está.

—Me importa un bledo como esté. Todo el mundo sabe que estampó el coche porque lo dejaste. Que se joda. ¡Podría haberos matado!

Aunque podría haber mentido, Jude se limitó a quedarse en silencio. Milly suspiró.

—¿Sabes qué? —le dijo muy seria—. Si tu amiga la tóxica quiere estar con él, pues que esté; el peor castigo que puedes desearles es que terminen juntos. Se merecen el uno al otro. Que se jodan.

Jude esbozó una pequeña sonrisa.

—Siempre tuviste razón sobre Nia.

—Siempre tengo razón sobre *todo*. —Milly le guiñó un ojo—. Y que no se te olvide nunca, Judy.

Su siguiente visita fue al cabo de unos minutos de la partida de Milly. Jude había vuelto a tumbarse en la cama. Le dolía la cabeza. Y también el brazo. Le frustraba mucho no poder moverlo. Que, cada vez que sentía picor, su mano buena se encontrara con un yeso. Y la sensación de calor que tenía debajo, uf… Era insoportable.

Se estiró como pudo para tocar el botón de la enfermera, pero entonces abrieron la puerta. Jude bajó el brazo sorprendida. No era la enfermera.

Era Isaac.

Era más que obvio que el chico había corrido. Durante un instante, se quedó de pie en la puerta. La miraba como si fuera un fantasma. Todavía llevaba el uniforme de policía y respiraba con agitación.

—Hola. —Sonrió Jude—. ¿No me vas a dar la bienvenida al mundo de los vivos?

Oírla fue como un pistoletazo de salida. Isaac recorrió lo que quedaba de habitación en tres zancadas y prácticamente se tiró sobre ella. Curiosamente, Jude agradeció que no la tratara como si fuera de cristal. Y, aunque sintió un tirón de dolor en el brazo, se compensó con creces con el abrazo.

Isaac se limitó a abrazarla durante unos segundos. Tenía la cara escondida en la curva de su cuello y las manos cerradas en la bata. Jude cerró los ojos y apoyó la mejilla en su cabeza. Oh, qué bueno era sentirlo tan cerca. Sentirse bien entre sus brazos. Como si fueran un refugio impenetrable. Se aferró a su espalda con todas sus fuerzas. Cuánto había necesitado ese abrazo.

—¡Isaac! —gritó Roselia entonces, escandalizada—. ¡Suéltala ahora mismo! ¿No ves que la chiquilla está agonizante?

Ray entró tras ella.

—No sé si llamarla «agonizante» va a ayudar, Rosi.

Jude los observó con sorpresa. Para entonces Isaac ya la había soltado. Se quedó de pie, pegadito a su cama, mientras que sus padres se acercaban por el otro lado. Fueron los primeros en no mostrarse sorprendidos al ver su aspecto. Ni para bien ni para mal. Roselia incluso se inclinó para acariciarle la mejilla.

—¡Cómo nos hemos alegrado cuando nos han dicho que habías despertado! —exclamó—. Llevas tres días dormida, Jude. ¡Tres días enteritos!

—He pensado que tendrías hambre —añadió Ray.

Había traído una bolsa de tela que, por su forma, parecía que estaba llena de fiambreras. La habitación olía a curri.

Roselia le dio un codazo.

—¡Te he dicho que no trajeras el curri, que para una enfermita es muy fuerte!

—¡Está quemada, no con gastroenteritis!

Pese a que Roselia levantó las cejas escandalizada, Jude soltó una risita divertida.

La risita, por supuesto, hizo que le entrara una oleada de tos. Dolorida, intentó sujetarse el abdomen con una mano. Le sorprendió encontrar otra mano ya ahí. Y es que Isaac se había lanzado sobre la cama en modo pánico.

—¿Qué pasa? —preguntó a toda velocidad—. ¿Qué te duele? ¿Qué te pasa?

—No es nada —aseguró Jude—. Tranquilo.

—Hijo, te van a salir canas —advirtió Ray con diversión—. ¿Tienes hambre, Jude?

Lo cierto es que ella no llevaba tanto rato despierta como para comer. Tan solo había tomado infusiones. Y, aunque no se sentía especialmente hambrienta, el estómago le rugió con el olor a curri. Ray le sonrió con suficiencia a su mujer, que se limitó a poner los ojos en blanco.

Mientras Jude se zampaba sus albóndigas de curri con arroz basmati, ellos fueron acomodándose por la habitación. Ray y Roselia se sentaron en la cama vacía que ocupaba el otro lado del cuarto, mientras que Isaac permaneció en la silla pegada a la cama de Jude. La veía comer como si estuviera viendo a la *Mona Lisa*.

—¿Qué tal te encuentras? —preguntó él entonces.

Jude sonrió con la boca llena.

—No sé. Del uno al diez, ¿cuánto me parezco al Freddy Krueger?

—Un siete —opinó Ray.

Roselia le dio un manotazo en el hombro y él frunció el ceño ofendido.

—Un diez —opinó Isaac con cierta diversión, que desapareció enseguida—. Estaba preocupado.

Jude dejó de comer un momento.

—¿Has visto a Josh?

La expresión de Isaac cambió al instante. Pasó de la preocupación a la ira. Y Jude nunca lo había visto tan furioso, así que no supo qué podía decirle para calmarlo.

Habría tenido la esperanza de que nadie supiera lo que había sucedido, pero en Serena las noticias corrían como la pólvora. Aquello, sumado a los rumores sobre su relación extraña con Josh, los había llevado a todos a la conclusión correcta. Y, al llegar a los oídos de Isaac, este tuvo que contenerse para no ir directo a su habitación de hospital.

—No —aseguró él en voz baja—. Y esperemos que así siga.

—Isaac…, quiero hablar con él.

El chico ensombreció su expresión.

—Será una broma.

—Quiero hacerlo. Y está claro que yo sola no puedo.

—Querida —intervino Roselia—, tendrás que esperarte a que los médicos te den el alta. No tengas prisa por retomar el ritmo.

Los padres de Isaac permanecieron con ellos durante una hora entera, pero terminaron volviendo a casa. Jude no supo cuántas veces les había dado las gracias por la visita y por la comida. Y es que se sentía agradecida de verdad. Nunca la habían cuidado de esa manera.

Cuando se marcharon, Jude miró a Isaac. Este no necesitó una sola palabra para empezar a hablar.

—Las he visitado —le dijo—. Se las arreglan bien. Tu madre usa el dinero de la herencia y Lucy no quiere mi ayuda.

—Está enfadada conmigo, ¿verdad?

—Bueno...

—Isaac, por favor, no me mientas.

—Sí —admitió—. Te echa la culpa de haberla dejado sola con vuestra madre. Pero no deja de preguntarme si estás bien.

—Y aun así no ha venido ni una sola vez.

Él negó con la cabeza.

—¿Penny te ha preguntado por mí?

Apenado, él volvió a negar.

Por primera vez, Jude sintió alivio y no tristeza.

Tres semanas después de despertarse, la doctora Page le dio el alta y una larga lista de instrucciones sobre lo que procedería a partir de ahí. Las curas del brazo —que ya no llevaba yeso, menos mal— serían en un hospital, pero las de las quemaduras tendría que hacerlas ella. Y era un proceso minucioso. Jude intentó meterse en la cabeza que, a partir de ahí, tendría que acostumbrarse a ello.

Además, le gustó tener a Isaac a su lado. Escuchaba a la doctora como si le estuviera dando las instrucciones a él.

Los días de hospital podrían parecer larguísimos, pero la ayudaron a pensar. Y pensó en muchas cosas. Tomó muchas decisiones también. Entre las visitas de Nino, Rachel, Milly, Robbie y los padres de Isaac, empezó a ver un poco más allá de lo que le decían sus ecos. Empezó a ver que había un más allá.

Nunca antes lo había visto.

Una noche, poco antes de su alta, mientras ella e Isaac observaban el exterior por la ventana de su habitación, Jude se acercó a él y apoyó la cabeza en su hombro. Isaac tenía un brazo pasado por su cintura, como siempre que la ponía de pie, como si fuera a caerse pese a que sus piernas funcionaban perfectamente.

Al notar que se apoyaba en él, Isaac se hinchó con tal orgullo que Jude sonrió disimuladamente.

Ahí ya supo que lo amaba, pero no lo dijo en voz alta. Nunca hizo falta. Ambos sabían que algo había cambiado. Y que, desde ahí, su relación no volvería a erosionarse.

Ni siquiera con la decisión que Jude estaba determinada a tomar.

El día de su alta podría haber ido a casa, pero Jude quiso ver a Josh.

Era más que obvio que Isaac no estaba de acuerdo, pero la acercó al hospital de todas maneras.

—Puedes irte a casa —le dijo ella—. A partir de aquí puedo arreglármelas sola.

—¡Estás herida!

—Del brazo, pero puedo andar perfectamente.

—Te acompaño.

No hubo discusión posible.

Jude podía notar que las cabezas se volvían para mirarla. Y eso que ese día se había puesto un cuello alto para ocultar las cicatrices. Quizá no era tanto por su aspecto, sino más bien porque era obvio que era la chica de la que Josh había hablado tantas veces. La del accidente. Por lo visto, lo primero que hizo al despertarse fue preguntar por Jude. Una y otra vez. Quería saber si estaba bien. Y Jude hizo lo mismo con él.

Las miradas de los habitantes de Serena la aliviaron mucho más de lo que Jude creería posible. Ya no era la de la mala suerte. Tampoco era la hija de Penny. Era la chica del accidente. Lo cual podría parecer macabro, pero le otorgaba una libertad en cuanto a identidad que nunca jamás había tenido.

En cuanto estuvo delante de la puerta correcta, Jude miró a Isaac. Este suspiró, pero se quedó en el pasillo de brazos cruzados. Parecía un niño pequeño al que le han quitado la golosina. Y ella entró a solas.

La habitación de Josh no tenía nada que ver con la suya: era el doble de grande, tenía un ventanal que daba a las playas de Serena, contaba con un montón de ramos de flores. Ni siquiera lo obligaban a ir por ahí con la bata de hospital, sino que llevaba ropa cómoda de deporte.

En esos momentos, Josh se estaba comiendo un yogur. No levantó la cabeza para ver quién había entrado, lo que hizo que Jude se preguntara cuántas visitas había recibido.

Josh no había sufrido tantas quemaduras como ella, pero el coche le había aplastado una pierna. Jude había oído que sería muy difícil de operar y que seguramente cojearía toda su vida, aunque fuera sin dolor. Era la pierna del acelerador.

Jude se detuvo a su lado con su ropa ancha, su pelo atado en un moño medio deshecho y su brazo en cabestrillo. No dijo nada, esperó a que él se diera la vuelta. Tardó casi un minuto en hacerlo.

Cuando por fin la vio, Josh dejó el yogur en la mesa. Era la segunda persona que reaccionaba como si viera un fantasma.

—Jude —dijo, e hizo un ademán de levantarse—. ¡Jude, por fin!

En cuanto volvió a intentarlo, ella le hizo un gesto para que se detuviera. Le sorprendió que Josh le hiciera caso. Y también la cara de corderito que puso al instante.

—Jude —prácticamente jadeó—, nos llevaron a hospitales distintos. He intentado verte por todos los medios posibles, pero nadie me decía nada. ¡Ha sido horrible!

Mientras hablaba, Jude contempló los doce ramos de flores. Las tarjetas que contenían, deseándole una pronta recuperación. El que pilló era de Nia. Jude sostuvo la tarjeta y la leyó de forma distraída, casi ausente. A ella ni siquiera la había visitado.

Qué curioso era todo lo que había reflexionado en el hospital. Lo mucho que había aprendido de la gente que la rodeaba. Y es que no hay nada como una desgracia para darte cuenta de quién está realmente contigo y quién no.

Y Jude había reflexionado sobre muchas personas.

Quizá por eso no sintió ni lástima ni dolor. Ni siquiera rabia. Era como si, de alguna manera, el accidente la hubiera liberado de una mochila gigante que siempre había transportado.

Por una vez, sus conclusiones ya no la asustaban. Lo tenía todo tan claro que Josh ya no le despertaba ninguna emoción.

—¿Cómo estás? —insistió él.

—Bien.

—Las... Las quemaduras... Lo he hablado con mi padre y me ha dicho que podemos arreglártelas para que vuelvas a ser normal.

Jude sonrió con ligera ironía y leyó otra tarjeta.

—¿Sabes que fui yo quien te sacó el coche? —insistió Josh con cierta desesperación—. No paré hasta que rompí la ventanilla y te saqué. Te lo juro. No podía irme sin ti. Jude, por favor..., mírame.

Y ella lo hizo. Fue incapaz de expresar absolutamente nada.

—Josh —dijo lentamente—, solo he venido a despedirme.

Necesitaba que le entrara en la cabeza, que lo entendiera. Y para ello iba a tener que ser clara.

Josh frunció el ceño.

—No digas tonterías. ¿Puedes sentarte aquí conmigo para...?

—No me he portado bien contigo —prosiguió Jude sin moverse de su lugar—. He permitido que estuviéramos juntos porque sabía que te gustaba, pero nunca sentí que te quisiera. Necesitaba no sentirme sola. Y me aproveché de ti para conseguirlo.

Josh seguía observándola con los labios entreabiertos.

—Me encantaría haberte querido más, la verdad... Creo que mi vida habría sido mucho más sencilla. Pero ya me he dado cuenta de que nunca voy a conseguirlo y no quiero seguir mareándote con ello. Tú tampoco me has tratado bien. De hecho, a veces siento que nunca te he gustado de verdad. Quizá solo estabas conmigo por inercia o por competir con Isaac. No lo sé. Pero la gente que te quiere no hace las cosas que nos hacíamos nosotros. Creo que hemos sido unos cabrones el uno con el otro y que, aunque me habría encantado que no acabáramos así, ambos sabemos que tenemos que parar. Que esto no nos lleva a ningún lugar. También sé que nunca te vas a disculpar conmigo, pero necesitaba ponerle punto final a esto mirándote a los ojos.

—Jude —replicó él—, ¿se puede saber qué…?

—Así que quería despedirme de ti. Y darte las gracias por las cosas bonitas que hemos pasado.

—¿Puedes dejar de hablar así? —De pronto, su semblante cambió—. ¿Te han dicho que lo primero que pregunté al despertarme fue que si estabas bien?

—Sí.

—¡Y que yo te saqué del coche! ¡Estás viva gracias a mí!

—También estuve en ese accidente gracias a ti.

Josh frunció el ceño. Jude dio un paso atrás.

—¿No vas a disculparte? —preguntó ella suavemente.

—No me disculparé por sacarte de un coche en llamas.

—¿Y por conducir a más de cien kilómetros por hora? ¿Por drogarme sin mi permiso?

—¡Deja lo del ponche! Y lo del coche… ¿Te crees que yo quería que pasara lo que pasó?

—No, pero creo que disfrutaste asustándome. Que querías hacerme daño. Y, de alguna forma rara y macabra, yo también he querido hacértelo a ti alguna vez. La gente que se quiere no hace esas cosas, Josh… ¿No lo ves? No nos queremos. Solo somos dos personas que nunca han recibido amor real y que lo buscaban en la persona equivocada.

—Yo sé lo que es el amor real.

—¿De tu padre? Lo sabes tanto como yo de mi madre…

—¿Y a qué viene todo el discursito? —Josh había vuelto a ponerse a la defensiva—. ¿Dónde vas a buscar todo ese amor que tanto dices? ¿En Isaac?

—En mí misma. —Jude sonrió con tristeza—. Necesito empezar a quererme. Y saber qué se siente cuando te miras al espejo y te sientes orgullosa. Lo necesito. Y sé que aquí nunca lo voy a encontrar.

Por primera vez en toda la conversación, Josh pareció entender lo que le estaba diciendo Jude. Hasta qué punto hablaba en serio. Varias emociones cruzaron sus ojos sorprendidos. Desde la rabia hasta la desesperación.

—No te marches —pidió él finalmente—. Jude, sé que podemos ser felices. Sé que la he cagado, pero…

—Espero que ambos podamos encontrar nuestros caminos —le dijo ella con suavidad—. Gracias por haber sido tan importante en el mío. Ojalá te recuperes pronto. Lo deseo de verdad. Adiós, Josh.

Jude oyó que gritaba su nombre, pero no miró atrás.

Siguió andando hasta que se encontró a Isaac, que todavía la esperaba de brazos cruzados. No disimuló su alivio al verla. Ni su desagrado cuando vio a alguien más detrás de ella.

Jude se volvió con sorpresa, y más sorprendida se quedó al ver que Gordon Phelps acababa de plantarse a su lado. La miraba como si fuera la culpable de todos sus problemas. Como si fuera un virus que debía erradicar.

—¿Cómo te atreves a venir aquí después de todo lo que has hecho? —gruñó el hombre entre dientes.

Isaac avanzó hacia ellos tan deprisa que casi embistió a Gordon. Sin embargo, se detuvo justo delante de él. Su mirada ardía de rabia.

—Cuidado —le advirtió en voz baja.

—El que faltaba —espetó Gordon—. ¿Te crees que por llevar un uniforme de policía puedes hacer lo que te dé la gana?

—¿Te crees que por llevar un uniforme de policía no te haré lo que me dé la gana?

—Ya basta —declaró Jude—. Vámonos, Isaac.

Por suerte, él se dejó llevar de la mano. No dejó de mirar a Gordon por encima del hombro. Y, aunque podrían haberse marchado tranquilamente, el hombre tuvo que hacer un último comentario.

—Vuelve a casa con tu madre —dijo Gordon Phelps con la satisfacción de quien sabe que está a punto de hundirte—. Escóndete en Carriers Lane. Porque cuando mi hijo recapacite y te denuncie, se os acabará el cuento.

Jude, para su propia sorpresa, no se enfadó. Se limitó a mirarlo bien. A analizarlo. Y de pronto sonrió de medio lado.

—¿Sabía que una vez, cuando era muy pequeña, mi madre me contó una historia sobre el Melody Lane?

—¿Y a mí qué me importa?

—Una historia sobre cómo su mánager, un chico un poco torpe y tímido, consiguió hacerse con la mayor fortuna de toda Serena. Fue una historia muy bonita.

De pronto, la sonrisa de Gordon se borró. Jude se encogió ligeramente de hombros.

—Supongo que es una historia que debería contar ella misma. Y me encantaría estar aquí para verlo, pero… Bueno, tengo otros planes.

Se marcharon sin recibir réplica.

Mientras ascendían por la cuesta de su calle, Jude se asomó por la ventanilla. Agradecía el sol en su piel. La calidez. El aire puro. Lo echaba de menos. Podía sentir incluso que su ojo izquierdo había mejorado un poco.

Isaac condujo en silencio mientras ella veía a sus vecinos de toda la vida. Nino charlaba con su madre mientras esta regaba las plantas. Los niños del vecino correteaban por el patio. El viejo matrimonio de la siguiente casa, que siempre se había llevado bien con su abuelo, tomaba una limonada con hielo bajo la sombra de su porche.

No se detuvieron hasta el final de la calle. Hasta la casa sin número del final de Carriers Lane. La única que no parecía gozar de vida alguna.

Jude se quedó sentada durante unos instantes. Isaac la observaba con preocupación.

—Podemos ir a casa de mis padres.

—No. Isaac, puedes irte cuando quieras. De verdad que no…

—Cállate.

Ella sonrió ligeramente.

—Entonces… ¿puedes esperarme aquí cinco minutos?

Él pareció un poco confuso con la directriz, pero asintió de todas formas.

Jude bajó del coche y pisó Carriers Lane, como había hecho tantos días en su vida. Solo que ya no parecía su casa. Ni su calle. Ni su puerta. Se sintió como una intrusa. Como si ya no perteneciera a aquel lugar. Quizá era la culpabilidad de haber tomado una decisión. Quizá era alivio de ver, por fin, la luz al final del túnel.

Empujó la puerta de entrada que nadie se había molestado en cerrar. Su casa ya no olía como su casa, sino a comida quemada. Se preguntó quién lo habría intentado. Cómo se habrían alimentado. Y se sorprendió al descubrir que le parecía absurdo que su madre y su hermana no supieran subsistir solas.

Lucy estaba sentada en la cama articulada del abuelo, viendo la televisión. Penny se encontraba en el patio trasero fumándose un cigarrillo. Ambas tenían el mismo aspecto de siempre, como si no hubiera pasado ni un solo día.

—Hola —murmuró Jude.

La primera en levantar la cabeza fue Lucy. Y, aunque Jude no esperaba una bienvenida calurosa, tampoco esperaba la mueca de irritación que le dedicó.

—¡Vaya! —ironizó—. ¡Si es la señorita vacaciones! ¡¡¡Mamá!!!

Penny se volvió y echó una mirada distraída hacia la situación.

—Estaba en el hospital —le dijo Jude a su hermana.

Lucy frunció el ceño.

—¿Y no podrías habernos avisado?

—Lu, estaba inconsciente.

—¡Podría habernos avisado cualquiera! Además, el día anterior desapareciste porque sí. Y luego me entero de que estás en un hospital. ¿Te das cuenta de lo preocupadas que estábamos? Joder, Jude... ¡Pensé que te habías muerto!

—Lo sé...

—¡Estaba muerta de miedo! Menos mal que Isaac me iba diciendo cómo estabas, que si no...

Jude no quiso decir que podría haberla visitado. Más que nada porque veía el pánico en los ojos de su hermana. Sí que se había preocupado por ella. Y mucho.

Sin embargo, y sin previo aviso, la mirada de Lucy empezó a echar llamaradas de rabia.

—Encima he tenido que aprender a cocinar. ¡Y hacer todas las cosas que necesita esta puñetera casa, que son muchas! No sé. Solo digo que..., ¡que necesito ayuda! ¡Además he tenido que sacar el dinero de la hipoteca de mi parte! ¿Tienes idea de lo cara que es una hipoteca? Joder, Jude... Menos mal que estás aquí.

Jude se limitó a mirarla durante lo que pareció una pequeña eternidad. Una parte de ella no se sorprendió en absoluto, mientras que la otra sintió que le partían el corazón.

No ponía en duda su amor, pero no era su prioridad. La prioridad de Lucy era ser libre, aunque fuera a su costa. Aunque Jude tuviera que vivir eternamente entre esas cuatro paredes. Y aquello siempre le iba a parecer más importante que su hermana, por mucho que la quisiera.

Y era mejor no pensar en lo que sentiría por Penny.

De pronto, Jude se alegró de la decisión que había tomado. Si ya la tenía clara, aquel breve intercambio terminó de despejarle las dudas.

Oyó que su hermana la llamaba, pero recorrió el pasillo sin mirar atrás. Se movía en modo automático, inconsciente. Sus manos se agarraron a los barrotes de la escalera de su querido altillo. Y los ascendió por la que, de pronto, tuvo claro que sería la última vez.

Jude no tenía una maleta como tal, pero sí que contaba con la bolsa de deporte que compró para llevarle la ropa a su abuelo al hospital.

Su abuelo...

Jude lanzó una mirada llena de sospecha al sobre de la herencia. El que seguía sin tocar. ¿Habría llegado por fin el momento?

Se sentó en la cama como pudo. Y, con la vista medio borrosa y una mano casi inservible, Jude rompió el sello de la carta. Al abrirse, un papel cayó sobre su mano y casi se le escaparon todos los billetes.

Pero ¿cuánto dinero había ahí dentro?

Pasmada, Jude ignoró el dinero y se inclinó sobre la hoja de papel. Sobre las últimas letras que su abuelo le había dedicado. Su letra. Su carta. Sus palabras. Su último mensaje.

Y leyó.

Mi amada Jude:

Este dinero es para ti. Solamente para ti. Me he asegurado de que ellas tengan todo lo que necesitan.

Por favor, vete. Sal de aquí y no vuelvas jamás. Ten la vida que te mereces.

Y perdóname por no dejarte más opción que esta. Sabía que era la única forma de hacerte libre de una vez por todas. Y, por favor, acéptalo. Sé que algún día me lo agradecerás, incluso si ahora mismo no sabes qué hacer. Incluso si te da miedo. Haz las cosas que más miedo te den, porque de ahí nacerán tus mejores historias. Y te mereces vivirlas todas.

Te prometo que no estarás sola, pues estaré contigo en todas ellas. Siempre.

Mucha suerte, mi niña.

Te quiero.

Jude releyó las últimas dos palabras hasta que le dolieron los ojos. Su pulgar pasó por encima de ellas. Temió correr la tinta, manchar aquellas palabras que tanto había anhelado durante toda su vida.

¿Cómo había sido tan estúpida de pensar que su abuelo la abandonaría? Su última voluntad había sido el regalo más valioso que recibiría jamás, le había regalado una salida. Una vida. Y no la perdería.

Diez minutos más tarde, Jude bajó las escaleras del altillo como pudo. Había lanzado su bolsa al pasillo unos segundos antes. El golpe sordo alertó a Lucy, que llegó con pasos apresurados.

Jude pudo ver que su hermana iba a regañarle, pero se quedó callada al ver la bolsa.

Al menos hasta que empezó a entender lo que significaba.

—¿Qué es eso? —preguntó Lucy con más desesperación de la que quería aparentar—. ¿Qué haces?

—Lo siento, Lu. Lo siento muchísimo.

Jude pasó por su lado. Quería irse cuanto antes. Egoístamente, no quería verles las caras.

Lo que más le sorprendió fue ver que Penny estaba junto a la entrada. Se había maquillado, como todos aquellos días en los que no salía de casa. Y Jude vio lo bella que era. Lo frágil que había sido siempre. Y lo injustamente que la trató durante toda su vida. Lo poco que se mereció sus despechos. Lo injusto que había sido que la tacharan de dar mala suerte. De pronto, lo veía todo con una claridad que la asustó.

Mientras Lucy preguntaba una y otra vez qué hacía, Jude se detuvo delante de su madre. Se miraron. Sus ojos tristones e idénticos. Su cabello castaño y ondulado. Sus rostros, una copia el uno del otro pese a las quemaduras. Sus expresiones cansadas pero determinadas.

Penny rara vez conectaba con el mundo, pero Jude supo que entendía el significado de aquella bolsa. Que lo entendía perfectamente.

Jude también se fijó por primera vez en lo pequeña que era su madre. Le sacaba una cabeza de altura. ¿Por qué nunca lo había visto? ¿Y por qué lo había visto por primera vez en ese momento? Le pareció tan absurdamente frágil que, por un instante, no entendió qué le había intimidado tanto en su momento.

—¡Jude! —gritó su hermana entonces, llena de confusión—. ¡Deja eso donde estaba!

Jude la ignoró y siguió mirando a su madre.

—¿Sabes qué me dejó el abuelo en el sobre? —le preguntó directamente.

Ambas ignoraron los gritos de Lucy. Sus tirones desesperados a la bolsa de deportes.

—Lo supongo —admitió Penny.

—Entonces, sabes por qué no volveré.

A Jude le sorprendió lo mucho que pesaron aquellas palabras. Y su peso se debía a lo cierto que era. No iba a volver. Aquella sería la última vez que vería a su madre. La última vez que oiría su voz.

No se sentía triste. Tan solo cansada. Y decidida.

Penny inspiró con fuerza. Y entonces, por primera vez en la vida de ambas, abrazó a su hija mayor.

Jude no correspondió aquel abrazo. Se quedó tan quieta que, por un momento, temió haber dejado de respirar. Y es que su madre la abrazaba con tanta fuerza que podría ser cierto. Jude podía oír su respiración junto a la oreja. Podía sentir sus dedos aferrados a su ropa. El ligero dolor de su cuerpo accidentado con la fuerza de Penny ante esa primera muestra de afecto que tanto había deseado durante toda su vida.

Podría haberse quedado ahí, pero su madre se inclinó hacia su oreja.

—No mires atrás —le susurró.

Entonces la soltó. Tan rápido como la había abrazado, desapareció por el pasillo. Jude la siguió con la mirada. Vio que le caían lágrimas silenciosas por las mejillas. Sin embargo, no la detuvo.

—¡Jude! —insistía su hermana pequeña. Ella sí que lloraba con histeria—. ¿Qué está pasando? ¿Por qué te ha dicho eso? ¡¿Qué pasa?! ¡¡¡Deja la bolsa, por favor!!!

La hermana mayor le devolvió la mirada. Con ella sí que sintió lástima. Y dolor. Sabía dónde la estaba dejando. Sabía que, a partir de ahora, ella misma tendría que decidir cómo actuaba al respecto. Igual que Jude acababa de hacer por primera vez en su vida.

—Lo siento, Lucy —repitió—, pero no quiero morir aquí. Necesito ser feliz.

—¡No puedes irte! —gritó su hermana desesperada—. No sé qué ha pasado, pero seguro que podemos arreglarlo. Tú y yo, Jude. Vamos. ¡Siempre lo hemos hecho! Eres mi hermana mayor. Por favor, no te vayas. Te quiero. Por favor, no me dejes. ¡Por favor!

Jude la observó unos instantes. Sintió que se le rompía el corazón.

Sin embargo, terminó por sacudir la cabeza.

—Algún día —le dijo—, espero que me visites. Pero no esperes que yo vuelva a Serena.

—¡Jude, no me dejes! ¡Por favor!

Ignoró las súplicas y, tras respirar hondo, Jude Portman salió por última vez de la casa sin número del final de Carriers Lane.

Isaac la esperaba en el coche. Pese a los gritos de Lucy, el chico no hizo ni una sola pregunta. Ni siquiera cuando Jude dejó la bolsa en el asiento de atrás y se subió a su lado. La chica se sentía ahogada, pero no dudaba. Tenía que hacerlo. No habría otra oportunidad. Tenía que hacerlo. Era ahora o nunca. E iba a ser ahora.

Pese a los golpes que Lucy le asestó a su ventanilla, Isaac no movió el coche. Y Jude no apartó la mirada de enfrente. Le zumbaban los oídos.

—¿Estás segura? —preguntó él.

Jude tragó saliva y, al cabo de unos instantes, lo miró a los ojos. Él no necesitó más para acelerar. Mientras tomaban la rotonda, Jude contuvo la respiración. Los gritos de Lucy eran desgarradores. Hacían que la brecha de su corazón se abriera cada vez más. La estaban destruyendo. Pero tenía que hacerlo. Jude tenía que hacerlo. Tenían todo lo que necesitaban. Y Jude necesitaba ser libre.

Siempre recordaría el espejo retrovisor. La imagen de su hermana de pie en medio del final de Carriers Lane. Completamente sola. Sus lágrimas. La forma en que la vio marcharse. Y cómo se fue haciendo pequeña a cada segundo que pasaba hasta desaparecer por completo junto a su antigua casa. Junto a su antigua vida. Junto a su antigua yo.

Isaac aparcó delante de la estación, tal como Jude le había pedido.

—No deberías irte sola —insistió por enésima vez—. Estás herida. Necesitas ayuda. Debería…

—Isaac —lo interrumpió Jude, firme pero suave—, necesito hacerlo sola. ¿Confías en mí?

Él no dudó ni un instante.

—Sí.

—Entonces, dame tres meses. Y podrás presentarte en la puerta de mi casa, porque te aseguro que te estaré esperando.

Isaac esbozó una pequeña sonrisa.

Jude estaba tan perpleja con toda aquella situación que apenas se dio cuenta de su paseo por la estación. No se percató de las miradas curiosas que los otros pasajeros les lanzaban a sus heridas. No le importó que la bolsa de deporte pesara tanto. Era feliz.

Porque eso era felicidad, ¿verdad? No saber qué puñetas hacía, pero que el corazón le aleteara por la emoción. Esa certeza de estar perdida, pero saber que te vas a encontrar. La alegría de que no te importe nada más que el camino que te espera a partir de ahora.

Jude se subió a su vagón con el corazón en un puño. A ese vagón que tantas veces había soñado con ocupar. Estaba en él de verdad. Ya no lo vería nunca más desde las rocas, pues ahora ella formaba parte de un lugar mucho mayor. Uno que sería solo suyo.

El resto de los pasajeros ya habían ocupado sus asientos. Ella tenía el último. El número 43, como su taquilla del instituto. Aquel detalle le provocó una oleada de alegría tan absurda como bonita. Se acomodó en su lugar, con la bolsa de deporte en el asiento de al lado. El sonido del tren llenó sus tímpanos de la forma más dulce posible.

Y, cuando el vagón empezó a vibrar por el movimiento, Jude notó que sus labios se curvaban en una pequeña sonrisa.

Serena se alejó de ella para siempre y Jude, con la carta de su abuelo apretada en el bolsillo, jamás miró por la ventanilla. Jamás miró atrás. Tan solo hacia delante.

Parte cinco

Los ecos de Jude

27

La verdadera historia de Jude Portman

Durante la primera noche en aquel apartamento de la capital que le había ofrecido Robbie, Jude sintió que había tomado la peor decisión posible. Lloró, se arrepintió, quiso golpearse a sí misma por estúpida... Pero no dejó que los ecos la atacaran. No se permitió volver atrás.

La segunda noche fue más sencilla. Como no podía dormir, se dedicó a arreglar el apartamento. Todavía tenía las cosas de los chicos. Jude se había instalado en el dormitorio que había sido de Isaac y no dejaba de reproducir los casetes que le había regalado por su cumpleaños. Mumford & Sons la acompañaron en todos los momentos de soledad, como si se trata del propio Isaac.

La tercera noche se sintió más determinada, pues había salido a buscar trabajo. Lo encontró como camarera en una cafetería cercana. Se mostraron muy contentos con sus habilidades, pese a que solo utilizaba una mano al cien por cien.

La cuarta noche se acostó en la cama con una sonrisa, pues había empezado a informarse de cómo matricularse en la universidad. Historia del Arte. Después de todos los años que se había pasado leyendo libros de arte de su abuelo y estudiando patrones para sus costuras... Sí, había tomado una buena decisión.

Seguía habiendo días en los que se sentía culpable, también en los que se sentía sola. Seguía replanteándose su decisión. Aun así, un nuevo eco se había extendido por toda su cabeza. El de su abuelo. Podía oír su voz muy por encima de las otras. Podía sentir su orgullo. Su amor.

Y, aunque los otros ecos siguieran presentes en su vida, aquel se volvió mucho más poderoso a cada día que pasaba.

Iba a hacer que se sintiera orgulloso de ella. Algún día iba a tener historias que contarle.

Así que Jude se lanzó al mundo. Se permitió conocer a personas nuevas. La universidad le informó de que podría empezar en unos meses, tras el verano. Le venía genial, porque así acumularía dinero suficiente para la matrícula. Ya se había hecho un calendario con los horarios que seguiría para cada asignatura. Y se sorprendió a sí misma al colgarlo en la pared de su habitación con una sonrisa radiante.

También aprovechó los ratos libres para cotillear las cosas que Isaac había dejado atrás. Reconoció algunas de sus libretas. Eran las que había usado en el instituto. Y, aunque se sintió un poco chismosa, las abrió por fin.

Una parte de ella ya esperaba verse a sí misma. Y así fue. Isaac la había dibujado en todas sus facetas, con todas sus emociones. Con todas sus perspectivas y formas de verla. Jude se vio a sí misma con el corazón en la mano, con la bufanda morada, con la bicicleta, con esa sonrisa tímida ante la taquilla 43, levantando la mano para responder a la señora Marsh, animando a Robbie en Gimnasia, frente al mural del Melody Lane, regañando a Lucy y a Quinn en su castigo, centrada en sus cosas mientras permanecía en el aula de recursos inhumanos, en las rocas junto a él y su abuelo, y de pequeña…

Una de las ilustraciones le llamó especialmente la atención. Una en la que se reconoció en las rocas. Por la nieve, dedujo que sería de las primeras veces que habían ido allí Isaac y ella. Jude tenía la cabeza echada hacia atrás y los ojos cerrados. Y, aunque su expresión era un poco triste, había esbozado una pequeña sonrisa privada, tan solo para Isaac. La bufanda morada ondeaba con el viento y su pelo suelto. Y las luces que añadiría meses más tarde, después de recibir el proyector, cubrían la imagen de vida. Una vida que ella jamás habría pensado que llevaba dentro, pero que Isaac vio en ella nada más conocerla.

Jude se reconoció en todas aquellas imágenes. Y le gustó la forma que tenía Isaac de verla. Siempre borrosa, etérea como una sombra. Casi inalcanzable. Esbozó una pequeña sonrisa. Especialmente cuando reconoció el último dibujo. Ella, tumbada boca abajo, con la mejilla apoyada sobre sus brazos y sin ropa. Recordaba la sonrisa de Isaac al dibujarla. Recordaba la luz violeta.

Con la misma sonrisa, se pegó el dibujo al pecho y cerró los ojos.

Seguía con miedo, seguía sin sentirse del todo cómoda, pero también veía un nuevo camino. Uno en el que era responsable de sí misma, para bien o para mal, pero solo de sí misma. No podía entender por qué aquello la dejaba tan vacía. Quizá había cuidado de los demás tantos años que ya no sabía cómo funcionar por sí sola. Quizá estaba rota.

Fue como si alguien, una fuerza superior, la hubiera oído.

Una noche, la misma en que encontró el proyector de Isaac en uno de sus cajones, bajó a tirar la basura. Había pasado un mes desde la mudanza, así que el brazo ya apenas le dolía. Jude intentó lanzar la bolsa de basura con ese brazo para practicar. Sin embargo, se detuvo al oír los gimoteos.

Alguien había dejado una bolsa de basura cerrada dentro del contenedor. Podía parecer algo normal, pero Jude la sacó de todas formas. En cuanto notó el movimiento en su interior, sacó las llaves a toda velocidad. ¡Iba a ahogarse! Desesperada, rompió la bolsa.

Un perrito que no debía de tener más de dos días de vida asomó su cabecita oscura por la bolsa. Sus ojos, todavía ciegos, buscaban algo de luz. Su nariz se movía con desesperación. Y no dejaba de llorar.

Jude esperó en el veterinario con el perrito en brazos. Había dejado de llorar nada más tocarlo. Y, aunque no la conocía, parecía estar a gusto en sus brazos. Se había quedado dormido.

—Es una mezcla de razas —comentó el veterinario—. Tiene un poco de dóberman y un poco de mastín. Va a ser grande, ¿eh? De los que no pasan desapercibidos. La gente suele ponerles un bozal porque son razas que dan un poco de miedo, pero espero que tú decidas no hacerlo.

Jude se limitó a sonreír.

—Yo también crecí sin bozal —murmuré—. Así aprendí a ladrar.

El veterinario sacudió la cabeza con aire divertido y siguió hablando.

—Es demasiado pequeño para tener chip. Podemos poner carteles con su foto para ver si aparece alguien, pero por lo que has dicho… Hay mucho malnacido que abandona a sus animales en lugar de traerlos aquí. Podemos encontrarle un hogar, que es lo que necesita. Es demasiado pequeño para subsistir él solo.

—¿Es un chico?

El hombre sonrió y asintió.

—¿Y podría cuidarlo yo en casa? —preguntó Jude, que no podía dejar de mirar al perrito—. Si tuviera una lista de instrucciones sobre la leche que debe tomar, las horas, los cuidados…, ¿podría criarlo?

De nuevo, el veterinario sonrió.

—¿Estás segura? Es mucha responsabilidad.

Jude contuvo una risotada.

—Estoy acostumbrada.

El perro empezó a crecer a una velocidad inesperada. Pronto correteaba por la casa, mordía muebles y buscaba a Jude en plena madrugada para pedirle que jugara con él. Le encantaba la música y a veces aullaba con Fleetwood Mac. También le gustaban los paseos. Y los otros perros. Aunque Jude lo tuviera en brazos porque era muy pequeñito.

De hecho, se lo llevaba al trabajo porque no le quedaba más remedio. El resto de los camareros estaban encantados con ello. Se turnaban para sujetarlo, para acariciarlo… El perro nunca lloraba, pero sus ojitos oscuros siempre buscaban a su madre.

Y Jude jamás iba a dejarlo solo. Jamás.

Una de aquellas noches, mientras jugaba con el proyector y el perro daba saltos por la zona donde los colores iban cambiando, la habitación se iluminó de color rojo. Jude dejó de pulsar los botones.

—¿Sabes qué?

El perrito se volvió hacia ella con curiosidad, como si pudiera entenderla.

—Creo que nos parecemos mucho —le dijo Jude—. Y creo que por fin sé cómo deberías llamarte.

El animal se sentó bajo aquella luz roja, tan feliz.

—Manolito.

Tres meses después de haberse ido de Serena, llamaron al timbre. Jude sabía perfectamente de quién se trataba.

—¡Manolito! —exclamó con alegría—. ¿Quieres conocer a papá?

El pequeño Manolito ya no era tan pequeño, pero aun así Jude consiguió cogerlo en brazos. Sonrió al notar los lametazos en la cara. Y al ver que su plan de ir a la universidad estaba a punto de empezar.

Sin embargo, lo que más feliz la hacía era quien la esperaba en el descansillo.

Abrió la puerta con Manolito todavía en brazos. El perrito ladró de felicidad.

Isaac, al otro lado, dejó su maleta en el suelo y sonrió.

—¿Puedo pasar?

Jude sonrió radiante, feliz.

—Bienvenido a nuestro nuevo hogar.

Agradecimientos

Antes de empezar, voy a advertirte de que estos agradecimientos van a ser un poco cortos. Si has leído mis otros libros: tranqui, no voy a abrumarte con noventa nombres distintos. Si no te has leído ninguno más: prepárate porque soy una chapas.

Las primeras personas a las que les doy las gracias son siempre mis padres. Esos que no tienen nada que ver con los padres de mis protagonistas. Gracias, mamá, por darme la idea de trabajo y carácter de Roselia. Gracias, papá, por darme tantos chistes malos para Ray. Siempre os toca estar presentes de alguna forma, ya es tradición.

Gracias a mi queridísima Tuski, siempre, por existir. ¿O te creías que iba a añadir a un perrito al final de la historia sin mencionar a la mía, que la amo con locura? Además, he contado nuestra historia. Toca darle créditos a su protagonista suprema.

Me gustaría agradecer vuestra aportación a todos los que participáis en el camino de mis libros. Desde la persona que lo corrige hasta la que lo coloca en la librería. Gracias por formar esta cadena que me ayuda a cumplir el sueño de ser escritora. Gracias por apostar, de nuevo, por mí. Os veo todo el año y soy muy intensa, así que no me recrearé en daros las gracias otra vez; todavía no quiero que me odiéis. *Todavía.*

Bueno, un poquito sí. ¡¡¡Gracias!!!

Gracias a mis amigos. Por aguantarme. Por ser los mejores que podría pedir, aunque no os lo diga a menudo. Los mismos que ya han leído y oído tantas cosas de este libro que deben de tener cero ganas de leerlo. ¿Quién dijo que tener a una amiga escritora era fácil?

Hay un gracias muy especial que me habría gustado dar en otras circunstancias. El de la persona en la que me inspiré para el abuelo de Jude. El que siempre me preguntaba por los libros con ilusión. El que sé que estaba muy orgulloso de mí. Y que, aunque no lo supiera, me hacía sentir orgullosa a mí también de mi propio trabajo. Me encantaría que pudieras conocer al personaje que por fin he basado en ti, pero no he sido lo suficientemente rápida; te has marchado unos meses antes de tiempo. Me gusta pensar que cualquier persona que conozca al abuelo de Jude y lea sus ocurrencias pensará en ti con mucho cariño. Yo, desde luego, lo haré.

Cuando formamos parte de una historia, revivimos cada vez que alguien decide leerla. Así que gracias por abrir este libro y permitirle estar conmigo una vez más.

Y esto es un poco distinto, pero me gustaría darme las gracias a mí misma. El año en el que he escrito este libro no ha sido particularmente fácil. De hecho, mis ecos, como los de Jude, han estado más intensos que nunca. Y me he sentido como ella se sentía en esta penúltima parte de la historia. Sin embargo, escribir siempre ha sido una terapia maravillosa. Y creo que he podido avanzar de la mano de Jude.

Va a ser de las protagonistas que más me cueste soltar. Me encantaría protegerla para que jamás vuelva a sucederle nada malo. Sin embargo, creo que me fiaré de la protección del pequeño Isaac. Además, yo también tengo un camino que recorrer. Como todos, ¿verdad?

Me toca decirles adiós a ambos.

Y a ti también, querida persona que lee estas líneas.

Gracias por acompañarme en esta nueva aventura. Espero que todo el sufrimiento se haya visto compensado con unas buenas risotadas. Y que, al cerrar este libro, te quedes con el corazón más cálido que el día que lo abriste. Que entiendas que siempre hay una vida más allá de los problemas que tenemos. Que siempre hay una segunda oportunidad. Una nueva persona que conocer. Un nuevo camino que recorrer.

Oh, ¡casi se me olvida! Gracias, señores Beatles, por darle sentido a esta historia. Y gracias, papá, por haberme puesto sus vinilos tantísimas veces en casa. Siempre supe que algún día los usaría para una historia. Y que la canción principal sería la de Jude.

Y un último agradecimiento a Billy Joel por escribir «Vienna». Quizá no aparezca de forma explícita en la historia, pero ha sonado en bucle durante todo su tramo final.

De nuevo, gracias por leerme. Permíteme esta reverencia dramática y exagerada para no terminar todo esto en un tono tan cursi.

Un abrazo, personita no tan desconocida.

Y recuerda: tus ecos negativos nunca van a ser más grandes que los positivos. Nunca. Créete lo reina que eres y pon una canción de los Beatles en tu vida.

Nos vemos en nuevas páginas, pequeños saltamontes.